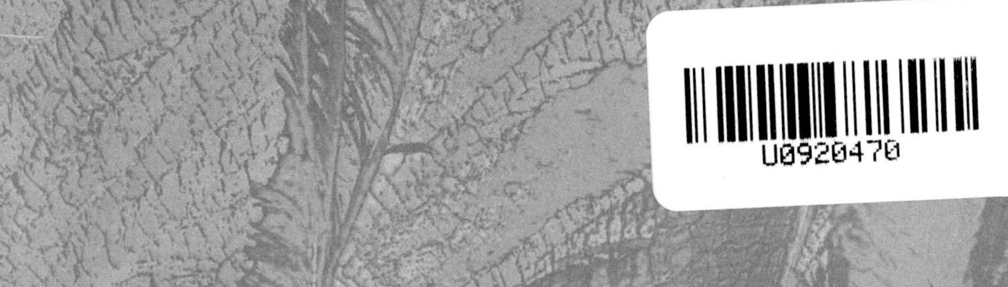


# 蝉翼

新世纪作家文丛 第三辑

田耳 —著—

長江出版傳媒 | 长江文艺出版社

图书在版编目（C I P）数据

蝉翼 / 田耳著. -- 武汉 : 长江文艺出版社,
2017.12（2021.10 重印）
（新世纪作家文丛. 第三辑）
ISBN 978-7-5354-4868-2

Ⅰ. ①蝉… Ⅱ. ①田… Ⅲ. ①中篇小说－小说集－中国－当代 Ⅳ. ①I247.5

中国版本图书馆 CIP 数据核字(2017)第 234356 号

责任编辑：周　聪　　　　责任校对：毛　娟
封面设计：颜　森　　　　责任印制：邱　莉　胡丽平

出版：长江出版传媒 | 长江文艺出版社
地址：武汉市雄楚大街 268 号　　邮编：430070
发行：长江文艺出版社
电话：027—87679360
http://www.cjlap.com
印刷：三河市百盛印装有限公司

开本：880 毫米×1280 毫米　1/32　　印张：10.625
版次：2017 年 12 月第 1 版　　2021 年 10 月第 2 次印刷
字数：204 千字

定价：45.00 元

# 《新世纪作家文丛》编委会

# “新世纪作家文丛”总序

白　烨

摆在读者诸君面前的，是长江文艺出版社接续着“跨世纪文丛”，新推出的“新世纪作家文丛”。

在20世纪的1992年至2002年间，长江文艺出版社聘请资深文学评论家陈骏涛，主编了“跨世纪文丛”，先后推出了7辑，出版了67种当代作家的作品精选集。因为编选精当、连续出书，也因为是一个在特殊时期的特殊文学行动，“跨世纪文丛”遂成为世纪之交当代文坛引人注目的重要事件。当时，主编陈骏涛在《“跨世纪文丛”缘起》中说道：“‘跨世纪文丛’正是在新旧世纪之交诞生的。她将融汇20世纪文学，特别是80年代以来中国文学变异的新成果，继往开来，为开创21世纪中国文学的新格局，贡献出自己一份绵薄之力，她将昭示着新世纪文学的曙光！”这在当时看来实属豪言壮语的话，实际上都由后来的文学事实基本印证了。“跨世纪文丛”出满67本，已是21世纪初的头两年。《中华读书报》曾经在一篇文章中这样写道：“在新世纪的钟声即将敲响的时候，它暂时为自己画上了一个圆满的句号。这套文丛创始于7年以前的1992年，其时正值纯文学图书处于低迷时期，为了给纯文学寻求市场、为纯文学的发展探路，陈骏涛与出版家联手创办了这套旨在扶持纯文学的丛书。丛书汇聚了国内众多名家和新秀的文学创作成果，王蒙、贾平凹、莫言、梁晓声、韩少功、刘震云、余华、方方、池莉、周梅森等59位作家均曾以自己的名篇新作先后加入了文丛。几年来，这套丛书坚持高品位、高档次，又充分考虑到读者的阅读需求和阅读期待，为纯文学图书闯出了一个品牌。”这样的一个说法，客观允当，符合实际。

也正是自1992年起，在邓小平南方谈话精神的强劲指引下，国家与社会的改革开放，加大了力度，加快了步伐，社会生活真正开始以经济建设为中心，经济建设以市场秩序的确立为重心。社会生活的这种历史性演变，对于未曾接受过市场洗礼的当代文学来说，构成了极大的冲击与严峻的挑战。提高与普及的不同路向，严肃与通俗的不同取向，常常以二元对立的方式相互博弈。正是在这种日趋复杂的社会文化背景之下，以严肃文学的中青年作家为主要阵容，以他们的代表性作品为基本内容的“跨世纪文丛”，就显得极为特别，格外地引人关注。究其原因，这既在于“跨世纪文丛”不仅以高规格、大规模的系列作品选本，向人们展示了当代作家坚守严肃文学理想和坚持严肃文学写作的丰硕收获,还在于“跨世纪文丛”以走近读者、贴近市场的方式,给严肃文学注入了生气、增添了活力,使得正在方兴未艾的文学图书市场没有失去应有的平衡,也给坚守严肃文学和喜欢严肃文学的人们增强了一定的自信。

大约是在20世纪90年代中期,在“跨世纪文丛”出满5辑之际,我曾以《“跨世纪文丛”:九十年代一大文学奇观》为题,撰写了一篇书评文章。我在文章中指出:“跨世纪文丛”是张扬纯文学写作的引人举措,而且“有点也有面地反映了80年代以来文学发展演进的现状与走向。在纯文学日益被俗文化淹没的年代,这样一套高规格、大规模的文学选本不仅脱颖而出,而且坚持不懈地批量出书,确乎是90年代的一大文学景观”。我在文章的末尾还这样期望道:“热切地希望‘跨世纪文丛’坚持不懈地走下去,并把自己所营造的90年代的文学景观带入21世纪。”

好像是冥冥之中的一种缘分,我当年所抱以期望的事情,现在正好落在了我的身上。

因为种种原因,“跨世纪文丛”在文学进入新世纪之后,未能继续编辑和出版,因而渐渐地淡出了读者视野与图书市场。约在2014年岁末,在新世纪文学即将进入第十五个年头之际,长江文艺出版社决意重新启动这套大型文学丛书,并希望由我来接替因年龄和身体的原因很难承担繁重的主编事务的陈骏涛先生。无论是出于对于当代文学事业的热爱,还是出于对于长江文艺出版社的敬重,抑或是与亦师亦友的陈骏涛先生的情意,我都盛情难却,不能推辞。于是,只好挑起这付沉甸甸的重担,把陈骏涛先生和长江文艺出版社共同开创的这份重要的编辑事业继续下去。

2015年1月7日,在北京春节图书订货会期间,长江文艺出版社借着举办《中国年度文学作品精选丛书》出版20周年座谈会,正式宣布启动大型重点出版项目——“新世纪作家文丛”。由此开始,我也进入了该套文丛的选题策划和作者遴选的准备工作。当时的“新浪·文化”就此报道说:“面对新的文化格局、新的文学现象,出版人仍然应该‘有自己的事情要做’。‘跨世纪’有跨世纪的机缘,新世纪同样有着它的使命召唤。在一片喧扰之中,一大批严肃的理想主义文学者,仍然怀揣着圣洁的执著,身负着难以想象的重压蹒跚而行,出版人当然没有理由旁而观之。这正是《新世纪作家文丛》的缘起。”

经与长江文艺出版社的社长刘学明、总编尹志勇、项目负责人康志刚几位多次沟通和商议,我们大致达成了以下一些基本共识:一、新的丛书系列以“新世纪作家文丛”命名,即以此表示所选对象——作家作品的时代属性,又以此显现新的丛书与“跨世纪文丛”的内在勾连与历史渊源;二、计划在5年时间左右,推出50—60位当代实力派作家的作品精选集,每辑以8—10位作家的作品集为宜;在编选方式上,参照“跨世纪文丛”的原有体例,作品主要遴选代表作,并在作品之外酌收评论文章、创作要目等,以增强作品集的学术含量,以给读者、研究者提供读解作家作品的更多资讯。

事实上,文学在进入新世纪之后,在社会与文化的诸种因素与元素的合力推导之下,越来越表现出一种史无前例的分化与泛化,创作形态也呈现出前所少有的多元与多样。文学与文坛,较前明显地发生了结构性的巨大变异,我曾在多篇文章中把这种新的文学结构称之为“三分天下”,即以文学期刊为阵地的传统型文学(严肃文学);以市场运作为手段的大众化文学(通俗文学);以网络科技为平台的新媒体文学(网络文学)。在这样一个有如经济新常态的文学新生态中,严肃文学的生存与发展,传统文学的坚守与拓进,就显得十分重要并具有非同寻常的意义。因为这一文学板块的运作情形,不只表明了严肃文学的存活状况,而且标志着严肃文学应有的艺术高度,这也在一定程度上影响和引领着整体文学的基本走向。而就在与各种通俗性的、类型化的不同观念与取向的同场竞技中,严肃文学不断突破重围,一直与时俱进;一些作家进而脱颖而出,一些作品更加彰显出来,而且同90年代时期相比,在民族性与世界性、本土性与现代性等方面,都更具新世纪的时代特点和新时代的审美风貌。即以最为显见的重要文学奖项来说,莫言获取2012年度诺贝尔文学奖的殊荣自不待说;近几届的茅盾文学奖、鲁迅文学奖,不少出自“60后”和“70后”的作家频频获奖、不断问鼎,获奖作者的年轻化使得文学奖项更显青春,文学新人们也由此显示出他们蓬勃的创造力与强劲的竞争力。这一切,都给我们的“新世纪作家文丛”的持续运作,提供了丰富不竭的资讯参照,搭建了活跃不羁的文学舞台。

我们期望,藉由这套“新世纪作家文丛”,经由众多实力派作家姹紫嫣红的创作成果,能对新世纪文学做一个以点带面的巡礼,也经由这样的多方协力的精心淘选,对新世纪文学以来的作家作品给以一定程度的“经典化”,并让这些有蕴含、有品质的作家作品,走向更多的读者,进入文学的生活,由此也对当代文学事业的繁荣与发展,乃至对社会主义精神文明建设,奉上我们的一份心力,作出自己的一份贡献。

我们将为此而不懈努力,也为此而热切期盼!

2015 年 8 月 8 日于北京朝内

# 目　录 Contents

# 我女朋友的男朋友

## 中等师专突发事件

课间操时间，操场上没人做操，广播照响。大喇叭已老化，喊体操号子的声音总是略显嘶哑，像打了通宵麻将才下桌。操场上不少学生晒着太阳，这时节草长莺飞万物花开，阳光暖得让人毛茸茸。学生们，尤其是女学生爱坐成一团，背拱背倚在一起。男学生没这么老实，扎成一堆喜欢扭打胡闹。看看那些脸上长满青春痘，正扭作一团的男孩，有经验的老师说那是在发情。

“中等师范专科学校”，行将消逝的名词，眼下仍赫然写在学校大门顶上。校领导几乎一直在外面跑，等着将中等专科并入大学，成为师范分院。这是关系每个人利益的好事，老师职称，学生文凭，都会水涨船高。有了盼望是好事，但等待的过程中人总是显得萎靡，以致课间操都组织不起来。学生们脸上仍是青春朝气，但一个个宁可晒太阳，死活不肯做操。好不容易组织起来，碰上哪天下雨中断了，就难以重新组织。老师们说：“现在的小孩，个个没生气。”

“……这是黎明前的黑暗！”校长爱这么总结，既有叹息，也是给别人鼓劲。他反复说：“娘稀匹，等我把中专升成师院，再重振风气。”

老师们老胳膊老腿总要动一动，以后评职称，又是一场马拉松。他们在办公室里做操，做哪一套都有，瞥一眼就看得出是哪个年龄段。有的打太极，或是搞八段锦，打五行拳，狗扑蛇爬的动作，也纷纷合得上广播的节拍。一边活动身体，一边也瞎聊。有的老师难免忧心忡忡，说那些学生崽子又不做操，只晓得往树林子钻。树林子里草深得很，到处都是青纱帐。他们要是捉对搞丑事，体操号子正好给他们打节拍嘛。有的撇撇嘴，说这节拍不对。体操号子一节八拍，做丑事时听这个起不了高潮。

教学楼三栋三楼一个男孩看着对面四栋三楼。那里，两个女孩背倚着一截栏杆，一个胖一个瘦。男孩怔怔地看着，直到另几个男孩围过来，将他肩头拍了几下。一个老让人觉得在吸鼻涕的男孩怂恿：“重孙，你家刘婉玲站在那里。发个短信，让她扭头看你！”男孩没有吭声，人家叫他重孙他也不表态。这要怪他父亲，给他取个名叫蒋纵。明明是纵，人家偏喜欢读成“从”，由此衍生出这么个绰号。一开始，他当然不喜欢这个绰号，谁叫就对谁翻白眼，慢慢也就适应了，心想，由着他们叫吧。另几个男孩继续怂恿，要蒋纵叫对面的女孩把脸转过来，甚至威胁说要抓蒋纵打油槌。这男孩不怕别人乱叫，但怕大家动手折腾他一个。到时候，他们肯定冲对面楼嚷嚷：刘婉玲，你快看过来……

这男孩退一步，掏出手机作势发短信。别的几个男孩自然停下手脚，扭头等着看女孩的反应。

对面两个女孩齐刷刷转过身来，胖女孩笑得更开心，男孩的短信却是发给那个瘦女孩的。瘦女孩刘婉玲在这学校里，是最受关注的女生之一，回头率怎么也在前五之列。单说相貌，就众说纷纭了，刘婉玲最引人醒目的是胸部巨大，甚至使得整个身体略微变形。有时候，某些男女生聚在一起说小话。聊到刘婉玲，女生总是有些不屑，说她十七八岁，身材像是哺过小孩的。“……你们说，有没有？有没有？”女生时下爱模仿台湾腔，“有没有”偏要说成“有木有”。男生们往往尴尬一笑，不搭话。其实这一点上，男女之间没法达成共识，根子在于荷尔蒙类型不同。刘婉玲的身材是有些夸张，偏偏是这种夸张，钉进男生眼里便拔不出来。翻开日本卡通书就明白了，画中那些少女的体型，都夸张得不合比例，所以适销全球。

刘婉玲极受关注，却喜欢将自己裹得紧，衬衫总是扣到最上面一颗纽扣。越是这样，越是让人感觉满园春色关不住，所谓性感，实在是与领口高低没多大关系。给她发短信的男孩很多，她的手机号已经成为学校男生们的公共资源。她见惯不怪，从不回复。她读的是五年大专班，转眼就要毕业。大多数发她短信得不到回复的男生松了口气，庆幸虽然自己扑了空，别人也都没占到便宜，彼此彼此，心理平衡。这时候，刘婉玲忽然回复了一个男孩，还比她小两届。两人相约，出了学校后门到苜蓿地，以及稍远的坡头逛了一圈。别的男生也不闲着，在寝室楼上架着望远镜看全过程，争抢望远镜的场面，有如哈雷彗星提前回归。网页上面，王菲和谢霆锋的事正被热炒。刘婉玲这一举动，被人说起来，就有了类比，说是眼下搞搞姐弟恋最潮。

蒋纵身边的那帮男孩见刘婉玲转过身来，比蒋纵更兴奋，吹起尖锐的唿哨。蒋纵则与刘婉玲对视。她理所当然是漂亮的，旁边胖女孩更是绿叶配着红花，但此时绿叶也笑得花枝乱颤。两个女孩都将手机捏在手上，听着刚从网页上免费下的歌曲。这一年，山寨手机忽然跑遍街头巷尾，个个都有巴掌大，音量比得上随身听，价格纷纷跌破了千儿八百。胖女孩手中那部山寨机，面板上还嵌着许多彩灯，随着音乐节奏，彩灯一圈一圈地闪亮起来，犹如多年前玩角子机押中了水果。两个女孩边听音乐边说小话，时而吃吃地笑起来。男孩将蓖麻秆一样的身体挺直了些。他有理由认为，她俩正起劲地聊着他。女孩兴致一高，倚着栏杆，身体轻轻摇晃。那几个男孩仍在凑热闹，一齐扯起耳朵，想听一听刘婉玲那部手机正播什么歌曲，由此可以八一下，她粉哪个明星。

广播体操号子正喊到第七节跳跃运动。跳跃运动，一、二、三、四、五、六、七、八，二、二、三、四、五、六、七、八……节奏加快，喊号子那嗓音忽然抖擞起来。这几个男孩只得等待，最后一节整体运动只有四个八拍。号子一停，定能听到刘婉玲手机里的歌曲。

那一幢楼建成也就十多年，女孩倚着栏杆轻轻摇晃，本来算不得一回事。忽然，铁栏杆嵌进水泥柱子的一截滑脱，一个女孩身体顺势一斜，没有稳住重心，唰地跌了下去。场面忽然热烈，广播号子一喊停，周围的人潮水一样涌向跌下楼的女孩。蒋纵仔细看了看对面，胖女孩还在。她表情僵硬，两条象腿支撑不起上半截身子，正一点一点瘫到地上。楼道那一格没了栏杆，显得醒目，教室里涌出的学生小心翼翼站过来往下探头探脑。没人去扶那个胖女孩。

男孩蒋纵低头往下看，人们已经将跌下去的刘婉玲围住，男孩只看得见一圈圈脑袋。她的山寨手机摔出去两丈远，当然已是稀巴烂。

## 你潇洒我漂亮

看守台球场子，不是别人看起来那样轻省，不是只晓得在分板上记时收费就行。铁匠对此深有体会。他叫伍铁健，熟人叫他铁匠，用不着打铁，成天守着自家台球场子。要是有人找他打几盘，一般不能拒绝。对他来说，拒绝就是露怯，就是镇不住场。输赢少则一百，有一次一个贵州佬同他赌两千，他硬着头皮答应。他输了，知道贵州佬是有人专门请来挑事的。即使这样，他依然要奉陪下去。只一盘，他基本摸清对方球路，下一盘他相信自己未必会输。贵州佬见好就收，铁匠也不穷追猛打。他也知道，未必会输，也就是未必能赢。

为打好台球，他早几年没少练技术。他练球没人教，全走野路子。有一种练法，是将空矿泉水瓶平放在球桌上，操球杆一杆一杆往瓶里捅。杆头穿过瓶嘴瓶身，快探到瓶底时倏忽一抽，杆头便完好地缩回来，哪里也没磕碰。杆头往里捅时，铁匠能听见唰的一声，抽回来时，又能听见稍小一点嘘的一声。——唰——嘘；——唰——嘘；——唰——嘘……他每天机械地捅上成千上万次，只为出杆稳定，球路标直，指哪打哪。他不觉得枯燥，相反，简单的重复使他相信自己的身板被锻造过一样，蛮有力量。朋友见他冲着空瓶来劲，笑说："铁匠，哪有这么练球的？你这是想女人想出来的招。晚上翻身睡不踏实，去对面中等师专弄一个嘛。那里面，满园子都是嫩鸡，跑了这只，顺手也摸着那只。"铁匠只是笑笑，懒得回应。球一年一年打下来，他技术越练越好，话也越来越少。

铁匠只打球，不主动泡妹子，偏有几个缺心眼的妹子夸他很酷，很拽，很屌，说他长得像伍佰，喜欢在他场子里泡着。他说："不，我俩加起来才像五百，我也就二百五。"他没想到自己能吸引妹子，有些受宠若惊。当然，伍佰随时吊着一张脸，看着是一副讨打相，如果长得像刘德华那就再好不过了。铁匠是刘德华忠实的拥趸，刘德华的歌曲他大都会唱或是会哼，上百首啊，光是歌名串起来就不少。主动靠上来的这些妹子，不对他胃口。他不晓得为什么只有这些额头染一撮毛，胯上刺青的妹子喜欢自己。虽然每天都打台球赌钱，但他并不情愿那些妹子将自己归为一类人。他想找一个斯文一点，看着有学生模样的妹子。他嗔怪过自己，你什么人啊？倒是蛮挑剔。但他骗不了自己。他不喜欢身边那几个领口开得很低的妹子，他喜欢那些将自己裹得像个粽子的女孩，留待最有耐心的男人一层一层剥开。他不是心急的人，所以一憋就憋到了三十岁，别人也没见过他和哪个妹子搞过亲密行为。

这天，他和下街的七棚连打三盘，都输了。还要再开一盘，七棚就扔他一支烟，烟蒂闪烁着紫色光晕。七棚说：“铁匠，今天你实在不在状态，再打下去我就是捡你便宜。”铁匠一想有道理，今天杆子一捅出去，总是偏得邪乎，正经说法是“不在状态”。神人科比偶尔也不在状态，何况我一个铁匠！铁匠抹出三张红色纸钞，不打了。送走七棚，铁匠叫抽烟的雷妹独自看场子。

以前，要说铁匠有找女人的心思，可能就对雷妹产生过。雷妹喜欢打球，在铁匠场子里待得一久混得一熟，主动帮他看起场子来。一般来挑事的，球台上对付不了她。她喜欢打球，也喜欢和铁匠呆在一起，看场子是顺便的活。他每月付她一千块钱，她从别人手中赢的不止这个数。没人打球，铁匠和雷妹也可以捉对厮杀，并不寂寞。时间一久，铁匠就对雷妹有了说不出的亲近感，两根球杆就是媒妁，台子上滚动的色球就是彼此的情话。雷妹乍看像男人，看得越仔细，找到越多女人味。这些想法都在心里，铁匠想说出来不晓得如何开口，只有憋着。雷妹当然感觉到了，她一直留心铁匠。两人都不明说。话说不出口，雷妹不知不觉哼了出来。雷妹一唱，铁匠想起那是很多年前流行过一阵的甜歌金曲，是一个在《西游记》里面演妖精的妹子唱过的。“女人爱，潇洒，男人爱，漂亮，不知地，不觉地，就迷上你……”雷妹嘴里一哼，铁匠眉头倏忽皱了一下，他想她怎么会哼这种酸调调？他以为她会唱《沧海一声笑》。雷妹哼这歌，铁匠对她那点亲近感就淡了。偏偏雷妹只会哼这调子，仿佛天底下只有这一首歌。也许，这歌流行的时候雷妹撞着过什么事情，或者惊心动魄，或者让她长久难以释怀。人的情绪，总会停留在某些脑残的瞬间。

有一次，雷妹提着球杆子，又哼起这调子，觉察到铁匠在看她，便迎合地朝铁匠觑来一眼，眼神竟是几多妩媚。铁匠牙齿差点咬着了舌子。他说：“你打球就打球，别哼歌好不？搞得人不得清静。”铁匠这时突然明白，雷妹是自己一号兄弟。那些破港产片里面，把妹子当成兄弟相处，就像片子里让女同志扮老婆打掩护，最后都日久生情，搞成夫妻。铁匠认为，自己和雷妹不是那样。雷妹听铁匠这么一说，一下子就明白铁匠不会爱她。她集中精力，咬紧牙关，啪啪啪连赢铁匠几盘。那以后，她还是来帮他看守场子，没人的时候两人照样捅几盘，但彼此挨近时那些微弱的颤抖，已经了无痕迹。

最近铁匠和那妹子有了来往，雷妹看出一些端倪，但她从不多问。看着雷妹抽烟的样子，铁匠心里感慨，老婆总会找到一个，一辈子肝胆相照的兄弟，其实最是难得。和雷妹保持这样的关系，也是幸事。

铁匠走过二楼，上到三楼自己的房间。房间是简单到极致，一看就是光棍住所。地板上搁一床席梦思，窗前沙发上堆起换洗的衣服，门背后摆着一台卡式磁带机。磁带倒有一大柜，全是以前没卖完的。十年前，他的台球场里还摆个架子卖卡式磁带，一盒磁带卖八块十块，基本是对赚。忽然有一天，这东西变得不好卖，压下来的几箱货也退不掉。新出一种东西叫 CD，是卡式磁带的替代产品。铁匠心想，那么多学生，手里还有那么多磁带机，说替代就替代了？他照样摆开架子卖卡式磁带，但这东西一遭淘汰，基本上一盒都卖不出去。后来磁带只能堆进房间，铁匠闲着无聊就剥开一盒听听，听着也没区别，一样的歌手，一样的嗓音嘛，为何就替代了？

好多事情铁匠想不明白，到后来也不多想了。

二十年前，这一带都是菜地，对面中等师专也是一畦畦绿油油的蔬菜。十几年前，马路从市里铺过来，在菜地中间延伸。中等师专从老市区搬到这里以后，铁匠父亲在菜地上盖出三层楼的房子，一楼做门面，二楼打算出租给学生，三楼留给自家居住。这些学生嫩得一把掐得出水，就像刚拱出泥土的菜苗。铁匠父亲却想不通，这样嫩的娃娃，怎么就晓得男女捉对在屋子里瞎闹呢？有时，出租屋里弄出的声音摧枯拉朽一般，丝毫没有避人的意思。铁匠父亲只好苦笑，说这些娃娃，跟葫芦金刚一样，看起来嫩，动起手来却一点不含糊。纵是出租屋，铁匠父亲也不愿意有人在房间里乱搞。自家住的三楼，正厅还供着“天地国亲师”（君字被取掉了，换成国字）的牌位。娃娃们瞎胡搞，会搅得五尊耳根不清静。新学期一开学，铁匠父亲有言在先，谁想租进来，男是男女是女，不能混着串门。寻租的都是学生，要是男女互相不能串门，和校内寝室有何区别？学校这么大，寝室铺位还是管够。铁匠当时十几岁，书死活读不下去，对面的中等师专都考不进去，打算管理自家门面。他对父亲说：“你看不惯就别看。五尊的牌位，你还是搬回老房子，那里面清静。马路边这幢房，我一个人盯着就够了。”他父母又搬回以前的房子住，老平房，但地气充足，祖先们也得安逸。

铁匠十七岁过上了收租金的日子，一楼门面空出一间，门面之外还有大片空地，一并摆上台球桌。那时候他开始玩台球，天天都在干这个，不比专业球员练得少，只是没师傅带进门，怎么练都是江湖野路子。一晃他已三十岁，生活还是那样子。去年，大勇邀他去广东开车。大勇说：“那边跑车的好多佴城人。过去不光是跑车，大家抱团，容易找到别的发财机会。”铁匠难免心动，他可不想在这里守一辈子，是个男人，总要出去混混世面，开开眼界。在他印象里，广东挨着香港，便有一种说不出的亲切。这么多年，也可以说，他是看香港片长大的。刘德华要是有心情，打个的就可以来广东开个唱。

这一阵，他想把场子转出去，雷妹倒是上佳人选。铁匠心想，她不必付押金，赚了钱再交租金也行。面对雷妹，不知怎么搞的，铁匠却开不了口，一再延宕。

铁匠上了楼，操起手机发了一条短信出去，躺着等回复。好半天，也没收到回信。他在心里嘀咕了一句，拨了那个电话。这同样不太正常，大多数时候，他只发短信和那个人联系，很少拨电话。这也是两人的约定。

果然！铁匠又对自己说，电话竟然无法接通。电话不是占线，不是关机，不是不在服务区，拨通后是一片辽远的静默。闭上眼，听着电话里这片静默，人好似钻进不见底的黑洞之中。过一会，他又拨一遍，还是这样。如是三遍，他就不再拨了。他想那个女孩也许是故意为之，女孩总有瞬息万变的情绪。“女孩的心思你别猜（别猜别猜），你猜来猜去就会把她爱……”铁匠又记起听过的一首歌，心想：我这是爱她了么？

他剥开一盒磁带，想听两支歌，一支还没听完就睡了。再睁开眼，天全黑了，他看看手机，仍没有回过来的短信。这时候，他听见中等师专那边隐约传来一阵哀乐。他往那边看看，几栋教学楼亮开了灯，周围一带都罩在光晕里头。中等师专，晚上是要自习的，老师管着小孩，不能到处乱跑。光晕之外，就是重重叠叠的黑暗。铁匠仔细听了听这哀乐的声音，应该不是学校老师、员工或者家属的葬礼。如是，乐声中会夹杂一种热烘烘、闹哄哄的气氛。这天晚上飘进耳里的乐声，干净、单薄，也就分外凄厉。

## 男孩蒋纵的意念

“是你，小蒋，对吗?”

中年妇女双眼红肿，见了男孩，问候似的挤挤眉眼，眼角扑的粉霎时间现出皲裂纹路。

男孩低着头，绞着手指，做错了事听凭发落的样子。刚才，男孩被校教导主任老徐叫出教室，头皮便开始发麻。以前呆在家里，母亲一再交代，纵是读了个中专学校，也要好好念书，不要皮子发痒，搞那些早恋的破事。“都是为你好，不要惹麻烦。”当时他只顾点头搪塞，心想能有什么麻烦?在他看来，母亲基本上就是那个爱讲“狼来了”的孩子，就是《女人是老虎》那歌里唱的老和尚。此刻，男孩忽然晓得，早恋果然不是闹着玩的——女孩稀里糊涂地死掉了，自己却要面见她的母亲。

老徐见男孩不吭声，轻轻拍了拍他，示意他应该说点什么。男孩抬头觑了中年妇女一眼，赶紧勾下来，舌头像被人打了结，别说一句整话，简直一个字音都哼不出来。中年妇女又想起女儿，上月一别，就此阴阳两隔，全身又变得冰凉，啜泣有声。中年妇女一边哭着，一边还摸了摸这男孩扁长的脑袋。

“不要太难过，唔唔唔……”

男孩听见中年妇女在说话，像说给自己听，又像是安慰她本人。此刻，她的手滑到男孩的后脖颈上，男孩整颗脑袋都晃起来。

上午课间操的时候，刘婉玲从楼上摔下去，他脑子一下子蒙掉了。刘婉玲是他女朋友，但他不太确定。他强烈意识到，这一下自己必然惹上一些麻烦。是什么麻烦？他想不清楚，心紧得几乎痉挛。

学校死一个人，自有老师处理，校方很快就叫来医生和警察，那也只能确认死亡了，任何手段都已回天无力。铃声一响，课程有条不紊地进行，这也能安定孩子们的情绪。小孩见识不多，一遇事就觉着天塌地陷，正常的日子于此中断。讲台上，老师表情一如往常，声调不平不仄，这让台下的学生突然意识到，地球果然是圆的，照常转动，谁死都不是什么大不了的事。

男孩蒋纵坐在教室中间，一直都在走神。刘婉玲栽下来的一瞬，其实一片模糊，这时又清晰起来。他眼睛有自拍功能，录下来，可以随时重放。脑袋里满是当时的画面，纵没有美国片那么激烈，却因为真实，有种难言的惊心动魄。他将自己身子尽量蜷缩起来，不引起任何人的注意。他从小就这样，听见打雷就躲衣柜里，直到母亲翻遍每个角落将他揪出来，骂他没出息。此刻，男孩越是想蜷缩，越是觉得自己暴露在密密麻麻的目光里，甚至被扒光了衣服。

挨了半节课，蒋纵心想，老这么担惊受怕也不是办法。……意念，意念！慌乱中，他脑袋里嗡地一响，闪出这个词。又是这个意念！这曾是父亲嘴角随时蹦跶出来的一个词，他耳朵听出了老茧。当年，他父亲跟随外面来的一个大师习一种功法，成天叨念灵验、开悟、感应、吸纳、发功、接功……听得最多的，还是意念。父亲满师以后，用功法给别人治近视，一开始是学雷锋做好事，分文不收。那些受惠的人坚持要塞钱，恭敬不如从命，他父亲也就收下。父亲跟别人说，你举起一只手，用意念告诉自己，长长长，念上一百遍，再将双手合十。你会发现，刚才举起的那只手长出一截来。你的意念能力越强，长出的部分就越多。按父亲说法尝试的人，屡试不爽，嘴里纷纷发出讶异的声音。父亲教别人施展意念，蒋纵也在一旁悄悄地跟从，他有时候觉得手长长了，有时候不明显，有时候甚至怀疑那手不是自己的。

从那时候起，蒋纵就相信意念是个有用的东西，随时用得着。

……意念，意念！男孩心里默念这个有魔力的词，然后跟自己说，谁也没有注意你。你以为你是谁呵，谁在看你？默念了许多遍，他的腰杆一点一点地挺直起来，用余光瞟一瞟周围，确信同学们根本没有注意他。同学们也在走神，刚才的事几乎让所有人惊魂未定。

这功法真还有些灵验。试一试有效果，男孩就再次加大意念，告诉自己，刘婉玲和自己没有任何关系，那天两人并排走了一圈，只是一种幻觉，幻觉而已！这样的话，他闭着眼在心里默念了很多遍。睁开眼，他依然记起那天的事，历历在目。他依稀记得刘婉玲身上那种气味，不是香水味（学生守则明令禁止喷洒香水），也不是汗味，只觉得好闻。乍一闻，那气味丝丝缕缕地往鼻孔里钻；他贪心地想猛吸几下，那气味便四下游散，无处捕捉了。冲这气味，他开始相信恋爱是难以抗拒的东西，生活开始变得不一样……

此刻，他悲哀地发现，意念就是自欺欺人，当天和刘婉玲走在一起，自己身上碰了电门一般酥麻麻的感觉才是千真万确。

那个手机号码，十一位数，很多男生都知道。听说很多男孩都给刘婉玲发短信，不见回复，反而上了瘾，或者说中了邪，一天到晚噼里啪啦不断地发，彼此还打赌，谁先得到刘婉玲回的短信，即便是骂人的话，也算胜利。要是短信有体积有重量，刘婉玲的手机肯定已被抻得像教学楼那么大。

某天下午自习课，蒋纵闲着无聊，掏出手机想玩些什么，但他的手机款式太老旧，甚至没有内存卡，游戏也是很狗血。他听见身边一个男孩问另一个男孩刘婉玲的电话号码，那男孩随口吐出来，就像回答一加一等于几。他脑袋嗞啦嗞啦响了几下，自动接收了。于是他键了一条信息：我喜欢你，可以吗？然后，想也不想，照那个号码发了过去。要是不及时摁发送键，他知道自己会将短信删除。他知道刘婉玲是谁，不确定自己是否喜欢，即使喜欢，想到有那么多人也同样喜欢，他就感到紧张。他母亲老骂他没出息，因此不让他读高中，读个中专尽早上班糊口。面对人生选择，他也不多说什么，因为他觉得母亲说的不无道理。当然，他也用不着自卑，和自己一般大的小孩都不太有出息，一个个温温吞吞，低眉顺眼，不像港产片里的那些人，都是横眉怒目喊打喊杀活过来的。

蒋纵以为，自己发去的这条信息，注定会淹没在发给刘婉玲无穷无尽的短信之中。他也不打算发第二条，一条足矣。

奇迹发生了，很快，他收到一条短信：好的啊，我一直都在等你！

他当时还不肯确定。刘婉玲从不回男生短信的说法，在学校里流传好一阵了。他索性又发一条短信，约她见面。她定了时间和地点。他小心翼翼拿着号码去同学的手机上核对，千真万确，这就是刘婉玲的手机号码。他核对这号码，就像福彩开奖时查看号球滚落，一个一个砸下来，都精准地铆上了手机里这串幸运数字。这件事，同学晓得了，都怂恿他去赴约。“就算她要耍你，都要搞个清白，到底有什么花样。”他们态度坚决，而且痛惜不是自己摸中大奖。到晚上就寝之前，别班的男孩也晓得这件事情，钻进他们寝室要看看蒋纵到底是谁。“原来是你呀……是重孙子啊……”他们都比他更兴奋，把他压在床上，掐他，咯吱他，他觉得这些都是祝福，都是羡慕嫉妒恨。

到了约定的时间，他去到学校后门外，她果然在那里。当男孩走向刘婉玲时，她迷惑地看了看他，旋即就恢复了镇静。男孩其实是敏感的，他估计刘婉玲将自己当成另一个人了，原来是场误会。但是否就此退缩？他知道身后还有不少人的目光追随，这次约会已然成为公共事件。男孩蒋纵咬了咬牙，用意念提醒自己，一切都是天意，一切都是命运，刘婉玲就是在等我！我是……我是刘德华！他把头发一甩(其实是板寸)，抖擞着身体走过去，和刘婉玲并肩走向前面那片紫花苜蓿地。他想要脑子里回旋起刘德华的歌，以切合此时情境，让自己放松，耳畔响起的却是时下正跑遍大街小巷的《老鼠爱大米》。“……我爱你，爱着你，就像老鼠爱大米，不管有多少风雨，我都依然陪着你……这样爱你……”

中午吃饭时，蒋纵有点迈不动腿。他又意念了几把，蒋纵啊蒋纵，你其实生龙活虎哩……仍旧浑身无力。于是他直接回寝室，叫同学给自己带饭。别看他瘦得像豆芽，平时他每顿能吃半斤饭，今天他说三两就可以。同学也知冷知暖地说：“晓得了，你快去休息。下午要不要请病假？”他摇摇头。同学就拿着他的碗去食堂里打饭，几个人商量着，饭打得少，不妨打两份肉菜外加两枚卤鸡蛋一个卤猪蹄给蒋纵补补身体，还有人提议，是不是给他买一瓶二锅头。

下午蒋纵照常到教室里上课，刘婉玲的事情是同学们唯一的话题，一边说一边朝着蒋纵指指点点。蒋纵发现自己已经适应，只一个中午，他就调节了过来。还是意念的作用，他告诫自己：人家都死了，我被议论几句又算得什么？人并不是我害死的……但我要摆出什么样的表情，应对别人的关注呢？他想摆得悲伤一点，或者是面无表情，想不出个标准答案，脸皮子绷得紧。他的书桌里有一面巴掌大的镜子，有时候，他会把镜子夹在书里，佯装听课，其实在不断地审视自己。有时候，一照镜子就挨过了半节课。很多同学都有这嗜好，不光女孩，还有男孩，一边照镜子一边把青春痘挤出汁来。但这时，蒋纵不断加大意念，依然不敢将镜子掏出来照自己的表情。

下午还算平静，听人说刘婉玲的母亲已经赶过来。她父亲在遥远的地方考察一个项目，明天才能坐飞机赶回来。蒋纵心想，下了课也不去食堂，同学们中午买来的卤菜没吃完，拿来当晚餐都够。快下课时，蒋纵听见哀乐声响起，头皮又一阵发麻。铃声一响，他想回寝室，教导主任老徐拦在教室门口，说我正找你哩。

老徐并不老，三十六岁的光棍，整年都穿红裤衩。教导主任是个不上不下的职位。有学生意外死亡，学校高层（校长一人，书记一人，副校长四人、工会主席一人）都很震动。校长在外面开会，打个电话过来说："现在学校升级正在关键的时候，死什么人嘛。"接电话的人委屈地说："突发事件，谁能料得到啊，料得到谁都不肯死了。"校长指示马上妥善解决此事，从人道主义立场出发，尽量满足死者家属要求，息事宁人。高层领导或者以职权范围作借口，或者说手头有事正忙，相互推诿；一般的教师闲云野鹤，哪肯挑重担。处理这事最终落在中层领导老徐身上，他责无旁贷。老徐心想，本命年如虎狼，活该倒霉。

听说刘婉玲的母亲是个家庭妇女，老徐就想象见面时的情况：一把鼻涕一把泪，哭天抢地，揪着他的衣襟泣诉，还我女儿，还我女儿！其实不是这样，中年妇女气质不错，衣着得体，脸上还化了淡妆。妇女按捺着情绪听老徐讲情况，老徐便宽心起来。处理意见火速拿出来了，主要原因是工程质量，铁栏杆嵌进水泥廊柱的一截偏短，此外用于固定栏杆的混凝土硬度有待检测。但房子建了十几年，施工负责人早不知去向。朝这个方向追究，虽有理论上的可行性，但真要操作，道路之曲折，前途之黯淡，简直令人窒息。校方给每个学生买了简易保险，身故有十万赔偿金。校长的人道主义，就是在此基础上追加十万，另外可以帮刘婉玲的姐姐解决工作，来本校任教。校长遥控指挥，很快找熟人摸清了刘婉玲的家庭关系。她有一个姐姐去年从某高等师范学院毕业，被教育局分配到偏远农村教初中，却没有去。她说她要的是分配，而不是发配。

校方的处理方案全面周详，以致某副校长质疑，处理方案如此优厚，要是以后学生故意跳死，怎么办？据说贵州的矿区就有这样的情况，赔付款一高，死的人反而直线上升。校长强硬地说："谁家十五六岁的孩子，宁愿拿一条命换个二十万，我都给！"又有人说，师资岗位本来就超员，死一个学生多一个老师，以后老师多学生少，怎么得了？我们学校是不是要升级成博士点啊？校长吼回来一句："严防死守，责任到人。以后谁管的学生出了事，责任老师全权负责，腾出位置给别人干！”

刘婉玲的葬礼也由学校操办。按本地习俗，还没结婚就早夭的化生子，尸身不能回家。刘婉玲的母亲电话里和男人商议，基本上没什么意见，就等男人来了以后和校方最后确认。诸事议毕，中年妇女魂不守舍，坐在椅子上，时不时抽泣几声。她身子发软，不太坐得稳，老徐就坐旁边用身体支撑着她，递纸巾递水，轻声安慰。“还有什么要求，你都可以提。”老徐按校长指示，周到地提醒着中年妇女。大问题都已解决，小要求须及时处理，尽量满足，千万不能让对方突然反悔，节外生枝。中年妇女愣了半天，忽然说想见见那个小男孩。

“哪个小男孩？”

中年妇女含糊地说，女儿好像交了一个男朋友，应该是同校学生，但不知道姓名。老徐赶忙说：“那好办，我去帮你问问。”

她从哪里打听到女儿还有个小男友？她怎么想到要见见这个小孩？要从他嘴里问问女儿的情况？此事不便追问。这要求尽管有些唐突，但还算不得过分，是在“尽量满足”范围内。老徐去刘婉玲生前所在班级打听，果然有这样的事。老徐顺藤摸瓜找到蒋纵。

“你和刘婉玲……你是刘婉玲……怎么说呢？你们是不是？”老徐忽然口拙，他看这小孩，简直还没长毛，不知怎么跟他说。蒋纵没吭声，因为不晓得如何作答。如果说不是，那是自己怯懦；如果说是，又不够理直气壮。他心里正纠结成一团麻。见男孩没有吭声，老徐只当是默认，换了循循善诱的语调说：“按说是违反了纪律，但今天的情况有特殊性，你不要有顾虑。刘婉玲的母亲想见见你，没问题吧？只是见一面。”

中年妇女也搞不清自己怎么就想见那男孩，等男孩来到自己面前，他的反应全不是自己所想。男孩的眼睛在地上找缝，脑袋都恨不得耷拉到裤裆里。中年妇女不好让小男孩为难，自顾说了几句，就用眼神示意老徐，可以让男孩离开了。她搞不明白，女儿怎么会喜欢上这颗豆芽菜？看上去，他顶多也就是女儿的姊妹，哪是男人？……但是，女儿已经死了。中年妇女一旦岔开心思想别的事，这个冰冷的事实一次一次、分分秒秒将她拽回来，剜心般一阵阵抽痛。她又想，婉玲要是还活着，找什么样的男朋友，妈都由着你！

……但是，婉玲已经死了！

老徐一看表，现在已是晚饭点，作为接待人员，他要带中年妇女出去找家馆子吃饭。他问男孩："饿了？一起吃个饭去。"蒋纵惊恐地摇起脑袋。他的脖子颀长，脑袋是扁圆形，摇起来分明就是拨浪鼓。

"好的，那你走吧。"

蒋纵也不晓得见了刘婉玲的母亲为何会浑身发抖。一站到中年妇女面前，他心里反复默念着：我是一团空气，谁也看不见我。我是一团空气……终于，老徐让他走，他赶紧掉转脑袋向后走。一边走一边痛恨起来，我怎能这样没出息？刘婉玲肯定不会满意自己这副表现。他想到刘婉玲，想再次记起她身上那种难以命名的气味，脑子却打了个忽闪，浮现出卤猪蹄和卤鸡蛋。

## 每个人都很有才

中等师专的大门，铁匠可以随意进出。门卫老纪以前也是本地菜农，掰掰手指肯定能数成亲戚。铁匠跟老纪打个招呼，就往里走。老纪知道对门摆台球摊的铁匠并不是爱挑事的马路晃晃。出于习惯，老纪随口问一句："这么晚了，你进去搞么子？"

"里头哪个死了？"

"一个粉嫩的学生妹子，造孽呀。"老纪咂巴着嘴说，"上午从三楼摔下来，眼都不眨一下就死掉了。"

"摆在哪里？"

"能在哪里？后门，有一溜车库，就摆在那里。铁匠，你有心思看死人啊，要不要送个花圈？"

"说不定会送一个。我是靠你们学校的学生吃饭，死的都是我衣食父母。"铁匠歪着嘴朝老纪一笑，把耳朵上夹的烟扔给他。

佴城不大，但郊区这所校园却有些广袤，从前门到后门，要从两座矮坡中间狭长地带穿过，说那是峡谷，未免托大，说是校园小径，真担心会有强人剪径。男孩蒋纵独自往后门方向走，走到这一段，路灯忽明忽暗，道两旁的杂树被风一吹，乔木哗哗地响，灌木瑟瑟地抖。蒋纵心里不免害怕，虽然路灯亮着，但他觉得随时会被一阵风灭掉。他往身后看看，教学楼暗了，宿舍楼还没熄灯。他知道，转身回去是不行的，同学会取笑他。刚才，是他们费尽唇舌将他撵出来的。

幕后黑手其实还是老徐，他要圆满完成校长布置的任务。头一天，他陪着中年妇女守灵，刘婉玲父亲还有一些亲戚明天才赶到。刘婉玲生前所在班级来了不少学生，校方给他们放假，晚上守灵白天补休，还发餐补。相对于上课，这些孩子倒是愿意守灵，但他们不晓得围着刘婉玲的母亲嘁嘁喳喳聊一聊，追思故友，安慰遗属。他们自顾扎堆说话，老徐和中年妇女只能枯坐墙角，孤单成双。校方指派了几个老师，他们在灵堂敷衍地坐了一会，又围在一块打扑克。

老徐坐得无聊，心思忽然一动，如果男孩蒋纵过来陪着，总是要比两个人大眼瞪小眼来得好。中年妇女白天憋进肚里的话，现在可以从容讲。他先是打给蒋纵的班主任贺加强，但贺加强并不买账，他说凭什么要叫我学生去守死人？他俩是不是扯证结婚了？老徐知道贺加强不会被自己说通，再一想，不是他的错，倒是自己，哪壶不开提哪壶。贺加强是学校里为数不多的名牌大学研究生，主攻数理逻辑的递归论和公理集合论，但分到这里，只能教革命史和马政经（马政经，在方言里谐音“不正经”）。贺加强憋了一肚子火，不敢朝领导发泄，揪着老徐正好释放情绪。

和贺加强说不通，老徐便调整方略，便给学生会的干部打电话，下指示，要他们务必完成这个任务，马上就干！老徐刚被贺加强喷了一通，语气便有些严厉。

蒋纵这一天虽不干体力劳动，但也累得脱形，打算早点睡。班长撩开他的帐门，冲他说：“蒋纵同学，你怎么能睡觉呢？”平时班长也叫他重孙，此刻忽然一改腔调，一声同学叫得有如同志。蒋纵说：“怎么不能睡？”生活委员说：“你女朋友今天刚死，你不给她守夜，还是不是人？”几个班干部义正辞严，轮番劝他。他们头回执行这样的任务，劲头十足，但表情尚欠熟练，所以一个个用力绷着脸。蒋纵以为自己坚持一会就能睡下，很快发现又盲目乐观了。这些干部摆开架势，今晚蒋纵不去守夜，他们就守他的夜。

此刻蒋纵独自走到两座矮坡中间，心里想，要是有个人陪我也好。

正这么想着，就有个声音在不远的地方喊他：“喂，小孩!”蒋纵抬头一看，半明半暗的光晕里，一个瘦高的男人朝自己走过来。男人很快走到蒋纵面前，问他是不是要去后门的灵堂。蒋纵点点头。“走，我们一块去。”男人顺手揽住蒋纵瘦削的肩头往前走，蒋纵感到这是一只有力的手。前面的灯也纷纷亮起来，这男人仿佛可以增大电压。男人问他是不是摔死那个女孩的同学，他点点头。

“同班同学?”

仍是点点头。

“那她叫什么名字?”铁匠想这么问，话到嘴边又哽住了。马上就会看见遗像，一看就知道那女孩是谁。是，或者不是。他相信不是，生活中的好事和歹事都是小概率事件，他活了三十年，自知不是一条好命，但运气也不算太坏。蒋纵问他：“叔叔……”铁匠便纠正他：“叫哥哥。”其实他知道，叫叔叔是对的，他大这小孩一轮有多。蒋纵又问：“你也是去灵堂守夜?”铁匠点点头。

“你认识刘婉玲？你是她的亲戚?”蒋纵忽然担心起来，他想他会不会是刘婉玲的哥哥？这简直比她母亲更难面对。

“……不是。我就住在校门口，晚上这里放哀乐，我睡不着，过来坐一坐。”铁匠摸出烟盒，拔一支递给蒋纵，蒋纵摇摇头。铁匠说：“抽!”夜色中，两人一齐喷出烟子，并排走在路上，但步调不一致，铁匠走四步蒋纵要跨五步，所以他必须加快步伐。

老徐抬头一看，来的竟是两个人，除了蒋纵还有一个三十来岁的男人，瘦劲的身躯庇护着蔫巴巴的蒋纵。老徐走过去问：“你好，你是?”

“我是他表哥。”

“欢迎欢迎……麻烦你了。”老徐心想，这男孩毕竟经不起风浪，被今天的事搞蒙了，打电话把亲戚都叫了来。老徐一看这男人一张刀条子脸，觉得熟悉，应是在哪里见过，一下子想不起来。老徐目的没有达到，蒋纵和那男人找了另一个角落坐下，中年妇女还是老徐单独陪同。那几个老师打得兴奋，吵吵嚷嚷，有人出一张牌就骂一句脏话，老徐厉声制止。打牌的老师嘟哝了一句，说你屁大个官，官威倒是不小。之后，场面毕竟安静了下来。

铁匠很快看出来，这男孩不是刘婉玲同班同学。她的同班同学全坐在那边嗑瓜子说话，这男孩扎不进堆。铁匠正要问，蒋纵主动开口说话了。他轻声说：“表哥，我好像在哪见过你？”

铁匠记起来，十年前，马路上闲逛的男人找漂亮妹子搭话，总拿这一句开篇。他不由得苦笑，并告诉这男孩：“我就在你们学校大门口对面，摆台球桌，也卖过磁带。”

“那我应该在你店子里买过磁带。”

“不可能，我好几年前就不卖了，现在是 CD、VCD，还有什么 D。我卖磁带的时候你还在读小学。现在我只开台球场子。”

“我没去过，我不打台球。”

“没关系。”他这才问，“你好像不是这个……刘婉玲同班的同学。”

“不是。”蒋纵巴眨着眼睛，委屈地说，“他们说我是她男朋友？”

“他们说？那到底是不是？”

蒋纵没有开口，身子倚向铁匠。他很瘦，坐在没靠背的椅子上晃得厉害。而且他觉得冷，这个天上掉下来的表哥倒是热乎。他问：“表哥，你结婚了吗?”

“没有。”

“有女朋友吗?”

“呃，有过。”

“有过？你的女朋友也死了吗?”

铁匠见这男孩眼睛倏忽一亮，脸颊便被两枚眼球挤得更窄。他觉得他像某种动物，南极的企鹅、西伯利亚的旱獭或者是丛林里的狐鼬。这些动物都是四肢爬行，但喜欢直立起来装人，个个憨头憨脑。他喷着烟，进入回忆的状态，告诉他：“为什么要死呢？有过，分开了。”

男孩贴得更紧，仿佛很想听听铁匠的爱情故事。铁匠从来不喜欢给人讲故事，因为他没有故事，但这一晚，他心里有一股说话的冲动。夜晚很长，死去女孩的照片放在一丈开外的地方。照片上，女孩笑得阳光灿烂，阎王爷看见了，也忍不住在她小脸上捏一把。

铁匠给蒋纵讲起了故事。铁匠说很多年前（故事总是发生在很多年前，真是毫无办法），自己还年轻的时候，曾和一帮兄弟去广东混，到后来只好到处抢劫，飞车抢夺，或者脑袋上套了丝袜冲进金店，用西瓜刀架在店员脖子上，让他们把金饰和钻石项链放进自己裤兜。

男孩蒋纵默默地听，没有搭腔。灵堂内总是有些嘈杂，铁匠控制着自己的音量，怕不相干的人听见，其实都是多虑。只有蒋纵在听。有时候，他也怀疑蒋纵没在听。捅捅这小孩，他就说：“呃，后来呢?”

后来，有一次作案得手，他和同伙将车开到郊区一座小山头分赃，这时一个高脚妹子突然冒出来。同伙担心妹子多嘴，不想留活口，但他不愿意滥杀无辜，拼命护住这妹子。后来同伙里有人被公安抓进去，严刑拷打，但是意志坚定，绝不出卖兄弟。别的兄弟认为是那高脚妹子出卖了同伙，要砍死她，铁匠再次将那高脚妹子救了下来。铁匠的老大很讲义气，很罩小弟，为此还插了自己一刀，帮铁匠和妹子摆脱了那伙人的纠缠。再后来，那女孩当然死心踏地对他好。有一次，他被仇家追砍，身披十几刀，窝在省城一处出租屋不能动弹。那高脚妹子从台湾赶过来，端茶倒水，换膏药、擦身体，伺候自己半个多月……

铁匠发觉自己说漏了嘴，担心男孩质疑，姐姐怎么是台湾的？铁匠扯起耳朵，听见男孩喷出细微的鼾声。他只好坐着不动，任他倚靠。他又想，这些小孩太小，已经不看那些黑帮爱情电影了。刘德华与吴倩莲的死去活来，比不上红太狼用平底煎锅将灰太狼一次一次敲向天空。他们崇拜的明星，自己未必喊得出名字。

老徐一直在劝中年妇女，说你今天老远赶过来，已经累得不行，不必守整夜。还是先去休息休息！中年妇女一开始有些激动，说我怎么能休息呢？后面有些撑不住了，默许了老徐的建议。老徐开着车送她去校招待所。两人一走，灵堂突然就热闹起来。几个老师狠狠地将牌砸向桌面，恨不得每一张牌拍死一个对手。

刘婉玲同班同学们坐着瞎聊大半夜，实足没劲。刚才始聊着刘婉玲，还有些难过，斯人已去，音容宛在。聊了大半夜，难过的心情慢慢转换为烦躁，只想找些事情打发时间。天还没亮，哪里传来一两声鸡叫，旋即又被狗叫声淹没。一张桌子上堆叠着不少白纸，还有毛笔和墨汁，他们就铺开纸写起了对联。

对面那帮学生崽摆出姿势写起毛笔字，每个人都是很有才的样子，毛笔一挥，写成一副对联，围观的就大声叫好。喧闹的声音将蒋纵惊醒。他们将蒋纵拽了过去，邀他一起写对联。蒋纵恐惧地说不会写。旁边有人提醒："嵌字就行，把你的名字和她的名字都嵌进去，这才有纪念意义。"蒋纵头皮一阵阵地发麻。墙角摆了一溜花圈，是以校方各领导、各教学科室名义送过来的，都垂了挽联。蒋纵只好现买现卖，从上面找字拼凑到对联里。他对对联的概念很陌生，只知道上下联的字数要一样多。这倒不是语文功力，掐手指就能解决。犹豫了好一会，他便在纸上歪歪扭扭地写：

婉玲安息！

蒋纵哀悼！

本来他是想写"刘婉玲安息"，但下联就凑不足五个字，他有点恨父亲怎么给自己取个单名。他把笔搁在一旁，想走，但刘婉玲班上的同学拖住他，说这不对，你只写这么几个字，应付差事？你是她男朋友，一定要写长一点，要比别人的都长一点才行。蒋纵拗不住别人的劝说，他总是无措，容易被别人安排和指使。他又憋了一会，在另一张白纸上写：

不能同年同月同日同时同分同秒生

但愿同年同月同日同时同分同秒死

蒋纵心想，这下字数有够多了，但别人仍然不放过他，说这是拿卷巴话交差。他们操着古怪的腔调念着他写的对联，果然就像大舌头。还有人提出：你没有和她一起死嘛，这么写，很虚伪。蒋纵憋红了脸，再也想不出别的东西。这时，铁匠也走了过来。他说："不要难为他，我来写好了。我是他表哥。"

铁匠拿过纸笔，脑袋里首先浮现出的，是毛主席诗词。他赶在毛主席去世之前那一年出生，还在娘胎里的时候，蔬菜村广播喇叭里播出的诗词和最新语录就是他的胎教。他多多少少记住一些句子，估计其中两句应该是与爱情有关，因为有"天若有情"四字。《天若有情》是他喜欢的电影，里面的刘德华和吴倩莲从头到尾都在搞爱情，爱得鼻青脸肿，爱得锥心刺骨，爱得惨绝人寰。

天若有情天亦老

人间正道是沧桑

这些学生崽子并不好糊弄，有人说这两句是搞革命的意思，和男女之间的感情没有关系。铁匠有些意外，知道自己糊弄不过去。肚里没货，铁匠一时下不来台，但他可不想在这帮小孩面前丢脸。搜肠刮肚地一想，幸好想起了刘德华，以及他唱的那些歌。刘天王不见得唱得有多好，因此，在K歌房里铁匠总是点唱刘天王的歌，可以保证不比原音再现更丑。

稍加拼凑，铁匠便用歌名硬凑出一副对子：

缠绵难换真永远

天意可待来生缘

幸好还有刘德华，幸好他唱过的歌蛮多，而且大都是唱爱情的。铁匠松了口气，写罢把笔一扔，这才觉得有些累，蹒跚着走回原来的角落。背后有小孩随口哼起了《来生缘》："痛苦痛悲痛心痛恨痛失去你……"铁匠一度怀疑，写这歌词的是个结巴子。

## 长达半年的回忆

铁匠哪想到妹子死得这么干脆，目光第一次触摸那帧遗像时，还来不及难过，首先得来是一阵荒唐之感。难过之后，他又发现自己处境尴尬，没法把自己和妹子的关系讲给任何人听。说出来又能怎样？他看看那个男孩。那个鼻孔不再挂着鼻涕，刚长出些茸毛的男孩，被所有人当成她的男朋友。

男孩无助地坐着，勾下脑袋，一派替人受过的样子。事实也是这样。铁匠看看他，再次看看照片里依旧微笑的刘婉玲，脑袋蹦出一个词：死无对证！他突然知道这是什么意思。铁匠读书不多，不能像学生崽子在课堂上打批发似的学来很多有趣的字词以及成语。他要弄明白一个词义，总要付出不小的代价。就像那一次，他在大勇家院子里，大勇找了个医生兄弟在屋里给一个妹子打胎。这些年，大勇不停地给妹子打胎，不想再往医院里扔杀人的钱了，打算 DIY 一把，节省费用。

那天，妹子在屋里杀猪般地喊叫起来，大勇赶紧招呼铁匠，进去帮忙摁住手脚。折腾半天，铁匠也是小有收获，他相信自己弄懂了什么叫血口喷人。

在铁匠记忆里，刘婉玲并不爱笑。傻姐成天挂笑，美女随时蹙眉，事情总是这样。他时不时命令她："笑一个！拉着脸给哪个看？"或者说："你心情要是不好，回去。哪天心情好了再来见我。"说这话时，他本人就拉着脸。他心里明白，用不着跟这妹子低眉顺眼。要是低眉顺眼会有效果，学校那些男生早在她身体的丛林中辟出一条大道了。校园毕竟起着庇护作用，她一般碰不到凶狠的男人。她就等着有个狠人一把撕开她脆弱的骄傲。

她还是不笑，他就过去捏她粉嫩的脸。她嘟着嘴说："我心情不好，你也不安慰我！"

"你们班主任吃干饭的？心情不好找他撒一撒，撒完了再来见我。"

"你以为你是谁啊？"

"你说呢？"

她沉默一会，忽然爽朗地笑起来，夸他说："你这个人，太伍佰了。"

以前待在一起时，她经常将他夸成伍佰。其实他不是很喜欢伍佰，那哥们成天吊着一张扁脸，面对的却是热情的粉丝。但他也知道，她这么夸他，透着一种喜欢。伍佰就伍佰好了，铁匠暗自琢磨，伍佰泡妹子的时候，会摆什么样的表情？好像大明星也不是万事顺心，伍佰泡一个艳星妹子，电影里，那妹子被各款男人手到擒来，实际生活中，他却好多年泡不下，两眼巴巴，一脸是血，所以唱出的歌总有些无奈。……数不尽相逢，等不完守候，如果仅有此生，又何用待从头（白：来来来，喝完了这杯还有一杯。再喝完这杯还有三杯!!!）……

半年前，他刚见到她时，他在打球。打球是他的正事，眼光瞟向她的脸庞只是无意。当时她在隔壁那家火锅店吃麻辣烫，素菜两角一串，荤菜五角，不荤不素看标价。学生妹子最爱吃麻辣烫，她们会把任何一种买得到的食物丢进汤锅里涮。这个妹子爱涮天津大麻花。大麻花煮蔫后，夹起来好大一坨，她用牙齿左一掰右一扯，便将整条麻花捋直成面条状，源源不断地吸进肚里。虽然她吃相有些馋，但他相信这妹子就是自己暗中期待的款型。他只是想想，没有进一步的行动。这些年来，他好多次碰到牵扯自己目光的妹子，欣赏一番，心里暗自神交几个回合，长则半月，短则三五天，就忘了干净。他笑自己是不是有些花心，其实他没跟任何一个妹子吹过啷哨。他不想和马路晃晃混为一谈。

铁匠看着那个涮麻花的妹子，打球偏了杆，雷妹就觉察到有什么不对劲，睃来一眼。他赶紧端正态度，打出一组连杆。

那妹子隔三岔五就来涮麻辣烫，次次都要煮一根大麻花。他不知道她叫什么，在心里把她叫成麻花。有时候，正在打球，他心里想，麻花怎么还没来？视野之内忽然有些寂寞。

某天傍晚，台球场子里只有铁匠独自打球，四周涌来空空荡荡的回声。麻花和几个同学妹子在那边涮麻辣烫。忽然，麻花攥着手机接电话，朝着铁匠走过来。铁匠支起耳朵听她到底说些什么。她是打电话问父亲要钱，要五百，买一件衣服。她父亲不太爽快，大概是说，不刚给你买了几件衣服么？怎么还要买？麻花撒着娇说，我就要我就要，另外几件都是你给我买的，也不征求人家意见就买下来，穿在身上都跟鬼一样。麻花的父亲在电话那头咆哮起，不肯给钱。麻花嘴一噘，眼泪珠子就分泌了出来。她抹抹眼泪，在街边站着，没有马上回去吃麻辣烫。

街上空空荡荡。铁匠想，这时候不和她打打招呼，简直暴殄天机。

“喂，美女!”

她扭过头，他走到她面前掏了一把钱给她，五百块。她惊愕地看着这一系列举动，扭头想走。他低沉却又遒劲地喊一声：“站住!”他并不经常打架，但揸架时叫板的语气，仿佛天生就会。她被这一声搞得发蒙，怔怔站着，不知怎么办，也不敢离开。铁匠这时想起一首歌，他觉得自己变成了狼。一个人未必天生就是狼，只不过另一些人天生就是羊。

“拿着!”

她手一抖，就把钱接了过去，这才回过神，仿佛捏着一坨狗屎，赶紧扔在地上。他只好把钱捡起来，声音柔和了一些。他又说：“……借给你的，哪时有钱哪时还我。我又不要你写借条、按手印。”

“为什么要借我钱?”她发现现场只有她和这个男人，同学们在十丈以外。她心里纠结，我是不是要呼救?男人蹿了几步，身体就像门板一样，卡在她和遥远的火锅店之间。

“拿着!”

她将手攥成了拳头。他几乎是一根一根掰开她的指头，将钱塞进她指缝。“你不一定要还，我也绝不会再找你，但你不要把这钱扔掉。我的钱，不是偷来的。”他又说，“要是你敢把这钱扔掉……有种你试试看！”

她越过他往那边走，走得几步，果然扭头看了他一眼，说：“钱我会还给你！”他站那里等着她回头说话，但她真的扭头过来，他又觉得这情景有些狗血。他第一次干这种事，竟然轻车熟路。这些年，他身边不少兄弟都是先把妹子吓傻，再把她们变成自己的女人。吓傻还算轻的，据说有人拦夜路，把妹子先打晕，等妹子醒来，便跟她说是我从天而降，保住了你的清白哟。男人泡女人这事，本来就看八仙过海各显其能，不像学校里的男孩，憋了半天尿劲，最后顶多发发短信。

铁匠拿不定主意女孩会如何处理此事，五百块钱扔给一个赏心悦目的妹子，他并不心疼。活到这个年纪，他在女人身上着实没花什么钱，也该花一花了。他心里暗自这么想。

过了几天，是一个冷清的早晨，冬雾弥漫。铁匠一打开店门，麻花妹子就从雾中走出来。她装得什么都不怕，手心却攥得铁紧。铁匠暗自好笑，看她一身衣服，大概是用那五百块钱买的，是军绿色的皮衣。她递了两张钞票过来，小声说：“我先还你两百，还有三百下个月还。”他接过钱，点点头。她转身要走，他忽然冲她说：“你还没把你手机号码给我。”她说：“我没有手机。”

“站住！”他再次起身拦到她面前，简直有些轻车熟路。他说，“要是我搜出来，手机就是我的了，行不？”她没有办法，只好吐出一串数字。他马上拨。要是这妹子故意乱讲，把范冰冰的手机号码告诉他，那可不行。他当场验证，她手机就在兜里响了起来，摸出一只挺大的家伙。他记下号码，又说：“你怎么拿这么个手机？不秀气，赶紧扔了。我帮你买一个新的。”他摆出自来熟的口气，仿佛彼此相识多年。

“去你的!”她嘴皮一弹，就轻轻地跑向学校的大门，身影在晨雾中若隐若现。

既然掌握了她的手机号，铁匠随即展开攻势，不断发短信，抬头称呼她“亲爱的麻花”，一直没得到回复。他不知道，自己的短信淹没于无数短信当中，麻花根本来不及看。

转机出现在某天傍晚，他开着丁狗子新买的车试一试手，在中等师专门口碰见麻花和两三个女友在等车，脸上是期盼状。他把车拢过去，拉下窗冲她喊：“上车!”她一看是他，很快配合起来，招呼那几个妹子坐到后排，她自己则坐到驾驶副座。她们去看电影，正上演一部美国动画片。他搞不清这么大的妹子怎么还看那玩艺。到电影院，他下车跟着，麻花神情便紧张起来。他只买四张票，没给他自己买。要是兄弟们知道他去电影院花四十块钱看一场动画片，会笑到抽筋。

他把票递到她手里时问：“叫什么名字?”

“刘婉玲。”

“呃，我记住了。”他言简意赅地说，“明天下午，我在学校后门等你。”

她没吭声，拿着票转身走了。

次日下午他将车停在中等师专无限偏僻的后门外，傻等。他有种赌徒的心理，也不发短信，一直等到天黑。看着她的身影从门口闪出来，他心想，干这事，可不像赌台球那样有把握，悬念大了，自己劲头也就愈发地高。

那天，他载着她，去到更偏僻的郊野。一路上，他任她说话，自己安静地听。一俟开口，她越说就越觉得自己想说的更多。说得太多，她心里会有一丝歉疚，告诉他："其实我不是话多的人，现在也不知道是怎么搞的。"他知道是怎么搞的。话多的人往往觉得自己话不多，话少的人恰恰相反。但他乐意看着这个妹子停不住嘴。他知道，说话的人往往会依赖听话的人。

此后他又约她出来几次，吃饭或是看电影。看见她，他心里就有说不出的舒服，但故意板起脸，对她不那么客气。他虽然不泡妹子，但从兄弟们口中听多了，学校里这些嫩妹子，若是怕一个男人，反而会跟这人亲近。这大概是学校男孩泡不到她的原因。有时候，他也想痛快一点，就在车里把她彻底弄到手。网上有消息，在我国，A 罩杯女性占到四成，G 罩杯的，大概和熊猫一样稀有。他知道她身体比同年龄段的女孩都要丰满，纯属稀有，这很招男人喜欢。男女之间的欢爱，往往是一眼能看见的因素最有吸引力。

但铁匠奇怪地忍住了。他知道，既然是迟早会有的事，自己只需等待，享受水到渠成的乐趣。他越是不说话，刘婉玲越是说得多，似乎害怕冷场。他暗想，这就对了

放寒假，刘婉玲回到朗山。开学前一星期，她就从家里赶到佴城，说是学校开学后要参加演出，抽调学生跳舞，抽到她。其实没有这回事，学校大门紧闭，冷冷清清。铁匠的台球场子也关了门，他主要还是做学生的生意。那天晚上，铁匠忽然收到一条短信：给我开门！他下到一楼打开铁门，刘婉玲背着一个包出现在他面前。他意识到有些事必然要发生了，喉结咕嘟滑了一下。她钻进他的狗窝，脸上是很受用的模样。她指使他去杂货店买些吃的东西，还有饮料和酒。她说：

“你这里是上甘岭。”

那晚，该发生的事情必然发生了。他觉得很舒服，问她感觉如何，她说：“不告诉你。”其实她疼得脸都歪了，但不怕疼。

其后几天，两人将房间当成上甘岭困守，饿了就抓起地铺旁边的食物充饥，憋了就罩着对方的衣服上一趟厕所，几乎不刷牙。

他估计自己碰到了他们所说的爱情。和这妹子成天搅在一起，还是没有厌烦的感觉。有时候，他甚至希望天一直黑下去，昏天黑地，永远不要天亮。以前，他总是嫌夜太长，就等着白天做生意，打球多赢几盘。

她的背包里还装了几本书，其中一本竟是伍佰写的诗。她以前从不买诗集，但看一看封面上的照片，狠一狠心买了下来。书名很长，《我是街边游魂，而你是闻见我的那个人》，占据了伍佰的半张脸。她将诗读给他听，他搞不清楚谁是游魂，谁又是“那个人”，但觉得蛮有意思。和她在一起，他有了数不清的第一次，比如自己肚皮当成画布，被画上一只王八；比如相互用舌头给对方剔牙；又比如第一次听人朗读诗歌。要是没有她，他无法想象很多事情会在自己身上发生。

有时候，在床上躺得浑身都要散架了，两人只好穿着衣服，去下面台球桌上打几盘，他教她最基本的动作。门是关着的，寒气从门缝丝丝缕缕地钻进来，天花板上吊着的日光灯很长，白天也亮着。她不喜欢打球，但她喜欢看他打。冷得不行了，两人就你拉我拽地往楼上爬，扭开房门，一个纵跃扑向席梦思，就像大夏天里一头扎进水池。

有一天，刘婉玲剥开一盒张学友，仔细地听。她取下耳机，要他听其中一首歌，并说，这首歌遇人不淑，应该让伍佰唱，而不是张学友。老张嗓音温婉细腻，但有些歌被他一唱，总有油腔滑调之感；老伍也许不像老张那样万众瞩目，但这人很懂得撕心裂肺，而且撕扯得登峰造极。

铁匠罩上耳机，心想，和这妹子呆一天，学到的成语顶自己平时半年的领悟。刘婉玲喜爱文学，加入校文学社，去年在校刊发表了自己的处女作。他说现在你不会再发表处女作了。他的意思是，你已经不是处女；她点点头，心里想，我现在应该发表有点影响的作品才行。他以为作家和老师、医生一样，想当就能当上。他还问她，要这么多作家，到底有什么用。她想了一想，说我哪知道？等我当上了再告诉你。他心里有些遗憾，以后她是个作家，哪会和我在一起？鸡鸭不同圈，猪牛不同槽，他没听说过哪个马路晃晃找了作家当老婆。

他嘲笑自己，竟然有了和她长久下去的念头。

……如果这都不算爱，我有什么好悲哀，谢谢你的慷慨，是我自己活该，呃呃呃……

假期里，中等师专一带冷冷清清，鬼都能打死人，一开学又喧闹起来，学生一拨一拨地返校。刘婉玲同样是在一个起雾的清晨离开铁匠的家，走时反复嘱咐他，不要给自己打电话，发短信就行。她发誓，他的短信一定回复，“除非我死了”。说这话时，她灿烂地朝他微笑。她知道死离她很远，有时候不妨拿来诅咒发誓。

## 羊爱上狼

刘婉玲出现在生活中，铁匠得到的也不全是幸福。她说一定会回他短信，有时候偏不回。这妹子经常给他找些不痛快。前不久有一阵，妹子不回短信，电话也打不通，以致铁匠以为两人关系就此结束。他当然不舍，更多的是摸不着头脑，想不到学生妹子也把男人当成菜园子门，随意进出。如果碰见她，他会问问她到底怎么想的。但他知道，既然她存心躲着自己，就不会再去火锅店涮麻花。火锅店生意越来越好，来涮麻辣烫的女孩永远有那么多。他有时候看见她了，心里咯噔一响，定睛一看却不是。这些妹子长得各式各样，穿得大同小异，头发都按了时兴款式，向一侧披拂，盖住半张脸。

……以为是爱情，没想到只是艳遇！铁匠搞不明白，按说自己也不亏，心里怎就空了一块？

直到刘婉玲再次出现，铁匠心里积郁的阴云霎时散了。掐指一算，她只不过四五天时间没联系上，是自己的某种情绪将时间抻得无限长。

他问她为什么不回短信，为什么不遵守当初的约定？她吐着舌头一笑，你大男人要讲话算数，我这样的女孩子，就是小人，你能把我怎么样？

铁匠又说："你都诅咒发誓的。"

"谁都会诅咒发誓，天打五雷轰。不守信用的人那么多，但你见过哪个人是被落雷劈死的，死得一身焦黑？"

她说最近有空我联系你，你不要发短信。那以后，她真的主动联系他几次。铁匠老是觉得，她随时都会消失；有时候，又觉得她其实真喜欢和自己在一起。他装得对她满不在乎，其实他心里没底。两个月前的一天，刘婉玲主动问铁匠要钱。要五百，铁匠抹了八张纸钞递过去。当时，铁匠认为这是一个好兆头，女孩一旦问男人要钱，就会对这男人有所依赖。她的依赖，对他来说是枚定心丸。一个月前，铁匠又不敢这么想。刘婉玲再次开口，问他要两千四。

“为什么是两千四？”

“香蕉新款出来了，你不知道么？”她要买最新版的香蕉手机。新款发布会刚在电视新闻里播出了，各地专卖店都是盛况空前。有女孩举着刚买到手的机子狂吻，仿佛抢到一个高富帅男友。

“我哪有？”他将裤兜掏个底朝天，像两只袜子挂出来。小时候，时而被个大的男孩拦路敲诈，他就这么应付过去。其实这点钱他不缺，只是担心，这妹子胃口不小。上次她要五百，他掏了八百，以为这个面带羞涩的女孩，起码有一阵不好意思开口。这才过了个把月，她又要钱了。二千四他掏得出，但下个月她要自己掏两万四，如何是好？他这才意识到妹子不那么好泡。

“两千四都没有？那就两千三百八！那机子只要两千三百八。”

“我只是开个台球场子，别人玩一个小时三块钱，你自己算，能赚多少？”

刘婉玲凝视着他，嘴唇汆动有形，但没发出声音。这也是她的惯技，大概是从哪部动画片里学来的，说是相爱的人能够读懂唇语。他读不懂。

“什么？”

“你去卖一颗肾！”

她重复一遍。她说出这话，就像吐出一枚瓜子皮，脸上笑得一片灿烂。他晓得这是开玩笑，不可能当真，眼皮止不住地一抽。他联想到最近看到偷肾的新闻，被害人躺下去还是须尾俱全，睁开眼发现腰子少了一枚。

“好的，我俩打台球，你能赢我一盘，我就卖一颗肾。赢两盘卖两颗。”

“我舍不得，我要你给我留一颗。”

“呃，要是我买一颗猪腰子，念段咒语，就变成人腰子，那就赚大了。”他想转移话题，但这妹子一门心思还绷在他的器官上。她又说：“要是我俩结婚，你突然死了——我也不希望，但这也说不清楚，是吧？一死，你的腰子、心脏还有眼角膜，归你妈还是归我？”

她脸上仍挂着笑，仿佛童言无忌。他忽然有些不寒而栗，稍后就暗自解嘲，我竟然怕她？开玩笑么。

“一把火烧了，骨灰你俩称着分。你不要，我妈肯定全拿。”

那天两人离开以后，她就发起闷脾气，又是几天不回短信。有一天，他收到她的短信，说既然你不掏钱帮我买手机，我去找别人，别怪我哦。他当时哭笑不得，想教训几句，又意识到这只能是火上浇油，忍住了。

接下来的几天，铁匠心里暗自揣测，刘婉玲真的联系上了哪个有钱的男人？她要搞定一个男人，分分钟的事情。真要跟那些钱多人傻的兄弟一比，她就会发现他也是个穷鬼，只不过在没收入的学生面前显得有几个钱。铁匠兀自担心起来。

他担心了很多事情，担心她离开或者消失，却没有担心她永远离开或彻底消失。此刻，铁匠坐在灵堂，想起这些事情，心口毕竟疼了起来。那两千四，当时怎么没给她呢？那只不过是自己输赢一天的数额，而她是自己的女朋友……而她只不过要一部新款香蕉手机。现在，买任何手机补偿她，也来不及了。

天空一点一点亮开，刘婉玲的同班同学回寝室睡觉。学校老师陆续赶到灵堂陪坐。追悼会定于晚七点半召开，之后遗体就要送火葬场烧掉。铁匠见过烧灰的情景，烧毕拉出炉，骨骼还有呈块状的，孝子孝女一边哭，一边手持小锤将块状物敲成齑粉。听老人说，遗体要摆足七天才能烧。时间没摆够，烧的时候死人还有疼痛感，说不出罢了。

老徐赶回来主持工作，见角落里那个男人面颊上一串串泪水挂下来，心里奇怪。他只是男孩蒋纵的表哥。蒋纵此时也迷惑地看着表哥。老徐走到那男人面前，半蹲下来，两人脸对脸。他问他怎么了。

“想到难过的事情了。”

“想到什么难过的事情了？”

“这个……我可以不跟你说么？”男人目光平视着老徐，眼泪转瞬间顿住，恢复一贯的表情。

老徐赶紧说：“随便问问，瞎问。你俩已经坐了一夜，回去休息……节哀顺变。”

“那你忙，我先休息一会。”他心里说，去你妈的。铁匠站起来离开灵堂，蒋纵尾巴一样跟在后面。空气很清新，树丛中传来鸟叫，晨跑的学生穿着短裤衩，还有的边跑边用英语对话。男孩蒋纵心里空空的，不知怎么办才好。虽然折腾了一整天，他没感到累，走出灵堂他精神陡然好起来。他迷迷怔怔地跟上昨夜碰见的男人。现在，他觉得这男人比自己表哥还亲。男人时而扭头看看他，并不理睬。蒋纵跟着铁匠走到大门口，没法跟出去，按学校规定，现在是闭校时间。蒋纵只能隔着铁栅门看铁匠离开。铁匠回头看见男孩关在门内，眼巴巴看着自己。他跟老纪打个招呼，带蒋纵出去。公共汽车刚好驶来，时间还早，乘客各自挟裹一股晨雾上到车内。铁匠上车，蒋纵也跟着上车。售票员走过来时，铁匠说：“我儿子这么小，也要算钱?”售票员没理他，扯两张票递过来。蒋纵看着小，其实比售票大姐高半头。

铁匠带蒋纵到一家新开业的连锁茶餐厅。他以前不会来这种地方，是前不久刘婉玲带他来的。她和她的姊妹热衷于搜寻新开张的西式餐厅和美发厅，即使偏僻的小城市，仿佛也有时尚，留待有心人找出来。一搜寻到，她们蚂蚁集膻般麇集而去，所以兜里的钱总是不够用。

两块比萨饼端起来，这让铁匠想起母亲炸的糖油粑粑，价格却顶得上一脸盆糖油粑粑。铁匠往后背一靠，在蒋纵面前摆出回忆的模样。“后来我还有一个女朋友，很年轻，很漂亮，那胸脯，就跟你女朋友一样大……”他顿住声音，看看男孩，男孩却很专心地吃饼。

“她还是学生妹子，没毕业就跟了我。这种事没人知道，她家里很有钱，她父母要是晓得了，肯定会来搞破坏。她的父母都很势利，一心想着要把她嫁给一个有钱但她根本不爱的人……”说来说去，怎么还是港产片的味道?

蒋纵看着窗外。不远处就是佴城的摩天轮，坐一圈二十分钟，五十块钱。摩天轮本来隐匿在晨雾中，这会突然亮了，今天生意开张得早。蒋纵一直想坐上去，转到最高点，看看整个佴城是什么样子。铁匠就在蒋纵脑袋上敲了一下，说你在不在听?吃我的东西，不听我的话，你现在就滚。

蒋纵集中了一会精力，又涣散了。他觉得，表哥的爱情故事简直比贺加强讲的革命史还枯燥。他已经将七寸的肉饼吃了个精光，意犹未尽。铁匠便将自己吃剩的一半递过来。铁匠讲了一堆话，完全是对牛弹琴，男孩根本没有任何触动。

这时店子里播着流行金曲，《狼爱上羊》。铁匠便借题发挥："你知道你们为什么泡不到女同学吗？因为你们小公羊泡不到母羊，你们进攻女同学，她们一点都不会害怕。要是狼来了，羊就只好顺从，羊会鼓起勇气爱上狼，因为这要比害怕轻松一点。你们身上就是缺少一点狼劲。"

蒋纵点点头，问他："你女朋友现在在哪？"

"和你女朋友一样。"

"死了？"

"难道没死？"想起刘婉玲，铁匠心情瞀乱起来，刘婉玲的小男友却在眼前吃得津津有味。她明明是想钓一个有钱男人，怎么找来这个小毛孩？铁匠估计哪里出了差错，她也只好将错就错……这也是无从查证了。

铁匠见蒋纵吃完了，就说："有力气了吧，把这首歌唱一遍。"蒋纵摇摇头，他不喜欢唱歌。铁匠又说："要你唱你就唱，不唱你就滚。"铁匠的声音并没有提高，但蒋纵听出来，表哥不是开玩笑。蒋纵会唱那首歌，想不会都不行，歌声总能找着机会钻进耳朵眼。"……狼爱上羊啊爱得疯狂，谁让它们真爱了一场。狼爱上羊啊并不荒唐，它们说有爱就有方向……"蒋纵唱歌时，服务员妹子跑过来，以为还要点东西。铁匠挥挥手驱散她们。蒋纵唱完一遍，铁匠鼓鼓掌，意犹未尽，又说："再唱一遍，把歌里面的羊全换成狼，把狼全换成羊。唱得好，我带你去坐摩天轮。"

“……羊爱上狼啊爱得疯狂，谁让它们真爱了一场。羊爱上狼啊并不荒唐，它们说有爱就有方向……”

从摩天轮下来，蒋纵仍像个小马弁，鞍前马后追随着。铁匠这时想到，应该去买一个花圈。他跟蒋纵说：“你女朋友死了，你起码要送一个花圈，是不？”蒋纵说他兜里只有菜票，没有钱。他妈怕他乱花，把钱寄给班主任，委托班主任将菜票送到蒋纵手上。

“这话真不是男人说的，你就是卖血也要买一个花圈，送给你女朋友。”

“我不会卖血。”

他听出来，男孩是说不知道去哪卖血，而不是舍不得卖。“没人天生就会卖血。你要是不知道地方，我可以带你去。我跟那里的人很熟，要他们在你身上抽几碗，他们就抽你几碗血。”

铁匠没想到，这男孩仍然跟着自己，即使是被带去卖血，他也紧紧跟随。这孩子脑袋搭铁！铁匠下了个判断。他直接带男孩去永丰桥，那里有一溜花圈店。他挑了其中一家，店主是卖了一辈子花圈的老头，写得一笔好字。铁匠买一个最大号的花圈，让老头在挽联上写自己的名字，老头随手写好。

铁匠又说：“再拿一个花圈，小一点的，也要写挽联。”

“落款是谁的名字？”

“……小孩，”铁匠将脑袋扭向一侧，问他，“你叫什么名字？”

## 我女朋友的男朋友

两人各执一个花圈，送到灵堂，有点惹眼。刘婉玲意外死亡，收到的花圈并不多。她只是个女学生，社会关系尚未展开。校方和同学送的，加起来有十几个。刘婉玲父母还有姐姐，以及叔叔姑姑数人赶来。有的亲戚没有赶到，打电话要在场的亲戚代献花圈，但也没几个。铁匠和蒋纵送来花圈，是在刘婉玲亲属和校方的意料之外。

刘婉玲的父亲问她母亲，怎么回事。中年妇女只得耳语，神情加倍地苦楚，刘父听得眉头皱了起来。

追悼会快开始了，来人越来越多，校方还在发动更多的人。校长对此有个初步的设想，追悼会应不少于两百人，当然也不多于四百人，场地有限。悼词是他自己写的，他试着读了一遍，感觉不错。

铁匠和蒋纵被陆续赶来的人挤到越来越不显眼的位置。“蒋纵！”铁匠第一次叫男孩的名字。蒋纵转过脸，意识到有点严肃。铁匠掏出一个白色的信封，要蒋纵交给刘婉玲的母亲。蒋纵迷惑地看着信封，不接。

“人死了，光送一个花圈是不够的。”铁匠汆了汆嘴皮，又说，“就好比你抢了我的女朋友，只说一句对不起，我还是免不了要打你，懂吗？这钱就算是我俩一起送的。”铁匠觉得自己这腔调可以去当老师。蒋纵还是不接，他听懂了，但不敢。铁匠就不明白，这小孩有什么鸟用？

“那我跟在你后头，你把钱递给她妈。”铁匠说，“下一次我还带你去吃意大利糖油粑粑。”

蒋纵眼里闪着恐惧，但心里不想拒绝这表哥。他一直是个不知所措的人，和表哥在一起，他心头就稳当。他甚至想，要是表哥随时在自己身边，他也会强大起来，用不了多久就变成一个真正的男人。

蒋纵把白色信封递给中年妇女。中年妇女抽出来一看，疑惑地问：“这是怎么回事？”

“人死不能复生……节哀顺变！这是我们的一点心意。”蒋纵按铁匠教给他的话，一个字一个字地背。

“怎么有那么多？有多少？”

“两千四！”铁匠只好跨一步，亲自开口。他知道不开口是不行的。要赚钱不容易，要把钱塞给人家，也不是预料中那么简单。中年妇女谨慎地打量铁匠，又问：“为什么是两千四？”……为什么是两千四？同样的问题，铁匠也问过刘婉玲。现在，他想告诉中年妇女，其实是两千三百八，但我不可能要你回找二十块。他嘴上说：“阿姨，这个钱你一定收下。刘婉玲走得突然，我们和你一样难过。”

“这钱，我不能要。”中年妇女把钱又递了回来，但是没人接。铁匠已经转身走回自己所在的角落。她突然哭出声来，将白色信封扔在地上。她又哭泣有声地说，“你们不可能和我一样难过！”

铁匠看见蒋纵把信封捡了回来，非常失望地看他一眼。铁匠再次走过去，摆出坚决的态度往中年妇女手里塞。他说：“阿姨，一定拿着。出了这么大的事，用得着。”

“不要！”她几乎是拍开他的手，并说，“婉玲从来不问我多要钱，她是个好孩子，现在她走了，我还拿钱有什么用？”

铁匠看着中年妇女坚毅的样子，知道这钱送不出去。不远处，刘父正恶狠狠地看着这一幕，神情冷峻，透着中年男人的正派与沧桑。铁匠憋不住想笑。他奇怪，我怎么能笑呢？于是，他记起那件事。刘婉玲曾告诉过他，她的确不问母亲要钱，但会问父亲要，平时要不了多少，但她有诀窍：在佴城的马路上撞见父亲和陌生的年轻女人牵着手，便走过去，扯着父亲衣襟要钱。她撞着好几次，因为事先有侦察，一撞一个准。这种状况下，父亲乖乖地掏钱，每次都不少于一千。

“其实我是心慈手软。那些骚货，不晓得搞了我爸多少。”刘婉玲说起这事，不无得意。铁匠心头忽然一凛，隐约感觉到，这妹子看着还地道学生样，其实她的经历，逼着她学会了很多东西。她父亲的言传身教，使她知道女人天性就要掏男人的钱包，不掏白不掏。说话时，铁匠刚给过刘婉玲八百。过不了多久，她就要买香蕉手机。铁匠明白，即使香蕉手机不出新款，总也有别的什么玩艺。

刘母坚决不收钱，铁匠只得带着蒋纵转回角落。

“……呃对，你也是她家属，她妈不肯拿，我只好把钱给你。”他想了想，两千四有点多，随意抽了几张递给蒋纵。蒋纵必然有些犹豫，先是条件反射般的拒绝，但铁匠看出他眼底那层渴望。铁匠便狠狠地说：“拿着！”他不知道自己发什么疯，一定要塞钱出去。他看着蒋纵，心里想，你小子，竟然是我女朋友的男朋友。坚持一会，男孩红着脸收下了。他接过钱的一刹那，铁匠再次想起那天塞给刘婉玲五百块钱的情形。

两人坐等追悼会，蒋纵身体不知不觉又靠在铁匠身上。这个男孩身子软软的，简直比刘婉玲还要软。他情不自禁伸出手搂着他，闭起眼睛回想自己恋爱的时光。美好时光总是短暂，和刘婉玲在一起，阳光总是无限明媚。佴城郊野有大片草地，刘婉玲在前面欢快地跑，要铁匠在后面追。但他不喜欢这么干，叫她别跑，她不听。他就朝她扔石块，她跑向哪边，他就将石块扔在她眼前不远的地方，有的石块反弹过来打在她身上。后来她就不敢动了，呆呆地站在一簇芭茅草旁边，恭候他的靠近。……男的追，女的跑……在他店子里打台球的马路晃晃，都喜欢唱这首《原始社会好》。铁匠觉得自己变成原始人，摆出很霸蛮的模样，其实又是很轻松地把刘婉玲摁倒在草丛中。两人抱一块，忽上忽下滚几匝，草地其实有些硌背，铁匠依然看见刘婉玲眼神迷离起来。这女孩，倒是蛮有经验！这时，铁匠又有些沮丧，只是循着事物发展的惯性，继续撩拨一阵，直到她眼波似水，呵气如兰。

“快起来，瞎想什么哩，我不会强奸你哟！”铁匠站起来，恶狠狠地看着刘婉玲，一脸坏笑。看见她眼底有数不清的失望，他反而得来一阵古怪的满足……

铁匠想沉溺于回忆，但蒋纵不配合，他在铁匠怀里瑟瑟地抖起来。铁匠只好醒来，看见前面黑压压的人群。他问蒋纵怎么了，蒋纵摇摇头不说话。这孩子总是不说话。铁匠想，难道他真的很难过？

“到底怎么了？”

“表哥，我们走吧。”

“不行，马上就要开追悼会了，难道你不想送她最后一程？”

“要是……要是他们叫我上去讲话怎么办？”

“不会！”铁匠心想，怎么会叫他呢？如果要这孩子发言，会有人过来通知他。其实根本不会，这孩子上去说话，刘婉玲父母的脸皮往哪里摆？他还没有任何社会经验，连这么浅显的道理都想不通。铁匠忽然又想，要是叫我上去，我会说些什么？铁匠忽然很有讲话的欲望，虽然他从没在人多的场合里发过言，但他想，如果我能上去，一定不会给刘婉玲丢脸。我要不看下面任何人，心里只想着刘婉玲。

“……真要你上去讲话，你打算怎么讲？”铁匠脱口而出，问蒋纵。

蒋纵在铁匠怀里越缩越紧，简直比女人还女人，比小鸟还小鸟依人。铁匠忽然有些恶心。他又说：“按理说，你是应该上去讲话。要是他们不让你讲话，就是根本不把你放在眼里。我是你，我自己都会走过去，把校长挤到一边，说些话给刘婉玲听。再不说就来不及了。”

“……已经来不及了。”

“喏，你心里还挺明白嘛，那就说些什么。”铁匠说出这话，心底有了古怪的欢乐，几乎想笑，鼻头喷响一下，就用手摁住了嘴。

蒋纵浑身筛糠似的抖起来，铁匠想笑，忍了又忍。他抚摸着男孩扁长的脑袋，压低声音告诉他：“你确实不应该找女朋友。找女朋友不是好玩的事情。”男孩温顺地点头，接着抖。他发现，表哥的看法和母亲竟是如此相似。

麦克风开始调音，产生一些干扰音，哀乐又响了起来。哀乐响得比此前任何一次更肃穆，追悼会进入倒计时，人群开始涌动，慢慢排出了队形。铁匠将蒋纵拽起来，尽量往队伍前面排。他发现蒋纵身子很沉，所有重量都压在自己手臂上。即使这样，铁匠仍然拽着他走，挤开几个人，站到第二排。第一排是校领导若干，铁匠看见其中一个拿着讲话稿。蒋纵想挣脱，铁匠稍一用力，他就不能动弹了。

老徐主持追悼会，上台简短发言，请聂校长上台致追悼词。拿着讲稿的男人走向前几步 180 度地转身。有人第一时间鼓掌。“……今天我们聚在一起，是为了悼念一位匆匆离开我们的花季少女。斯人已去，音容宛在，而一切却在瞬间成为回忆。命运无常，造化弄人，天妒英才，亲人、朋友、老师、同学，无不惋惜刘婉玲同学的意外离去。因为她的离去，她如苞待放的生命永远定格在十八岁。因为她匆匆的离去，此刻我们得以紧紧联系在一起。在我们记忆中，她永远是那个淳朴善良、奉公守法、宽以待人、严于律己的青春美少女。在有生之年，她时时处处发挥着模范带头作用，让接触过她的人永远难以忘怀，也永远难以释怀。刘婉玲同学 1988 年 10 月 15 日出生于朗山县一个普通的私营业主家庭。从读幼儿园起，她就是老师交口称赞、赞不绝口的好孩子……”

铁匠听得很认真，他觉得校长嘴里的成语比刘婉玲更多，简直可以像糖葫芦一样串起来。名师出高徒！这时候，旁边有人讲小话。铁匠发现自己的手松动了，扭头一看，蒋纵不知什么时候溜了。铁匠狠狠地睃了旁边讲小话的男孩一眼，那家伙赶紧闭了嘴。

领导还在滔滔不绝，赞颂美好品质的成语从他嘴里接二连三蹦跶出来。

铁匠心里说，刘婉玲啊刘婉玲，就算是为了气我，你看你，都找了个什么样的男朋友。

## 朋友，今天你断臂了吗

刘婉玲死了，葬礼也已结束。铁匠提醒自己，何必那么矫情，我和这妹子的感情到底有多深？我对她的思念，是不是带有某种夸张的成分？冷静下来，他清楚地知道，自己和刘婉玲从来都不可能长久。他迷恋她的肉体和年龄，但两人相处过程中，他也结结实实倒吸了几口凉气。

刘婉玲何尝不是这样？她年纪不大，骨子里渗透着一层冷静。在一起时，铁匠本想装得满不在乎，却难免像电影里那些情人一样，某些情境中，死活都要掏出些甜言蜜语灌她耳朵。刘婉玲并不配合，她仿佛只肯配合他的抚摸。“讲那些鬼话都是不要钱的，”她嘴角会微微翘起，一针见血地说，“你要控制情绪，别以为真的爱上我了哦。你只是还没有玩够而已。”

至于那个男孩，他相信很快就会忘记。

一天傍晚那男孩又来了，还带了一帮同学来铁匠的台球场。当时是雷妹守场子，她准备在粉板上记时间，蒋纵走过去问她：“伍老板在吗？”雷妹发个短信把铁匠叫下来。蒋纵腼腆，甚至有些卑怯地看着铁匠，眼里是有所求的神情。雷妹指了指占据着里面两张球台打球的五六个男孩，告诉铁匠，都是这个男孩带来的同学。铁匠跟雷妹说那两张台都不要算钱，打多长时间都没关系。说罢还大手一挥，仿佛说“就这么定了”。

一帮男孩打到晚上十点多，铁匠关门时，请这帮男孩去旁边店子涮火锅，他们也不客气。男孩们不涮小菜，大碗吃肉，铁匠提议喝白酒，他们也干。

“……大哥，你是不是也是金盆洗手才在这里搞台球桌？”

“哦？为什么？”

“蒋纵都跟我们讲过啦，你以前在广东砍人很行。还有个马子……不，是嫂子，替你挡刀死掉的。你们很恩爱，生离死别，有没有？”

铁匠看看蒋纵，他勾着脑袋。铁匠没想到那些话都被他听进去了，还炫耀似的讲给别的男孩听。他微微一笑，只好说：“都是过去的事了。”

“大哥，要是你东山再起，我们跟着你混，你不嫌弃吧？”胖子一开口就说了这么一句，脸上是一副不怕挨打的表情。

“呃，我平易近人，谁都收。”铁匠忽然有些开心，旋即又想，养一帮蒋纵这样的小孩当小弟，能有什么用？他们娇生惯养到这么大，难道可以一人发一把刀去砸场子抢地盘？

另一个小个子男孩冷不丁冒出一句：“老大你很有钱吧？”铁匠只得苦笑，这帮小孩竟然还将自己当成有钱人看。胖子进入角色快，照着小个子脑袋敲了一丁公，呵斥他说：“这个是你问的？不该问的就不要问。”

铁匠看看对面的蒋纵，这一场夜宴似乎搞得他很有面子。蒋纵眼光偶尔瞟向铁匠时，充满了感激。铁匠忽然觉得，这男孩竟似有些妩媚。……妩媚，这个词安置在他身上合适么？铁匠搞不清楚，却被这一发现呛上一口。

那天蒋纵问铁匠要了手机号。他还不知道表哥的电话号码，心里有些过意不去。铁匠略微一想，流利地报出一串数字。蒋纵一边摁键，一边觉得有些熟悉，打过去却是空号。他问“你是不是记错了。”“呃，好像是。”铁匠拍拍脑袋，又报了另一个号码。先前那个，其实是刘婉玲的号码，铁匠没想到自己记得这么牢。蒋纵拨了出来，铁匠身上有个地方就冒出铃声。蒋纵说：“我叫蒋纵，蒋介石的蒋，纵容的纵。”铁匠佯装记下来，其实是删除电话记录。稍微经历些交际的人都学会了这一手，初见面留个号码，是为客套；转身一走就删掉，是为成熟。

蒋纵却是认真的，转天就给铁匠发来短信。铁匠知道是那个小孩发来的，懒得回。他想，这男孩竟有些黏人。刘婉玲黏起人来，像一只小猫，这小男孩黏人像什么？一条鼻涕虫！

有一天下午，铁匠忽然想找个人聊天，于是，他把电话打给了蒋纵。不管怎么说，蒋纵都与刘婉玲关系微妙。他打电话时，心里有种促狭的心情，他想，你不是刘婉玲的男朋友嘛，我正好借着你想起她来。面对那小男孩，铁匠知道自己可以随意说些什么，甚至任意干些什么。当然，他的性取向分明，任意干什么倒是不至于。

蒋纵一喊就到，即使翘课也不懂，即使闭校也敢翻墙。那么大一个校园，围墙上少不了被弄开几个窟窿，关不住这些溜滑的小孩。铁匠开车带他去到郊野，也就是以前和刘婉玲去过的地方。

“……我以前喜欢乱扯，我说是在广东，但也说不定，我的女朋友就在你们学校，是你的同学。说不定，你也认识。”逼仄的车内，铁匠冲蒋纵和蔼地笑笑。

“呃，是嘛。”

“她有很多男孩追，她跟我说过，每天都会收到不少短信。还有的拦在路边和她交朋友，她理都不理。她胸脯很大，特别大。这一点迷死了不少人。”铁匠瞟一眼男孩，又沉浸地说，“爱情，其实都是扯淡，男的找女的，女的勾引男的，其实都跟动物差不多。女人有没有胸脯，很重要，平胸的女人容易让男人当成球踢，球胸的女人让男人当成宝供。难道不是这样？我女朋友胸大，因为这个，她每天都收到大量垃圾短信。有一天我和她吵了架，她说要另外找个人气我，没想到找来一个小孩。我那女朋友，脑袋不蛮想事。”

铁匠看看男孩，男孩看着窗外。铁匠有些索然无味。他记得，刘婉玲喜欢在草丛中疯跑。

“……你，下车，到那边跑两圈。”他随意指了一处较平坦的地方，又说，“记住，要显出很快活的样子。”

铁匠递给蒋纵一张绿钱，蒋纵接过去，按他说的做了，相当地自然。铁匠本以为蒋纵会稍稍地犹豫。在草丛里跑一跑就能赚钱，蒋纵心情本来就快活，根本用不着装。他甚至踩出了几个跑跳步。

那以后，铁匠又把男孩蒋纵叫出来几次。蒋纵确实有助于铁匠想起刘婉玲，铁匠的目的轻易就达到，但多有几次，铁匠就感到没劲了。这男孩总是太配合，当铁匠想恶狠狠地挑明女朋友是谁，蒋纵总是闪避，不接铁匠的话茬，除非铁匠直接说出那个名字。蒋纵善于装得一切事情都和自己毫无关系。铁匠到底不好意思直接点破，他甚至有点佩服这男孩，看似低眉顺眼，其实却有一种干练。

这种猫捉老鼠的游戏，玩来玩去，猫倒像是被老鼠耍了。有时，铁匠想打电话给蒋纵，拿出电话又懒得拨号。他奇怪地想，没意思的事，我为什么要做？

蒋纵是隔了半月才意识到，表哥不想理睬自己。前一阵，他听课越来越听不进去，老是等着手机震动，一看是表哥打来的，就准备跟着他去哪里兜兜风。但现在，表哥不再回复他的短信。蒋纵鼓起勇气拨了电话过去……您好，您拨打的用户已停机，请查询后再拨，谢谢！此后几天，蒋纵又拨了几次，系统里女人的声音总是重复一样的话。

学校放风的时间，蒋纵出了校门走向对面台球场子，找不见表哥，只有那个吸烟的女人一直看守场子。

"……他在吗？"

"……出去了。有事吗？"吸烟的女人握着球杆，忙里偷闲睃他一眼。她眼光很锋利，盯着谁，就像要在谁脸上剜下一坨肉。蒋纵认定这个女人将表哥藏了起来，即使这样又如何？他知道从她嘴里问不出想要的结果，更不能拿着一把枪顶着她额头，冲她说："快把我表哥交出来！"那女人很壮，拿一把枪，也不一定对付得了她。电影里都他妈那么演，有枪的人总被赤手空拳的人打得屁滚尿流。

那一阵，蒋纵对课本和身边的同学不再有任何兴趣，吃饭没滋没味。休息时间，他总是龟缩在自己帐门里发呆。他看着光线穿进寝室，看着有些同学进来又出去，看着光线变暗，听着晚自习的铃声响起。有时候他不去晚自习，第二天只说自己不舒服，别人一想他遭遇这么大的变故，也愿意理解。

蒋纵很少跟人说话，直到那天请客吃饭。

蒋纵以前从来不请客吃饭，因为没钱。母亲给他的钱没有同学拿到的多，母亲还提醒他，家里有特殊情况（父亲因练邪功妖法致残，单位不予报销医药费），不要和别的同学攀比。这次，蒋纵主动请客吃饭。他要让身边几个同学搞明白，只要手头有钱，他也不是悭吝货。钱都是表哥给的，表哥前后好几次给他钱，他小心翼翼地抹平，卷成一卷藏好。表哥给的票子都是五十以上，数一数已经有好几百，抵他两个月生活费。

吃饭时，叫了不少啤酒。蒋纵不常喝酒，喝了两瓶啤酒，当场就哭了起来。他想把声音憋住，憋了数秒，哭声变得更大。

“怎么了？又想起你家刘婉玲了？”

“不是！”蒋纵又喝下满满一杯啤酒清清嗓子，告诉别人，是因为表哥不理他了。说完这话，蒋纵头皮就发紧，以为同学们会一阵嘲笑。但这些同学吃饭喝酒有了经验，酒一喝多有人说胡话，见多不怪。没人笑话，胖子还拍着他的背，让他慢慢喝。别的人摆出愿闻其详的表情。蒋纵说得磕磕巴巴，他和表哥的事情也毫无戏剧性的冲突，再下一把盐仍是淡味，别人却还听得认真。说话的时候，蒋纵又喝了一瓶有多。接下来别的人七嘴八舌说了好多，他扯着耳朵听得发蒙。

“还不明白？”胖子说，“你表哥是喜欢你啦，他想泡你，说不定是包养你，但你这家伙不开窍”。

这话一说出口，震动不小，有些同学脸上旋即摆出恶心状，有些同学不以为然，说不就是“断臂”么？

小个子说：“要有人包养我，我什么都由他。”

小个子说完，引发一阵哕声和哄笑声，气氛越发的热烈。这是个新鲜的话题，酒桌上的气氛至此掀起了高潮。

蒋纵实在喝不得酒，听着听着脑子就一片模糊，是同学把他架回寝室的。半夜醒来，他发现床头多了一个笔记本电脑。他依稀记得，有同学说笔记本里下载了不少国外的电影，包括《断臂山》。他听人说起个这片子，两个男人闲得无聊搞爱情，竟然还感动了不少人。黑暗中，他坐起来看。除了《断臂山》，笔记本里还有别的电影，大都是男人喜欢男人，女人喜欢女人，诸如此类。

第二天上课的时候，蒋纵打开手机，有谁发来一条短信：朋友，今天你断臂了吗？他扭头一看，昨天一起喝酒的几个同学都盯着他，含义晦涩地笑着。这像是一句日常的问候语，其句式模仿学校一堵墙上刷的那行巨大的美术字："朋友，今天你计划生育了吗？"

蒋纵想了想电影中的镜头，又犯了一阵恶心。接着他想起表哥，忽然明白，自己确实不开窍……其实，只要开了窍，只消掌握一点点技巧，男人也能让男人开心起来。

## 谁爱谁是狗日的

铁匠换了手机号，喜欢在自己房间里睡觉，越睡越嗜睡。他现在很少打球，经常独自兜风，也是为了把开车技术进一步提高，以便去广东开出租。当然，这一系列改变，还有一个隐约的目的，就是避免那男孩的纠缠。他想，我一百一百地掏钱给他，还不如去找个女人开心。但他也没有花钱找女人的习惯，只要他愿意，会有妹子钻进他车里。

女人他也懒得找，场子大都由雷妹看守着。这也是个过渡，他想，哪天自己要走，再跟雷妹打个招呼，雷妹顺其自然就会接下这个台球场。这一段时间，铁匠也有了过渡期的心情，等待着去往新的地方，展开新的生活方式。但他心里时不时又犹豫了，广东、深圳或是香港，还是刘德华电影里的状况么？去那边跑出租，又比在这里坐地收租好到哪去？有时候，他看见雷妹没心没肺捅着台球的样子，竟然意识到，她可能真适合当我老婆！但这话已经说不出口，他知道这只是刹那间无聊的想法。人总会产生很多无聊想法，即生即灭，生活因而得以保持常态。

有天他兜风回来，走过台球场子想往楼上去，看见一个女人和一个男人在最里面那张台子上打球。女人的面目看着有一种说不出的熟悉，他想起了刘婉玲。他不知道这女人正是刘婉玲的姐姐，她已经调进中等师范学校任教。女人打得还不错，但动作很夸张，时不时趴上桌子，瞄半天捅一杆，进了就娇哼一声。陪着她的那男人却是生手，不但捅不进球，还经常滑杆。他技术不行就想用力气弥补，咬牙切齿炸一杆，心想着撞着几颗是几颗，那白球变成一只无头苍蝇，漫无目标地乱撞。

女人越看越像刘婉玲，简直就是刘婉玲……这不是鬼片，人鬼情未了的事也落不到自己头上！仔细一看，还是有区分的地方，眼前这女人胸脯是符合中国国情的 A 罩杯。再者，这女人成熟得多，眉眼里蓄满和男人厮磨过的痕迹。

即使心里明白，铁匠仍是不由自主走向那张球台。他冲女人说："喏，我跟你打一盘，怎么样？"

女人当然打不过铁匠，一上场后，就成了铁匠的个人表演时间。铁匠一杆捅进几颗球，她兴奋地怪叫着。她一惊一乍的神情，令铁匠进一步想起了刘婉玲，他相信这个女人与刘婉玲必然有什么联系。和女人同来的那男人此时有些紧张，警惕地盯着铁匠。他看铁匠面熟，铁匠也觉得这男人在哪里见过……好像也是那所学校里的老师。接着，两人同时想到刘婉玲的葬礼。

男人就是老徐，刘婉玲的姐姐一调进来，他就认定这是缘分。学校并不是清静地，在个人问题上也存在僧多粥少的局面，来个美女同事，会被很多光棍馋在眼里，念在嘴里，想在心里。老徐丝毫不敢怠慢，对这妹子发起猛攻。情书太长，也老气；短信又太短，太常见。老徐采用的是鲜花攻势，找着机会和这女人面谈。他小小的职位，在竞争中也产生了一定优势。别的男人想找这妹子面谈，妹子可以不搭理，而他作为教导主任约她谈话，她不好拒绝。他自己都觉得，那一把把鲜花有如豺狗子撒尿圈占地盘的行为，提醒着一起打这妹子主意的男同事们：这个妹子，我来泡！

两人接触不久，妹子的母亲立即表示同意，还夸女儿眼光不错。在刘婉玲葬礼上，老徐给她留下不错的印象。老徐没想到，当初应付差事接待学生家属，却赢得准丈母娘的信任。

此时，老徐分明觉察到，这长着瓦刀脸的男人一盯上自己女友，空气中就弥漫着来者不善的气息。他打光棍打到这年龄，晓得不能懈怠，要严防死守。除了老徐，雷妹也一直盯着这边。她知道铁匠不会轻易对一个女人表现出兴趣。这天天气异常燥热。

被几双眼睛死死盯着，铁匠挥杆都不自在，打完两盘，他就不玩了。他放下杆，正要往楼上去，那男孩从什么地方冷不丁地冒出来，冲他喊："表哥!"

"是你啊，好久不见你了。"

"嗯!"蒋纵脸上有了喜悦的表情。他跟在铁匠身后走，对老徐和刘婉玲的姐姐熟视无睹。

铁匠转身上楼，蒋纵也跟了上去，仿佛两人本来就生活在一起。铁匠有些无奈，懒得理会这男孩。男孩就这么站着，神情腼腆、卑怯，目光中却混杂着不屈不挠。天气已经热得发烫，男孩短衣短裤。看着他伶仃的身材，铁匠心想这十来岁的小孩，倒是有些男女莫辨。这时，他又想起刘婉玲还有一套衣服落在自己这里。那是她夏天穿的薄衣服，寒假某个晚上穿出来，是当成情趣内衣用。

铁匠把衣服找出来，递给那个男孩。"穿上!"他想，要是他不肯穿，就叫他滚。他没这么多闲心和这男孩泡在一起。

蒋纵稍一迟疑，就把自己外衣外裤脱下来，只穿个裤衩，瘦骨嶙峋。刘婉玲留下的那件白色无领绉纱上衣，男孩穿起来还有些松垮，特别是胸口那部分。稍后，蒋纵把短裙也穿上，两条腿竟意外的修长。他穿好以后，慢慢地转过身来面对铁匠。他就这么一目了然地展示在他眼前。

铁匠看了一会，想从男孩身上找出刘婉玲的影子，却落了空。男孩的确还处在中性期，但离刘婉玲还有些遥远。再说，铁匠从蒋纵身上看出些清纯的东西，这也妨碍着他想起刘婉玲。这他妈是怎么了?铁匠暗自嘀咕，只打量了约摸半分钟，就冲蒋纵说："呃，你换你自己的衣服，可以走了。"

他打定主意不给他钱。有时候，钱会给人招惹无尽的麻烦；有时候，穷人被人当成有钱人搞，更是烦恼无边。

这男孩蒋纵忽然不太顺从，没有脱掉女人的衣服。他表情僵硬，朝铁匠走近几步，贴着铁匠的脸小声说了一句话。

“什么?”有时候，听得太清晰的话，反而让人怀疑是真的。铁匠不敢相信这男孩会这么直白。于是，蒋纵靠他更近，一只手扶在他肩头，咬着他耳朵又重复了一遍，字字清晰，千真万确。

“……不，不要!”铁匠结结实实地吓了一跳，把男孩的手从自己肩头拿开，就像是扔掉一只蛇。他说，“我不要，你赶紧走，不要再来我这里。”

蒋纵眼神变得迷惑，他不知道这么强悍有力的表哥，怎么会吓成这个样。他想了想，鼓起勇气问他：“你……你不是喜欢我么？他们都说你爱……”

“不，不喜欢。谁喜欢你谁是狗日的。”铁匠实在搞不明白，自己的促狭心思，在蒋纵那里怎么就被当成了喜欢，还当成了爱。看这男孩那一脸表情，你敢爱他就敢回应，竟是毫不含糊。铁匠又想，当初，刘婉玲身上要是有这股子邪劲，我怕是要为她肝脑涂地……怎么还想这些没用的？铁匠不得不抬高声音，声音却有些抖。他冲男孩说：“谁爱谁是狗日的。”

蒋纵表情一下子松懈了，待了一会，便窸窸窣窣换回自己的衣服，最后看了一眼铁匠。铁匠把目光搁在蒋纵目光触不到的地方。蒋纵疑惑重重地走下楼梯，看看雷妹。雷妹拄着杆看他，仿佛是铁匠请来的一尊门神。

铁匠看着男孩干瘦的背影，慢悠悠吐了口浊气。他在心里暗骂，铁匠鳖，一玩真格的你就怂了吧？妈的，那些低眉顺眼、不吭不哧的家伙，搞不好却是一条好汉。

# 蝉　翼

## 1

那时候我住在一处建在山腰的房子里。山腰有一溜规矩的复式楼，其整齐的样子犹如朵拉的门牙。每套复式楼都有两层，但面积很小。人们叫这一排楼为长城楼，有十三套。我住在最后一套。顺路走到尽头，有个独立的院门，用钥匙拧开了，迎面扑来浓重的鸡粪味。那时候我是个养鸡的，也就是说，饲养员。老板租下长城楼最靠里的一栋，以及后面十来亩坡地。种了一百多棵猕猴桃树苗，说是良种。这种藤本植物的茎蔓暂时还不能攀满架子，形成荫翳。

我只给小谢和朵拉打过电话，告诉他们我现在在什么地方，干着什么。他们有时到我这里坐一坐。小谢不喜欢这里，再说他刚找了个女朋友，所以不能像以前一样，没事就跟我泡在一起。朵拉是一个比我更寂寞的人，她经常来我这里，跟我扯一扯白，看看我喂养的斗鸡。她觉得那些鸡很丑，实在是太丑了。她说，要是你把这种鸡炖了，我肯定不吃的。我说这鸡死了没什么吃头，活着却是赚钞票的机器，老板专门开私车到越南和泰国买来的，便宜的都要几千块钱一只。她吐了吐舌头，说，打架吗？我点了点头。她很快得出一个结论：这些鸡长得难看，待在一起谁看谁都不顺眼，所以会打起来。她觉得这是一种很深刻的见解，说出来以后就得意地笑了。我想，也许是这样；再者，这也是朵拉一贯的思维方式。

来了几次以后，她能够理解我为什么选择当饲养员，而不是进入乡镇的卫生所。以前我们那个班上的同学，十之八九都蹲进了卫生所里，然后日夜等待着进城的机会。养鸡的工作很轻松，虽然有些枯燥，但是相当省心，不会有人找麻烦。

当朵拉在乡卫生所给一个妇女注射青霉素，惹出好大一堆麻烦后，她就觉得我的选择很明智。

皮试显示正常，那女人只不过有些晕针，想敲点钱。她家很穷，简直穷疯了，要是年轻漂亮一点，她说不定会去卖。朵拉被这件事打击得不轻，讲话刮毒，不符合她一贯的较淑女的形象。我能理解她的心情。为这事她赔了几千块钱，从我这里借了两千——她不想让她父母知道。这也是让我觉着迷惑的地方，她这样还可以撒撒娇装装嗲的年纪，却能打脱门牙往肚里咽，还能把事情隐瞒得密不透风。但我记得几年前一天，她跟班主任老普请假，老普没有批，她就哭了。她坐在教室靠后的一张椅子上，憋了憋，没憋住，终于哭出声来。

当时我正好掏得出两千块钱，那是一个月的薪水。她装出很羡慕的样子，说，一个月能有两千，真不错。当时我的同学下到乡镇，月工资五六百。我有自知之明，这样的工种即使钱再多一点，也不至于使人羡慕。朵拉的男朋友杨力再过两三年，研究生毕业以后，一年能挣下十来万。

我告诉她这两千块钱也不好挣，这种鸡不光是喂养，还得一只只搞体训。正因为我有医护资格证，才最终拿到这份工作。可以说，这些鸡享受的医疗保健水平相当于县团级干部，蜂王浆脑白金天天都有得吃，通常拌在精饲料里，隔三岔五还打一针人血白蛋白，增强免疫力，并蓄养体能；偶尔也打睾丸酮、丙胴胺之类的性激素，进一步激发它们的雄性和斗性。拿去打架之前，会注射士的宁或者丙酸诺龙，让它们兴奋无比，斗志昂扬。——斗鸡协会前一阵还在反复讨论，要不要在斗架之前，给鸡们搞一搞尿检。

朵拉用嘴唇吹出一串颤音，这表示她很惊讶。她问我，那这些鸡配种的时候，你会不会给它们服用伟哥？

这我以前倒没有想过，但可以给老板提提建议。我说。朵拉忽然又说，以后要什么药，到我那里买，让我也提一提成。我说行，送个顺水人情。你们那里有伟哥卖吗？买一点，有时候我也搭帮这些鸡用几粒试试。她说，哪有？我们是乡卫生所。

她想看看我是怎么给斗鸡搞体训的。我说少儿不宜，她更来兴趣，她说，我什么没看过？还能有什么不宜的？

是呵，我想，我们这些在医专呆过六年的人，还有什么少儿不宜的东西没看过？但我给鸡搞体训的办法不是在医专学得到的，全靠自个摸索。我先是找来一只母鸡，用大竹罩罩住。再把一只斗鸡捉来，往竹罩外一扔。斗鸡眼力不太管用，呆了分把钟才看清竹罩里面是它日思夜想的母鸡，于是做出扒骚的动作向母鸡靠拢。两只鸡被竹罩隔开了，斗鸡当然不死心，围着竹罩一圈一圈转了起来，不知疲倦。它估计不出来这竹罩的直径有多大，可能老以为，前面不远的地方会有一个豁口，可以钻进去。

那只斗鸡跑了好多圈，还发出痛苦的低鸣。我哈哈哈地笑了。虽然每天都看得到这样的情况，我还是会被鸡们逗笑。它们一脸焦躁和无奈的样子，是赵本山他老人家都表演不出来的。我以为朵拉也会笑。但是我想错了，她没有笑。她说，太残忍了。你太龌龊了，能想出这样的鬼主意。她看着我，表情古怪。我忽然记起来，我们第一次去看解剖好的尸体标本，她脸上也浮现这样的表情。很多个女生哕了，但朵拉直直地看着尸体，摆出这样的表情。她用当年看尸体的眼神看着我。

不远处一个食槽冒出一只黑乎乎的老鼠，朵拉眼尖，看见了老鼠，发出尖叫。她的尖叫回复了作为一个淑女的样子。我读到一份时尚杂志上刊载的《淑女手册》，首当其冲的一条就是：见到老鼠要尖叫，不管你怕还是不怕。

为什么？

我没有问朵拉。

我告诉朵拉，有一回我坐在窗口那个地方，用弹弓枪打下一堆老鼠，然后挑了两只个大的，每只怕有半斤左右，剥了皮，扔了一挂精致的下水，再熏成腌肉的成色，剁细了小炒。

吃着很嫩。我说。朵拉并不奇怪，说，我知道，应该很嫩。像什么味？是不是像鸡肉？我再次感到意外，本指望朵拉再次尖叫起来，说，多肉麻呵。依我看来，像朵拉这种长得带几分神经质的女孩，既然怕老鼠，就更不能说吃这东西了。我说，有点像黄牛肉，只是里面碎骨头多，吃起来更香。也要用芹菜炒，添些黄豆酱。下次我再打两只，到时叫上你和小谢，还有他女朋友，我们一块吃。我们先别告诉他两口子，吃完以后再公布答案。

好的。朵拉这么回答。

那天我忽然想起一件事。我又告诉她，有一天我看见一只鹦鹉飞到后山，落在一处食槽上，啄食谷粒。他说，你晓得，鹦鹉的嘴是弯的，看它们啄食的样子，我总是想笑。朵拉问，有什么好笑的？我说，因为我会想起老普。我也不晓得为什么，看见鹦鹉啄食，我就会想起老普。朵拉说，是吗？听说老普的老公被抓了，贪污。我说，肯定外面还养着女人。我第一次看见老普的男人，就知道他是个色鬼。

为什么？朵拉懵懂地问。

我说，他看你们女孩子，总是从中间看向下面，然后再慢慢地看向上面——喏，就像我现在这样。

记得那天，我想抓住落到食槽边的那只鹦鹉。我慢慢靠近它。它好像并不惧怕，肯定是被人驯养过，逃脱笼子后飞到这里。当我的手快捉住它时，它一个扑棱就飞了，在半空旋了几圈，又落到了食槽附近。

这只鸟有点呆。我说。

你抓住它没有？朵拉看着我。

于是我也看看朵拉的眼睛。朵拉不算漂亮，但她的眼睛很漂亮。纵是两只眼睛很漂亮，也改变不了这张分布着七个窟窿的脸。我想我有点遗憾，同时又对自个说，幸好她并不漂亮！

我告诉她，那天，我整整在食槽边呆了四个小时，一次次地接近鹦鹉，一次次都只差一点点，甚至指头经常触摸到它绿色的羽毛，但不能捉稳整只鸟。天快黑了，有一次，我又把手伸了过去，本以为顶多只能摸到一些羽毛，和此前成百次的遭遇一样。结果这次我抓住了那只鸟，握了个满盈。我说，当时我的手有些哆嗦……

结果它又逃脱了，呵呵。朵拉自以为是地说，我就知道，你会这么说。

不，它没飞掉啊。我很高兴，终于把朵拉算计了一把。但她照样不吃惊，这种迟钝仿佛是天生的，要怪她父母。我带她上到二楼，看那只关在笼中的鹦鹉。

前些天我拽着这只鹦鹉去到花鸟店买笼子，店主告诉我，这种鹦鹉不会学人话。我感到可惜，要不然，我想教这只傻鸟说，朵拉你好。或者说，朵拉，I love you。我甚至想，要力图让这只傻鸟的英语发音夹杂着佴城方言的腔调。

我想，如果朵拉想要，就把这只鹦鹉送给她。

## 2

我知道朵拉不是我女朋友，不需要别人提醒。我先认识杨力，然后才见到朵拉。那年八月，学校开学之前，小谢带着杨力来找我。我和小谢以前是同学，而杨力和小谢一直是邻居。我们就是这么认识的。杨力找我的原因，就是因为朵拉。他不放心，初中毕业以后他要去长沙读一所重点中学，但朵拉和我在当地医专的同一个班级。

你们谈两年多了？我嗤地笑了出来。那年我 15 岁，并由此推算他俩恋爱时才多少岁。我立即感到一种滑稽，喷着鼻息笑了。当时我还没有学会摆出一种较为正式的表情去面对这样的问题。

是这样，我们早就确定了恋爱关系，感情一直很好。杨力居然一点没笑，严肃得像学生会主席在指导新的学生干部开展工作。小谢坐在我旁边。他踢了踢我的脚。杨力的表情有些悲伤，整个人显得有 20 来岁，甚至更大一点。他说出了担心的事情：外面的人都喜欢跑到医专来泡妹子……可能他觉得我不是很专心听他说话，所以沉默了一会，注视着我，问，知道这是为什么吗？

我不知道。我刚来，只知道哪所学校的妹子都有人泡，不光是医专。

杨力循循善诱地告诉我说，但医专有所不同。外面那些流氓都喜欢勾引医专的妹子，因为用起来比其他学校的妹子放心。医专的女孩，顺理成章地应该精通避孕。如果一个医专女孩不小心被搞大肚子了，不光坏了名声，还说明她智商有问题……

搭帮杨力的指点，我又明白了一个道理，对将要就读的医专产生了向往之情。当初中毕业要考中专时，我没什么想法。爷爷摇头晃脑地建议我去读医卫或者师范。凭他的经验，不管朝代怎么更迭，医生和老师这两样人都是需要的。其他那些职业，我爷爷觉着政策性强，靠不稳。

我不想读师范。在我们那个乡镇，老师都活得很窝囊，还要分片去收学费。在农村，收一块钱学费都要花去几两唾沫。想想这些，我头皮就发麻，于是决定去读医卫专业。报考的这个专业要读四年，校方还承诺，中专毕业后再混两年，就给你发大专文凭，好歹算是一个大学生。

朵拉并不漂亮。因为杨力那天说话时悲哀的神情，在看到朵拉之前我隐隐充满着期待。头一天去到那个班，她主动来找我认识。杨力肯定跟她说到过我。她跟我扯起杨力，问我怎么认识杨力的。这个杨力老早就编好了，让我和他统一口径。我一边和她说话，一边想，杨力这个人是多虑了，他可能觉得每个男人都会在朵拉身上找到和他一样强烈的感觉。其实并不是这样，医专里漂亮的女孩很多，一抓一大把。这么多的漂亮女孩囤积在一起，她们肯定也滋生不了奇货可居的心思。

那六年里，我没有感到和异性相处的愉悦，而是老要担心，自己是不是女性化了？班上有五个男的，四十六个女的。由于性别比例的严重失调，班上女孩对我们的同化作用是显而易见的。自个时不时都能很清晰地感觉到，正说着话，不知从哪个字音开始，语调忽然就变软了，变黏糊了。然后女孩们会很得意地提醒说，你真变态。

于是，我们五个都商量好了，要相互提醒，相互监督，防微杜渐，不能让自己蜕变成人妖。

我记得，有好多个夜晚，我梦见身上长出了乳房；甚至有个晚上，我梦见自己生下一个孩子，血淋淋的，孩子哭的声音活像我外公没死之前每个晚上打的鼾。我惊醒过来，摸了摸胸脯，是很平的，于是松了一口气；再往裆里捞一捞，那东西仍然躺在原来的地方，多捞它几下，渐渐就挺直了起来。这样，我才完全放心下来。

我们几个男的对这样的环境有一种逆反，其结果是我们嘴巴子都变得很恶毒，一到寝室就淋漓尽致地用解剖知识去评点班上的女孩子，说得她们毫无隐秘可言。仿佛只有这样，才证明我们一脑袋都盘旋着男性思维；而那些女孩，如果有幸听到我们在寝室里的说道，搞不定颇有几个会昏厥过去。

有一天我们不晓得从哪本破杂志上看到这样一则文章，上面介绍女孩子性欲发作时候会有的一些举动。我记得其中一条，是说在公共的场合，女孩会佯装跷起个二郎腿，其实是紧紧夹着腿根，然后拿屁股在椅子上来回摩擦。那篇文章很快被我们五个男的都读了一遍，之后的那一个星期，大家根本就没有心思上课，全趴在桌子上，观察班上女孩下半身的情况。我们要找出谁是班上性欲最强的女孩。

我记得那个下午，第二节课，我趴在桌子上差点要打起瞌睡了，忽然被身后的小李拍了一巴掌。他指了一个方向，叫我往那边看。我一看，小李指着朵拉。朵拉跷起了二郎腿，正把身下坐着的那张骨牌椅摇得吱嘎吱嘎响。外面有一只蝉在鸣叫，掩去了这声音，如果不用心，就不会听到。

蝉的叫声是鸡——鸭——屎，稍一暂停，又是鸡——鸭——屎，如此循环不已，把整个秋后下午都弄得昏昏欲睡。在我们佴城，把蝉就叫作“鸡鸭屎”。

我也是看着朵拉臀部的运动，才能听见她折磨椅子弄出的响声。讲台上长相很神经质的老普正在教拉丁文，用拉丁文拼写出的药品名都十分冗长。我不晓得为什么要学这个，每一种药都有对应的中文译名。

朵拉还在摇椅子，时疾时徐，但中间没有间歇的时候。班上五个男的互相传达了以后，注意力都集中在朵拉的臀部，一直窃笑不已，因为这些天的蹲守终于有了结果。朵拉却懵然无知。她还在一个劲地摇啊摇，摇啊摇。

我忽然想，她是不是想起了杨力？除了杨力，她是不是想起了别的谁？

在我咸湿的梦中，班上好多个女孩都出现过，闹得我第二天见到她们本人时，有些愧怍，感到无颜以对。据此我想，朵拉在摇椅子的时候，肯定也不光想着杨力。杨力离得太远了，而近在身边、经常面对的人才容易成为性幻想的对象。

那天晚上他们忽然神神道道地看着我，还祝贺我，说看不出来，你一眼就盯上了王朵拉，原来是因为这个呀。我连呼冤枉，我说朵拉又不是我的女朋友。他们说，看啊看啊，朵拉朵拉地，从来就没见你叫她王朵拉，这么腻。

我无奈地看着他们，忽然憋出那么一句，清者自清，浊者自浊。

他们抽风似的笑起来，说你这个蠢驴，管她是谁的女朋友？个把男人肯定满足不了她的。说着，他们轮流拍了拍我的肩头，抛给我暧昧的眼神。

朵拉不是乐于交际的人，她在女孩子中间都显得形单影只，没有特别谈得来的。但她乐得找我说话，课间的时候，还有周末。她叫我陪着她去买东西。别人有什么误会，也是正常的。其实我们在一起的时候，她说得最多的还是杨力，杨力杨力杨力，完了还是杨力。我并不了解杨力，几年下来总共没见几次面。他在我头脑中的印象很模糊，只记得他这个人一年更比一年神经质。朵拉理解地说，那是在那所省重点中学，杨力压力很大。他成绩很好，定下的目标是北大或者清华。要上那两所大学，不玩命可不行。

朵拉经常要请几天假，班主任老普有些烦她。本来老普挺喜欢她，让她当这个班的班长。但朵拉请假次数太多了，又被别的女孩检举说，朵拉请假是去长沙看男朋友。老普就更不高兴了。她没有旗帜鲜明地在班上反对找男朋友（老普这么说的时候，仿佛这个班上五个男学生根本就不存在），但不能影响学业。这是救死扶伤的事业，学业不扎实，以后弄死了人可不是开玩笑。

我一直想，为什么朵拉会这么频繁地去长沙？仅仅是见面吗？那次，目睹了朵拉摇椅子的激烈过程以后，我恍然大悟。想明白这个问题，不知怎么地，我有些难过。

幸好只有一点点，难以觉察到的一点点。

三年以后，杨力没考上北大清华，只超出湖南大学的录取分数一点点。杨力是一个挺要强的人，他咬咬牙，没去读湖南大学，而是另外造了一套档案，变成另外一个人，再复读一年。那一年朵拉去长沙去得更勤快了。听小谢说，杨力本打算回佴城复读，但杨力的妈不同意，因为在长沙，能知道的高考信息要多一点，比在佴城有优势。

朵拉每回去长沙，都会问我借一两百块钱。从长沙回来，很快地把钱还给我。她告诉我说，是杨力给她的。过了那一年，杨力就考上了清华。但朵拉的心情变得很烦躁。杨力将他们两个恋爱的事告诉了他妈，杨力他妈要见见朵拉。见了面以后，朵拉很明显地感受到，杨力家里的人对她很冷淡。

她跟我倾诉这件事时，我说，你想多了。也许杨力的妈是这种性格，听说一直在当什么领导……

宗教局的局长。她说。

我说，那就对了，难怪天天不苟言笑板着脸。再说你们的事还得放几年，她也不能一下子就把你认作儿媳了啊。

她说，你不知道，现在他考上大学了，他的妈就会更挑剔。

我说，那有什么，我们以后也可以有大专文凭。

朵拉就苦笑起来，她说，那差得太远了，就你还把大专文凭挺当一回事，敢把自个当大学生。他家里人肯定不会这样想，他家一家知识分子，文凭也能分个三六九等，清清楚楚。

我搞不清这些事，这些事比拉丁文还麻烦。那一年，我连大专和大本的区别都还很模糊，只知道少读一年书，就会少花一笔钱。在我老家莞头村，熬到中专毕业的都没几个。拿到大专文凭，对我而言，是能让颜面生辉的。

往后那两年朵拉变得很安心了，因为她不能随时请假去北京。北京比长沙远得多，要跨长江过黄河，途中要在襄樊和郑州转两道车。她越来越频繁地找我说话，她的话越来越啰嗦，一件事刚说完就忘了，原模原样地再说一遍。她抱怨恋爱太早是很辛苦的事，七八年谈下来，就好像鸡屁股一样，食之无味，弃之可惜。

我没有帮腔，我嗯嗯啊啊，更多的是讲杨力的好话。

小谢到佴城办事的时候，找过我几次。当时他已经接他父亲的班，在一家信用社坐柜台。每一次他找到我，总要问我，是不是对朵拉越来越有想法了？我指天发誓说没有。我说，你听谁说了什么？小谢就笑了，说，小丁，看你就不是那样的人。我谦虚地说，我是蛮有自知之明的，你放心好了。

朵拉倒是老想给我介绍一个女孩子。她说，很快要毕业了，出了学校，可没有那么多女孩去选择。当时我们都二十了，很奇怪地，我竟然一直说不要。现在想想，在社会上才感觉得到僧多粥少的难处。

朵拉见我这么坚决地摇脑袋，也是奇怪。有一次她还不经意地问我，是不是，你喜欢上我了？

我想了想，说，也许吧。还君明珠双泪垂，何不相逢未嫁时。

她瞪了我一眼，说，谁嫁了？我不是还没嫁给杨力嘛。

哦？我说，那你帮我算算，我还有机会吗？

朵拉煞有介事地帮我看了看手相，然后说，机会可能不大啊。

我们在那所学校读了六年，很漫长。毕业以后她进到乡卫生所，而我成了一个饲养员，每天摆弄一堆丑陋的斗鸡。

## 3

朵拉喜欢阴天，还喜欢一连下好几天的雨。下雨天她会变得兴奋。

这是悖于常情的。从书上得来的知识是，阳光灿烂的天气有利于人体内5-羟色酸胺的合成，而这种物质可以让人变得愉悦。长时间的阴雨，5-羟色酸胺合成量急剧下降，人就容易变得忧郁。

佴城多阴，多雨，很少有接连几天的晴朗日子。长城楼的位置很高，大半个佴城铺在眼底。朵拉爱跑到二楼，坐在窗前看外面的云和雨。她星期六从乡卫生所回家，星期天会到我这里，呆上半天，下午再到城郊搭农用车去工作的那个乡镇。从四月到八月，雨一直就没怎么断过。这段时间，朵拉来我这里最勤快。她跟我说，她家住在很低洼的地方，看着天空就像是从井底看上去的，让人感到很窒息。在我这里看就不同了，推开窗，云总是很近，雨下到佴城里面，在街面上汇聚并毫无方向地流淌，在河里一点点地涨起来，都可以看得一清二楚。

下雨的星期天，我就知道朵拉一定会来。有一天雨下得很大，下得很暴戾，我忽然就得来一种感觉：所在的小山头，成了一个孤独的岛屿。水在窗玻璃上肆意流淌，隔着这层漫漶的水看出去，外面一切影影绰绰。作为佴城标志的大钟楼，大体看得见一些轮廓，仿佛是天边的一种幻影。于是我怀疑，明天早上它还能不能在七点整准时奏响一曲《东方红》。

这天，朵拉还是来了。透过窗子，我看见一团紫红颜色正在向这半山腰蠕动。我认出那是她的伞。估计她要走到了，我就拧开外面的门。她有点惊喜，她说你今天肯定没上街吧？喏，我都帮你买了菜。这时我看见她梳了一个不可理喻的发型，像头顶顶了一截甘蔗，有三四个节把子，尺把长。她那天心情特别好，差不多好疯了。她当天的表情使我怀疑，那些电影里为什么老以阴雨作为语言去描述黯淡的心情？难道导演们看不出来，大雨里潜伏着一种狂喜的气质？

前一天的早上她接到电话，杨力通过了面试，九月份就要读研究生了。我这才意识到，杨力已经读完了大学，而我们毕业也已经两年。

她说她昨天一高兴，晚上肾就痉挛起来。她给自己打了一针阿托品。今天，她担心肾会再一次痉挛，所以还随身带了一支针剂和一支注射器。这几乎是班上所有同学的通病，身体稍有点不适，就会自个找药吃。

朵拉爬上二楼，守着窗子看外面的雨，像那天那样大的雨，我好像从未见过，晚上的地方台新闻，肯定有几条是关于泥石流和山体滑坡的。我在楼下洗了几串葡萄，还切了一个黄瓤的，吃着像脆黄瓜的西瓜，一齐端上楼去。她目不转睛地看着雨，而我坐在一张破旧的沙发上看着她的侧影。她的侧影比正面漂亮，而这种螳螂捕蝉式的欣赏，又让我仿佛想起了某一首小诗。

但那首小诗怎么写来着？我能记住几百首歌词，却记不住一首非常短小精美的诗。

她忽然回过头来，对我说，雨像是把我们困在这里。说完她笑了。室外的光很暗，照进这间屋子就更暗，像是傍晚的情景。漫天盖地的雨声，突然让这间房笼罩了一重暧昧的色彩。

我看看朵拉，突然有了一种别样不同的心情。认识她八年了，还是头一次有过。但我什么也没有干。我以为我会干些什么，甚至一度以为自己有些失控，但醒过神来，我和朵拉还保持着四五尺远的距离。

我赶紧跑到楼下去弄饭，把她买来的几样菜弄好，还煎了一盘母斗鸡下的蛋。斗鸡肉很难吃，但鸡蛋特别的鲜嫩。我们喝了一点酒。她脸上有了酡色，话也多了起来。她说她想辞了工作，去北京陪读，作全职太太。她说，如果能找一个工作，那当然更好。我没有说什么，只顾吃菜。她说，小丁，你也一块去吧，说不定到北京也有老板请你驯养斗鸡。

我告诉她我不想离开这里，对那些特大的城市一点也不向往，并对削尖了脑袋也要挤进大城市的人有些反感。她很吃惊，问我为什么这样想。

我说不出来。她却说，你要说。

当时我没去过任何一处特大城市，而且心里一点也不想去。我告诉朵拉，我骨子里向往一种单调的工作或生活，比如灯塔看守人，或者是在南沙的一个海岛上放哨。甚至，我还幻想过坐牢，单人牢，在里面抱一本很枯燥的书看，《鲁迅全集》什么的。我想，在那样的环境，任何书我都可以看得津津有味。

朵拉说，为什么有这样的想法呢？

我说，也许在那种地方，人可以活得轻飘飘的。有时候，我想生活在没有一个熟人的地方。碰见了熟人，憋不住会说话，但说话从来都是非常愚蠢的事。我最不想去人多的地方生活。大城市人太多了，走在路上，到处都是人，像鸡们随地拉下的粪便。

我说的话，也许唤起了朵拉心中的什么。她怔了怔，然后说，其实，我也不想去那些城市——你知道吗，走在北京的马路上，我随时都有一种紧张。离马路口近了，我就会想，要是在人行道上走了一半，前面忽然切换成红灯怎么办？如果突然切换了，我一个人站在马路中间应该怎么办？

我说，是吗？

到我们这里根本就不必要担心这些。朵拉又说，但你知道的，如果我们一直这么分开，就会有很多变数。我必须去他那里，守着他。是不是觉得，我，我们女人很可怜？

不，没有。

她擦了擦眼泪，但我没有看到眼泪是怎么流出来的。这时我听见外面响起了隐隐的雷声。雨声也照样底气十足。

我们收拾了东西又去到二楼，她主动问我要一支烟。我想了想，还是给了她。她抽烟的样子很明白地告诉我，不是头一次抽。

天色本来渐渐泛亮了，却又再次暗了下去。有新的雨云涌到了这城市的头顶，不断地堆积。我要开灯，但朵拉喝止了我。可能是酒精的作用，她嗓音有些凄惨，有些歇斯底里。她说，不要开灯。开灯的话，这雨肯定很快就会停下来的。

我躺在了床上，有点不胜酒力。她忽然又把我摇了起来，问我，小丁，你说心里话，有没有喜欢过我？

我想了想，真不知怎么回答。她自嘲地笑了一下，说，我长得是不是不太好看？我有些蒙，回答不出来。她又说，你放心，我也是随便问问，没有别的意思，更不是挑逗你。我也一直只把你看成是朋友，一般朋友。说实话，你长得不帅气，看着有些憨，好像笨头笨脑不太聪明，但其实你又蛮聪明。这并不好，长得憨的人应该笨一点，表里如一，才讨人喜欢。

朵拉说话像是在打机关枪，密集而且凌厉。我这才知道，原来朵拉还憋了这么多针对我的看法。我有些无奈，长这样子得怪我妈，跟我没什么关系啊。

我说，朵拉，你醉了。

她说，我知道。她一脸苦笑，问我她的发型好不好看。我说好，我甚至不敢说不好，虽然我觉得那是她所有发型中最让人难以忍受的。

她说，好是好，但这发型是人家王菲的。我问，王菲是谁。她说，白痴。下次我给你带一盘磁带，你听听她唱的歌。

雨下得稍微小一些的时候，她说要走，要搭车去乡镇。晚上她就得值班。她想了想，把那枚小号注射器和一瓶阿托品针剂搁在桌子上。她说，等下挤车难得小心，丢你这里了。你给那些鸡打过阿托品么?我说没用过。我脑袋一热，对她说，朵拉，我看我还是给你打一针。这药留在我这里没用，还是你自己用吧。

她稍稍迟疑了一下，竟然同意了。她坐在一张高脚凳上，慢慢地把裤子往下褪了一点，然后又褪了一点，我看见两团半月形的……臀部。我想来几个形容词，或者是比喻句，但我很清楚，那个部位不应该由我发表感慨。我闻见她身体的气味，非常浓烈。这气味和我体内的酒精搅和在一起。我浑身有了一种酸酥痒胀的感觉。我仿佛这才意识到，这是一个健康的浑身散发着热气不算漂亮但也绝对不难看的女孩，同我在一间光线晦暗的屋子里。如她所说，是雨把我们困在了这间屋子里。暴雨的声音，老是让我误以为，整个佴城只剩下我们两个人。

她提着裤头，看着那面墙。墙上什么也没有。她说，你——快点。

我发现她臀部将要受针的那片皮肤有些紧张，因用力而有了褶皱。这是一种对痛感的预期所造成的，针悬着没扎进去，她肯定会提心吊胆。我把吸进注射器的药水挤出来了一点，这样我的手才不会颤抖。窗外的雷声近了一点，我听得出来，当闪电以后马上就听见雷声，就说明它离得很近。

她担心地说，你会打针吗？

我说，开玩笑。

我给她打了一针，她感觉很好，说，你打得不错，比我差一点，但比好多护士强。——就像是被一只蚊子叮了一下。

我顺着她的话说，我整个人都想变成一只蚊子，把你叮几下。

去你的。她理好裤头（她穿那种没系裤带，拉链开在后面的裤子。说老实话，我老在担心这裤子会突然滑脱下来），笑吟吟地说，我走了。

## 4

在老板的逼迫下，我很快学会了开车。年底他又要去越南挑选斗鸡，会把我带上。这样，一路上我就得和他换着开车。

那天我拿到了证，一高兴把车开到了朵拉所在的那个乡镇。这个乡镇不大不小，没逢集，人很少。我走进卫生所的门诊部，看见她在里面那间房，正在对付一个八九岁大小，胖得像红烧狮子头一样的小男孩。外面那间房有一个中老年妇女，她问我哪里不舒服。我正要回答，朵拉朝外面睨了一眼，抢着回答说，找我的。

她用眼神示意我等她一下。

那个胖小孩浑身长满了水痘子，看着像出天花，其实不是。朵拉正用针刺在小孩身上挑破水痘，一粒一粒地挑，然后抹上药膏。那是很笨很费事的活，得具备足够的耐心，是对一个护士最起码的要求。朵拉弄了半个钟头，其间仰起头对我抱歉地笑了几次，让我觉得今天来得不是时候。她挑完了小孩身上的水痘，又跟小孩打商量说，把裤子脱掉，看里面有没有水痘。小孩不让。他这样的年龄，稍微懂得些羞涩，知道裤衩里那条毛毛虫一样的东西是不好让女孩子看的。朵拉佯作恼怒状，说，文文不乖，病就好不了。小孩仍然捂着裤头，憋红了脸，不让朵拉看他裤衩里面的东西。

朵拉嗤的一声，说，不看就不看，水痘子脏死了，还要阿姨愿意帮你挑。

小孩松了一口气，把手从裤衩上放了下来。朵拉却突然蹲了下去，扯开小孩的裤衩，并且说，喔唷，你看你看，小鸡鸡上都长得有水痘，真不知你是怎么搞的。

我在后面看得很清楚，朵拉的伎俩我都看到了。这几个动作她做得一气呵成，以致那个小孩还在发蒙，蒙完了也没有太多地难为情。朵拉自然而然的表情和连贯的动作让小孩没有受窘。而我却在一旁看得奇怪，难道这就是几年前那个请不了假就会哭的朵拉？她身上已经具备了一个妇女才有的泼辣劲，做起每样事情老显得诡计多端，经验十足。

她捏着小男孩的小鸡鸡，挑破了两个水痘，挤出里面的脓，再涂上药。做完这一切，她无奈地看了我一眼，说，是不是比你那些斗鸡要难伺候？你问问你们老板还要人不咯，我也跳槽帮他养鸡算啦。

她请我吃的饭，之后她跟着我回到佴城。她家在四十里外另一个镇子上，我说送她回去，她说今晚不回去，就呆在佴城算了。我吓了一跳，以为她会睡在我那里。

朵拉笑了，仿佛看穿了我。她说，你以为，我要去小兰那里，小兰给我打电话，说她准备嫁人了。也许她要我帮她做些什么。

我暗自笑了，把她送到小兰家的门口。小兰不让我走，要我进她家去和她爸爸喝点什么。我走不了，只好进到里面。小兰的爸爸一看就是每天都要喝几杯的角色，鼻头很红，看着人时显现出一副老眼昏花的样子，其实年纪并不太大。

他招呼我坐下，并问，你们两口子结婚了没有？我正要说什么，朵拉却说，快啦，伯伯，等小兰结了婚，我们后脚就跟上。小兰的爸爸很高兴，说，结吧结吧，都结婚了算了，别拖到肚子里有了毛毛才非结不可。

我知道他说的是小兰，要不是小兰肚皮已经逐渐显山露水，掩饰不住，按惯例是不会在阴历的七月结婚的，那个月要过鬼节。

我看了朵拉一眼，朵拉却和小兰相视而笑。接着小兰诡谲地睃了我一眼。

过了不久朵拉把两千块钱还给了我。她把钱送到我住的这山上，还告诉我说这钱可不是一般的钱，是杨力的一篇论文在美国的什么杂志上发表以后，赚来的美元兑换的。我蘸着唾沫把钱狠狠地数了一遍，撮响每一张钞票，说，不也是老头票嘛，一张又不能当作两张花。她说，小丁，你嫉妒了吧？

她建议我去买一台碟机，这样可以借一些片子，看着打发时间。我当时没打算这么做，但后来还是买了一台。当时一台 VCD 机还要一千多块。但碟片挺多，一套香港的连续剧只要十来块钱，我能用一两天看完，看得眼睛都乌了，感觉还是很过瘾。我长得有点像欧阳震华。这让我颇有点自鸣得意，因为此前我可没想到，就长了这副模样也能混成个明星，听说还是当家小生。于是我专门去找欧阳震华演的电视剧看，他演的可真多，我一天到晚地看都看不赢。

朵拉什么时候进来的，我不知道。我看着片子，看着看着就睡了，底下的两重房门都没有关。朵拉上来之后，直接进入了我这间房。她看了看桌面上那些散乱的碟片，感到忍无可忍，揪着我的耳朵把我弄醒。她问我，你怎么就这口味啊？

我说，我什么口味？

草料口味。她恨其不争地说，还口口声声地说你爱去清静的地方，喜欢离群索居呢，装出一派很有品位的样子，看的片子却全都是垃圾。

我不晓得这两者有什么不可化解的矛盾。我是想生活在人迹罕至的地方，但我也喜欢看欧阳震华演的片子。我喜欢他是因为我觉得他长得像我。

朵拉却说，以后别租这些电视剧了，我去给你借一些片子看。再这样下去，你会病入膏肓的。

我没想到有这么严重，简直耸人听闻。那天朵拉就随身带了一套碟片，我记不住名字。外国的，没有配音，但有中文字幕。我看着头疼，这些片子你稍一分神，就会看得一头雾水。

碟片磨损得厉害，放出来的效果当然差强人意，动不动就是铺天盖地的马赛克，向眼球砸来。

这个片子说的是一个已经上了年纪的人，一辈子就靠抢银行为生。奇怪的是，他虽然没被抓住，但一辈子总也发不起财，甚至很潦倒。有个人想接济他，给他数额不小的一笔钱，劝他不要再去抢银行。那个人说，你老了，不是抢银行的年纪了。但抢银行为生的人拒绝了，他说，不知为什么，每当走过一家银行，就觉得那银行其实一直都等着他去抢。他又说，他别的什么都不会干，只会抢银行。抢银行是再简单不过的事了，只要拿出枪来，对柜台里面的人说，把保险柜打开，把钱放到口袋里去。就这样!

朵拉看得很投入，很认真。但我不。我时不时看看窗外，有一只蝉在叫，叫得很凄惨，像是预感到没几天活头了。这只蝉的叫声不断地阻碍了我对剧情的进入。朵拉时不时会发出情不自禁的低吟。当那个抢银行为生的人最终被击毙时，她尖叫了一声，嘴角还有些哆嗦。

你觉得怎么样？当片终的乐曲响起来，她这么问我。

我说，不怎么样。银行的老板看了这样的片子搞不定会起诉导演。一个人哪可能抢了一辈子银行都发不起财呢？这会让人觉得银行其实也挺穷，虚有其表，信誉不好。

你怎么岔到莫名其妙的地方去了呢？你真是的。朵拉有种对牛弹琴之感，眼神中透着失望。那只蝉又叫了。朵拉失望之余，才注意到蝉声始终混进那片子的背景音乐里。她向外看看，说，蝉是在那蔸树上。那是一蔸槐树，长在猕猴桃架的中间。朵拉说她看见了那只蝉，就在离树根四米高的树干上。那只蝉很肥！朵拉说，肯定容易捉住。

我说，我不会爬树。

朵拉灿烂地笑了，说，又没叫你去。她挽了挽衣袖。她果然会爬树，而且爬得很好，虽然有些慢，却是稳稳当当。我不知不觉走到了树下，没有作声，示意朵拉不妨踩着自己肩头。朵拉没有这么做，她把脚尖踩在凸起仅几厘米的木疙瘩上，就能让整个人站稳。她很瘦。

这也是我想不通的地方。朵拉会什么不好呢，偏偏爬树爬得这么好。不过我不奇怪，她身上有一把这类的特长，让熟悉她的人时不时会惊讶。比如说，她打篮球打得好，在球场上很凶猛，是校队的主力。平时你根本看不出来。她平时也从不会主动告诉别人：我篮球打得好。我第一次看她打篮球时，不断地掐自己，要不然我老以为自己看见的是另一个人。

她很快就爬到了高出我头皮的地方。我仰头一看，树冠突然间显得无比巨大，中间是斑斑点点的漏光。我的目光也伸进了朵拉衣服的下摆，并往上蠕动。

她的胸罩是淡黄色的，像槐树开花的那种颜色。我看不出她的乳房是小是大，我知道，这取决于胸罩里海棉垫的厚度。我忽然有了全新的发现，其实，从女人的衣下摆看上去，比从领口往下窥看，得来更多的快感。这是怎么回事呢？我想，这样一来，似乎更多了几分情趣，多了几层可资想象的情境。我的呼吸有些粗重，唾沫忽然旺盛地分泌起来……

这时我听见“鸡”的一声惨叫，往后却断了声音。不用看我就晓得，朵拉又得手了。那只蝉，仿佛等着朵拉去捉；就像那些银行，总是安静地等着某个有缘人去打劫。我仰头看见朵拉一阵欣喜。她不可能知道，这个时间段里，我正经历了一阵心潮澎湃。现在，我似乎有点意犹未尽，失控般地张开双臂，冲着树上说，朵拉，跳下来，我……接住你。

一刹那，我脑袋变得无比清晰，像一块玻璃，轻易映现出任何事。我记得自己以前从没将双臂摊开这么大的幅度，仰看天穹，去迎接一个将要从树上跳下来的女人。

但朵拉没有听我的。我不是狐狸，朵拉也不是嘴里叼着肉的乌鸦。她不理睬我，这个高度对她来说也不算什么。她轻轻一跳，落在了我两手正好够不着的地方。那只蝉果然很肥硕，像只金龟子。朵拉费了那么大工夫捉住这只蝉，却只是把蝉的两只翅膀小心地剥下来，把蝉肥大的身躯扔到了我的手心。蝉是死而不僵的状态，在我手掌上抽着风。她说，你拿去喂鸡吧，鸡喜欢吃这些东西。

朵拉我能不能给你提个意见？也许你不注意，也不太在乎，但我还是建议一下的好。我嚅动着嘴唇，仿佛有点不怀好意，但却是十分真诚地说，语气词是不能乱带的。比如“鸡”后面不要带一个“吧”的音。像我们不小心说出来倒还好点，你就不一样了，你要知道，你是个淑女啊。

朵拉几乎被我呛晕了，她难为情地说，你今天这是怎么了，你真是莫名其妙。

那天她离开之前，给我留下几张王菲的歌碟，示意我没事就放一放，听一听。她说，很女人，她很女人，听着很性感。你也许会喜欢，反正我是很喜欢。她介绍了很多关于王菲的情况，把歌碟搁在我这里，仿佛是布置给我的作业。

我看见一个封套画上，王菲扎着甘蔗型的辫子。我记起来了，下大暴雨那天，朵拉也曾依葫芦画瓢地扎了一个。后来她跟我承认，怎么扎那辫子也翘不起来，只得往辫子里面插一支竹筷子。

于是我就成天放王菲的歌，头一阵老听得头昏脑涨，慢慢地就喜欢上了。我听出了那声音里性感的成分，晚上，听着这些歌，去想起一些女人，就来得轻易一点，想象也更有了质地。

手机价格降下来些以后，朵拉就买了个手机。老板也把他用过的一个硕大的老手机扔给我用。朵拉要是来我这里，事先并不打电话，而是直接来，拍门，等我打开门以后她就问我是不是感到惊喜。我不可能次次都很惊喜，但我每次都回答她说，那当然啦。

她一旦打来电话，总是会问些不好回答的问题：王菲为什么曾经叫作王靖雯现在又改作王菲？女孩长得像王菲是不是就意味着性感？还有，《暗涌》这首歌，王菲和黄耀明哪一个唱得更……无以复加？

每一个问题都足以让我脑袋肿胀如瓮。

朵拉老说她要辞工作，到北京去，陪着杨力。但每个星期天，我总是能看见她。她来之前不会给我打电话。有时候我出去办点事，回来，发现她已经坐在门口的石栏杆上，静静地等着我。

朵拉会带来一些影碟，还有王菲最新的歌碟。那一段时间，那个叫王菲的女人出碟都出抽风了，一年得有几张。但我在朵拉孜孜不倦的培养下，已成为了那女人的一个歌迷，听着她半哼半唱的靡靡之音，脑袋里很自然地会滚动出很多对女人的幻想。我不是很擅长幻想的人，我需要这歌声激发。

朵拉讲话也时常夹杂着那女人的歌词。比如说，有时候我跟她一不小心，挨得太近，近得有那么一点耳鬓厮磨的意思了，她突然会醒过神来，把我推开一点。她说，你心里要清楚，我不是你的那什么……

我听着这话怎么这么别扭，“我不是你的那什么”，佴城的人从不使用这样的说法。稍一想记起来了，“那什么”是那什么歌里的歌词。

有时候她突然会换一种新发型，出现在我的门口。如果她手里拿着一张王菲的歌碟，我就知道，毫无疑问，歌碟封套上的王菲也是这种发型。屡猜不爽。

有时候老板会突然来到这里，领着几个鸡友，进了门，碰见朵拉也在。你好。老板和蔼可亲地跟朵拉打招呼，然后回过头来看看我。等朵拉走后，老板会说，那女孩看着顺眼，行的话，就和她结婚好了。我不置可否，我知道老板不喜欢太老实巴交的人，不喜欢一说到女人就发窘的人。

老板说，那女孩不错，毛发油亮，眼水不错，颈盘子也不错，身法……髋骨有那么大，生孩子搞不好一生两个。

老板满口都是玩斗鸡的人的术语，比如眼水、颈盘、身法，都是。我只是笑一笑，说那女的是我同学，要跟别人结婚了。

没用的东西，败筒子鸡。老板这么说的时候，表情有些鄙夷。

我和朵拉在佴城闲逛，陪她买那些七零八碎的东西，有一次碰见了以前的班主任老普。老普看见我们就会打招呼，示意我们向她靠拢。她理所当然地以为我们现在是两口子了，开口就问朵拉：打算要孩子了吗？

朵拉一点也不脸红，说，现在忙，哪顾得上？

老普说，现在学校搞了个附属医院，要生孩子，给我打电话，我可以帮你们联系一下床位——现在我调到附属医院去了。

老普婆婆妈妈地说了一大堆，终于走了。她想起她家里的炉上还煨着一只老母鸡。老普走后朵拉就没命地笑起来。她说，老普其实人还不错。

我们读书的时候老普十分喜欢朵拉。老普身上有太多的更年期征兆，经常蹑手蹑脚跑到后门，通过门上的小窗往教室里窥探，看谁上课时会玩小动作。这样的生活持续了六年，直到我们都过了二十岁，离开那所学校。我们对老普都没有什么好感。我估计，班上顶多也就朵拉和老普亲近。

但有一次朵拉跟我讲起老普的事，老普的老公养了情人，被老普撞上了。老普有些歇斯底里，竟然打了个电话要朵拉去陪陪她。老普把所有的事情都告诉了朵拉。

朵拉再把这些事说给我听时，整张脸都挤满了幸灾乐祸的表情。我很惊讶，我觉得朵拉即使要说，也没必要让喜悦的神情那么直白。她说着说着，停了下来。她问，你怎么啦？我想，我能怎么啦？我想不到朵拉也这么讨厌老普。

我和老板驾车去了广西，通过凭祥的口岸去了越南，买来几十只鸡，装在车厢里，一路上小心翼翼地伺候着，带回佴城。原先还说四五天就回来，结果去了差不多十天。

回到山上，我看见漆成墨绿色的门板上贴了一张便条。朵拉写的。她说她去杨力那里了，短期内不会回来。

我不知道朵拉要去多久。三年五载？十年八载？

## 5

此后过了大约半个月，一天中午，我听见手机响铃了。来电显示是朵拉的号码。我拼命地摁了摁接听键（要不是这些按键都有些失灵，要用吃奶的劲才能摁着，老板也不至于把手机扔给我用），听见了朵拉遥遥远远的声音，有气无力。

朵拉，你说话声音大点，我听不清楚。我说，同时爬到较高的位置，看看是否是信号的问题。

朵拉说，好的。但她声音没见大起来。我只好扯长了耳朵听，估计是北京太远，所以传过来的声音也损耗大半。我说，你在那边应该换一张本地卡，或者神州行什么的，要不然太划不来。

她说，哎呀，嫌花了你电话费不是？那我就不打了。我说不是，我问她有没有座机，这样可以打过去。她说没关系，她说杨力帮她交电话费。

说什么我忘了，有口无心地扯了些废话。只记得快结束通话时，她忽然问我想不想她。我问，杨力在你身边吗？她说，你这个猪，你想他可能在不咯？于是我就说，那我当然想你啊。

挂了电话，我给一窝刚孵出来没几天的小鸡点疫苗，点在鼻孔里。正这么干着，我听见有人拍门。我听着拍门的声音很有节律，蓦心暗暗一动。开了门，我看见朵拉，着一身很绿的衣服钉在那里，像一株植物。

我说，坐飞机过来的？

她说，坐导弹啊。

我说，怪不得。

我怀疑她根本就没有去北京，一直待在哪里，却告诉我说去了北京。她看出我在怀疑，就说，我确实去了杨力那里，昨天回来的。怕我不信，还摸出一张火车票，佴城到北京西，票价 384 元整。我把火车票退回她手上，说，你真是的，去了就去了，我又不会给你报销车票钱。

朵拉出了一趟远门，她会给我讲一讲旅途上的见闻，讲一讲北京，讲一讲天安门。

你去瞻仰毛主席的遗体了吗？我引导她说出来，反正她迟早会说，我迟早要听。但是她有些累，有些虚弱。不光这些，我还从她脸上看见一种很陌生的神情，似笑非笑。她说我躺一下，就爬到了二楼，在我的那张乱得像狗窝一样的床上睡下来了，很快有了轻微的鼾声。她喜欢头朝下趴在床上睡，四肢略微蜷曲，睡态很像一只狗。

我自顾做事，两个钟头后到楼上去，看见朵拉已经醒来，正坐在床沿看着电视。她用碟片放一个片子，那片子是我昨天租的，裸镜太多。我尴尬地说，我给你换个片子，那一个不好看。

好看，这是你租过的最棒的一个碟。才这么几天，你都有点令我刮目相看了。她这么说。她叫我去山下买两支冰淇淋。那天并不热，气温在25度左右。我还是给她买来一支。她用舌头一点一点地舔食，一边看着我租的那个碟片。

她还叫我陪着她看。

那片子说是有两个人，一男一女，被困在一间房里，出不去，出去就会被别人用枪打死。两人走不出去，食物也吃完了，又累又饿，就只有不停地做爱，无休止地做爱，来抵御无边无际的饥饿以及对死亡的恐惧。最后，那一男一女都死了，被人打死的。她说她早料到这样，看见前面，她就有预感，结局会很惨。

她说，结局比我预料的还要惨。她又说，要是我跟你被困在这里，不能出去，那我们能干些什么呢？

我回答说，把后院的鸡都杀了，一天吃两只，能撑一个多月。

那你们老板会狂吐两碗血。朵拉微笑说。这时候，她心情比刚来时要好许多。

朵拉心情好转了以后就去了后山，爬树。现在，已经听不到蝉的鸣叫了，后山死寂一片。她在树上找见了不少蝉蜕，还有死去的蝉。死去的蝉被蚂蚁糖牢牢地粘在树上，朵拉把这些东西掰下来，手上也粘了很多蚂蚁糖。

她洗手的时候，忽然一声怪笑，把那一盆洗手水朝我泼来。我没有躲过去。我没想到这天她心情会变得这么好，好得都有些失常。以前看不出来她有这份癫狂气质。

这次回来，朵拉没再去乡镇卫生所上班，成天呆在家里。她每天跟我打至少三个电话，早上来一个问，我醒了没有，半夜还会来一个，问我睡了没有。如果我醒了或者还没睡，那就说说话。

另一天，她在我这里呆到中午，又去后山爬树了，却没有找到一只死蝉。吃过午饭她问我有空吗。我说没空。她说，那好，你陪我出去走走，到西郊走走。

那已是十月底了，天空被云朵抹得很平，虽说没见太阳，但仰头看得久了，那天光比有太阳时候还刺眼。这天气让人浑身泛起慵懒的快意，想出去毫无目的地走走。再加上朵拉一再怂恿我说，这天气，窝在家里简直就是犯罪。

我陪她去了西郊。郊区那几家垮掉的工厂，遗留下一排排整饬的厂房。有些厂房被拆了，遍地都是瓦砾。她在瓦砾丛中采摘野菊花，说是要弄一个野菊花填充的枕头。累了，她就在预制板的碎块上坐下来。她示意我坐在她身边。我就按她说的意思做了。我们靠得很近。我能感觉到朵拉是个热源，持续散发着热量。

朵拉搓了一根草，咬在牙缝里，怔怔地看向周围。周围很静，瓦砾中的衰草被风吹得东倒西歪。被这样的风吹着，我有些惬意，吹起了口哨。但她说，别吹了，难听死了！她还剜我一眼。

沉默了好一阵，她突然开了腔，和我聊起杨力。把这话题展开后，主要是她在说，我插不上嘴的。我对杨力的了解，基本来自朵拉和小谢的讲述。他们说他怎么样，我就认为是什么样的。

所以杨力给我的印象一直不错，有头脑有上进心不说，为人处世各方面都显得老成持重。那天，当朵拉问我觉得杨力怎么样时，我就照着自己印象，大概说了说，都是人云亦云。

嗤！在我说完之后，朵拉的舌头清晰地弹出这个字音。她一脸都是冷笑。我问，怎么啦？她其实已经憋得不行了，我这么一问，她就急不可待地给我数落起杨力身上存在的缺点。那天，她讲起话来表情太过饱满，语速太快，那些急促的话语，像是一口盛满水的缸底角上被砸了一个洞，里面每一滴水珠都呈喷涌而出的态势。她的声音嘈嘈切切，噼里啪啦，以致有些紊乱。我只得在一旁不时提醒她说，慢点说，有的是时间。她停下来的时候喉咙会哽噎一下，那是在咽唾沫。

我得说，听着她讲话，我有一种大白天撞鬼的感觉。我想，杨力好歹是名牌大学的研究生，身上有这么多缺陷，可能吗？我脑子一时有些短路，游目四望，周围一切都是阳世景物呵，淡白疏朗的光线铺陈在郊区的每一寸土地上，还有一些拾荒的女人在远处真实地晃动着，见什么捡什么。

此外，我心里还有一层疑惑：朵拉已经和杨力谈了差不多十年恋爱，十年，未必现在才看清他这个人？

——以前他不是这样，现在他变了。要不然，我也不可能和他谈那么久。朵拉仿佛洞穿了我的心思，忽然张口这么说。这倒使我有些尴尬，还怀疑刚才心里这么想时，嘴里就谵妄地说出了什么。

朵拉又说，杨力还有一个女人，但她手头上没拿着证据。虽然没物证，但她凭着一个女人良好的第六感，觉察到杨力另有一个女人的可能性非常非常大。

我说，你可能想多了。

朵拉蛮横地说，我的感觉十之八九是正确的，又不是冤枉他。再说，这又不是法院审案，疑罪从无。我说他有，他就有。

我没有搭腔，这时候说任何话都有搬弄是非的嫌疑。她稍一歇气，就说起了杨力母亲的坏话。我突然想到，在他俩恋爱的事情上，杨力的母亲一直都是坚决反对的。那个老女人，不知从哪里趸得太多的优越感，左右看朵拉都不顺眼。

她说话时顿了一顿，不再数落杨力母亲的不是，转而问我，为什么一直没有找女朋友。我瞥了她一眼，她堂而皇之地看着我，眼底闪烁着一种很热烈的东西。我看得出来，她的眼仁子突然变亮了。我想，她是在暗示什么？她是不是觉得，我一直都在默默地算计着她，仿佛老早就看准了会有这一天？她此时的表情是蛮有把握的。

但我仔细想了想，自己还没有这么龌龊，不会那么老谋深算，一憋这么多年。我笑着说，怎么又说起我来了？我天天在山上喂鸡，根本认不得几个女孩子。

她明白无误地跟我摆出了失望的神情。她又不说话了，坐在那里，跷起腿来，浑身焦躁不安地晃动着。我把她拽起来，说，别老坐着，站起来走一走，吹吹风，心情说不定会好起来。

不知什么时候就走到了铁路上。这是单轨的铁路，一路上一个隧洞连着另一个隧洞。有的洞很短，有的隧洞很长，从这侧看不到那一侧洞口的亮光。这条铁路上，很少看见火车驶来。

她要我带着她钻那些隧洞。

钻隧洞有钻隧洞的技术，走在里面，必须不断地发出声音，要不然，很可能撞上迎面走来的一个人。你看见前面很远处那洞口的光，但你看不见一个人就在眼前。朵拉一开始不理解为什么我要不断地发出哼哼唧唧的声音，直到有一个人在黑暗中贴近了我们，故意打个喷嚏，然后我们彼此错开。

朵拉弄明白了这一点，就叫我别出声。她唱起歌来，隧洞中有不一样的回音效果，黏糊糊地。她当然是唱王菲的歌，她嗓子很尖，也适合去模仿王菲。

只有两次，我们在隧洞里面碰上了火车开过，噪声和震动都无比巨大，像浪头一样劈面打来。我捂紧了耳朵，朵拉却不以为然，她冲着飞驰而过的火车大叫着，师傅，搭车！借着车窗里射出来的灯光，我看见她的右手高高擎起，食指和中指抻成“V”字形。车子开过以后，她就肆意地笑起来，几乎笑岔气了。

我听见笑声中隐隐夹杂着哭声。

她要我给她讲故事，在这隧洞当中，要讲和隧洞相关的故事，越恐怖越好。这难不倒我。和隧洞有关的故事，几乎都带着恐怖惊悚的色彩。在我的老家蔸头村附近，也有几处铁路隧洞，天长日久，隧洞里传出的故事有不少。

我讲了几个故事，她听完总是会尖叫，然后问我，还有吗？我说，有的。我记得有个故事是这样的，有两个人一前一后走进隧洞，前面那个人发现洞里有一具死尸，却没有声张。他把死尸立了起来，倚着洞壁站稳，还点燃一支烟插在死尸的嘴里。后面那个人走来，看见有一点星火，自个的烟瘾也上来了。他掏出一支烟夹在嘴上，说，老哥接个火，便朝那点星火杵去……

不出所料，朵拉在我讲到这地方时惨叫了一声，妈呀……回音在隧洞里长久地弥漫着。但很快，她又咯咯咯地笑了起来。她问，你知道那么多恐怖故事，怎么还敢往隧洞里走。

我呵呵一笑，又告诉她一件仿佛很有趣的事。记得小时候，我和一帮伙伴钻隧洞，总是有些提心吊胆。大人就教给我们一个法子：进洞前，把手伸到裆里，把那玩艺搓几下，让它硬起来，这样，整个人就有很重的阳气，进到洞里面，鬼就近不了身。

——我很奇怪，怎么突然把这件事讲了出来。是不是，洞子里一团黢黑，让我有些肆无忌惮？我担心朵拉听出些挑逗的意味。朵拉今天状况跟平时不同，我虽然不谙此道，也看得出来她今天水汪汪的。她那种与平日不一样的表情暗暗地撩拨着我。

哦，有这样的事？黑暗中我看不清她的脸，但她的语气并不惊诧。之后我们都没有吭声，我捉着她的手，慢慢地往前面那一点钝白的光晕走去。

快要走出去的时候，她忽然拽着我的手，整个人像蛇一样贴了上来。我们胶着一体，不自觉地离开了路轨，闪进镶在内壁的一眼避车洞里面。小时候，村里的人管那叫猫洞。猫洞状如神龛，装得下两个人，那一刹我怀疑，这是专供情人用的。

她的嘴唇有些咸。我能感到一股向里吸的气流，但我没有把舌头伸进去。她的嘴唇有点咸。我在黑暗中闭上了眼睛，去感受一个女人的嘴唇，但我头脑里无端浮现出了某种东西。黑暗中我捋了捋思绪，才发现，那东西是一台医用显微镜。我的眼睛仿佛凑在显微镜的目镜上。在物镜下，朵拉的唾液是黄浊的，预兆着某种病状。

我听见她轻微的呻吟，不是从嘴里发出的，而是来自体内某个脏器，是某种体液过量的分泌而产生。我仿佛成了一只听诊器，捕捉着她体内的声音，并数十倍地放大了这种声音。

这时候有两人迎面行经这个隧洞，他们隔着老远发出声音：注意，有人。他们不断地发出声音，估算彼此的位置，直至交错而过。他们的声音像两阵阴风在隧洞里回旋游荡。其中一人在我们身前的铁轨上停了停，大概看得见这眼猫洞里面有人。我挣扎了一下，朵拉却绞得更紧。那个人点了一支烟，然后走了。

我慢慢地用力，把彼此的嘴唇分开，像是揭开一张胶布。此外，我感觉她浑身汗津津地。我问，你什么时候再去杨力那里？朵拉迟疑了一下，说，还说不准。

我拽着她的胳膊，走出了那个隧洞。她的脸在见光的那一刹红润起来，我看得见那一团胭脂红洇开的过程。阳光散得斑斑点点，她忽然讲起了她妈的种种更年期症状。她妈在她的描述中穷形尽相，比卓别林的默片更具滑稽效果。

看着她讲话的样子，我很怀疑，刚才她的情欲突然勃发了，像火山那样。我扭头看看那个隧洞口，乌漆抹黑，黑得有些虚幻。两条铁轨从里面扯出来，表面银亮，下午的阳光在那上面，随着我们的目光一路滑行。

## 6

朵拉很快又去了北京，去了杨力那里，诚如我预料的那样。当她用恶毒的口吻贬斥杨力时，我就知道，这正说明她急不可待地要回到杨力身边。

——我没有恋爱的经历，但我对这些女孩心思的揣摩总是准确得毫无道理。

她临去的前天，我忽然想起她还有一只化妆盒丢在我这里。我打电话，问是不是要帮她送去。她说，不用，就搁在你那里，你要用就拿去用好了。

我笑了笑，心想我怎么会用这些东西呢？那天闲着无事，我竟然打开了她的化妆盒，有两枚薄如蝉翼的东西飞了出来。我掰开盒盖时，带出了一股微乎其微的风。仔细一看，飞出来的东西正是蝉翼。

我想起朵拉最喜欢把蝉用大头钉固定在一块木板上，然后用她化妆的工具，小心翼翼地肢解下蝉翼。

不知道有几个人仔细地看过蝉翼。我也是那一刻才留心看了看这两枚蝉翼，有四厘米长，大致呈卵圆型，靠外一侧的线条黑粗；透明而且较为坚韧的翼片上，有清晰的脉络。这些脉络，让我想起了半导体收音机的电路——把元件焊接在电路上，最终组装成收音机，无疑是那个年代最时髦最奢侈的课外活动。

我把蝉翼贴在一枚 A4 纸上，摆在那里，等着朵拉到时候取走。

朵拉那次走后不久，我就认得一个女孩。我跟她在一起，有点像恋爱。于是我不由得怀疑，是否朵拉在的时候，对我找别的女孩子是一种干扰？

女孩住在长城楼最外面的一套房，而我是住在最靠里的一侧。这以前我就知道她是山下一家酒楼的服务员，但不知道她和我住得那么近。那家酒楼的生意很不错，一到中午外面就晾起了一堆大大小小的车。雇我的老板斗鸡赢了钱以后老去里面吃饭。早晨酒家也卖早点，三块钱就有一屉蒸饺和一份皮蛋粥。坐在大厅里面，没几个人，我一边吃这三块钱的东西，一边看着那个女孩给我添茶。有时候偌大一个厅就我一个人，花三块钱我会和女孩说上一个半钟头。

倒并不是想勾引她。

那天傍晚，她敲开我的门，告诉我有一只鸡掉到她住的那套房的后院，问是不是我养的。那是一只斗鸡，毫无疑问是我这里的。她说你养的这些鸡真是难看死了。我笑了笑，她就进来了。她想参观一下那些长得极难看的鸡。

我请她吃了饭，然后聊起来。我说没想到我们原来住得那么近。她说，是啊是啊，那一套房被我们老板租了下来，我们都住里头。然后，她又很突兀地问我，你找女朋友了吗？不待我回答，她又噼里啪啦地说，我那里姊妹多，有刘秋红王引娣王小兰滕玲玲……要不要我介绍一个漂亮的？

我问她多大了。她说二十。我说好啊好啊。她挑了挑眉毛，说，好什么好啊？

我注意地看了她一下，她长得不错，虽然涂脂抹粉，仍然看得出来是从农村进城的，和我一样。我闻得见那种隐藏在皮肤纹路里的泥巴气味。我忽然意识到我还没有女朋友，该找一个了。这么想的时候，我又看了看眼前这个女孩。

那以后我们循规蹈矩地约会了几次，地点通常就在后山的猕猴桃架子下面。时候差不多了，我当然知道该做些什么。把她弄上床的那天，我费了些心计，她也心照不宣地往套里踩。那天我和她弄了几回，但是感觉不蛮好。我最初的性体验就扔在那一天了，奇怪的是，整个人总是没法全身心地投入。我觉得还不如以前读书的时候，自己和自己做爱来得有劲。如果我不把责任归咎到那个姓林的女孩皮肤太粗糙了，那就是我自身存在着某种障碍。

每一个间歇，我会裸体走到窗前，看看眼底那笼罩在灰暗中的佴城。这个城市，没有什么工业厂矿，一年到头却总是一派烟雾缭绕的景色。窗玻璃映出我的一部分身体，和窗外的景色契合在一起。我看见我的身体已经有些松弛，肚皮上箍着几道救生圈。我忽然有些悲伤，因为我记起朵拉告诉过我，头一次性经历将对以后所有的性经历产生至关重要的影响。当天，她好像暗示地说她和杨力的初夜发生得比较早，彼此鱼水和谐，所以能够把感情长期维系下来。

我想到了朵拉，这才意识到，那个下午，在隧洞里，我错过了弥足珍贵的机会。如果那天我迎合了她的种种举动，我想，效果肯定要比今天好。我没有碰到朵拉的身体，但我相信朵拉的身体能给予我绝妙的感受。那种吹了灯以后每个女人都差不多的鬼话，肯定是个白痴最先说出来的。那天，朵拉不在，我反而对她的身体她的气息有了贴皮贴骨的感受，这才知道朵拉留给我的是怎样一种魅惑——仿佛一枚定时炸弹，随着时间推移才能发挥效用。

当我因对朵拉的思念而重新勃发起来，就转身回到床上，和姓林的女孩开始了另一轮的撩拨。她是个性欲很强的女孩，我觉得她经验十足，挑逗和叫唤都非常到位，但不知哪些细节自始至终排斥着我完全投入。

那天不知进行了几次，我的电话响了。我起码有半个月没接到过电话了，虽然按时充电，心里却老在怀疑这电话是不是坏了。

是朵拉打来的，从北京打来，头三个数字是“010”，在我看来，这三个阿拉伯数字的组合暗含着性的意味。她问我，在干吗呢？我很严肃地说，朵拉，我在想你。她呵呵地笑了，说，别开我心啦……她忽然不说话了，我喂了几次，她仍然不说话。我以为电话断了，但她在那头幽幽地说，小丁，你是不是和一个女的在一起？我很奇怪，这一阵姓林的女孩躺在床上，慢吞吞地吸着一支烟，没发出什么声音。我说，没有，我在山上，就我一个人。她说，你为什么要骗我？

然后她把电话挂了。

我有些莫名其妙，朵拉是怎么知道的？莫非她闻得到？

姓林的女孩问是谁打来的。

我老婆。我摆出事态很严重的神情，说，我本来要告诉你，我结过婚了。我也没想到那个臭婆娘这时候会给我打电话。

姓林的女孩跳下床，先穿裤衩再穿鞋然后到处找胸罩，完了又脱掉鞋捅上弹力牛仔裤，嘴里始终骂骂咧咧。骂完她朝我吐口水，并想抽我一巴掌，被我躲过去了。然后她就哭了，说你他妈再别来我们店里吃早餐了，你这穷鬼，三块钱挨两个小时喝光四壶茶你他妈也好意思。她拧开房门走掉了。

我有些后悔，心想刚才干吗要躲啊？让她结结实实抽几个耳光，说不定她会好受一点。想到以后再也不能去酒楼吃早餐了，我觉得很不划算。

我打电话给朵拉，问她怎么知道我这里有女人。她竟然笑了笑，说，猜的，你一出声，我就知道，这回又猜对了。恭喜你有了一个女朋友，真不容易，还老以为你是和尚胎呢。我说，你什么时候回来？朵拉说，搞不清楚，过年应该回来一趟吧。也快了，就两个月，想到又能见到你了，很高兴。到时候把你的那位也叫出来，让我帮你把把关。

好的。我说，把什么关，人家看得上我就不错了。她说，对自己有信心一点，别天天养鸡倒把自己搞得像一瘟鸡一样，拿不出精神。我说，好的，你回来的时候，会看到一个面貌一新的小丁。

没过几天，姓林的女孩又来到我这里，很生气地问我，为什么这几天没去她们店里吃早餐？是不是在躲着她？我有些犯糊涂了，但脑袋一闪，就找理由说，这几天鸡生蛋生得太多了，就一天煮几个当早饭，懒得走到山脚下去。

我和姓林的女孩做爱的次数不算太多也不算太少，像吃饭一样，到了钟点就得应付一下。有一次，我们正在床上，老板进来了。我趴在女孩耳边，说，我们老板来了。可她不在乎，她说，管他妈的，你别偷懒。于是我就没有偷懒。老板稍一推开门，就把门扯紧了。老板在门外说，小丁你忙你的，我到下面看看鸡。

我们敷衍了事地把余下的爱做完，她潦草穿好衣服，下了楼。老板坐在楼下客厅给一只鸡泡澡。老板和女孩互相打了个招呼。我下楼的时候，老板鄙夷地看了我一眼。他说，新换的？我说，就这一个。老板说，别骗我了，以前不是这个。你什么眼神，越挑越没成色。跟我养了这几年鸡，眼力真是越来越差了。

老板把手头的鸡洗了又洗，并对我说，还是把先前那个妹子弄过来，我看那个比这个强。我没有说什么。老板是个很爱说话的人，图嘴巴皮痛快，爱指点别人。

我几乎是扳着手指，迎来春节，但朵拉春节没有回来，也不来个电话说是什么原因。姓林的女孩春节前被一个老板包养了。她以前经常来的时候我不觉得，现在见不着她了，时时感觉到寂寞，想打朵拉的电话，系统音老是说：你所拨打的用户不在服务区。我心里奇怪得紧，不在服务区的地方是什么地方？北方一马平川的地界，哪来这么多盲区？

## 7

到四月份我才见到了朵拉。那天我没把外面的院门关上，她神不知鬼不觉地进到了里面，可能到屋子里转了个遍，没见到我，又到后山来找我。她可能想绕到我身后突然拍我一下，给我一个惊吓，同时也给我一个惊喜，所以她走的时候蹑手蹑脚，活像鬼子进村。我在一蔸树下看见了她的动态，我看了好久，可她转着脑袋老半天都没发现我蹲在一丛灌木旁边。我不得不冲那边说，喂，朵拉，我在这里。

她走了过来，我站直了身子。她还是老样子，可能丰腴了一点，但不容易看出来。她凝视着我，眉头就轻轻地皱了皱，对我说，你胖了！

我刚到地秤上称过体重，只不过胖了五斤，竟然被她看了出来。我端着鸡食盆，告诉她，今年多养了几只母鸡，可能是吃鸡蛋吃得太多了。

那不好。她忧郁地说，你饮食习惯一直不好，餐桌上一有肥肉，你眼里就冒贼光。

然后又说了些话。我感觉她比以前细心多了，能够觉察到我房里一些微乎其微的变化。此外她变得有些啰嗦，还时不时来些叮嘱，一度让我想起我妈。但总体上，我心里还是感到了温暖。

后来我想，可能因为那天朵拉讲起话来透着关心的意思，我竟然忘了，这半年多的时间，每当我和姓林的女孩做爱，总是要依赖对朵拉的回忆和想象才能抖擞了精神，迅速进入临战状态。在当时，看着床上的女孩，我不免要走神，暗自说，要是那上面躺着朵拉，该有多好！

那些日子，晚上一个人躺在床头，将睡未睡之际，我对朵拉的念想会增大到无以复加的程度。我觉得，白天和夜晚的心情是不一样的，而人站立着和躺下时的思维方式也有很大不同。临睡前躺在床上，那是我最为放纵的时候，一屋子的暗光会让我觉得，没什么是不能做的。

我等待着朵拉回来。当她再次出现在我眼前，我想我会争分夺秒地去暗示她，我想她！同样在临睡前那个时段，我一次次责怪自己，去年那个下午错过了机会。如果再来一次，我想让她知道，我会配合得多么默契多么到位……我怀疑，自己的生物钟和朵拉的生物钟存在错位，峰期不能同步。

但那没关系，我肯定会调整自己，去适应朵拉。

那天我没有逮到她。从后山下来，我意识到了什么，叫她进屋里坐一坐，我要留她吃饭。我告诉她，如果她现在想吃鸡肉，我会毫不犹豫地去捉一只十个月大小的母鸡，炖一罐汤。但她电话响了，有人叫她。她有些抱歉地说，今天没空，下次再来尝尝你炖的鸡。她走的时候还没忘记取走化妆盒。里面肯定有些东西变质了。

那天她走后我有些焦躁，很快变得难以自控，往地上砸了好几样东西。我不停地按捺自己体内那股往邪里冲撞的气流，抑制着紊乱的喘息，数起了羊，然后数起了青蛙和王八。前些日子没见着她还好点，那天刚一见面就眼巴巴看着朵拉安全地走掉，搞得我一时乱了方寸，脑袋里牵牵扯扯的神经纤维绞作一团。

过了两天，我才变得理智一点。朵拉把电话打来，我除了按常规和她寒暄几句，末了没忘记告诉她说，最近你最好不要再到我这山上来，朵拉，不晓得怎么搞的，我现在对你有些不怀好意。你再来我这里，可能会有些危险，到时候别怪我没告诉你啊。电话那头的朵拉嗤的一声，说，小丁，你能把姑奶奶怎么样呐？我真诚地说，朵拉，不是开玩笑，我正儿八经和你说事情。

朵拉爽朗地笑了，满不在乎。我手拿着电话，听着她挂断，听着挂断后急促的信号音，脑袋里蒙得厉害。我本是好心好意想给她提个醒，但把话说完，我发现自己仍是在勾引她，在赤裸裸地挑逗她。

我们毕竟相处了这么多年，彼此性格都搞得清澈见底。我怀疑要让她上钩只是时间问题，但更大的问题在于，我一个小时都挨不过去了，我在屋子里和后山上踱来踱去，到哪里都感到窒息、憋闷。我突然想到了自个给斗鸡搞体训时想出来的那办法，便打了个寒战——真是现世报呵。

那天下雨，我感觉到朵拉会来。她如果在佴城买东西，见天下雨，肯定会想到来我这里躲雨，走到二楼，看看满城下着雨的景致。那景致有些颓唐、无奈，但你仔细地看一看，却体会得到一种从容。雨刚落下，我就把心子提了起来。她十一点钟到，敲了敲门。她打着伞，但身上有些地方被雨淋湿了。

你湿身了。我一开口，就单刀直入一语双关。她哪又晓得我蓄谋已久，这天的雨仿佛是我一个同伙。当然，朵拉没有听出来，她说，雨太大了，还刮风，打伞根本不抵事。她第二句话说，还是你这里好呵，我随时来，你随时都在。

我顺着她的语意说，是呵，你随时来，我随时都在。这时，我脸上挂出了一些不怀好意的笑容，嘴唇有点歪斜。她看出来了，并说，你今天是怎么了，古里古怪。我又装出很无辜的表情，说，是吗？

我叫她把衣服换一换。她从我的简易衣柜里找来一件T恤，正面印着格瓦拉那仪式般的头像。她说，他叫什么来着？这哥哥！她在北方呆了半年多，讲方言显得有些不地道了。我说，切·格瓦拉，这哥哥。她笑着说，哦，这哥哥比你帅多了。

她叫我出去，然后轻轻把门带上，要在里面换衣服。可能因为胸罩不需要解下来，她没把门闩死，留有两指头宽的缝，可供我的目光长驱直入，把她换衣的每一个动态都看个一清二楚。

当她把自己被雨淋湿了的外衣脱下来时，我就嘭地推开那扇虚掩的门。

这是我酝酿已久的动作，我推门推得很坚决，让门撞在墙壁上，发出肆无忌惮的声响，然后逼视着她，毫不迟疑毫不犹豫地走过去。这样的情景，仿佛已经经过成百次的彩排，我做起来是那样顺其自然。

她有个下意识的动作，把T恤扯起来拦在胸前。看她嘴角肌肉的抽搐，似乎尖叫了一声，却被窗外的雨和闷雷掩盖得严严实实。她胸前那块遮羞布上，切·格瓦拉呆里呆气地看着我，欲言又止。我已经走到她跟前，一把就把 T 恤衫扯了下来，扔在床的远端，她得爬上床伸伸手才够得到。我让中间间歇了约一秒半钟，然后紧紧抱住她。

——我得说，这一切我做得一气呵成，绝不拖泥带水。她仿佛是一台发动机，而我这一阵好似手持摇柄转着圈疯狂地摇着。终于，她这台发动机，被我发动起来了。她的身上很黏湿，有些许汗味和香水味。我们抱在了一起，我这才感觉到我自己也湿透了，不明出处的汗水把我的皮肤涂抹了一层。接着是接吻，我们把嘴皮子贴紧。听着雨声，时间过去得不快不慢。我听见她体内蹿出的一个个声音，像气泡从井底浮上来。我想，她这时应该是很惊讶，我跟去年在火车隧洞里完全是两个人。

她嘴里不再是去年夏天的气味，或者我舌头上的味蕾已经失灵。

我的手绕到她后背，把襻带的扣解下来。刚一解开，她身体的气味就溢满整个屋子。那种气味闷头打脑，让我呼吸变得不均匀。她制止了我进一步的动作。依然是接吻，仿佛要打破吉尼斯纪录。

忽然，她推开我，并迅速把两手别到后面去，系好了襻带的袢扣。她说，你身上好多汗。我也是。

我说，唔。

她抛给我一个眼神，然后说，等着我，我先洗一洗。你也别偷懒，等下也要洗一个才是。她下到楼去，进到卫生间，把门狠狠地插上了，像是故意让我听清楚金属插销那铿锵的声音。她把莲蓬头的水放到最大。我坐在楼上那间房，看了看雨，又拧开电视。没有节目信号。

她出来的时候，我看得出，是一种情欲饱满，含苞待放的神情。这样我就放心了，她眼里的东西骗不了人。她甚至还推了我一把，说，你快点去洗啊，你这个死人，笑什么笑？

我洗澡时心情很轻松，也把水放到最大，让它漫天盖地铺下来。我吹起了口哨，都是王菲的歌，《容易受伤的女人》《当时的月亮》，还有一首那什么……

我洗了一阵，担心拖得太久，朵拉饱满的情绪会萎蔫下来。当我从卫生间里走出来后，忽然发现屋子相当安静。外面的雨不知哪时停了。真有点不可思议，洗澡前我分明听见雨是一派底气十足的样子，不想却戛然而止。我朝楼上叫了几声，朵拉朵拉，又跑到后山大声地叫，朵拉朵拉，却没有人应。那天，我面对着桌子上的手机，不停地咬紧牙关，最终没有拨打朵拉的电话。

## 8

半个月后我收到朵拉寄自北京的信。那是一个很大的牛皮纸的信封，打开后是一张卡片。卡片上贴着两枚蝉翼，仔细一看，竟是我去年贴好的那两枚。现在，她把这东西稍事处理，就成了一枚看着还像那么回事的卡片。她画了一些很幼稚很童心的画，大概是一片海滩，几个男女着短裤或者比基尼在棕榈树下晒着太阳。

卡片上她写了两句话：

对不起，那天突然雨停了。

祝你以后能够轻飘飘地飞起来！

前一句的意思我懂。是呵，那天的雨突然停了，要不然，我和朵拉应该必不可免地发生些什么了。由此我还想到朵拉曾告诉我，下雨天她特别感到寂寞，尤其是下雨的晚上，她奄奄一息地躺在床上，怎么也睡不着。我记得那天，朵拉仿佛暗示地说，下雨的晚上，我就像变了个人似的，像喝了半斤苞谷酒似的，昏头昏脑。要是做了什么出格事，那跟我本人是没有什么关系的。说完这话，她又有点内疚地问我，你说，我是不是有点……贱？

我把卡片和信封收好。我收到的信不多，平均是两年一封。我可以把以前收到的所有来信都装进朵拉的这只大信封里。我也不去考虑朵拉写的话是什么意思，因为我不认为她能把话说得饶有意味，值得费心费力去推敲一番。

那以后我再也没有见到朵拉。朵拉没给我打电话。有时候我也拨一拨她原来的那个手机号码，当然是停机。

自那以后我又帮老板养了两年鸡。我养的斗鸡打架一般都还不错，赢多输少，帮老板赚了一些钱。但两年后老板的口味变了，对斗鸡失去了兴趣，转而包养了几个妞，成天到晚沉迷其中，仿佛又变年轻了。老板把那一堆斗鸡都卖掉了，我就失去了这份工作。

我在山上还住了几个月。老板的承租期没到，我提出能不能让我在上面再住一阵。老板卖了人情把地方白给我住。山上很静，我每天就这么呆坐着，或者去后山转转，把承租期剩下的时间消耗掉。

朵拉去年春节前才回来，也就是说，我有四年没看到她了。再见到她时，她已经二十七岁，当然，我们都是二十七岁。想想她和杨力已经恋爱了十几年，再不结婚，就有些不正常了。她回来是置办结婚酒宴的，给我们发了请帖。她可能到山上找过我，找不见，就托同学左转右转，把请柬转到我手里。我收到时，请柬都皱巴巴的了。

女方的婚宴设在正月十四。正月十五一大早，杨力来接朵拉过门。

十四那天我看见了朵拉。她胖了。她化了浓妆，没以前好看，或者是我看着有些陌生。我跟她讲了很多恭维的话，无非是今天很漂亮，今天实在太漂亮了云云。她对她当天的装束也不是很自信，我夸她时，她不时弓下腰打量自己的穿着，并说，真的吗？我肯定地说，那当然，比以前还年轻点了。她就说，去你的小丁，你是讲鬼话啊。

我劝她多穿一点，那天天气够冷的。

中午开餐时，朵拉叫我帮些忙，具体帮什么忙她又没说。她跟着她的妈穿梭于席间，一个一个地问好。好多亲戚她也不认得，她的妈就不断告诉她，这是三堂叔的侄子，那是二姨舅的妹子……她先还是找准每个人的称呼向他们致谢，到后来就全乱了，只晓得说，欢迎光临。结婚办酒是很累的事，她时不时看着我做一下鬼脸，还吐了吐舌头。我发现她舌苔稍微有点重，像是上火。她时不时跟我招了招手，我过去，她就附着耳朵跟我说，拿纸巾过来；拿一枚别针来，我的胸花要掉了……

我发现她乐得与我做出过从甚密的样子，但我找不到受宠若惊的感觉——我这又算得什么呢？她喝了点酒，面若桃花，眼光看谁都很磁。她的妈也招呼不过来，焦急地应付着，几次跟我说，小丁，今天麻烦你了，把朵拉照顾紧一点。我忙点头，说阿姨你放心，用不着交代。

那天很忙。没有具体的事，就是忙。有时候，我在过道或楼梯间歇口气，忽然觉得，自己像个太监。

忙到下午，朵拉家的客人逐渐散了。我正好开了个小面包车，朵拉要我把她的一些亲戚送到佴城去。朵拉家住在临河镇，距佴城四十里地，路不好走，要半个多小时。回来的时候车上只有我俩。她坐在驾驶副座上，心情不错，她换了浅色的衣服，但头发还是耸起老高，插满了固定用的器具，还有一枝塑料梅花。这里的新娘子全要弄成这个模样，不是为了好看，只是让别人看了知道是怎么回事。

那天难得出了太阳，回去这一路，明晃晃的，光斑在柏油路面上轻微地跳动。朵拉往我这边靠。她说她累了，叫我把车开慢点。她忽然把手搁在我右腿上，看似不经意，实际上不可能是不经意的——她得侧着身子，尽量伸长那只手，才能搁到地方。我看看她，她看向车前，脸上似笑非笑。我腾出一只手摸着她的手，并用自己肥硕的指头和她纤长的指头绞在一起。她笑了，却仍然没有转过头来。车子晃来晃去，在乡村公路上跳跃式前进。我忽然感到有点幸福，幸福像一盆洗脚水一样，哗地一下劈头盖脸浇来，叫人猝不及防。我想，这可是朵拉结婚大喜的日子呵。

我叫朵拉给我点一支烟。她从工具盒里取出了纸烟，夹在自己嘴里点燃，呛了一口，然后倾斜着身子插到我嘴里。

有口红的味道。我说，这可是间接接吻呵。

她说，你以为？

我摆出恍然大悟状，说，呃，差点都忘了，又不是没吻过。

她脸微微泛红，说，去你的，今天我结婚……

我说，我知道，我知道，你放心好了。

车子已离临河镇很近了，她不可能再把手搁到我的腿上。她父亲是当地中学的校长，人缘蛮好，镇子上大多数拿工资吃饭的人都认识他，也顺便认识朵拉。一路上不断有人跟朵拉打招呼，还没忘了夸她今天真漂亮。朵拉那天心情没法不好。一天里头有上百人夸自己漂亮，心情肯定好得一塌糊涂，像喝了半斤烧酒一样。

我说，结婚还是蛮好，没见你这么高兴过。不过头一次结婚，没经验，容易激动也是常事。

朵拉说，小丁你也结个婚算了。

我说，没准亲妈还没生下来呢。

朵拉噗嗤一笑，说，乐观点，不要那么绝望。她说着跳下车去，她妈和她爸爸站在家门口等她。在乡镇上土皮便宜，她家盖了很大的一栋楼房，三四层，那天都披满了红布，还结着硕大的绣球。我算了算，把那些红布剪裁了，起码可以缝几百条裤衩。

当晚就住在她家里，还有小兰小凤等医专时的同学若干。地方上有这样的风俗，明天要出嫁了，姊姊妹妹们应该守着她一个晚上。我和朵拉的一些亲戚打了整晚麻将。我一桌那几个都是牌瘾大牌技差的家伙，搞到凌晨三四点，我这个臭牌手居然没输什么钱，很是奇怪。

我去了一趟厕所，厕所在靠大门的楼梯间下面。楼梯是旋转式的，因此可知她家的房子大概是九二九三年建的，那两年流行螺旋楼梯，就像现在流行用浮雕砖砌墙一样。方便完了，我蹲在楼口那里抽烟。这时我看着朵拉半裸着下楼来了。她没看见我。她伏在一楼二楼之间的一个窗子上，看向外面。我这才知道杨力和他组织的迎亲队伍已经驻扎在大门外了，时间没到，朵拉家的大门不能为他们打开。朵拉家里还请了一些熟谙婚仪的人，到了时间也不让杨力轻易进来，要用脑筋急转弯的题目刁难他，还要向他讨红包。

朵拉却有些难为情，看着杨力和杨力的朋友在外面发抖。那天清早很冷，我估计顶多也就两三度，但朵拉却发神经似的要穿婚纱。婚纱后面的拉链还没拉上去，她可能就接到杨力的电话了，跑到那个地方。

她回头看见了我。她下了几级楼梯，跟我说，帮帮忙，拉上去。她把背留给了我。顺着开襟的地方，露出一片“V”字形的白肉。她没戴胸罩。

我的手有些发抖，拉了几下，愣没有拉上去。这时小兰来了，她在旁边看着我无计可施的样子，开心地笑了。她说，小丁，你的手抖得那么厉害，怎么拉得上去呀?

我说，冻坏了，妈的这天气。

小兰一下子就把拉链拉了上去，刺啦的一声，朵拉背后那一大片白肉就不见了，只剩下脖颈仍嫩白如昔。这时朵拉若有所思地回过头来，恍恍惚惚地看着我。

那天，作为女方送亲团的成员，我还随着朵拉去了杨力家那边，受到了款待，从中午一直喝到晚上。晚上，我已经看不清是在和谁喝酒了，反正只要能睁开眼就看见一杯酒横在眼前。杨力也醉得没个人样，张着嘴巴傻笑。他说他很高兴，感谢这个，感谢那个。他感谢我的时候，我说不用感谢，今天我也很高兴。小谢或者别的谁就在一旁哧哧地笑了。我听见有个声音揶揄我说，小丁，你他妈高什么兴啊?

我也说不上来。晃动着被酒精泡大、大如水瓮的脑壳，我只知道自己确实很高兴。

# 在少女们身边

近一个月，佴城都被雨水浸泡。满天浓阴当中，却布满了大块大块白得耀眼的冷光，再加上耳畔隐隐的雷声，总让人觉得，有什么事情即将发生。街两侧，按市政统一规划，旧楼表面贴上白色的瓷砖，以迎接佴城建市四十周年。这一年，为迎接香港回归，市里要搞一台晚会；迎接建市，市里搞三天活动，外加给老楼贴瓷砖。小丁坐在1路车最后一排——他总是喜欢坐最后一排，看向街边脚手架上那些贴瓷砖的工匠。楼顶毡了雨布，这样，就可以在雨季赶工期。小丁的脸贴近车窗，五月雨季的阴湿透过窗玻璃折射在他脸上。电信局门口扯出横幅：庆佴城建市四十周年暨迎接香港回归祖国温暖的怀抱，寻呼机一律减免上号手续费。横幅如此之长，扯过四五个门面，幸好与车行同向，小丁可以从容地看完。他忽然心疼起来，他的 CALL 机一周前买的，那时候 CALL 机很贵，光上号就需整一百。

在编辑部注定无所事事，小丁继续看雨。这里看雨心情不一样了，泡菜坛子的酸馊味遇到人的鼻孔，就像烟子找准了烟囱，一个劲往里钻。老张租用观景小区一套三室一厅的房子当报社。一间房住着编辑部主任马东临两口子，另一间主编室一直锁着，最后一间房才是编辑部。泡菜坛子整齐码放在阳台上，有时候一字排开，有时二字并列，有时又摆成八字两边撇的队形。马东临老婆心情好的时候，喜欢给泡菜坛子编队。马东临的老婆在菜市场卖酸豇豆，既然她住了进来，那么泡菜坛子也跟进来。

小丁只是想，老张今天会不会来。

老张是这份报纸的主编，也是老丁的朋友。一周前，老丁跟小丁说，不要老待在家里，还是去老张那里干干活。钱挣多挣少无所谓，在屋里闷久了会坏事的。

小丁拧过脸去看雨，转过脸来看见马东临。马东临正在跟郭倩和王丽萍吹牛皮。他写的一则 300 字的童话被注音发在了《小青蛙报》的头条。《小青蛙报》是全国最著名的低幼类报纸，马东临在说能在上面发头条有多么不容易，应该是佴城建市四十年里的头一遭。马东临还从教育心理学的角度分析说，《小青蛙报》上的头条文章，必将影响某些孩子的一生。郭倩关心的是这会有多少钱。马东临说钱还没到手，大概会是每字一块钱，再加上头条费。王丽萍说你要请客哦。马东临顾左右言他，说在他乡下的老家，藏有 5000 册书，78% 都是世界名著。他说他小学的时候就将所有的书全部读过。郭倩问，那这些书是什么时候买的？是你爸爸买的？马东临一时蒙掉了。

小丁不去看马东临晕菜的脸。他想，他老婆是卖菜的，他容易晕菜也在所难免。小丁把头别过去继续看雨。他心情飘忽不定，打算是要走，但又觉得对不起老丁。他只在这里呆了一周就走，老丁会失望。一周前他来这里上班，老丁问老张要有什么准备，老张说，既然上班了，就给他买个 CALL 机吧。于是老丁就买了个 CALL 机，中文机太贵，买了个数字机，也要 400 块钱，号子一打，五张大钱花销掉了。这一周，小丁的 CALL 机没被 CALL 一次就走，觉得挺对不住老丁。

一年前，小丁毕业，揣着如同废纸一样的国际贸易大专文凭，不知去哪里混。老丁一辈子教书，能给他搞到的工作是去乡中学教书。但他不是师范类毕业生，去乡下教书之前，还要到县教师进修学校培训一年，缴费 23000 元。小丁一听这数字，就决定不去了。小丁心里还安定，他年轻，不想逮到个事情就当成工作，甚至当成为之奋斗终生的事业。小丁跟老丁说，我再等等，不急的。但老丁还是急，他是老师，怕孩子在家里呆久了会闹心病。他想起了多年前的同事老张。老张能力强，能说会写善应酬，从乡里爬到县里，又从县里爬到佴城教育局。要不是意外出点问题，他应该混到省里。老丁给老张打电话，说了说小丁的情况，看他能有什么办法。老张说他正办一份报纸，正缺人手。老丁说，小丁是学国贸的，办报纸的事干得了吗？老张说专业完全对口，学国贸就是为了骗老外，老外骗不了，骗骗小孩总没问题吧？来好了。

小丁对这份轻易得来的工作心存疑惑，但老丁满怀热忱得来的，他不好拒绝，答应去看看。小丁去了佴城。县城到佴城有一小时零一刻钟车程，小丁循着地址找到景岸小区，找到编辑部。编辑部的门是敞开的，那时候马东临的老婆还没来，房子里没有酸馊味。小丁往里边看一眼就走了，回了县城。

过了几天，小丁大专的同学梁信良从广东打来电话，邀他去广东“发展”，说是所在的公司有个业务经理的位置空缺着，小丁可以来试试。小丁问这业务经理到底干什么。梁信良避实就虚地说，凭我对你的了解，你行！梁信良谈不上对小丁有多少了解。但他说了解，小丁也信。“凭我对你的了解，你行！”小丁脑袋到底是热了起来。他没出过远门，所以隐约觉得将来的日子应该是封存在某个未知的地方，就等着自己前去开启，就像开启一听啤酒或者一听罐头。梁信良这番突然打来的电话，仿佛就是一种“应验”。去的时候小丁带了四千多块钱，老丁两口子给他凑的。梁信良说，上岗须交保证金，这是规矩，所有的公司都一样。

两个月后，小丁两手空空地回来。老丁已经知道，小丁遇上了传销。他明白那是怎么回事，再说被熟人欺骗，总归防不胜防。老丁说，人没事就好。

小丁人没事，回家后难免很消沉。二叔送他一台电脑，他就成天躲在家里玩游戏。那是一九九七年，上网是既罕见又烧钱的事情，小丁买游戏碟，把游戏拷进电脑里玩。一个盗版游戏碟七八块钱，够小丁玩上个把月。个把月后他把一款游戏玩透了，再去买另一款。他不赚钱，但也不用花什么钱，待在家里，饭还是有得吃，日子很好打发。小丁身体开始发胖。老丁觉得小丁疗养得也差不多了，又提起工作的事，又把老张的报社拎了出来。小丁知道，老丁不愿意看见自己成天待在屋里，已经那么久了。他答应去。

雨骤然停住。小丁又想，老张来不来，怎么跟他说？本来这不是问题，他还没拿老张一分钱。老张毕竟是老丁的朋友，为了显出礼貌，小丁要打打招呼再走。

……把你这篇作品发在下期吧，虽然是低幼的童话，但王丽萍都看得津津有味。我看发在我们报纸上挺好的。

这是郭倩的声音。郭倩是文字编辑。

马东临面色凝重地说他要考虑一下。他又说这是他本年度的重要作品，所以不能轻易地重复发表。

来这里一个星期，小丁早把这报纸的运作摸透了。报纸是老张的产业，他是市教育局的官员，借单位的便利办这份报纸，并强行铺下去，要管辖区域里的小学集体订阅。有的小学不买账，有的小学看老张的面子发动学生订一些。老张不经常来，编辑部里的主任马东临是老张雇来的本地儿童文学作家，以前待在乡镇。老张去到那乡镇，夸马东临是个人才，邀他去报社共谋事业拓展。马东临提心吊胆地来，摸了几个月，觉得办报纸这事比种田容易，就跟老张说，能不能把我老婆也解决一下？她初中毕业，但是跟着我近朱者赤，阅读能力越来越强。老张觉得不妥，说，你两口子都住进报社好了，她继续卖她的酸豇豆，比当编辑挣得多。

编辑部另两个女孩，郭倩干文字编辑，王丽萍是美编。她俩中专时学的是商业营销，毕业后就进到这个报社，干半年多了。王丽萍并不会画画，但硬着头皮画插图，更多的时候，她拿剪刀到别的杂志上铰图片。小丁来这里以后，亲眼看见了，才知道一份报纸可以这么因陋就简地搞起来。有时候，王丽萍把白纸和水彩笔扔给郭倩，说，你帮我画一张。郭倩也不客气，接过笔就能画，画出来的作品，以小丁非专业的眼光看，不比王丽萍画得更差。事后，也真就把这些插图印在报纸上，卖给学校里的小孩。

老张不肯花钱买稿子，报纸刚搞起来的时候还有些儿童文学作家投稿子，但收不到稿费，就不再寄稿，不停地打电话催要稿费。那些作者都不再寄稿子，老张也自有办法，他每晚拎着食品袋去旧书摊上逛，遇到面向中小学生的旧刊旧报，就称两斤买回来，让编辑到里面挑文章挑图。文章需要改几个字，作者名字随意杜撰；而图片，王丽萍直接拿剪刀铰下来。王丽萍是个粗枝大叶的女人，铰人家的图，她都不肯用心。送去排版以后，那边的排版员时常打电话来，说图片上的人被铰得缺胳膊少腿。王丽萍很不耐烦地说，你添两笔，不就完了？

门开了，老张走了进来。

小丁站起来，迎着老张走去。他打定主意要离开这里。他决定要走，甚至谈不上辞职。辞职是种很正式的说法，而小丁在这个报社找不到正式的态度。小丁打算打声招呼就离开，告别这屋子里污浊酸馊的气味。

老张说，小丁你有事啊，别慌，我先给你们介绍一位新同事。

他还没介绍，郭倩和王丽萍已经弹跳起来，热情地走过来和老张背后那女孩拉着手寒暄。老张说，这是小林，林小帆，以后跑发行，当然，也和你们一起干文字编辑。马东临就上来握手，紧接着是小丁。小林的手握着很舒服，像是用一块冻猪油轧成型的。小丁又看了看小林的脸，小林正朝他微笑。

呃，小丁，你有什么事情要说？老张这时候回过神来。

下期稿子不够了。

是啊，不够了，那些旧杂志上，用得着的文章和图片，也差不多铰干净了。马东临脸色不好看，他觉得这话该他说，小丁是越级汇报了。

小马，你自己应该多写一点，不能一心想着帮你老婆泡酸豇豆。你来我这里一年了，也没写出几篇作品来。我们第一次碰面时，你跟我说，你写起文章来下笔如有神，如同水龙头拧开了就能放出水，日写5000字，夜工能赶2800字，而且很可能一不小心就写出横空出世的作品。你难道没说过，嗯？

我已经写得很多了，经常一版一版地写，但现在除了基本工资没拿到稿费。没有稿费，写东西就总是使不上劲。

小马，你要想到你并不是纯粹意义上的雇员，我邀你来，是共谋发展的。现在一直没打开局面，你知道吗？有的地方你令我感到失望，但这样的话，我一直忍着没说……你们也要学会淘旧书摊，旧书摊没有发票，你们打个收据，我也报销。老张说话时表情很有感染力，稍一激动就左手叉腰右手挥舞。马东临毕竟是乡镇来的，老张唬住他只是吹灰之力。然后，老张侧过头看看小丁，又说，小丁，你看你能不能也写写东西，童话啊，儿童读的小说啊……

我没写过。

没关系，其实这很简单，你读读安徒生，读读格林，试着写几篇，如果还不行，就看看郑渊洁。编辑，不光要能编，也要能写。你年轻，广阔天地大有作为，世界上充满了无心插柳柳成荫的事情。

我试试。

……小林。老张叫了声刚来的妹子。小林脸色陡变，说，老张，我不行，我写作文从来没及格。老张说，不要慌。我的意思是，你刚来，多跟几个编辑学一学，校稿啊，画版啊。另外，在这里就叫我主编。

小林松下一口气，她说，老……主编，我知道了。

晚上，小丁睡在计生局宿舍楼里，在十三楼。楼体不大，但是既高且陡，外面看着像个碉堡。没有电梯，小丁每天爬上爬下。有了CALL机，他提心吊胆，如果有人CALL，他就要走到院门口小卖部回电话。没人CALL他，他的CALL机从来没响过。这套房子是他二叔的，因为不方便，二叔一家另买了一套，搬过去住。这套房要卖也卖不出价钱，暂且闲置在那里。小丁住进来，觉得很好。因为没打定主意在老张的报社里干下去，电脑就没有带过来。上面也没有电视可看，夜晚，他早早地睡，侧睡。有时半夜醒来，感觉到左侧身体已经睡透了，他就翻个身侧向另一面。

早晨，整七点的时候佴城火车站的钟楼会响起《东方红》的旋律，小丁会醒来，这时候，是他最难受的时候。这时候，他难以自抑地想有个女朋友，两个人依偎着，早晨第一缕阳光洒进来，照在她脸上，再折射到自己脸上。

这天早上他想到小林。昨天，他那么突然地改变了主意，这和小林有着很大的关系。小林令他忽略了编辑部里的难闻气味，决定再待一阵，走着瞧。想到小林的脸和冻猪油般的手，小丁心里却变得不是滋味。他想，小林和老张是什么关系？她为什么管他叫老张？老丁曾经说起过老张没去成省城的原因，因为作风有问题，也就是说，喜欢搞老婆以外的女人。那么小林呢？早几年，老东西搞小姑娘容易引发群情激愤，牛太老了，草太嫩了，这不叫吃，这叫糟践。而现在，有钱的老头搞搞小女孩已经被当成理所当然的事，没有人会为此愤怒，没有人会为理所当然的事情愤怒，除非他白痴。

但是，小丁又想，老张能有什么钱？小林要是冲着钱，更没必要和老张搅在一起了。那是因为感情吗？

他猜不出事实，只知道，小林和郭倩、王丽萍是同学，在佴城商校学商业营销。他记得她们所读的市商校就在自己读的大专旁边，读书期间，他很多同学就去中专泡女孩子，屡屡得手。中专的男孩毕竟小几岁，打起架来稍有吃亏。小丁没搅进去，那时候他在校外租房子，看武侠玄幻小说。整个大专期间，他对异性表现出罕有的平静，没交一个女朋友，闲时尽量待在自己租的屋子里。有时他同学带着泡来的本校或是商校的女孩，带到他那里，问他借房子用一用，他就让。有一次他提醒地说，别搞脏我的床单。他同学嗤笑他说，你真是天真，床单就那么容易被搞脏？那女孩闻言，母鸡下蛋似的咯咯咯地笑个没完，她实在没想到竟然有人担心她是个处女。

小林的到来给编辑部带来生动的气息，三个女人一台戏，加小林就凑足了。以前只有郭倩和王丽萍的时候，马东临可以插进去说话，甚至说着说着就变成他讲课，两个女孩只有听的份。小林一来就像上了一把锁。马东临见缝插针地想参与说话，但小林总是瞬间岔开他的话题，自顾说她们之间才知道的事情。马东临内心蓄满了狗咬刺猬无处下口的悲哀。

小丁慢慢知道，是小林把她俩介绍到报社来。小林本想趁着年轻多挣一点，立足于所学的专业，去夜市街现场推销啤酒。那时候啤酒还没形成优势品牌，夜市街上推销啤酒的女孩一堆一堆，各为其主，身上斜挎着一条绶带，见客人一落座就拥过来问，先生，要不要尝尝ＸＸ啤酒……大哥，ＸＸＸ啤酒，德国技术搞出来的，味道就是不一样……帅哥，我们的ＸＸＸＸ啤酒，喝了不爽不用给钱……话音未落，啪的一声，酒盖子就打开了。要是别人不买，她们只好自己喝。

小林推销黑龙泉啤酒。她长得漂亮，啤酒卖得不错。喝酒的人叫她黑啤小姐，撮个响榧子，她就得过去，脸上堆砌着砖头一样的笑容。她不干了是因为喝酒的人并不是个个都老实地叫她黑啤小姐，黑啤妹妹。有的人偏要叫她黑Ｘ。

小林模仿着那些男人说话的口气，她学得很像，马东临在一旁听得青筋暴跳，他愤怒地说，这些杂种，要是撞在我手上我就捏死他们。小林斜了马东临一眼，嫌他多事，又斜眼过去看一看小丁。小丁总是坐在办公室一角，他听得很认真，但装得若无其事。小丁现在也试着写童话。他写童话一是响应老张的号召，二是打发编辑部的冗长的时间。写之前，他问马东临借几本童话书当成样本，学一学，但马东临说都在乡下，难得回去取。小丁说，马主任，那把你写的书给我一本，我就向你学习。马东临嘴巴一撇，说这又不是泥匠瓦匠，看一看就会了。创作，懂吗？艺术！你以为是什么，哄孩子？孩子都是天才，只有他们看得出来皇帝什么都不穿，鸟儿都翘在外面，迎风招展。马东临说着说着有点激动。小丁蒙住了，他仅仅是想借书看，没想马东临反应如此之大。

小林说，我去给你拿几本，我家里有。不过星期天我才能回去。

小丁说，没事，我去地摊淘一淘。

当晚他去地摊淘了两本，安徒生一本，外国童话选一本，晚上呆在碉堡一样的十三楼，啃这些书。看看也觉得简单，两三夜的工夫就把两本书读完，阅读的同时，脑袋也构思起来。他设置了两个角色，一只狐狸一只狼，像相声演员一样，一个逗哏一个捧哏，狐狸总是有办法坑蒙拐骗，狼看得眼热就跟着做，但总是倒霉……第三天夜里，构思的状态令小丁一阵一阵地兴奋，站起来，透过窗看远处隐在晦暗中的钟楼，冲自己说，这也没什么难的，不妨试试。他很快给自己要写的东西取个篇名，《火狐狸与癞皮狼》。他觉得这个名字挺像回事，能编下去。

在编辑部，三个女人搭起的那台戏永远也唱不完。小丁从中听出来，三个女孩都有男朋友。其实她们老早就提起过男朋友，不过当时小丁没听出来。每天挨到下午四五点钟，快下班了，王丽萍和郭倩就会讨论，今天晚上用谁的钱包？有时候划拳，有时候轮换。她们关系密不可分，每天晚上都聚在一起，玩到很晚。小丁慢慢听得出来，她们口中说的“钱包”，原来不是东西，是人，是指她们各自的男朋友。每天晚上，她们合着使用一个钱包，让他随侍周围，一喊即应，关键时候发挥钱包的功能；如果每个人都把钱包带来，那么钱包跟钱包会沆瀣一气，有了主见，敢于抗命不遵。每个晚上，只派一个钱包当跟班，足矣。

她们商量好了就打电话，叫某个钱包过来接。钱包不来编辑部，只打电话说在楼下某处等。

有一天，小林也招呼小丁，说，你晚上总是一个人吧，没什么事，跟着我们一起玩好啵。反正有钱包开钱，你不要操心。小丁摇摇头，不去。他知道，她们互为姊妹，钱包请她们一块玩，合情合理。自己夹进去，不尴不尬地，算什么呢？

即使拒绝，不去，马东临还是会白小丁一眼。女孩们从没招呼他去。

小林很痛恨屋子里的气味，一开始只是捂鼻子，忍着。待了一段时间，老捂不是个事，天越热气味就越浓，这气味，在飘逸出来的过程中继续地发酵着，浓墨重彩地酸，变本加厉地馊。她叫马东临想想办法，把那气味压一压，别让所有人都成天受罪。马东临答应一声，但根本没有付诸行动。谁都看出来，没准他还暗自得意，心说你们也有求我的时候。

小林自己动手，弄来一把塑料袋，戴着口罩，把泡菜坛子一个个罩住。这办法行之有效，屋里的气味马上淡了下来。小林还 CALL 了老张的机，老张复机，她就说，主编，你还是弄几盆花摆在编辑部吧，味太大，你应该考虑到员工的工作环境，对啵？她挂了电话，告诉别的人，老张连声说，买买买。

小丁现在进一步地知道，小林的钱包的哥哥，是老张的合伙人。两人有这层关系，所以老张对小林很客气。老张还没把用来净化空气的植物买到编辑部，马东临的老婆倒先来了。她酸豇豆做得不错，竟然有人找上门来批发。她带着大客户回到编辑部，一看自己的泡菜坛子全被人用塑料袋封住了，大发雷霆，站在阳台上朝里面喊，马东临你给我过来，你他妈是怎么搞的？马东临出去，她指着那些坛子，说，赶紧把塑料袋全都取掉，这会影响产品质量。下次再给我捣乱，你小心着点。她生气时有个习惯动作，一边说话一边弓起手指在马东临脑门上弹响蹦，说一句弹一下。马东临的老婆虎背熊腰，马东临瘦弱，一脸儿童文学作家特有的那种老天真。几个响蹦弹在他脑门上，反应却到了脖子上，不停地打着战。马东临不敢说是谁罩上去的。小林看看这情形，也不敢当面顶撞。马东临老婆把坛子打开，酸馊味再次飘进来，在房间里蹿得更欢。她带来的客户抓起一把就往嘴里揉，咀嚼着，还连声地说不错真是不错。小丁看在眼里，自己牙齿马上就泛酸了。马东临老婆再次地跟马东临交代，我产品是有质量保证的，你再敢捣乱，到时候可别怪我铁面无私！

马东临老婆带着客户走了。小林捂着鼻子问马东临，这气味怎么办？马东临还在犯晕，他没好气地说，你说怎么办？

小丁好不容易写好了第一篇童话。小丁没有拿给马东临，等老张来的时候拿给他看。老张粗粗地看一遍，说你写的？好，很好。马东临，你看看，有没有错别字，改一改，发表。马东临拿去看，脸色恍惚不定，看完了以后，他说这童话格调不高。狐狸去泡贵妇狗，骗了很多东西；狼接着去泡贵妇狗，狗正好捉着狼撒气……这能给小孩看吗，都是些男欢女爱的东西，而且，狗啊狐狸啊狼啊物性也不相同，这会给小孩带来什么样的认识？

我觉得不是男欢女爱。小林还没看那篇，她从马东临的总结之辞里进一步总结，是狐欢狗爱。这提醒了老张，他捋着话头说，嗯，是狐欢狗爱。马主任，你的童话里，狗家里可以养猪，雇兔子当长工喂猪，过年时还雇长颈鹿当屠夫杀猪，那么小丁为什么不能写狐欢狗爱？我看，可以发表。

小林说，我来编吧，这是编的第一篇稿子，丁哥，不要让我失望哦。

她看完了就说好，又撺掇郭倩和王丽萍看一看。她们看完了，就管小丁叫丁作家。她们还说，原来，写童话也没什么难的嘛，丁作家一下笔就可以写这么好。小丁挨了夸，只是笑笑。他有自知之明，她们几个夸自己，其实是冲着马东临。马东临此时一脸窘相，仿佛一个蹩脚的魔术师突然被人揭了底。

小丁的处女作在报纸上印出来（他认为“发表”是严肃的说法，在这报纸上印出来还谈不上发表，老张也不会给稿费）以后，他就可以在编辑部里铺着格子纸大模大样地写稿了。身为编辑，在上班时间写稿，无疑是一种体面。

报纸卖不开，马东临老婆卖酸豇豆竟然打开了局面，几家饭馆子跟她订货，还有人找上门给她当分销商。她又买了一批坛子要搬进编辑部。那天老张在，堵在门口。一物降一物，老张镇得住这个虎背熊腰的女人。他说，小马媳妇，你这么搞有点过分了，我只是让你两个住进来。你做生意我管不着，但你不能让马东临不务正业，整天帮你切豇豆。

马东临老婆说，坛子已经买来了，你要我怎么办呢？老张说，退掉。马东临老婆说，拿回去退，就不是我付的价格了。再说请板车拖来又拖回去，难道不要钱？马东临赶紧上来堵老婆的嘴，他说，杨盼娣，不要说了，钱我补给你。

你补给我？你的钱归根结蒂还不是我的钱？

杨盼娣！马东临苦着脸说，我叫你一声妈，总行了吧？

杨盼娣这才让步，把坛子拖回去退给原店主。

杨盼娣生意做大做强了以后，就很少去菜市场守摊位，她经常坐在编辑部里，等人上门取货。她把编辑部的电话告诉那些客户，客户拨打7648124，编辑部的电话就会兴高采烈地响起来。电话机摆在马东临那张桌子上，他解手的时候，别人就会接。小林有一次接电话，对方问，喂，你们是卖酸豇豆吗？小林说，我问问。小林捂住机柄话筒一端，问刚从厕所里钻出来的马东临，有人问我们这里是不是卖酸豇豆的，我应该怎么答？马东临脸一扁，接过话筒，很客气地说，您好，请问您是……呃，我是马经理……好的好的，没问题……

马东临挂了电话，吹着口哨，继续写童话。

另一天，三个女孩迟迟没来上班，也不打电话请假。平时再拖，十点过以后都纷纷地现面，这天到了十一点，还没来。小丁的呼机响了，他回机，是小林。小林问他，杨总在不在？杨总是她们给杨盼娣的绰号。小丁看看杨盼娣，她在吃面条。小丁说，在的。小林就说，好，我们过一会就来。挂了电话，小丁分明听出来，她的声音有古怪的欢悦。提到杨盼娣，她的语调为什么充满欢悦呢？

答案马上揭晓。这和他们报纸的风格一样，刊登一些趣味智力题目（当然都是从旧杂志上铰下来的），答案就在同期的中缝。马东临提议是不是本期题目下期公布答案，老张说不行，现在小孩性子急，答案要马上揭晓！

她们三人十一点以后，分别进来，前后隔着几分钟，仿佛不是邀好了来的。三人都来了之后，气氛陡然地变了。她们每个人身上都发生了重大的变化，郭倩和小林穿的是低胸吊带装，那个王丽萍，她最丰满，所以敢穿低胸且不吊带的，两膀子都露着。她们三人艳丽登场，屋内的酸馊味仿佛都变淡了。杨盼娣此时已经不吃面了，她吃生黄瓜。看着她们，杨盼娣把黄瓜嚼出铺天盖地的声音。黄瓜很新鲜，汁液飞溅。

小丁一眼看出来，她们来之前合谋过的。她们肯定商量了什么计谋，这计谋简单，但是，简单的往往有效。果然，这天她们三人对马东临的态度有着一百八十度的转弯，杨盼娣回卧室的时候，她们三人就围到马东临桌边，主动找他说话。马东临也感觉到不对劲，但既然有这样的气氛，却不让他吹吹牛皮，他是会着急上火的。她们三人搔首弄姿，发嗲；杨盼娣出来的时候，她们更是搔首弄姿，更是发嗲。尤其是小林，她左眼挑逗地看看马东临，右眼同时挑衅地看看杨盼娣。

小丁呢，他坐在编辑部最冷清的角落，看着眼前这一幕幕，会心地笑了。小丁感受着她们随身携带的气质，至柔而刚，至简而繁，转瞬间就暴露出妖冶的面目。她们可以把妖冶的一面回馈给她们的钱包，也可以拿来对付马东临。

杨盼娣其实一直站在门背后。她想忍，但是她的气质决定了她在七八分钟后走出来，冲着她男人大吼，马东临，你进来，我有东西留给你吃。

我不吃。马东临牛皮吹开了后，就像喝了很多白酒，头晕，并且胆气雄壮。他看看围绕在侧的女孩子，又说，有吃的拿出来大家一起吃。

你不吃，那你以后再也不要吃了。

马东临想了想还是走了进去。杨盼娣赶紧把房门里一关，里面迸发出一些声音，传到外面，让她们三人脸上有了得意之色。

往后的两天，她们都尽量穿得暴露，杨盼娣当然更不会去菜市场。她持一把苍蝇拍拍个不停，其实是把马东临盯得很紧，仿佛马东临突然变成了唐三藏，每个女妖精都会使出全身解数勾引他。马东临不敢乱说乱动，虽然神情凄楚，其实情绪不错的。即使不说话，她们身上也不断地往空气里散布荷尔蒙的气息。

到了周末，不用上班。杨盼娣肯定是松了口气。这个周末小丁回了县里，正碰上二叔有便车，就把电脑取过来。这样，晚上他又可以玩游戏，游戏会缩短每个夜晚。老丁见小丁回来搬电脑，看得出他打算在老张的报社呆下去，一阵欣慰。他教书一辈子，知道要让一个年轻人安下心来，其实不容易。

周一，小丁照常去编辑部。他去得早，老张更早。他一进门看见老张坐在桌角上抽烟，就知道有什么事情发生。再一看，马东临不在，杨盼娣也不在。

张主编，来得早啊。

他妈的，这个马东临……

果然，马东临出事了。昨天，也就是周日，马东临趁老婆卖酸豇豆的时候，去河边叫来一个女人。该女人长相一般，不过夏天站街，也是穿着吊带裙。马东临上去问问价，其性价比让马东临心动不已。他把她带到编辑部，带到他和杨盼娣每晚合睡的那张床，搞了一次，喘喘气，又搞了第二次。一次全价，两次八折。事后他检查了床，还喷了杀虫剂掩盖异味，他相信自己把事做得不露痕迹。邻居老头却跑到菜市场，跟杨盼娣诚恳地说，呃，你知道吗，你男人正在嫖娼。

杨盼娣赶回家，并未找到证据，但她仍然大发雷霆，和马东临撕打起来，用指甲划他的脸，一边划一边说，马东临你还要什么脸哩，还要什么脸哩，嗯？马东临一脸是血，不去医院，而是跑到邻居老头家门口破口大骂，说你他妈敢把龟头露出来，我就捏死你这老王八。老头并未老年痴呆，他晓得有时候只可智取不可强出头，于是躲在屋里打电话、CALL 机给两个儿子。两个儿子前后脚赶到，分别把马东临打一顿。一天三顿，马东临只吃了一顿，却挨了两顿，在此之间还和河边的站街女搞了两次，元气大耗，体力不支，住院了。

……马东临还在医院。老张说起马东临的事似乎挺有快感，很详尽，说着说着就笑了。小丁一听就知道，这事情和那三个女孩关系甚微。真要追究起来，她们又是一点关系都没有。

此时老张回过神，觉得自己边说边笑有失严肃，便把脸板起来说，晦气，怪不得我的报纸一直卖得不好，原来是马东临这个杂种在背后闹灾。他在编辑部里乱搞，我的天，那种女人都搞，什么胃口。他的草料胃口没填饱，我的财气却被他撵跑了，我再辛苦也是白忙活……小丁，你是个好孩子，不要向马东临学习。

不会的，我没钱。

有钱也不要向他学习，所以，你们年轻人手头紧一点说不定是好事。老张嘴一张收不住，又说，小丁你还年轻，千万不要色迷心窍。编辑部那几个小妹子，你要是喜欢，可以追，追到的话，老丁也会了掉一桩心事。当然，林小帆你不要碰，她不是名花但也有主了。马东临既然滚蛋了，从现在起，我提拔你当编辑部主任。这样的话，你要泡谁就更容易了。

工资会不会涨一点？

你还年轻，钱的事情不要过多考虑。年轻人嘛，广阔天地大有作为。老张环顾着房间，又喃喃自语地说，晦气，今天就搬家。那几只泡菜坛不要，别的东西统统搬走。房子月底到期，我也仁至义尽，再留马东临两口子多住几天，让他两口子呆在里面触景生情，多打几天王八架。

老张叫来几辆板车，让他们拖东西，搬家。编辑部除了桌椅没几样东西，一台电脑都没见，排版全是请人。几乎不费什么力，报社所有的家当都堆到两辆板车上了。老张凭着在教育战线熟络的关系，马上找好了地方。那是坐落在远郊的一家农机学校，这两年几乎招不到学生，楼房空空荡荡，要租的话很便宜。老张就租了一间房，以前是做教室用，宽敞，满是尘埃。黑板上方的空墙还挂着标语，读农机学校，面向农业，学好农机，驶向未来。

搬家那天，小丁和三个女孩也跟到了农机学校。看得出她们三人心情不错，因为在甩掉酸馊味的同时还附带着甩掉马东临夫妇，这是意外的好事。农机学校巨大，空空荡荡，让他们联想到上山下乡。他们没真正体会过农村的生活，远郊对他们来说已经是农村。学校里还有食堂，掏钱买饭票就有得吃。他们进来的时候还以为这学校已经倒闭，没想到还有学生在上课。其时已经是六月中旬，雨季在持续，农机学校脱产读书的学生已经放假回家，剩下的是百十名女学生，正在强化训练。市庆时农机学校按规定也得出百十人的游行队伍。

报社在那间教室里重新开张以后，每天都有参加表演的女生敲门进来，见谁都喊老师。因为报社没有挂牌，那些学生妹子都把这当农机学校的财务部了，真正的财务部实难找到，她们进来碰碰运气。万一把财务部问出来了呢？她们要问的事由也一样，就是参加表演，说是有补助，每天四块三毛五分钱。都一个多月了，补助几时才能发下来。头几个撞进来问事的女孩长得愁眉苦脸，王丽萍或者郭倩直接跟她们说，你们找错了。隔天来了一个很漂亮的妹子，王丽萍就没有一下子把话说死，她指指小丁，冲那漂亮妹子说，这事我答不上话，你要问问我们丁主任。漂亮妹子就冲着小丁走来，讨好地一笑，说，丁主任，补助的事情……

小丁本想告诉她你找错地方了，但是王丽萍她们三人此时都看着他，冲他微笑。他不能辜负她们的期待，于是调整着腔调跟她说，呃，不要急，这不是你一人的事，校方要考虑你们每一个人，这笔钱缓几天才拿得出来。有消息我们马上就通知下去……我们和你们的心情一样，钱发下去，我们的心也就稳妥了。漂亮女孩见这领导好说话，继续苦着脸，说，丁主任，你是饱汉懂不了饿鬼，我家里知道学校给补助，这个月就没给我寄生活费。现在我吃饭都成困难。能不能考虑我的实际情况，酌情予以解决？小丁听出来这确实是个贫困生，打申请报告的套词脱口而出。再说，她也蛮漂亮。小丁说，要是实在没饭吃了，那我个人帮帮你也没关系。我可以给你饭票，我也在食堂吃饭……

漂亮妹子很有骨气地说她不要。

漂亮妹子走了以后，她们就夸他说，刮目相看，刮目相看。马东临是不是把你刺激了？小丁只是笑，说，要是这么漂亮的妹子没饭吃，我勒紧裤腰带也要给她饭票。小林闻言有所感触地说，虽然你还不是一个钱包，但看得出来，你具备了当钱包的气质。她们都劝他这几天用心着点，肯定还有别的妹子撞进来，都可以如法炮制。她们是农机学校学生，年龄并不比小丁小多少，小丁在她们里面挑一个，也算不得老牛吃嫩草。小丁虚心地听着，并说我也是这么想的。

既然有了这样的心思，接下来的几天，上班就好像在钓鱼，她们和他一起等着新的妹子进来问补助金。每天都少不了有妹子撞进来问情况，小丁也挑其中的几个，告诉她或者她，要是没饭吃的话我可以先给饭票。她们都客气或者愤怒地拒绝了。小林她们三人分析了一下，觉得问题在于，拿饭票请客有损她们的尊严，如果他愿意请她们到城里面下馆子，没准就能奏效。农机学校现在只剩下呼啦啦一大片妹子，小丁身在花丛中，要泡下一个，总归不是难事。这些妹子学有所长，毕业就是自食其力的女拖拉机手，就是找来当老婆也不错的呀。

换到农机学校上班以后，王丽萍她们的钱包就纷纷露面了。以前在景岸小区那套三室一厅，钱包们怕闻酸馊味，或者她们不愿钱包闻到那味，不让钱包进到编辑部，只能在下面等。现在，到了农机学校，她们的钱包就可以进到编辑部接人，通常也要聊几句再走。小丁很快就和王丽萍的钱包幺鸡，还有郭倩的钱包小武认识了，熟络了。他们邀他晚上一块蹦迪或者别的什么，他照样不去。

小林的钱包一直没有现面。该钱包是该报社第一大股东（出资7.8万元）邹老板的弟弟，王丽萍和郭倩纷纷称他为邹扒皮。她们总是问小林，邹扒皮怎么还没有回来？也该用用这个钱包了。——所以说，《半夜鸡叫》不愧为经典作品，这些妹子可以不知道该书作者姓高名玉宝，但不妨碍她们送小林的钱包绰号为扒皮。因为姓“zhou”就总是和扒皮脱不了干系，管他是姓周还是姓邹（zou），这些妹子听来总是没有差别。

幺鸡是浙江过来卖建材的小老板，说一口流利的普通话，但偶尔掏出大哥大打电话说家乡话，就好像是说鬼话。小丁别说一个字，就连一个标点都听不懂。幺鸡模样不错，大家都觉得他长得像蔡国庆，但王丽萍不受用，她偏要说幺鸡长得像周星驰。所以幺鸡只好长得像周星驰。小武是当地酒厂的业务员，搞推销，工作很有能力，因为他打算两年内从推销混成采购。他长得傻大黑粗，其实也很有魅力。男人嘛不妨黑一点，这样可以进一步衬托出郭倩长得白皙。小武一来，郭倩就小鸟依人地靠在小武身边，问他今天钱带够了没有。

幺鸡开着货车来接人，而小武只能打的。打到农机学校，还得和司机讲讲好话，要他多停几分钟，他再打车回市区。小丁很想看看这个泡下小林的老钱包是什么样子。

此前，在景岸小区那边的时候，这个邹扒皮曾把电话打到编辑部来。小丁随手接的。邹扒皮说，林小帆在吗？小丁看看屋内，小林忽然不在，便回答说，等等，可能是在厕所。……哦是嘛？邹扒皮又问，你显然不是马东临，我听得出来。那么你是谁？小丁说，我姓丁。邹扒皮说，你好老丁，我姓邹，是小林的老公。你怎么连她去厕所都知道？小丁觉得好笑，这还用问？他说，因为小林不在编辑部。邹扒皮继续问，难道不在编辑部就一定……这时小林走进来，问小丁，打给我的是吧？她把话筒拽了过去，说亲爱的，你还在天津？

这天郭倩得知消息，邹扒皮回来了。四点钟的时候，她们三人一块划拳谁输了谁掏钱包，正好小林输掉了。如此一来，小林不得不打电话，让邹扒皮来农机学校里面接人。小林忽然有点不好意思，她跟小丁说，主任……

不要叫我主任，叫我小丁。小丁觉得“主任”听起来像马东临一样晦气。

小丁主任，等下你不要笑话啊，郭倩王丽萍命好，找帅哥。我命丑。

小丁安慰她说，自己喜欢就行，这有什么好攀比的。

到点了，隔着窗户，小丁看见一辆奥迪开了进来。那个人下车，往这边走来。小丁远远看了看邹扒皮，原来是个滚圆的男人，并且秃顶。早几年，秃顶会让女孩受不了，后来有可靠消息说秃顶往往是性欲旺盛闹的，所以女孩们再一看，秃顶就显得性感。小丁看见了邹扒皮，心头还是涌起一股说不出的滋味。他想，她们各自的“钱包”高矮胖瘦，英俊丑陋难免有所差别。英俊的“钱包”瘪一些，丑陋的“钱包”则要鼓一些，世间事事物物，莫不是在此消彼长的平衡关系中运行。是这样吗？

再看看王丽萍和郭倩，她俩站到了门背后，等待着邹扒皮的到来。看样子事情并非如同小林所说，她命丑。这男人很讨女人喜欢似的。小林之所以那么说，大概是出于谦虚。隔一会，听见敲门的声音。门哗地被拉开，邹扒皮小步踅进来，双手抱在嘴前，一个飞吻吐在手心，再双臂一张，闭目，很沉浸地等待着回应。那表情，仿佛把飞吻掰碎了，扔得满屋子都是。他胖，秃顶，脸上五官都很压缩。她们为他尽情地鼓掌，他享受了掌声才缓慢地睁开眼。

邹扒皮进来后和那几个女孩说话，眼光牢牢地搁在小丁身上。小丁坐着写他的童话，《火狐狸和癞皮狼》他打算写成系列的，每篇四千字，配上图正好有个整版。邹扒皮虽胖，但眼光里含有动物性的警觉。他走过来递烟，并把屁股坐在小丁的桌子上。他个子不高，所以他坐上去的时候用手一撑，一个小跳，坐在上面还调整了一下坐姿。小丁接过烟，邹扒皮又给他点火。他脑袋俯下来，亲切地问，你就是小丁？我们打过电话的，你还记得吗？小丁点点头。

呃，这就好。小伙子，你很年轻，年轻人会大有作为。

小丁说，嗯，广阔天地大有作为。

广阔天地里也不能胡作非为，要守规矩，懂道理，日后才能有所作为哟。

小丁想笑，就深深吸了一口烟，品味着他谆谆教诲的语气。当一个活宝忽然变得像一个老师，那么换而言之，小丁仿佛觉得眼前出现了两个活宝。邹扒皮还想说些什么，王丽萍和郭倩就把他从桌子上拽了下去。她俩说，邹扒皮，你给我们学学猪八戒。显然，模仿猪八戒是他的保留节目。他把上衣一脱，架势一摆开，女孩们就齐声叫好。他们配合如此默契，他肯定模仿了好多次，她们也叫好了好多次。邹扒皮还乘兴翻了个跟头。双手撑地要大风车，他不会。他把脑门顶着地面翻了个王八跟头，背膛心像门板一样平直地砸在地上，一声闷哼。女孩子们又大声地叫好，严实地盖住了闷哼。那个小林，此刻她笑得花枝乱颤。

小丁把那支烟抽完，弹出窗外。看着她们齐刷刷乐呵呵的样子，他脑袋里产生了短暂的恍惚。他想，是不是风水轮流转，现在猪八戒真比唐僧更讨女孩子的欢心？这虽然毫无道理，但时至今日，毫无道理的事情难道还少吗？

临走，邹扒皮冲小丁招呼，老弟，一起去吃饭。我的车正好空一个位置。我喜欢你，呃，你一看就让人放心。

小丁说，谢谢，我不去。

邹扒皮带着三个女孩一块往外走，此刻花团锦簇，他搂着小林，又用另一只手去搂王丽萍。直到小林嗔叫着拧他耳朵。他把王丽萍的屁股摸了一把才算完事。小丁一直在窗后看着。他不知道自己为什么看得那么仔细。

六月快见底了，农机学校的操场上那百十个女孩加紧操练，天下雨时她们披上薄膜（没准还是农用薄膜）雨衣，天偶尔放晴，她们就抓紧时间换上表演服，那衣服大红大绿，喜气洋洋。学校大功率的广播反复播着一支民歌曲调，另有雄壮的喊号子声音掺和其中，直到她们形成肌肉记忆。补助金发下一个月的了，最近她们心情似乎不错。

王丽萍又跟小丁说，主任你泡个妹子吧，晚上带着一起去玩。你没钱不怕的，没钱就多动口。花言巧语，反正是不要钱的。

她们还说，去食堂吃饭的时候，你看准了哪个，就在她身边坐下来。你多打点肉菜，给她夹菜。他说，要是她不吃肉呢？

那更好，吃素的不会发大脾气。

小丁只是说说。去食堂吃饭时，大堂里坐满了女孩，咀嚼的声音，刮碗的声音，边吃边说小话的声音扑面而来，他哪还有心思一张脸一张脸地打量。不过好事情找上门来关也关不住，那天他和王丽萍郭倩围一桌，空个位置等着小林填空，但一个农机学校的妹子坐了下来。一看眼熟，她曾到编辑部打听补助金的事，那个漂亮妹子，小丁还说过没饭吃的话他请饭票。当时，请饭票也是他真实的想法。

妹子说，现在我知道了，你们不是我们学校的，你们是在办报纸，对吧？她俩默契地闭上嘴，把话留给小丁说。小丁便说，是的，我们是办报纸。

是吗，那太好了，我对写文章以及办报纸非常喜欢。你是不是主编？

为什么是我？

三个女的不像，那么只好觉得你像。

王丽萍就介绍说，他是我们主任，和主编差不多。同时他还是作家，写过《火狐狸和癞皮狼》，很有名的。

是吗，我好像几年前看过，一只狐狸和一只狼的故事。我是农机学校文学社的，社刊《驶向未来》就是我主编的。……是这样，你们需不需要业余的编辑？我们马上放假了，我可不可以到你们报社打打暑假工？小林已经坐在隔壁那桌，她把脸凑过来说，没问题，我们需要你这样有才华又热爱写作的青年人加盟。妹子很高兴，说，是吗？我叫林江梅，你们叫我小林好了。王丽萍说，叫你小梅吧，我们这里已经有小林了。

小梅就小梅好了。妹子很爽快。

小丁把办公室的电话以及自己的 CALL 机号抄给她。王丽萍问晚上有没有空，我们单位晚上有集体活动，你可以来先体验一下。行不行？妹子赶紧点头，脸上是找到了党的喜悦。回到编辑部，小丁跟小林说，你怎么能随便答应呢？要是老张不同意怎么办？小林说，丁主任，我觉得你为人太严肃认真了。就好像王丽萍说我们是一个单位，难道我们真就是一个单位了？你要是再这么古板下去，那么你到佴城就休想找到女朋友了，想找女朋友只好买张机票去埃及！

为什么要扯到埃及？

听说那里有几个女木乃伊长得还可以，年纪不小了，急得不行，有谁要，招呼一声，她们就跟着谁走。

小林坏笑起来，长得漂亮了，即便是坏笑也坏不到哪去。她又说，人都是活的，老张那里我会去跟他说。妹子都有意思了，你就不要假惺惺，半推半就。再说，她起码要在这里干一个月，才能领到工资。要是你手脚麻利，一个月下来已经生米煮成熟饭了，还怕什么？小丁吃惊地看着小林，有点怀疑这些话是她轻启朱唇吐出来的。小林还说，有什么好奇怪？难道我们几个——我还有小郭小王，不是被那几个狗男人这么骗下来的？王丽萍不高兴了，她说，你有没有搞错？我和幺鸡是自由恋爱。

晚上幺鸡请客。看见小丁带着小梅一起参加，幺鸡也显得高兴，主动表现出与小丁熟络的样子，招呼小梅，说起话来总是不停地夸小丁，说这人当情人则太傻，当老公是一把好手。王丽萍打断幺鸡，说够了够了，让小丁和小梅多说几句。

几个人去唱歌。当时的 K 歌房是马路边一排单间门面，每个门面里好几组沙发，几拨不相识的人共聚一厅轮流点歌，将曲名放在点歌单上。一首歌一块钱，茶水另算。小梅是个落落大方的女孩，唱歌喜欢民族唱法，唱宋祖英，俨然一个麦霸。她们见她开心，就点情歌对唱让小丁上。小梅唱情歌对唱也拿手，《相思风雨中》《片片枫叶情》……小丁舌头转不了弯，咬不好粤语，他只能用普通话唱。情歌对唱变成了普通话和粤语对唱，即使这样，现场气氛依然很高。他们还喝啤酒。小梅唱完歌，总是通情达理地回到小丁身边，并坐下来。她们就像家长似的交头接耳，说这妹子真是不错，读农机学校，也不见得只能面对农业。小梅知道她们是说自己，莞尔一笑，要笑完的时候扭头看看小丁，把那点余韵徐歇的笑意留给小丁。

接下来几天，遇到吃饭的时候小梅会找过来跟她们一桌，她大大方方地坐下来，她的同学经过桌边跟她打个招呼，别的视若不见。到下午五点，她们几个先离开编辑部，他留下来。天擦黑时去到操场，小梅总在一个地方若隐若现，等他。两人也用不着出去，在操场上遛圈。学校的男生都走了，大操场女生们用不着。有时候两人也会离开操场，往宿舍区的反方向走，又是一个小坡头，搭满猕猴桃架子。坡顶有个小气象站，大概是农机学校某一任领导心血来潮建起来的，现在已经荒废在那里。他觉得这是个好地方，让人懒倦，不想离开。那个气象站，几幢房子全都虚掩着门。他想，要是她不反对，两人可以进到里面。当然，他只是随意地想一想，这狗屁念头转瞬即逝。

小丁暗自享受着这学校的荒凉况味之时，小梅往往会说起她的理想，她觉得她的前半生（她芳龄十八）倒霉透了，但也预感到全新的生活即将开始，说不定就在今年。她明年毕业，但这个夏天过后，基本上就没课了，可以不来学校，自行出去寻找实习机会。她打算去广东，不过要攒足路费和初期的生活费。他问她是学什么的，她说国际贸易。他很奇怪每个学校都能学到国际贸易，贸易固然像这种小坡头，随处都有，难道国际就像这坡头上长出来的草？

编辑部里，那三个妹子很关心小丁和小梅的进展。三天后，她们问，你们手拉手了吗？五天后，又问，Kiss，感觉如何？不要告诉我们是初吻哦。

小丁只是装傻，憨笑，把她们应付过去。她们的问话令他感到紧张，他想，她们的钱包一定是按着这样的进度分别把她们搞定的，三天一拉手五天一 Kiss，那么攻破最后防线又是几天？我为什么觉得牵手都遥遥无期？转念一想也就释然，钱包有钱包的搞法，我算什么呢？把我算空钱包，还不是真皮货，能比吗？

七一那天，全国庆回归，佴城庆建市，两件事情可以一锅乱炖，反正只要把场面整得热闹欢腾，谁还能想到目的何在？小丁和她们三人都约着出来，跟随着农机学校的游行队伍。当队伍停下来，小丁就去给小梅递水。她们三人充当亲友团，在路旁起哄。走半路上天降大雨，整个队伍再坚持一阵就井然有序地散开了。

队伍散开的地方正好离计生局很近。农机学校本来是有校车，所有参加游行的女生可以搭车回去，可是小丁的亲友团很强势，王丽萍郭倩各在一侧，把小梅拉出队伍，要她跟她们走。一走进计生局的院门，迎面就有一排工艺体大字：朋友，今天你计划生育了吗？那天，她们一直呆在小丁所住的十三楼。雨一直下个不停，人不留客天留客。她们的衣服都不同程度地湿了，要小丁拿出备用的衣服供她们换。小丁也不辱脸面，正好有几件供换洗的，而且都洗净了晾干了折成豆腐块了。她们换上他的衣服，马上啧啧地称赞小丁是个细心的男人，衣服上的气味也不是肥皂，而是洗衣液。懂得买洗衣液而拒绝肥皂，可见小丁蛮懂得生活。这些话都是说给小梅听的。小丁本想告诉她们，洗衣液是房东留下来的，不知道是否过了保质期。但他不能扫了她们的兴致，屋子里有着不期而遇的和谐气氛，外面的雨和雷声拉近了屋内这群人的距离。他能感觉得到，或是嗅得到。天色越来越暗，这套房子户型很怪，狭长形，只有一头透光。他打算去开灯，她们一致制止。她们觉得这样就很好。

她们叫他去外面买吃的，包括啤酒。还问小梅愿不愿意一块儿去。小梅说她穿着男人的衣服，不好意思出门。

小丁买来吃的和酒，这时必须开灯了。晚餐吃得很开心，其间他和小梅目光交流多次，直至碰撞出心照不宣的意味。直到这时他才觉得新的生活扑面而来。小梅很漂亮，比小林差点，但比郭倩王丽萍实在要好几分钱，甚至要好角把两角钱。小林喝了点酒就宣布，主编已经同意了，小梅随时可以来报社打暑假工，工资待遇和大家一样。小梅说，My god，真的吗，真的吗？很是惊喜的样子。小丁知道五月份的工资还没发下来。不过，小梅至少一个月后才能知道。在社会上找工作，不经过财政局统拨的工资，大都不会按时发。但那是一个月以后的事情，谁在乎这么多呢？王丽萍又邀大家碰杯，欢迎小梅的到来。他知道她们力图营造一种单位有如家庭的氛围。她们在帮着他吸引她。她们很卖力，似乎在这过程中也温暖着自己。

雨顿住，她们三人各自回去。小丁打车送小梅到农机学校，那里一片死寂，他送她进去时怀疑里面没人。她早熟悉了这种死寂，她说，都这样。

七一以后农机学校就放假了。七月八月，这两月老张的报纸不用出刊，但老张也不肯宣布放暑假，主要是所有的报社都没有暑假可放，要是他们放了就会变得独特起来。这两月基本无事可做，老张叫他们备稿。

小梅的事，小林确实跟老张说了。老张打来电话告诉小丁，行，为了你，我怎么能不答应？不就两个月嘛，希望你在这两个月里，有爱情滋润，多写几篇稿子，除了火狐狸和大灰狼，也写点别的……

小丁说，都是我一个人写的，恐怕不好。老张说，人是一个，笔名可以千变万化啊。鲁迅有一百多个笔名，包括鲁迅本身都是。你可以向他老人家学习。老张自有他的能耐，什么事情经他嘴里一说，都能变得很简单。

小梅没有来。等了三天，她没有来，一个星期结束，她还是没来。小丁没有小梅的联系方式，只是抄了 CALL 机号给她。那几天 CALL 机特别沉稳，在盛夏便进入冬眠，哼都不哼。再挨到另一个星期，她们三人就安慰他，要他别太难过。小丁总是说，好的。

晚上，有电脑容易打发黑夜，小丁安心地待在房子里，玩游戏。他想起在哪本书里看到过这样一句话，人之所以惹出各种麻烦，都是因为不肯好好呆在屋子里。他喜欢这句话。没钱的人都会喜欢这句话，既有哲理，又给人以抚慰。以前装的游戏都玩透了，小丁跑去电脑城买游戏碟。挑好了几张游戏碟，老板又问他要不要别的碟。

别的碟？什么别的碟？

就是……别的碟，兄弟。

小丁说，那好，你拿来我挑挑。

有套碟名字很合他胃口，《你想看什么?》，他挑了两张。网络已经渐渐铺开，他听说这些玩艺是率先上网的人下载来的，再刻了盘倒手。他一时还上不了网，只好掏钱买碟。正要结账，老板又搬出另一箱货，说是刚来的，新鲜。那也是整套碟，名叫《你到底想看什么?》。他咬咬牙又买了两张，12 块钱一张。四张碟 48 块钱，要还价每张让五角。他心里划算了一下，九三年他 15 块钱买一盘盒式磁带。由此上溯到八五年，他二叔跑到福建沿海，120 块钱一个批来 VHS 录像带，带到佴城卖 180 块钱一个，只有录像厅和少数几个骨灰级武打片发烧友买得起这玩艺。也有批 170 块钱一个的花带子，倒手可以倍赚，他二叔信誓旦旦称自己从不进那玩艺，因为抓住了要坐几年大牢。这么一纵比，心一放横，46 块钱也就掏了。

七月了，五月份的工资没发下来。这段时间用不着每天上班，他呆在屋子里备下泡面，尽量用这个减少开支。为了搞清楚我想看什么，我到底想看什么，小丁只有付出营养不良的代价。那些碟确实让小丁感到寂寞，沿着寂寞的轨迹，他打算把小梅拎出来尽情臆想一番，却没有预想中的效果。小梅在小丁的生活中来去匆匆，她刚走的时候确实令他抑郁了一阵，但抑郁归于抑郁，他竟然找不出几处可资回味的细节。

他把碟片取出来，继续玩游戏。

有天，老张瞎打误撞地来到编辑部。太阳焦毒，办公室只有小丁一个人。他赶紧问，主编，什么时候发工资啊？别说吃饭，我现在吃冰棍都要掰手指了。

快了快了。老张说，不要慌，坚持几天。上个学期的报款正在收上来。学校刚放假嘛，我们这才好去收钱。收钱哪那么容易？去一回醉一回，哕出黄疸水，人家还不一定给。

主编，你新买大哥大了啊？小丁发现老张裤头有些下垂，再一看，那东西正挂在他腰间，蜂窝式的，巨大，气派。老张脸一变，把CALL机摘下来。他说，小丁，你现在是编辑部主任了，CALL机别用数字的，用我这个，喏，汉显的。听说你住得高，以后就不要老是往楼下跑了。

汉显机有数字机两倍大，屏显也是液晶的。小丁把汉显机拿在手里，掂掂分量。那天老张一走，三个妹子慢一脚来了，一眼就看见小丁别着汉显，问他新的号码。这正好，他就告诉她们，一听就知道是老张用的那部。

小丁没想到第一个CALL新号的是小林。星期六，小丁在屋子里玩游戏，正准备把游戏停下来看看“别的碟”，CALL机响了。是汉显响了，没有文字，只有个号码。他怀疑是找老张的，但还是下楼去赴机。下了楼，准备用外面小卖部的电话回过去。出了院门，一拐弯，小林站在小卖部的电话前面。阳光透过行道旁的绿化树铺在她身上，碎花布一样，光斑游移不定。她戴着墨镜，隐藏着表情。

小丁问，你一个人？

她答，嗯，你难道还愿意邹扒皮跟着来？

邹哥呢？

那个猪，又去广州了，好几天才会回来。小林不经意地把挎包扔给小丁，又说，你说你有电脑，教我玩玩游戏。今天星期六，我不知道往哪里去。

小丁拎着小林的挎包要往前面带路。前面刚出现那排工艺体的大字，她就不走了，冲他说，你真是蠢货，既然我来了，你应该买几瓶啤酒，最好是冰的。

走进房间，小林先是靠近唯一的那扇窗，向外面张望。就在上楼的过程中，天已经阴下来。她定定地站了好久，背对他说，说也奇怪，上次来到你这里，我还老想着，觉得这房间像个洞。

像个洞？他把啤酒放下来，摆几瓶到桌上。他扛了一整件，退瓶时付钱。他估计退瓶时，五月的工资会发下来。

对，只有这扇窗透光，像个洞口。你像原始人，待在洞里。

小林坐在电脑前面，她此前没玩过游戏，对战略游戏很难把握，小丁跟她说规则她一头雾水。后来没办法了，小丁想起某张碟附赠的赛车小游戏，就拷下来，教小林用方向键操作。她很没有方向感，不停地撞车，而她尖叫着笑着，身体也随着画面扭摆。她身材爆好，所以扭出来姿态也多，一会儿弯成C字形，一会儿虬成S字形。玩十分钟左右，她就不玩了，坐过来跟小丁说，我没有方向感。

小丁安慰她说，很好，方向感强的女人总是很可怕。

看不出来，你还挺了解女人。玩不了游戏，不如看碟吧，有没有那种碟？

哪种？

就是那种。

没有，我不看那些东西。他这么回答的时候，一种自豪感竟油然而生。

你以为我说哪种？小林咔咔地笑，我说的是动画片。

没有动画片，两人喝啤酒。屋里没有冰箱，冰啤酒再摆一阵将恢复常温。屋里也没有瓶启。小丁用牙咬开一瓶。小林试了试，竟没能咬开。两人喝得很快，喝啤酒需要大口大口地灌下去，既凉爽，又有速度感。小林在赛车游戏中没有找寻到的速度感，现在用冰啤酒来补偿。

……其实我逗你的，动画片我也看成人的，日本货多得是。那头猪老是叫我看，说是学新动作，但他哪知道，看得越多我越觉得他像头猪……你一个人天天待在这里闷不闷？

还好，早习惯了。

真难得，你天生就是守在洞里的原始人。她抛开酒杯吹瓶子。小林手很细，捏着酒瓶让看着的人心悬起来。但她喝得很稳健。他想起来她曾经是黑啤小姐。她一口气吹光了三分之一，又问，小梅的事情，你好像也没什么大不了的。

小丁想了想那女孩，小梅走的时候他是难过，但这情绪毕竟一天一天淡去。

对吧？你不是很难过，是因为我把她比下去了。

小林盘着腿，女主人似的坐在沙发上。她脸上有了酡颜，再被透进来的钝白的光一阵渲染，说起话来不容置疑。她这么一说，他就受了暗示，觉得她说得没错。小丁再次沉默，小林就看自己的手。手很好看，更主要的是长在她身体上。

……你晚上，用手吗？她仍然看自己的手，脸上却在凝眸间寂寞了起来。

嗯？

我是说，你晚上一个人过，用不用手？她盯着他，直视无碍，坦坦荡荡。

……有时也用，不多的。他尴尬地笑笑。

这就对了，手总是温柔体贴，比不懂味的男人女人强多了。让我看看你的手。

他把手递了过去，顺便也把自己递到她身边。她接住手，像是看手相，其实不停地看手背。她说，是啊，自己的手总是太熟悉，用起来缺点新鲜感。要是晚上，我们能换双手，你的手长在我的身上，我的手长在你的身上。天一亮，念声咒语，唔嘛呢叭咪哞，我们的手又自动换回来了，这多好。

你喝多了。小丁把小林手中的瓶子夺过来。外面的天空忽然变得浓阴，但，这才是佴城天空的本来面目。浓阴使得屋内暗下来，外面吹进来的风越来越大，整个屋子愈发地像一个洞。两人喝着喝着就靠得紧了，脸朝向钝白的窗，然后他手搭在她肩上。他把脸转过来。两人之间的角度和距离，使得他的嘴唇正好碰到她的嘴唇，于是接吻。这是他的第一次，但动作非常熟练，慢慢地就用上了劲。她发出闷哼的声音。过了一会，也许是两分钟，也许是一刻钟，她的动作越来越热烈。他把手伸进她的衣服。夏天，把手伸进女人的衣服，是很轻松的事情。但他太缺乏经验，弄了几次，没有把她乳罩的襻带解开。他用力拨弄，一旦松懈，那襻带又啪地弹回去。他很笨，但她听凭他摆布。

她的CALL机在桌子上震起来，在桌面上啪啪啪地弹动。她不去理会。CALL机从桌子上掉了下来，啪的一声。他做贼心虚似的松开了她。她整理了一下衣服，失望地说，好像被你拉坏了。你的手，没我想象的灵活。她把CALL机捡起来，看一眼，又扔在桌子上。

那天，两人各坐在沙发一头，像是被什么魇住了一样，一动不动持续了好久。小林的CALL机仍旧不屈不挠地弹动。

你怎么会喜欢邹哥呢？

我家不在高老庄，我不喜欢一头猪。……那时候我还年轻，他拿车来校门口接我，我也不当回事，打开门就上去了。我想他能把我怎么样呢？

你现在也年轻，那时是年少。

别安慰我了，你总是能体贴人。小林嫣然一笑，又说，你知道吗，他胆子其实很小，晚上走夜路，他撒尿要我站在旁边等他，不能走远。他还怕死……

谁都怕死。反正，人总有怕死的时候。

……要是你打算把别人的好东西抢过来，就不怕死了。

小林的CALL机像只青蛙，不但是弹，而且跳动，几乎跳出桌面。小林到底是烦了，抓起机子往外面走。小丁也不远送。之后他坐在小林坐过的位置上，把开了瓶的啤酒喝光，开始后悔。他一遍又一遍地想着刚才的情景，脑袋里有如过电影。他越来越强烈地想，要是刚才的一切重来一遍，我会配合得很好。他痛恨自己，脑袋里像短了一截弦，关键时刻总是要慢半拍。

接下来几天，在编辑部，小林和小丁达成了某种默契似的，除了早上碰面时打个招呼，彼此不说话了。小丁写稿，现在他已经喜欢刷刷刷地写字，写童话也越来越顺溜。郭倩越来越频繁地叫他作家，王丽萍也跟风，她俩一致认为他比马东临写得更好。这往往只是一个引子，把马东临引出来，又可以聊上半天的了。

其实马东临还寄来稿子，寄到教育局，老张收。老张把稿子带到编辑部，庆幸地说这地方他找不到，要不然他老婆会欢天喜地。这地方太大，开个泡菜厂都没问题，那样的话她可以捣弄成百上千个坛子大摆八卦阵。老张又说，他寄稿子，信封里面还有道歉信，向我认错。这真是毫无道理，他嫖他的跟我认什么错？不过我看他稿子写得比以前还好一点了，照用。

郭倩编马东临的稿，她时不时念上一段，王丽萍就心领神会，哧哧哧地笑开了。编辑部的日子，盛夏的时光，要是没些欢声笑语，白天真是长得没谱。小林小丁的沉默，总是被郭倩王丽萍的喋喋不休掩盖住了。一间屋子里，四个人说话或者两个人说话，其实没多大的区别。她俩偶尔也会问小林，最近怎么不吭声了？邹扒皮惹你的？她们没有问小丁什么，因为小丁总是在写。小丁本就话不多，当上了作家，不吭声更是理所当然。

那天下午五点钟，她们都没叫钱包，打算按时回家乖乖待着。郭倩王丽萍叫小林一起走，小林说，你俩先走，我和小丁晚一步，有点事。

王丽萍问，你俩有什么事要避开我们？

一直都没有什么事，所以要弄出点事才好。小林说，最近心里烦，那头猪老是惹我生气，所以我想找点刺激，偷偷人。你看偷小丁怎么样？

他啊，我不偷他这样的，太好偷了没有挑战性。留给你吧。

那好，你不要我就捡破烂了。

郭倩说，我也不偷，是为了祖国的未来。你把他一偷，他明天不写童话了，专写黄色小说。

其实也无所谓，他才华出众，可以一手写童话一手写黄色小说，两不误。

再见，祝你俩干柴烈火，火上浇油。

再见。小林挥着小手，往前几步把那俩姊妹送出门，转过身脸色有点青，冲小丁说，你用不着这样，好像那天在你家里是我勾引了你一样，这几天装得那么羞涩，话都不跟我说。你以为你是谁啊。

不是，我还以为你不想跟我说话。见小林有些激动，小丁很是意外。

小林稍微平静一点，回到自己座位坐下。她说，其实那天我心情确实不好，不知怎么就去了你那里，鬼扯脚一样。我只不过觉得无论什么时候去那里，你都会等着，安静地等着。就因为这一点，没别的……你还不是一个钱包，找女朋友，小梅那种没掐蒂的嫩瓜都摆不平。现在不一样了，你不是钱包，还没有当钱包的资格，要泡女人只有陪她一个劲轧马路。现在哪个女人还愿意轧马路啊？

哦，我不是钱包，那我算是什么呢？小丁忽然好奇起来。

真还不知道怎么说，又不好直截了当地叫你穷鬼，是吧？小林仔细地想了想，没有和“钱包”对应的说法。她又说，其实我觉得你要改变一下，现在这个样子还不思改变，不想着挣钱，你会找不到女朋友。你写童话竟然还津津有味，说不定会写傻掉的。写童话还不容易啊，让猫狗鸡鸭都开口说话，就完事了。让动物开口说话就是童话吗？

小丁点点头，写的过程中他也有这样的疑惑。

她又说，要有机会让你看看一个钱包是怎么泡女人的，怎么三下五除二，你说不定就开窍了。这事情，不能言传只能身教。小林蹙着眉，自怨自艾地说，我都变成个剩货了，没谁愿意把邹扒皮打一顿，然后把我抢过去。要不然你可以看看，看到这样的过程，你才会明白什么是男人。

他有点哑然失笑，一个小自己两岁的女孩，唠唠叨叨地开导自己怎么做男人。

小林一语成谶，小丁很快就得到受教育的机会。

幺鸡出了事。他先是到暗店子里玩梭哈，借了点钱，到时间还不上。这钱他也有，都周转着，或者变为 PVC 管材层层叠叠地码在货架上。债主叫两个小弟守在他店子里，一左一右像是门神。他也无所谓，不要钱请来两个看门的。不过有人来买东西，这两个门神竟然赶人家走。他俩说，这里只卖棺材，不卖管材。要吗？幺鸡切了个西瓜给两个半大小孩解渴，跟他们说坐坐可以，生意的事他自己开口吆喝。半大小孩吃完西瓜照样捣乱。幺鸡不高兴了，说我们到后院练一练，我以一对二，要是我不小心赢了，你俩听我的。他俩说好。幺鸡身大力不亏，也练过站桩打沙袋，轻易把两个半大小孩打翻了。他俩拖着幺鸡的腿要认师傅，果然也不闹事了，幺鸡卖管材他们帮着搬货。隔两天那债主找来，说，你怎么搞的，练练拳可以，但不能把我小弟的脾脏打破了。幺鸡邀了一帮朋友去医院看，果然，其中一个半大小孩住着院，管他要医药费。幺鸡知道小孩是在别处被打伤的，不认账，两边的人又打了一架。这一架打得结实，死了一个人，对方的。公安局就把幺鸡带走了。

幺鸡捎来信，跟王丽萍说，别等我了，我叫罗更照顾你。

罗更是幺鸡的铁兄弟，一家人都在搞地产，更有钱。他离过婚，对王丽萍垂涎三尺。王丽萍不是很漂亮，但超丰满，脾气好，成天乐呵呵像个开心果。离过婚的男人往往青睐这种女人。这样，小丁就见识了罗更这个大钱包怎么追女人的。都是常规招数，送花到编辑部，晚上请吃饭，把见到的每个人都拽去。去了，有吃的有送的。K歌时小林和小丁挨着坐，酒一喝也勾肩搭背。这仿佛是大家心知肚明的事，她们都以为他俩发生了什么。邹扒皮学猪八戒她俩大声叫好，小丁跟小林亲昵她俩也真心祝福。

小林跟小丁耳语说，看罗更这势头，肯定是要闪电战，顶多一个星期就把王丽萍搞定。小丁不信。他说，不会吧，罗更跟幺鸡是兄弟，再说幺鸡尸骨未寒……小林说，这种老钱包泡妹子，都是写好了日程造好预算来的。赌不赌？小丁点点头，问从哪天算起。小林说，从幺鸡打招呼那天算起，这是第三天了。

接下来每天，罗更都来编辑部，把自己的车当成上下班车，一个一个地拽，拽出来往车上扔，不准谁不赴宴。周五晚上，罗更说趁周末，好好放松一下。那天吃完饭K完歌，罗更开车带大家到相邻的广林县境内，那里有个抓篓湖。小林就是广林县的人，一听说是去抓篓湖，她心里就有底了，又跟小丁耳语说，这下好了，我赢了。罗更真是老手，打算瓮中捉鳖，到了地方，王丽萍就上天无路入地无门。今天是第几天了？

小丁算了算已经连赴了四顿晚宴，就说，第六天。

这就对了，第七天正好造人。

抓篓湖上有很多漂浮物，用大汽油桶做浮子，上面有木板钉成的平台。本来是供人钓鱼的，时间一久，漂浮物上毡上小棚子，就可以住人度夜。——过得几年，小丁看一部韩国电影，触景生情，会想起抓篓湖的那个夜晚。电影里很残忍，抓篓湖夜色很好，几个人在大漂浮物上烧烤看星星谈天谈理想。这过程中，邹扒皮 CALL 小林的机，小林用罗更的大哥大回过去。邹扒皮发了脾气骂个不停，小林抓着电话放不下了。罗更眉头一皱，把电话拽过来，说，邹扒皮，是我，罗更……

佴城地方小，他们都认识。邹扒皮马上不吭声了。湖面上的气氛祥和如初。

到深夜，棚子里有床。罗更给郭倩小林安排一处，给小丁安排一处，然后把王丽萍带走了。一切事情都在抓篓湖的湖心区域悄悄地发生。罗更这个经验老到的大钱包，按自己的计划快刀痛斩乱麻，没准王丽萍会觉得很浪漫。因为降温，湖面蹿起夜雾。小丁睡得不踏实，漂浮物都是漂动的，他想小林会不会过来？他又骂自己真不像个男人，有什么想法应该自己主动。男人主动，敢于获得或痛快地失去，这样才够男人。是这样的吗？小丁在胡思乱想中睡去，湖上这夜梦境杂沓纷乱，以致他不能确定是否梦见了小林。小林当然是没过来。

挨到周一，老张来发工资。小丁拿到头个月的工资，五张整票子，有三张蓝票子上面各耸立着四个老头，两张红票子上各只有一个老头，他们都在冲小丁微笑。小丁将这些微笑视察了几遍，以致小林笑他，是不是想多点出一张来？

王丽萍早早溜号，罗更在抓篓湖那夜以后，也就不再每天请客了。郭倩因事不来。下午，编辑部里只有小林小丁。小林说她要去买衣服，早点走，问小丁肯不肯陪着去。小丁当然没有拒绝。佴城卖衣服的无非那几个地方，小林和小丁去那些地方挑挑拣拣，彼此挽着手，犹如恋人。小丁还碰到大专时候的同学，那同学看着小林，小林迎着眼光和小丁靠得更紧。那同学眼神里马上染了层妒色。小丁都看在眼里，虽然知道是误会，但得意之感却兜不住的扪头打脑，搞得他头晕。

小林在一家港装店里看中一套裙装，标价 520 元。她忽然想起了什么似的，说，主任，上次你把我……拉坏啦，你要赔我一件衣服啊。这价格很好，520。你知道吗，520 谐音，呃，阿拉乌尤。

小丁说，那天，我只拉坏你的，嗯，一颗绊扣。

小林小嘴一噘说，你不奥特曼，也要尖特曼一点嘛，和普瑞梯狗都这么计较，你忍心啊。我不调教你，你哪时才知道去讨女人喜欢？

小丁还价还至 480 元，并把三蓝两红五张钱递给收银员。他想，这谐音大概是死吧你。他又想，要找什么样的理由再问家里要一个月的生活费？他本打算从这个月起建立独立自主的生活。没有钱，那仍得靠儿子的身份讨要过活。

晚上小丁回到计生局，还在想着找什么样的理由，小林发来中文信息：头个月的薪水被漂亮女人敲诈，会成为你一生难忘的回忆。

他苦笑，心想，那确实。

八月天气最热的时候，老张又开始忙起来，跑发行。小林说是跑发行，其实只是说头，她不能单干，但能跟后头帮着喝酒，美女总是用得着，尽管小林老谦称自己为普瑞梯狗。老张又招来个老一点的美女，据说是交际高手，只要她有心结识的人，没有结识不下来的；结识以后开口说事，没有说不下来的。这样的人往中国版图上任何一处放下去，都能左右逢源，搅得一片风生水起。老张让她去跑发行，她答应了，打短工一个月，吃提成。她不会吊死在报社这棵树上。

那老一点的美女叫卢冬。卢冬来了以后老张没带她到编辑部，而是把编辑部的人叫到馆子里见面。要是卢冬目睹编辑部的状况，就会知道报社这棵歪脖子树根本吊不死人——歪了脖子不说，撑死了只算是灌木。小丁说不去。老丁来佴城办事，顺便看看小丁，打了招呼，人还没现面。小丁要陪着父亲。

怎么不早说？正好，一起来一起来。

老张很热情，还问小丁老丁在哪里，他亲自去接。饭吃开了，卢冬能喝酒，大夏天也要喝白的。包房里冷气开得很大，凉快，老丁架不住劝，也喝白的。卢冬一高兴，管老丁叫大哥，坐在他旁边拉交情，多碰了几杯。老丁在乡中学搞一辈子，哪架得住美女加白酒？多喝了几杯。卢冬酒量不错，一喝多就拍胸脯，说这个月保证拉到两万份以上。其实，他们的报纸只有六千份。小丁估计卢冬不知道两万份意味着什么。不做报纸，往往以为添个零减个零没多大区别。

当着老丁的面，老张一个劲猛夸小丁，不但版面画得好，而且动手写童话，一写不得了，深受学生的喜爱，一期等不住一期地往下看，在市内各小学引起了此起彼伏的巨大反响。小丁没喝酒，他知道老张在吹牛皮，但牛皮是吹他小丁让老丁听了舒服，谁还会去戳破？老丁听得惊讶，不停地问，是吗，是吗？老张兴致上来收不住，继续编，岂止如此，我正联系给他出书。写给小孩的书只要写得好，那卖起来得了？家长可以不看书，但不敢不给小孩买书。我会倾力推他出去，要是小丁走得顺，几年内，成为第二个郑渊洁也不一定。老丁问郑渊洁是谁。卢冬抢着说，就是皮皮鲁的爸爸。

老张编得离谱，老丁却肯信。人老如儿童，慢慢地又返璞归真了，会相信各种无根无由的好事情。老丁脑袋一热，跟老张说，要不这样，我在县里的各乡完小都有熟人，虽然农村没有城里这么大量，我也去帮忙跑一跑，看能不能拉一点订数。但我没搞过，心里没底，拉多少是多少吧。老张说，没问题，我是泰山不让土壤，都给你最高的提成。不过说好了，你也别太辛苦，就当是玩。

小林很少露面，编辑部剩下三人。少了一个人，就像打麻将三缺一，人心惶惶。没两天王丽萍也不见来了，她正在热恋。紧接着是郭倩，也消失了。剩下小丁一个人，他往窗外望去，农机学校宽大的操场栽满了八月的日光。日光如此强烈，房舍和小坡头看着都不甚分明。吊扇发出吱吱嘎嘎的声音，有时候墙皮上刮的会脱下来一块，有时候不明飞虫飞进来，被飞旋的扇片一铲，死得不明不白。时间冗长，他打开过小林的抽屉。里面一片狼藉，杂物颇多，就是没有照片。

他也不再天天上班，坐屋子里玩游戏，饿了吃困了睡。新出的《生化危机》很快让他着迷，缓慢的节奏，招摇过街的僵尸，愚笨的情节设置……总是要用一种无聊取代另一种无聊，也许这就是人之为人的适应性。没人 CALL 他机，CALL 机摆在桌子上，持续沉默着。

有天天气浓阴，凉爽，逼得人出去走走。走到编辑部门口，门是虚掩着的。推门进去，里面有两个人，一男一女。男的自背后抱着女的，女的面朝最里侧的墙，挣扎着。那男的听见门开的声音，把头尽量扭过来看后面，但他脖子太短，基本上可以忽略不计。所以他放开了女人，转身面对小丁。

你，出去！

小丁没有动。

兄弟，你先出去一下。你看见的，我正在办点事情，很快就好了。

小丁走到自己座位上，拉开抽屉取出一包烟，抽起来。他不抽烟，烟是老张留下来的。他一时恍惚，回过神发现手上夹的烟卷已经燃上了。小林整理着自己头发，冲小丁说，丁哥你出去，就一会儿。

邹扒皮嘀咕一句，真是凑巧，我来晚点就好了。

小林说，邹扒皮，你知道我为什么不偷人？我随便偷一个，他就会看你不顺眼，用脚尖轻轻捻死你，吐口水淹死你。

想不到你还是为我好……邹扒皮又拢过去自背后抱住她，想让她没法动弹。她高声怒骂着并挣扎。他的动态让小丁联想到猩猩或是狒狒，看似笨拙滑稽，却隐藏着灵巧与凶悍。她怒吼着，让人觉得她要哭的时候，却又惨笑了。

丁哥，麻烦你出去一下。我就是被狗咬了，也不想让你看见。

呃，好。

小丁觉得没意思，走到门外看向操场。太阳重又冒头。有个人在下午三点的太阳下跑圈子，吭哧吭哧。一老妪抱着小孩穿过操场，她打一把阳伞却形同虚设，小孩正享受暴晒。

过一会，王丽萍郭倩来了。显然，她们三人才是约好的。她们见小丁站在门口，很惊讶，问，你怎么来了？

里面传出更为激烈的声音。王丽萍郭倩赶紧推门进去。三个女孩对邹扒皮拉拉扯扯，邹扒皮攥着拳头不敢打。小丁进去时，想起猪八戒也是这样，在高老庄的时候被三个女孩调戏。眼下却不是那么轻松愉快，邹扒皮毕竟强悍，而女孩们总是柔弱。邹扒皮不想玩了，推开她们三人，整了整衣服往外走，经过小丁身边的时候凶了一眼。

小林的衣襟被扯开了两条口子，王和郭一左一右地围着，一个凑过去讲悄悄话一个递纸巾，显露出闺蜜特有的亲密。王丽萍说，丁哥你去买几瓶水。我要可乐，小林喝葡萄，郭倩你要什么？

学校里的杂货店关门，小丁走出去老远才买到。邹扒皮把奥迪停在岔路口上。天气很热，他没有开窗。小丁知道他正在窗后面神情阴鸷地看着自己。

小丁将各种液体拎回编辑部时，她们正在说起这事，他坐在一旁似不经意地听。小林父母在广林买了一幢郊区的农民房，破破烂烂。早几年买下时图便宜，两万块钱，想拆了旧屋建新房，后来发现那周围出租房多，人杂，就想出手，却卖不上价。邹扒皮认得县建行的一个领导，估价时做些手脚，那套破房连着地皮贷出 12 万块钱。这是死贷，卖不到的价格贷到手了。那以后邹扒皮就犯了神经症，成天紧张兮兮，他总觉得小林会携款潜逃。正好他老板（邹扒皮给私人老板开车）去东南亚办事，他就像一张狗皮膏药随时贴着小林，甚至想把小林锁起来。除非领了证，他才会还她一如往常地生活。

她俩问小林，你打算怎么办？

怎么办，大不了找个人私奔算了。嫁给他，他一天捆住我，我会疯掉的。

丁哥，对这事你怎么看？

你要是不喜欢他，就跟他明讲，正经分手算了，从此以后龟不认鳖，拱土的拱土钻洞的钻洞。

王丽萍失望地说，真没想到你只能想出这种蠢主意，看样子写童话还真不是好事情。我打赌你刚来的时候说不出这种蠢话。郭倩也帮腔说，就是，看样子马东临都比你强，人家上午写天真的童话下午找没毛的鸡，两样不耽误。小林却说，不要为难他了。他就是这号人，你们又不是不知道。

那天她们三人嘁嘁喳喳说了半天，群情激愤，于事无补。快到吃饭的点，王丽萍给罗更打电话问他能不能来接，罗更大概是说有事，谈生意。做生意的男人总是这样回答女人，了无新意。王丽萍脸色不好看，说罗更你怎么这样？刚开始的时候你他妈都是装的？电话那头不知怎么回答的。王丽萍放下电话，嘴里嘟囔着，臭咸蛋长蛆，两个都不是好东西。她正在气头上，瞟见了小丁，憋不住地教训说，丁哥，你可不要像他们一样，嗯？

邹扒皮把车开进来接人，她俩就扶着小林，就像是扶着一个孕妇，走出去上了那辆奥迪。邹扒皮没有抄近路出校门，而是绕操场跑道一圈，在转弯处玩玩漂移，再从容离开。操场上总是及时地恢复空旷状态。

此后小林不再露面。王丽萍成了个怨妇，有空时约着郭倩一块去小丁那里玩，打游戏，喝啤酒，聊天。她俩是小林的好朋友，但言多有失，小林不在的时候，她们借着酒劲也会说说小林的坏话，说什么苍蝇不叮无缝的蛋，当初读书时爱慕虚荣，明明晓得奥迪不是邹扒皮的，也要往里头钻，而且故意要邹扒皮每次都把车停在校门口。现在晓得厉害了，天下哪有免费的钱包？可惜还是个假皮的……

王丽萍话越讲越露了，小丁就会提醒，行了，行了，换个话题。王丽萍也会生气，说，现在你又变好人了。那天邹扒皮欺负林小帆，你还帮他守门。

她俩挺喜欢小丁的住处，地势高，宽敞清静，可以玩电脑游戏，更主要的是小丁父母不在，她们在这里毫不拘谨，喝多了也不怕失态，更不怕小丁有非分之想。她们说，这幢楼远看像碉堡，碉堡不就是据点嘛。这就是我们大家的据点。

有一次她俩还带来一个女孩，叫小覃，以前是同学，长得秀气，看着比她们都老实清纯，有事无事揪着手指低眉顺眼。她俩跟小覃吹，小丁是个好男人，实用型的，乍看不怎么样，但内秀，会写文章。女孩配合地说，她也喜欢文学，喜欢看文学书，有时看得入迷了，一天要看下三大本世界名著。小丁只有竖起拇指夸她说，你厉害，世界名著我总共可能才看了三本。

王丽萍跟小丁私下说，那女孩对你不错。她本分，想找个老实的。小丁说，我老实吗，我自己都不知道。王丽萍说，小林你别想了，她不适合你。就这个小覃，她适合你。我不会看错的。小丁说，我相信你的眼光。但是我想再努力干几年，挣下一笔钱，痛痛快快放开手脚去找女朋友。

王丽萍还把小覃带来过两次，小丁热乎不起来，后面也就算了。

进入九月，农机学校又热闹起来——其实顶多两三百号学生，相对于假期的清寂，这时就算得热闹了，食堂重新开饭，他们呆编辑部也用不着跑老远去买盒饭。坐食堂里吃着，小丁毕竟有些不安神，四处张望着。他没看见小梅。他又想，看见了又能怎样？

那个卢冬牛皮不是吹的，学校开学，她在以前一直没有铺开的三四个偏远县拉到了13000多份的订量。虽然相距她自己订立的目标还有一定距离，但订量增了两倍。老丁酒桌上说的话，酒醒了就埋头兑现，贴着钱在他熟悉的几个乡村拉订量。老丁一旦想到，只要报纸铺到哪里，哪里的小孩就可以看到小丁写的童话，他就浑身上劲。他也不懂拉业务的技巧，凭着一张老脸，多年的关系，以及近一个月的忙活，霸着蛮拉到1400多份。

这报纸逢假期休刊，一年40期，全年32块钱。报纸的总订量增加到两万余份，老张就想着去哪里拉拉广告了。以前，报纸上一份广告都没上过。老张踌躇满志，死活要搞定几单广告业务。老张只在编辑部露了一面，以后就再也见不着了。编辑部的事全扔给小丁。临走时老张交代说，你要知道，你是编辑部主任，我不是，没有稿子，你发挥主观能动性，多写一点……你能不能就地取材，和农机学校的文学社取得联系，看他们有没有兴趣从事儿童文学创作？只要他们愿意，你就多带一带，我对你充满了信心！

那以后小丁很少见到小林。准确地说，小丁离开报社之前还见过小林两次。

一次非常突然，小丁独自一人在编辑部里坐着，小林推开门神情慌张地跑进来，说，等下别说我来了啊。话音未落，她唰地一下就钻进最里面的一张桌子底下。办公桌是马鞍型的，中间空出的那一块正好可以用来藏人。她身材适于躲藏，钻进去以后，果然不容易看见。五分钟后邹扒皮推门进来，问，她呢？

谁？

你说是谁？我老婆。

你老婆？没看见。

邹扒皮糙糙地看了几眼，说，看样子是跑别的地方去了，这小婊子。邹扒皮说着往门外走，忽然回头，满脸地不甘心，冲小丁说，你要是看见她，最好是马上打电话告诉我。小丁一愣，微笑地问，我要是不给你打电话，你打算把我怎么样呢？邹扒皮想了想，想不出标准答案回答他，掉转脑袋再次走掉了。

小林不敢马上出来，还继续在下面待一阵。她确信邹扒皮已经走远了，这才钻出来，面色惨白，手微微地抖，以致小丁捏住她的手，让她安定一些。她说，换个地方，说说话。我已经好久没见到你了。

小丁带她去到对面小坡头，那废弃已久的气象站。气象站总是比别的地方有更多捉摸不透的气象，阳光更强烈，荒草疯了长。两人找好一处居高临下并能隐蔽自己的地方，游目四望，并且说话。小林说，小丁默默地听，他知道这个时候自己的身份是个听众。小丁是很好的听众，小林特别认可这点。她很详细地回顾自己跟邹扒皮认识这一年多的情况，她甚至怀疑他把自己搞定那天使用了某种效力强劲的药物。回忆那天的事情她总是有些恍惚。那以后她就成了他的人。她又说别看邹扒皮那副模样，心花得很，不停地找女人。她还说现在邹扒皮一定要马上结婚，老是跑到广林，去她家里闹。她父亲已经病了，躲到亲戚家里……

小丁本以为自己会很好地听下去，心思却涣散不已，时不时应一句“哦，是嘛”，表明自己一直还在听。小林又说到邹扒皮生活太不检点，风流成性，前列腺动过手术，没生育能力。要是结婚，那么她将不能生小孩。

哦，是嘛。小丁听得奇怪，他当时还搞不清楚前列腺长在哪里，不晓得为什么那玩意动动手术，生育能力就没了。

你怎么老是哦是嘛，你能不能不哦是嘛？小林对小丁的态度有意见。

小丁赶紧打打精神，正色看着小林。小林脸上此时异常难过，说我都跟了他两年，已经是他的人了，现在要抽脚走人也为时已晚。就是离开了邹扒皮，别的男人也会嫌弃我的。

不一定，现在的男人不太在乎这个。小丁循规蹈矩地回答着。他看出来她并不真的担心过这点，但为什么要这么说，他没法搞明白。

她收敛了难过的表情，忽而又说，其实我还是爱他。他不是个东西，但是我离不开他，真的。她挑了挑眉，直直地看着小丁，又说，你是个老实可靠的人，但是不知怎么的，我觉得你没有女人缘，你会孤单下去。

哦，是嘛。

这次聊天比预计的时间短，很快两人又下了小坡。小林用编辑部的电话给邹扒皮打过去，要他把车开到农机学校校门口接自己。小林和邹扒皮通话一分多钟，邹扒皮在电话另一头咆哮，小林总是微笑着化解，哄小孩似的让邹扒皮重新开心起来。这一分多钟，她瞟了小丁好几眼，一眼比一眼让人捉摸不透。

学校开学后，报纸重新开印，印量激增到两万多，接印刷活的何老板却骂骂咧咧。以前欠下的印刷款还没有付清，现在一下子又扩了量，他心头没底。去问老张，老张永远都会说，快了快了，报款一取马上就给你。何老板不敢误了时间，硬着头皮继续承印。老丁拉来的一千多份报纸，四万多块钱的报款都已经收齐了，打到老张户头。而卢冬只拉到印量，报款却没有取到。她拉的报纸都是酒桌上搞定的，喝到一定时候，胸脯一拍，说我们的报纸你们尽管先看，看了以后觉得好再付款，不好尽管退回来！话都说到这份上了，那些小学校长还有什么可说的，都说，订订订。校长们估了估人数，嘴巴皮一弹，报出一个数字，卢冬赶紧记本子上，问怎么你们学校就那么点学生？校长们总是说，嫌少你就自己加点，要有剩的退给你就是了。

卢冬从没看到老张的报纸是怎么样的，要是看过了，或许就不这么说了。卢冬说都说出去了，老张也追不回来，只好亲自出马，去那些小学慢慢地要钱。

九月份的四期报纸都按时弄了出来，发行下去，每期都用一个整版登载小丁写的系列童话。老丁收到报纸就戴上眼镜挺认真地看，一个月看下来，他觉得有话跟小丁说，去书店少儿专柜找了一堆书，拎着来了佴城。到的时候是中午，小丁去接的站。这一阵报社事多，吃了饭小丁要赶去报社。老丁就说，正好，我去你们那里看看。你们一帮年轻人到底是个什么气氛……你们的报纸，说实话我看了都失望。

老丁提议走着去。他不喜欢打的，认为人长着两条腿就是用来走路的。一路上老丁跟小丁说了很多看法。老丁一直教理科，但看了小丁的童话，就觉得不对。

……童话不一定非得是畜生说话。老丁说，并不是原本不说话的东西说话了，原本不动的东西动起来了，就叫童话。现在什么年代了，你对童话的理解，不但僵化，而且僵在最浅的，畜生说话的层面上。这样的童话，现在的小孩不喜欢看，他们不会感到意外，意外，你懂吗……

老丁神情严峻。他拉了一千多份报纸，此后他就觉得这份报纸和自己息息相关，要是不好看，他就会为难。

年轻的时候我也想写，但没机会。现在你有机会，一写就能发出来，就能有那么多小孩读到，要珍惜。我得敲打敲打你，换换思维，写写小孩真正想看的东西。老丁又说，我教小孩教了一辈子，什么东西适合他们看，我有很多的想法，一时还说不出来。我会慢慢整理这些想法，以后你看了有用。

老丁煞有介事的样子，让小丁也感到一种沉重。老丁当天还带给他一摞书要小丁看，那些书都是儿童文学类的。

那天小林也来编辑部了，小丁一走进去发现有三个女的。本以为编辑部的人都到齐了，定眼一看，小林和郭倩来了，另一个女人上了些年纪。一打招呼，那人是小林的妈。老丁小丁进来以后，小林和她妈就往外走，前客让后客，编辑部里的椅子本就不多。

尽管心里有准备，老丁还是诧异于眼前的简陋寒碜。他说，这怕是最不成样子的编辑部了。

……不，还有更糟糕的。小丁刚这么一说，郭倩马上赞同，接口说，嗯，没搬过来之前，那编辑部比现在更糟糕，成天冒出臭味。

老丁见郭倩低眉顺眼，便捉住郭倩说话，教导她怎么当一名好的编辑。郭倩支棱着耳朵态度端正地听下去，脸上始终挂着微笑，还给老丁斟茶倒水，眼神却幽怨地朝小丁剜过来。小丁只好别过脸看向窗外。

操场依然是空空荡荡的样子。小林和她母亲坐着说话，背对小丁。只是两具背影，视野如此单调，但小丁奇怪而又坚定地盯着她们的背影。他总觉得她俩不只说说话那么简单。果然，这对母女齐刷刷闭上了嘴，把身体略微转向对方，然后相拥着号啕大哭。

怎么了？老丁走过来。他患有远视，能更清楚地看见那两人在抱头痛哭。

她可能是要结婚了。

噢，那是幸福的眼泪。

小丁把老丁买来的那堆书认真看了看，不少外国人写的似是而非的童话给他开了窍，只有对比才发现自己的僵化，也正如老丁说的，“畜生说话”正是僵化在对童话理解的最浅层上面。他打算停下《火狐狸与癞皮狼》系列，重新写别的一些东西。虽然《火狐狸与癞皮狼》写起来已日渐顺手，但那些尚未具体的东西已令小丁心神不安。

老张的报纸这时却举步维艰了。何老板拒绝再印报纸，因为两个月来老张仍未付一分钱。旧账未销，随着新报的印刷不断积累新账，何老板也吃不消。老张还在北方几个县收账。已经收上来的报款，他也没拿出来付印刷费，而是带在身上做好请客吃饭的准备。卢冬拉到的收不了账的报纸有一万四千份，这是大头。老张说了，他去北方几县请客吃饭也是迫不得已，已经收上来的报款，就好比是蛋引子——

养鸡的人都知道，要往鸡窝里先摆一个蛋引子，母鸡才会把更多的蛋生出来。

老张不停地讨账，一开始对方还是拖字诀，老要老张往下等。往后人家烦了，就说你们报纸办得一塌糊涂，小孩根本不看。既然先前讲好了可以退订，那么就退吧。老张只好涎着脸恳求对方再作商量。一说商量，又得请客吃饭。

报纸印不出来，老丁也急。报纸迟迟没收到，那些老熟人都打电话问他，说到底怎么回事。老丁只好去问老张，老张总是信誓旦旦地说，就这两天，我已经跟印刷厂讲好了，他们正加班加点地印报纸。

老丁问小丁，小丁实话相告，没这回事。现在老张坚守在收款的第一线，小丁这个火线上马的编辑部主任责任不轻，写稿、审稿、编版、审版、印刷他都要过问，而且是在办公经费几乎没有的情况下。那边何老板下了通牒，必须把以前的钱全部付足，再开机印新的报纸。何老板老是打不通老张的电话，只好叫小丁带话过去，说到一定的时候仍不见账，他会用一些老张难以预料的方式敦促他还款。先打个招呼，免得老张一把年纪了被弄得手足无措。小丁不干这傻事，他说，前面的话我带到，后面的话你自己跟他说——我说他会当成放屁的。

老张的努力终归是有些效果，他风里来浪里去混了大半辈子，没有点韧性也走不到这一地步。老丁都知道，老张人嘴巴子厉害。当年出身不好，想搞定一个根红苗正且是劳动模范的纱厂妹子当老婆，准岳父门都不让他进。他躲到路边，见到准岳母提篮子出门，黏上去一席话动之以情晓之以理，不到半个钟点，讲得她眼泪吧嗒吧嗒掉下来。准岳母菜也不买了，拽着老张往家里去，准岳父仍是堵住门不让进。

准岳母冲上去就和男人打架，架打完了，两败俱伤，坐地上气喘吁吁，老张再走过去劝和，一通既润肺腑又暖心窝的话，说得这两口子都把老张当成了除毛主席以外最可亲的人。老婆就这么搞到手了。

那些想退订的小学校长毕竟见识有限，老张三寸不烂之舌要搞定他们，只是时间问题。很快，对方有所松动，答应多少给点。只要松动，老张就可以乘胜追击，不断地要到钱。

但在这节骨眼上，老张的老婆明察暗访，不动声色地追踪老张，将他和卢冬捉了个现场。

报纸已经断了一个多月，小丁不得不离开这报社，离开自己的第一份工作。他一时也不回佴城，因为老丁现在也住过来了，爷俩坚守在计生局十三楼，一有时机就去佴城教育局问报纸的事情准备如何处理。报纸是老张依托教育局才铺下去的，这事情教育局得管。老丁知道，虽然按说教育局得处理这事，但如果没人天天去理会去询问去纠缠，这事情很容易不了了之。老丁不敢想象这种后果，老张可以拍屁股走人，教育局可以将责任推在老张身上，但老丁坚信这事自己是难辞其咎的。爷俩白天不停地去教育局问情况，晚上住十三楼上面，闲得无聊，没有电视，便几盘凉菜几瓶啤酒喝到半夜。老丁说他年轻时候想过当作家，那时候想当作家和现在的小孩想当歌星差不多。所以，当知道小丁现在写上了，他就兴奋。小丁看得出老丁的兴奋。他只是瞎写，打发时间，但一不愣神又被老丁寄托了早年的理想。

到十二月中旬，终于有了处理结果，教育局不退报款，只是把报纸从老张手里收回，抢时间重新出版，把落下的报纸迅速补齐。下面那些小学，哪敢对市教育局的决定说个不字？

报纸重新出版后，小丁也接到电话，叫他继续在报社干下去。小丁已经没了心思，二叔从单位提前内退，准备大施手脚，贷了款去跑木材生意，拉小丁一起干。小丁相信二叔的能力。对于他这种二十啷当岁的人，未知的生活总是有更多吸引力。他答应一起去跑生意。

数年后，邹扒皮一直跟随的蔡老板因为地产融资断链而进了监狱。邹扒皮已经四十多了，依然是个开车的，必须重新傍个老板继续生存。他们这种司机跟机关单位里有编制的司机不同，跟满街拉人的的哥也不同。他们专给有钱人开车，自有一套谄媚人的手段。比如搞关系，就非一般人能比。他们瞄准了谁，要把陌生人搞成熟人，把熟人搞成铁疙瘩兄弟。没这本事，吃不上这碗饭。

小丁跟着二叔在生意场上闯了多年，这一路虽然没碰到天上掉钱砸脑袋的好事，也没翻过大船，一年比一年有起色。二叔经营采石场，生意还算走得稳。这几年佴城境内一条高速公路一条省二级公路在建，还有几条公路的新建计划正着手实施，各种基建方兴未艾，石料需求很大。邹扒皮此时瞄上了小丁的二叔，想过来给他开车。二叔在佴城算不得财大气粗的主，但他出手阔绰，大方爽快，朋友交了一大帮，二叔出手大方的性情也就涟漪一样一圈圈传开了。二叔嫌一直跟他的司机嘴巴漏风，又贪杯误事，车也没少修，有心换一个司机。老板和司机的关系，也有点像两口子，时间一久，容易厌烦。这话一俟讲出来，也马上被他那些朋友知道了，都帮他把话放出去。邹扒皮听到风声，就过来打点关系了。以前两人都认识，佴城这么小个商圈，在里面混的彼此都熟。邹扒皮说来就来，泡老板跟泡妹子一样，黏性十足，直截了当，说话挺能哄人开心。佴城地界明店暗寮他都熟，赌球摇号斗鸡遛狗他都精通，虽然自己没什么钱，但可以带着有钱的人一路玩下去，胸脯一拍，保证花样层出不穷。

邹扒皮这番来了以后才弄清楚二叔和小丁的关系，小丁在场的时候邹扒皮就迎上来拍拍小丁的肩，跟二叔说，原来他就是你侄子啊，我们老早就是兄弟了，他以前跟我老婆在一个单位上班。二叔就喷笑了，说，以前那个报社吧？狗屁单位。现在那报社也早办不下去了吧？

二叔问过小丁，邹扒皮这人怎么样。小丁说不怎么样。二叔又问怎么不怎么样了？小丁就把邹扒皮和小林的事说了出来。那些事小丁回味起来还是有嫌恶之感，并非对小林恋恋不舍，而是邹扒皮一副猪八戒的模样，却偏偏在小林面前愣充霸王，玩霸王硬上弓。二叔一听就听出端倪来，笑着说，这是你不懂了，女人不喜欢温文尔雅，就喜欢男人霸道一点，霸道的男人要不就犯了强奸罪，要不就得手，抱得美人归。你这种书生模样，屁都要别人按才放得出来的家伙，只好闪在一边喝稀汤。二叔听了小丁说的，反而更觉得邹扒皮这人有意思。在他看来，邹扒皮能搞下一个年轻漂亮的妹子当老婆，这就是本事。二叔先前也想过是不是让小丁替自己开车，但稍微想想就很不妥当。很多事情，当着侄儿的面做不开手脚。比如晚上去找开心，叔侄同上阵吗？比如和情人会面，感觉状态不好，打发小丁去买些增进状态的药，一来自己不好开口，二来小丁未必肯干。两年前二叔相好的小娟发了神经，突然想到要使唤小丁。她给小丁一沓零钱，说，喏，帮我买一包卫生巾，我用日本资生堂。小丁跑出去买包烟，日本黑鬼小雪茄，过老半天才回来，把抽剩的给小娟，还说自己听错了。小娟拿小丁没办法，回头只有捉住二叔撒娇，撒气，把黑鬼雪茄撅断了扔在二叔脸上，还伸手要精神损失费。

邹扒皮来了以后，对二叔和小丁都很体贴。他是多年的老司机，一举一动都透着娴熟干练通达世故。二叔对他很满意，这司机知冷知暖，会安排晚上的活动，还能陪酒，酒量好，喝完了照样开车。小丁看邹扒皮一直左右不顺眼，他对他的一些印象根深蒂固，特别是小林钻桌子那天的事，他一直记得她脸色苍白双手颤抖……现在他也知道前列腺长在哪里。邹扒皮抬头不见低头见，小丁再怎么嫌恶他，毕竟是熟络了起来，有时候也开开玩笑，说你老婆怎么还没生孩子啊？别占着茅坑不拉屎啊？邹扒皮永远脸带微笑，反问，丁老弟，你摸摸良心说说，我家的小林是不是茅坑？

还有一次，宵夜的时候二叔把车开去办事，小丁和邹扒皮留下来喝酒，一来二去都有点喝得多，邹扒皮忽然抱住小丁的肩头，凑近他耳朵，说，兄弟，我知道你心里一直想着小林，要是你实在是想，我有什么办法？反正小林需求很旺盛的。她毕竟年轻，而岁月不饶我，我身体一天一天软掉了。要是不嫌弃，你可以，你今晚就可以……小丁一听就火了，推开他骂道，邹扒皮你这个畜生，不到万不得已的情况下，老婆不是拿来让别人搞的。以后你不要再说这种屁话！

夜市摊子人很多，小丁这么吼了一声，纷纷扭过头来看。他们哧哧地笑，不知道这两个醉鬼谁想搞谁的老婆。

从报社出来以后，小丁和小林就不再有联系，但和王丽萍郭倩一直保持着联系。小林是三年后，也就是所谓的千禧之年，才结的婚，嫁给邹扒皮。她没有别的办法，只有嫁给他。九八年邹扒皮缠得正紧的时候，她主动认识了一个姓邝的外来老板，那人对她也感兴趣，两人一拍即合，很快同居。邹扒皮拿对方没有办法，邝老板在佴城混了两年，舍得花钱，交上了一帮使得上劲的朋友。邹扒皮本来已经无计可施了，这节骨眼上蔡老板和邝老板合了伙买下佴城皮革厂的地皮建小区，一来二去全都成了合作伙伴，邹扒皮也跟邝老板成了熟人。蔡老板帮着邹扒皮和邝老板交涉过小林的事，邝老板对小林兴头正浓，不肯放手。蔡老板也没有办法，他只能说一说，说不通也不会因此伤害合作关系。后来邹扒皮自己想办法，跟邝老板熟了，晚上喝喝酒，就不停地说男女之事。邹扒皮这人有口才，擅长讲男女之事，越龌龊的事他越是说得不露声色，越肉麻的事他越是说得冠冕堂皇，那邝老板管不住自己的耳朵，一次次听进去了。听的当时耳朵舒服，听了以后总觉得邹扒皮是在讲小林。时间一长，邝老板不停地回味着邹扒皮说过的那些话，恶心感与日俱增，和邹扒皮在一起的时候却忍不住还往下听。邹扒皮觉得差不多了，忽然摆出很纯情的样子，跟邝老板说他还想着小林，说到这里他泪如雨下，每次都是这样。邝老板某天头皮一麻，就把小林连带一套房子让出来了。邹扒皮恨不得抱着邝老板的脚亲吻他的皮鞋。

小林结婚的事，是王丽萍和郭倩告诉给小丁的，问他去不去。小丁也就去了，送一份礼，吃一顿饭。婚宴上小林很漂亮，也很幸福，偎依在邹扒皮身边，逐桌地敬酒。敬到小丁这一桌，她同样地客套同样地敷衍，眼神在小丁脸上晃一下就滑过去了，也没给小丁一句特别的问候。

后来的事也是听王丽萍说的，幺鸡出狱后，又和那几个女孩玩到了一起。当然，彼时她们已不是女孩，都嫁了人，除了小林，也都生了小孩。不知出于怎么样的心理，王丽萍撺掇幺鸡去泡小林，说小林正寂寞难耐，等着有人乘虚而入。幺鸡真这么干了，小林很配合地和幺鸡躲躲闪闪，调了一阵情，之后也任他摆布。她现在放得很开。要是男人真的有了想法，她们也不会觉得人家居心不良，答应或是不答应，干脆利落。邹扒皮知道这事也不去管，就当浑不知道。不久幺鸡有了新的女朋友。他很英俊，家底子还在的，仍然是个顶呱呱的真皮钱包。只要他愿意，总有女孩子往身上黏。小林也识趣，和幺鸡自然而然地淡了散了。偶尔，两人也碰面，但彼时小林身边有邹扒皮，幺鸡身边紧紧依偎着新任女友。饭桌上邹扒皮主动跟幺鸡敬酒，称兄道弟，以致幺鸡误以为邹扒皮什么事都不知道。

邹扒皮过来给二叔开车以后，又有了外遇，一个坐台的女孩，十七岁，很年轻很漂亮。邹扒皮去了几次，跟小女孩谈天说地论人生讲世故沧桑，小女孩觉得这男人是个大钱包，就来攀他。那女孩很媚人的，用十七岁的身体熨帖着邹扒皮身上每一颗年届不惑的毛孔。邹扒皮那一阵仿佛又青春焕发了，吸粉似的迷上那小女孩，舍得掏钱包给她买东西，还偷了小林的首饰敬献给小女孩。小林为这事割脉自杀，当然，像电视里演的那样，只要不是龙套角色，割脉自杀总是有得救。小丁听说这事，赶去探望的时候，小林躺在病床上，表情是那种历尽沧桑的木然，邹扒皮在床边痛哭流涕保证绝不再犯，一个小护士在旁边不耐烦地冲他说，安静安静。而小丁，看到眼前这一幕，满心得来却是说不尽的荒诞。

小丁在采石场有股份，也按揭买了临街的门面，正打算买车。佴城的生意场就是几处大茶楼，吃饭交友打牌做买卖谈生意泡女人甚至和解了难，都可以在里面进行。小丁本不打牌，有时二叔正打着有急事去办，他只好顶上，拿二叔的钱打，输了二叔包开，赢了抽份。顶缺多了，小丁自己也上了些牌瘾，喜欢玩梭哈。他打得小，茶馆里的牌桌上老板跟老板打，跟班跟跟班打，开车的跟开车的打，等着被人泡的女人闲下来也打，彩头各有不同，基本上不乱搭，茶楼烟雾缭绕纷繁杂沓背后却是井然有序的规矩支撑着。

小丁并不在茶楼上找女人。二叔也提醒他，我不是你爸，不会介意你这些事情。小丁只是笑笑，照样不跟茶楼里的女人调笑。

零五年的时候小丁才谈了一个女友。王丽萍介绍的，她这时候已经升任移动营业厅的领班，那里漂亮妹子多，个个都要找钱包。王丽萍觉得小丁已经是一个钱包了，所以也乐意介绍。现在小丁乐得把自己弄成钱包的模样，衣装笔挺，经常开着二叔的车，即使手中的钱不多，也绝不会在女人面前露短。钱包不光是看有多少钱，还包括有足够的胆子，足够的伎俩让自己在别人面前显得有钱。小丁一天比一天明白这些道理，他身边很多这样的朋友，都是活形象。王丽萍叫小丁去营业厅里挑，他就去了，转了一圈回到王丽萍面前，拇指向脑袋后面一戳，说，那个我看行。王丽萍顺着指向一看，说，小肖啊，应该问题不大。想多久搞定她？我好帮你安排。

他噗嗤一笑，想起以前王丽萍和罗更的事。现在她的脸上布满媳妇熬成婆的神情，对这些事轻车熟路。他感觉自己好像是买了一盘熟菜，正叫人打包带走。小肖还不懂得矜持，基本上没拒绝过小丁。两人两个月后上了床，用王丽萍的话说你这是猫玩老鼠，一口能吃下偏不吃，要弄软了再吃。在饭桌上，王丽萍像个现场评论员，当着小丁小肖的面，品评他俩长达两月的恋爱过程。小肖哧哧地笑，小丁心里在想，你觉得几天搞定才是正解？

他觉得小肖也没什么不好，没心没肺，没文化没内涵，同时也毫无心机。她要买东西他尽量地买，有时候太贵他就说以后买。她要是生气，他还能像家长一样教训她，说你这么大了怎么还这么任性，我是你男人又不是你爸爸。她知错似的舌头一舔，回过头还夸他务实。和小肖待在一起，小丁感到很轻松。他想，苦苦寻觅的未必就好，一拍即合的未必就不好。人过三十，对于生活，总是比二十啷当岁时有很多实事求是的理解。

翻过年头，老丁却病了。一开始以为是小病，进到医院，病越查越多，直到查出癌。小丁就跟二叔打了招呼，每天去肿瘤医院陪护。肿瘤医院建在山上，他每次把车停在山脚，走上去，一路上说不尽的懊丧。他打算在佴城按揭买一套大一点的商品房，让父母告别 30 多平方米的老宿舍，但这几年总有别的计划抢先消耗手中的钱。老丁显得通透，知道时日无多，每天脸上绷出乐观的样子面对妻儿。肿瘤医院里面弥漫着奄奄一息的气氛，再怎样改善环境也消除不了。老丁现在只是阵发性疼痛，他知道这疼痛会慢慢加重，直到最后用上阿片类药物或针剂缓释疼痛。莫不如此。奇迹是健康人才相信的谣言。

一家三口成天待在一起，话都说不出一句新鲜的了，老丁又让小丁回县城，把自己的日记和老照片拿出来，有心情的时候随手就能翻看。小丁回家去取，老丁有记日记的习惯，厚厚的一摞，小丁全都装进整理箱拿到佴城肿瘤医院。

那天老丁在看自己日记的时候，忽然从中拿出最小的一本，突然记起了什么，跟守在身边的小丁说，喏，这个你看看。九七年你还在老张那里的时候，不是动笔写东西了吗？那时候我比你还兴奋，脑子热，回到家里有什么想法就记在这本本子上，心想没准你什么时候用得上。没想到那么快就出事了……不过我有什么照样往上面记，觉得有意思。你拿去看看。

小丁不好拂逆父亲的意思，当面把这本笔记粗粗地翻了翻。

小肖来过两次，一次提着一摞香蕉，一次提了个西瓜。她看了老丁一眼，叫声伯伯，就拉着小丁往外面走。她主动跟小丁提起结婚的事。按佴城的习俗，父母死后三年内得守孝，不能结婚，要结的话必须赶在人死之前，美其名曰冲喜。这个时候小丁哪来的心思结婚？小肖很着急，她已经26岁，再等三年就是29岁。三年里总是有许多意想不到的事情发生。

我爸爸要是好转过来了，再谈这事。小丁对她说。

你真天真，看样子丁伯伯不是今年顶多也就是明年，奥运会肯定看不到了。

你放屁。

你不放屁他也这样了，你不能感情用事。

他盯了她一眼，她还挤挤眼睛朝他笑，仿佛是问，现在你醒悟过来了吗？他心里说，是啊，不能感情用事，然后把婚结了，是吗？那结婚是什么用事呢？

小肖见小丁没有反应，提出分手，还报了个价码。小丁觉着这种处理倒也爽快，钱不是万能的，但钱往往会删繁就简。他愿意付钱给这段感情买单，不过由不得她随意叫价，他会坐下来还一还价。早几年，他会鄙视这种行为，那时他认为在能承受的情况下，女的要多少就应该给多少，即使分手也要摆一摆姿态，尽量抢占一处道义的高地。现在，他和大多数人一样，放下姿态，选择去讨价还价。在这一讨一还当中，迅速地抹煞了负疚之感，找回了平静。

老丁知道这事，觉得不妥，蹙起眉毛想说道两句，却不知从哪说起。小肖作为女孩担心自己青春逝去，急着结婚也对。小丁在这当头没有心思不想结婚，也对。小肖和小丁谈了一年多，索要些补偿，也无可厚非。既然谈到钱了，你开开价我还还价，这也没什么不对……这两个孩子做的事情都找不出错，那到底是什么东西让人心里堵得慌呢？

老丁慢慢感觉到疼，吃不消。他表面达观，骨子里已经是惊弓之鸟，肿瘤医院一待，他知道那晚期的疼痛意味着什么。他终于撑不住，趁妻子不在的时候偷偷跟小丁说，你去帮我买些那种药片……让人睡觉的药片，多买点，好吗？小丁嘴哆嗦着说，爸，你不要胡思乱想，现在癌症治得好。老丁苦着脸说，我怕啊。小丁只得不停地安慰，打消父亲的这种念头，防微杜渐，直到他答应不再冒出这些傻念头。小丁打机关枪似的跟老丁说了一大通，心里却是虚弱无力，觉得嘴巴长在别人身上，说话都像是背课文。

冷静下来，他发现老丁其实比很多人更脆弱。他长期和小学生打交道，教小孩的时候小孩反过来也教他，不懂世故，脑子热的时候就会记下各种奇思妙想，悲观的时候也容易直截了当地想到死。

他又把老丁塞到自己手上的笔记本翻出来看看。老丁的笔记本上全是蝇头小楷，记得很工整，前面还有树型分类。老丁偶有所思就顺手写在这个笔记本上的，都很简短。

……物体因为光照而有了影子，在童话里可不可以换而言之，是光指引着影子去寻找物体？如果光是中介，那么影子总要讨好光，才能被分配给美好的物体搭伴。……摩天轮老在原地滚动，它终于厌烦了，想到处走走看看，会导致怎么样的情况？如果它来到农村，看着农村小孩的状况，它会干出什么样的好人好事（或者是好轮好事）呢？……小孩的报纸总是大人们编给他们看的，如果反过来，有几个小孩编了一份报纸却大受成年人的喜爱，那么这份报纸是怎么吸引成年人的呢？……

老丁毕竟是理科脑袋。笔记更像是一些理科题目，留待小丁去解答，当然，如果解答出来，答案没准就是一篇独特的童话。小丁这下理解了老丁的用意。

老丁去意已决，肿瘤医院里，晚期病友们的情形让他心惊胆寒。那天他状态看似还不错，脚一落地步伐稳当地上了厕所，平时都是上蹲坑，那天却上了有抽水马桶的格子，锁上门。老丁老半天不出来，小丁觉得不对劲，拍门门不开，里面没有回应。门外两个医生听见响动走进来，一看情况就明白。他们经验老到，在肿瘤医院病人自杀事件，这不是头一桩，也肯定不会是最后一桩。他们叫小丁别拍了，叫来个师傅把门撬开。

老丁去了以后，小丁心情好一阵黯淡，他甚至觉得自己应该给老丁买一些药片，或者通过其他的方法将药片送到老丁手里。而自己一口陈词滥调阻止了父亲吃药的想法，却阻止不了割脉搏。吃药难道不比割脉少些痛苦？很长一段时间，他每晚将自己闷在十三楼，不出门应酬，不打牌喝酒。电视也越看越没味，有天他又将笔记本翻翻，脑袋一热，铺开纸写起了童话。那已经到了零七年，这个城市正筹备着50年的市庆。写童话的时候，他感到像是与老丁冥冥中继续着交流。

写出来几篇，他找了一家专业的博客网站，开了个人主页贴上去，取名《写给父亲的童话》，并以此祭奠。博客正流行着，他找了几家网站，后来找定的这家网站，主页顶上一行广告标语吸引了他：朋友，今天你博了吗？他记得以前楼下，计生局一进门那里也有条语型结构相同的标语。他感到亲切。计生局楼下那条标语已经刮掉了，换成宣传栏，此时贴满迎接奥运会的宣传画。

朋友们叫小丁再找一个女友，此时他已经是34岁的人了。他想找个年轻的，这样等足两年再结婚不迟。后来是邹扒皮帮的忙，他在佴城学院认识一个妹子，叫她邀来一帮即将毕业，长相不错的同学晚上一块嗨皮。结果来了一大桌，没邀到的都加塞挤进来。她们或者没有男友，或者正打算换男友。小丁走进去一看，又得来买菜打包的感觉。他冷静地挑了一个。他现在喜欢这种感觉，挑一个，用尽各种办法搞定，再看彼此性格是否合适。合不合适又怎么样呢？在他们这个圈里，或鼓或瘪的钱包们泡起妹子，根本不会脆弱地去思考合不合适，只想证明自己罩不罩得住。罩得住，感情也就在里面，罩不住，煮熟的鸭子照样飞。

那女孩叫小雨。当天晚上他也不知道怎么就挑了她，他有点信马由缰。第二次碰面，小雨刻意打扮了一番，小丁才发现她确实漂亮，也媚。最初的时候，小雨当然是呼朋引伴地出来，每次带三四个姊妹，把小丁的车扎满。小丁每晚都把她们安排得很开心，有吃有送。现在这对他来说确实不算什么。小雨那些姊妹都跟小丁说，要还有你这样的钱包，也给我们介绍介绍呀。小丁笑着问，不嫌老？姊妹们纷纷地说，他不嫌我们青春靓丽就行，面对面时别睁不开眼睛就行。

佴城学院就是小丁以前读过的专科学校升级上来的，按说这些都是他小师妹。不过，时过境迁，和她们比，那时学校里的女孩不够靓丽，也不敢张扬青春。

有一次小丁把车停在佴城学院门口，眼看着小雨又带着三个女孩过来，个个花枝招展。忽然一个小男生蹿出来，冲小雨说些什么，小雨要理不理，小男生还拽她的手。小丁老远看着，悠扬地抽着烟。他想，十年前，在邹扒皮面前，我差不多也就是那个小男生。

正不着调地想着一些事，小雨的一个同伴已经拢了过来，冲他说，干瞪眼啊？上去帮小雨解围啊。这时小雨自己脱了身走过来，坐在驾驶副座，捋着头发。

小男生竟然跟了过来，抓住驾驶座的窗口，冲小丁说，老东西，别有几个臭钱就显摆。你下来，我们单挑。

下次吧。小丁异常和蔼地说，你把手放开，我要开车了，别擦伤了你。

小男生不肯放，小丁便把车发动，车笛硬邦邦地响了几声，车身晃几晃，小男孩一迟疑就把手缩回去了。开车后，小丁从后视镜里看了看僵在原地的小男生，忍不住又是想笑。小男生自后面大声叫嚣着，下次别让我再看见你。他半带卖弄地激动着愤怒着，难道不就像她们一有机会就炫耀着青春靓丽？一转念，小丁又想摸摸自己的脸。刚才他分明听见小男生叫他老东西。

你跟他是怎么回事啊？

我怎么知道？本来跟他没关系，刚才他突然跑出来教我做人要有骨气，不要随便上别人的车跟别人走。关他什么事啊。

小丁又想起多年前和小林聊天时的情景，遂问小雨，既然我们被叫作钱包，那他那种小男生，你们又取什么样的绰号？

小雨说，谁知道啊，那些小公鸡，谁还有心思给他们取绰号。

小公鸡？

差不多是吧，小公鸡，呵呵，他们就是一群小公鸡。

晚上在酒吧的时候又碰到了邹扒皮，小雨的同伴借着酒兴说起刚才的一幕，模仿着小男生的腔调。言者无心听者有意，邹扒皮就问她们那小孩是谁。她们毫无心机地把他名字说了出来。邹扒皮看看小丁，胸口一拍，颇义气地说，这事我去办。小丁奇怪，问他，办什么办？

自那以后，在佴城学院的门口，小丁再也没看到那个小男孩，以及别的潜在的小男孩。他想，或许邹扒皮真的找人去干了些什么。那些小孩，其实都很聪明，一旦知道事情不是他认为的那样，会很快偃旗息鼓。

一开始小丁老以为和小雨的关系长不了，他和小男生一样不看好这段感情，但这段感情偏偏奇怪地绵延了下去。小雨这样的女孩年轻张扬，刚认识的时候让人不放心。恰因为这样，越是交往下去就能发现她更多的好。何况她还在可塑期，现在越来越良家妇女，不再邀朋友上小丁的车，想着替他省钱。周末她来他的房间，经常还拎着一提篓菜。

小雨不知道小丁写童话的事。小丁的博客上童话已经贴了几十篇，有人打来电话，表示愿意将他的童话结集出版。在书名上双方有些争执，小丁执意定名为《写给父亲的童话》，对方考虑这一来会减少印量。小丁放弃了版税，对方也答应了他的条件。书印出来，佴城电视台的记者捕捉到了消息，对小丁进行了采访。小丁推辞不掉，冲着镜头说了些不痛不痒的话。

那天下午小丁开着自己刚买的车去接小雨。小雨上了车，满脸地不高兴。小丁问她怎么了，她说，同学们都看见了，电视上。

看见什么了？

本来都以为我找了个钱包，没想到，竟然是给小毛孩写童话的。写童话哄孩子也就算了，怎么取那么个名字？看了你的书的小孩，不都全变成了你爸爸？

那又怎么了？

还能怎么了？小雨想把脸一直板下去，但那也很费力气，一时绷不住，便笑了出来。她说，找个老公竟然是写童话的，这事情当然是，哎，很丢人。过一会儿小雨又问，老公，你不会老这么写下去吧？

呃，哪能呢，还让你继续丢人啊？你丢人，归根结蒂不就是我丢人？小丁轻车熟路地说着哄人的话，其实，他本来就没打算再写下去。这些事情都是一次性的，体验到了也就结束了，反正，将来总会有更多新鲜事不断冒出来，代替这些陈旧的体验。

# 环线车

王常约我那天的状况，我仍有印象。云色和天光都有些异常，看似阴沉却又刺得眼睛几乎睁不开。王常打来电话，约我在一个地方见面，说是有活，工钱蛮高。去到街上，佴城的街道仍然脏乱不堪，街上那一张张纷至沓来的脸孔，我看着都眼熟，又全不认识。还有环线上那些你追我赶的公汽——没人会像我这样注意到这些车的行驶状况，七路车是按顺时针走环线，八路车则是逆时针。如果在站点上等，半天也等不来一辆，但稍一闪神，接连几辆橘黄色的七路车或者浅绿色的八路车排着队拥过来，进站前的两百米便开始冲刺，哪辆冲到前头，就能多抢乘客。落在后头的车往往不停，径直驶向下一个站点抢客。

快走到王常约我的地方，正要穿马路，一辆七路车咣地在我眼前刹住。我听见小妍在车上问我，尖细，上来啵？她以为我又在马路上散心。我说我有事。小妍说你能有什么事？我告诉她，亲爱的，是人都要赚钱。她笑着骂句脏话。车上的乘客发牢骚了，于是这辆车在我眼前一截一截地挪开，像推开一扇折数很多的屏风，亮出对面街景。王常还没有来，我站在路这边抽烟，看着那辆车离去。在车尾，喷着半裸美女，其身体裸露的地方溅满泥点。公交车站在两百米开外，但如果认得司机或售票员，公交车可以在任何地方停下来，像打的一样。佴城的公交车全这样，有时候，我喜欢这城市杂乱无章的感觉。

我是坐七路车时认识小妍的。环线并非绕着城市外围，而像一挂弯弯肠子藏匿在城市里面。坐环线车绕行环线一圈，需要五十分钟。

前年我和三光合买一台铲车，想在佴吉公路上做事，但二手铲车不停出故障，十天有八天待在维修站，弄得我俩灰头土脸。那时，我和三光租住在胡麻地，环线的西南角。铲车送修的时候，我俩成天在屋子里抽闷烟。我觉得这样憋下去早晚出问题，于是走出那屋子，逆时针沿着环线行走，想找一找消遣时间的方法。正好一辆七路车来了，我招招手。虽不是熟人，司机也踩了刹车。只要付一块钱，我就可以在环线上坐一圈，然后在原地下车。以后那段时日，我就是倚靠不停地搭乘环线车来改善自己的心情。事实证明这行之有效，而三光，他不懂得调节心情，结果在房子里闷坏了。有一晚他走在街上，无缘无故就把一个很细的细妹子搞了，这不，他一直都在蹲监。

三光进去了以后，有一天我顺时针沿着环线走，没想清楚去哪里，或者干什么。正走到上坡路段最不适合停车的地方，一辆七路车发出嘎的一声在我身边停下来。售票的女人说，喂，你要不要上来？我前后看看，并没有别的人，确定她在叫我。她不算漂亮，但是年轻，外加丰满。她说她知道我喜欢蹭环线车，坐一整圈又下去。她说，在佴城，喜欢蹭环线车兜圈的有好几个，基本都是中年男人，有时会有个把女人。但别人我都记不住。她冲我笑一笑。那以后我就认识了小妍。小妍愿意和我谈谈恋爱，即使知道我正穷得丁当响也无所谓。我的铲车一直不能替我赚钱，我的心情没她那么好，只想着把她快点弄上床，以解决身体的寂寞。但她并不像我原以为的那样好弄，在性这个问题上，小妍和我外婆一样持保守态度。

……我看见了王常。他是三光的同乡，通过三光我们认识。王常开了侦探社，先是找老乡帮他做事，他这人乡情观念挺重。但搞了一阵王常才意识到，搞侦探是技术活，不是抬岩挖生土，有两把力气就能干。三光这人稍微有点木讷，显然不是搞侦探的料。三光推荐我去，王常觉得我还挺管用的。那以后我们就有了业务的往来。

我走过马路，老远跟他打招呼。这个扁鼻子扁脸的男人什么都干过，但也没见有什么财运。去年他开私人侦探社，牌子还悬挂在大街上，生意还没搞起来就被工商局查封了，理由是没有注册。他想去注册，工商局的人说这种社团不予注册，大概是民政局的事情。王常又说，那不叫侦探社了，改叫侦探所行啵？工商局的人说，你怎么不直接改成派出所呢？王常只好骂工商局的人狗屁都不懂。那以后他侦探的生意照样做，但不能打广告，只能通过熟人介绍，暗地里做生意。

王常为了省钱，没请我去酒吧喝酒，只是和我站在马路牙子上说事。这就有点不伦不类，私人侦探之间的工作晤谈，竟然发生在人群如流的马路上。我精力涣散，老是看路上的行人。其实谁又在乎路边两个男人在嘀咕什么？王常交给我一张照片，上面是个男人。他叫我最近一段时间跟踪这个男人。如果他拽个女人干偷情之类的事，那我就得想方设法拍下来，当成证据。我歪着嘴说，又是这样的事啊，这回给我多少？王常说先给我一千块钱活动经费，相机他可以提供，别的设备由我自备。如果拍到符合要求的照片，那我将得到五千块钱的报酬；如果有狗男女裸体相拥的激情照片，他还会酌情增加报酬。我只是问，他肯定有问题吗？王常说，那还用说？没有问题他老婆花这笔冤枉钱？

我看看照片，那男人确实英俊，如果他想搞搞坏事，那肯定有女孩飞蛾扑火般栽在他手上。但我感兴趣的是，这男人的老婆是什么样的人，要付出这笔钱来检测男人的忠贞度。在以前，往往是有钱的老男人让王常调查他们明媒正娶的小娇妻或者包养的小情人是否红杏出墙。调查结果说明，这样的事总是有的。

……还能是什么样的女人？款婆。王常这么回答我。他还告诉我有关这男人的一些情况。我心不在焉地听着王常讲述，同时想，王常给我五千，那么，那款婆给他的又是多少？我怀疑起码是一万以上。他的私人侦探社从来都干着掮客的勾当，有了生意就发包给别人。和王常分开后，我往回走，看见一伙民工站在马路边等着打零工。他们很便宜，三十块钱就可以雇一天。我突然有了一个想法，当个二包头，把王常发给我的活转包给某个民工。我想，如果付一千块钱，即使要他们去捉奸把狗男女光溜溜赤条条绑在床上，他们也敢做。但是要照相呢？如果民工把数码机捏扁了，我需要的照片一张都没拍到，那又怎么办？我抽着烟离开这堆人，脑袋里想着到哪里买一把质量好并经过认证的改锥。

我要跟踪的这个男人叫梁有富。见他上了一辆八路车，我后脚也跟着上车。车内很空，稀稀拉拉地坐着五六个人，晃得厉害。扶梁垂下的拉环荡来荡去，碰撞有声。他显然是个懒散的男人，四十岁左右，衣裤有些皱，像电影里南霸天穿的香云纱。我怀疑那布料很贵，因为他老婆有钱。这种老婆，如果看见老公穿着一身地摊货，是会气出妇科病来的。接下来，我看见他把皮鞋后帮踩平了，趿在脚上当拖鞋穿。

忽然对他有好感。

他也吸烟，吸一大口然后拧开玻璃窗对着风喷烟圈。虽然贴着严禁吸烟的字样，车内的烟客照吸不误，包括卖票的女人。在“严禁吸烟”的油漆喷字下面还贴着市公安局胶皮的告示：……严禁扒窃；严禁吸毒；严禁卖淫；严禁嫖娼……

佴城只有这一条环形线路，像是一条皮带，把松松垮垮的城市捆扎得紧凑一些。公汽频繁到站，频繁出站，车内始终空荡荡。梁有富这个人一动不动地坐在车腹那个座位上，抽烟。跟踪这种毫无戒备的人，我的一切隐蔽行为都会显得自作多情。我盯他一阵觉得没意思，遂把眼光甩向窗外。那些横七竖八忽高忽低的建筑；那些穿着漂亮衣服却耷拉着脸的女人；那些衣衫褴褛脸上却是欣欣向荣的泥瓦工；那些在正午两点钟阳光下暴晒的孩子；那些皱纹里藏得下蚯蚓永远坐在街边发呆的老人……我看得累了，刚想合眼，忽然又睁开了向梁有富看去。这个人还好好呆在那里，仿佛被焊在车椅上。

梁有富下车的地方正是他上车的地方，一小时前我从那个花坛后面走出来，跟他上车的。他在便利店买一包烟，之后走进小区的七幢四单元。我估计他当天不会再出门了，就停止跟踪，找一辆七路车搭回住处。我住向阳坝，环线正东边。

向阳坝被铁路穿过，出租房很便宜。每晚我都会被火车闹醒好几次。小妍却很喜欢这样，每天下了班她都很累，躺下来就睡。火车的鸣声就成了她的闹钟，闹醒了以后就推一推我，问我醒没醒。如果我也醒着，那就做做爱。做完了以后她倒头就睡，等着下一次被火车吵醒。一开始那几天很兴奋，后来有一阵我很痛苦，现在既没了兴奋也没了痛苦。

小妍进屋时我在看电视。她一边换衣服一边问我今天干什么去了。我告诉她，又在七号车上蹭了一圈。小妍问，早上你不是说是在赚钱么，怎么又蹭车玩了？我把大概的情况讲给她听。其间她老插话，问我那有钱的女人是什么样子，是不是很丑，所以担心自己的男人外遇。我说我怎么知道，这活是王常转包给我干的。我很详细地说起了那男人的样子。我没想到他也喜欢搭公交车在环线上兜圈子。小妍忽然想起什么来，又问，这个男人喜欢把皮鞋后跟踩扁了当拖鞋穿，是吧？我告诉她是这样，并问她怎么知道。小妍回答，他上车老坐在那个位置，偏着脸往外面看，绕了一圈以后他总是在西塔小区那里下车。有三四次，我就对他有印象了……我说，你说过，蹭环线车兜圈的人里头，你只对我一个人有印象。

……这话也没有讲错，当时我只对你有印象，跟你讲过这话以后，我才注意到这个人。小妍忽然变聪明了，很好地躲避我的问话。我问，那你有没有专门把车停下来，主动把他叫上车？她并不瞒我，说，有，只有一次。我看着她细长的眼睛，又问，结果怎么样？

结果他就上来了，我多卖出一张票。她扑哧一笑，问我是不是吃醋了。我在回忆那个叫梁有富的男人。他和我有着相同的爱好，跟踪他我不觉得累。我愿意进一步去了解这个男人。

另一天王常把说好的一千块钱付给我，并问我有什么进展。我告诉他，连日来我兢兢业业地蹲守那个男人，暂时没发现情况。王常说，不要急，款婆既然肯花钱，这里面肯定有问题。谁的钱都不是白给的，何况一个靠精打细算起家的款婆。我问那款婆是不是长得丑。王常说，怎么啦，是不是不想干活，想去泡款婆？我说，不是，我只是在猜这款婆长得什么样。王常说，不太年轻，但长得不错，反正不丑。王常说了等于没说，我仍不知道那是怎样的女人。他走后，我把钱点了一遍，又逐张辨真伪。上一次他给我的钱里头有一张是假钞，事后他翻脸不认账。

以后几天，梁有富没有去蹭环线车。他所在的西塔小区附近新开张一家电玩店。他一改以往死气沉沉的面貌，像个半大小孩成天泡在里面，想玩哪台机玩哪台。在电玩店待久了，我手痒得不行。反正梁有富丢不了，我也就玩上了。我不喜欢游戏机，但喜欢投币机。那天我在投币机前占一个位子，用五十块钱的游戏币作注，不断地挤占置奖品的平板，想把里面那张一百块钱挤出来。五十块钱的游戏币用光了，那张一百块钱已经岌岌可危，眼看着就要掉下来。也许再有十块钱的币，那一百块钱就属于我。于是我很犹豫，如果离位去购币，位置肯定被别人占了。我扭扭头，想找个小孩替我买十二块钱的币，让他回扣两块。这时才发现梁有富站在我身边，静静地看我怎么玩。他知冷知暖地递给我一把游戏币，我也不多说，接过来继续往平板上投，不多久那一百块钱就从槽子里掉出来。我拿到了钱，一扭头，他在那边玩篮球机，拉一个小孩跟他一块投篮。小孩总是将他已经投进筐的球砸出去。

王常平均两天给我挂一个电话，老问拿到了照片没有。我跟他说，梁有富并没有在外面乱搞女人，照片怎么拿到？王常说，守株待兔的搞法要是不行，就要想想办法。我说，想什么办法？我甚至都想变成女人把梁有富勾引了，只要他上钩我就猛搞自拍，然后，OK，有照片交差了。王常在那头嘻嘻哈哈地说，这也不失为一种思路。

那段时间我每天跟踪梁有富，暗自惊讶单调的生活竟如此趋同。在这种人身上，实在看不出来还能有意外发生。我跟了他个把月，跟踪正变成我的日常生活。开始那几天，小妍每天都打听我跟踪的情况，过几天就没兴趣了。她迷上了买彩票，把几个数字当数学钻研个不停。小学五年级以后她数学就很少能及格。一个人偏要拿缺陷当特长使，真是很要命。

那天一早，我仍强打精神去跟踪梁有富，在西塔小区门口花坛后面蹲守。如果他去电玩店，我也觉得没心思。我已经在里面玩腻了，王常给我的一千块钱基本消耗在这家店里。梁有富一出现我就觉得不对劲。我精神为之一振。这天，他把自己恶狠狠收拾了一番，从头到脚，皮鞋也不再是拖鞋了，鞋后帮子立了起来，完整地包裹着脚踝。他果然不是去电玩店，而是从前门上了一辆七路车。我从后门跟上车，悄无声息地找一个末排的座位坐下。正是小妍卖票的车，她冲我微笑，没叫我买票。她也看见了梁有富，就知道我在干正经事。她的微笑和眼神饱含着赞许和鼓励，并因为知道我这工作隐秘的部分而得意。梁有富没有兜圈子，过了五个站就下车了。我跟着下去，从小妍身边经过。她重重地在我屁股上拍了一掌，又用鞋尖很亲昵地踢我一下。我小腿肚一阵轻疼。

梁有富去了火车站。他在窗口买票时我只有拼命挤向窗口，以打听他的去向。他搭半小时后那趟车去朗山。我没买票，直接进到站台上的那趟车，和他不在一节车厢，但我自信不会跟丢。

到了朗山，梁有富出站后打一辆赭色的士往南边街走。我叫一辆绿色的士，上车就指着即将消失的赭色的士屁股说，兄弟，跟上去！司机很年轻，仿佛是我多年前开军车时的样子，他说，好嘞，你是警察吧？他车开得很快，有点毛糙，看出来跟踪令他变得亢奋。

梁有富到朗山果然是为了找女人，那女人早就在路边迎候他了。我把王常给的数码相机拎在手上，好似拎了一把小手枪。一遇时机，我就会躲在某地方朝梁有富以及那女人咔嚓几下。那条路很窄，夹道是硕大的剪成球状的千年矮。走到尽头是一家宾馆。梁有富走了进去，我待在外面。墙壁都是玻璃。梁有富在咖啡厅里泡一个女人。宾馆的外坪很宽，偶尔有几个人走来走去。我坐在花台子上，把脸藏在一棵三角枫后往里张望。我眼睛能把两人看得清清楚楚，但数码相机不能拍出来，因为有玻璃幕墙。天色半阴半阳，一团浑浊的光正好罩住两人。如果强行朝那边拍照，逆着光，照片上只会是一片浑浊。那女人免不了很漂亮。她保养措施到位，我猜不出她的年纪。毫无疑问，眼前这个女人就是款婆潜在的敌人，款婆付了一笔钱就是要确认这个女人的存在。这时候，我忽然很想把这女人拍得漂亮一点，更漂亮一点。

最终照片呈现在款婆眼前，首先就要让款婆被自己的唾沫呛一口。

他和她从咖啡厅走出来，往街上走。我以为他们会遛遛街，像年轻人一样做出恋爱的模样。朗山离佴城有好几个小时的车程，他俩在这里有了安全感，可以逛街。偷情男女大白天挽着手走在一条街上，其感觉肯定比两口子来得有趣。我从女人的脸上看出这一内容，但梁有富这个人显然不太懂味，依然魂不守舍，抽着他的烟，眼神似看非看，陷入无限虚茫当中。这时我暗自艳羡梁有富的色运，面对这么香艳的女人，他也能安之若素。不晓得要在多少个女人怀里泡过，才能修炼出一脸麻木不仁的样子。

他俩走走停停，再往前面是商业街，女人看见服装店和化妆品店就迈不动脚，要进去看几眼。节奏一慢，我的机会就多了起来，给两人掐了不少照片。我也考虑过梁有富会不会发现并认出我，我改换了发型戴着巨大的墨镜。梁有富的神情永远游离世外，他哪来的闲情逸致留意我是从哪个旮旯钻出来的？他俩原路返回刚才喝咖啡的那家宾馆，坐电梯到楼上的房间。按理说，我手头的照片可以向王常交差，但是这照片没能把他俩的关系拍得明白无误，我担心王常找借口克扣我的工钱。站在宾馆外面，想象着这对狗男女在豪华房间里乱搞，想着梁有富很平静地享受着那美女的细皮嫩肉，想着豪华床褥吸走了他俩身体扭动时造出来的任何声音，我心尖子轻颤几下。王常给我的经费太少。如果像国家特工一样不惜成本地干一件事情，那我可以用进口设备（甚至可以调用最新款间谍卫星）观看他俩现场直播色情电影，录制下来到款婆那里换取大笔美金。款婆付足了钱以后，她会不会看得鲜血狂喷，那就与我无关了。

我扼制自己的想象，就近找一家小旅社住下来。回佴城的车没了，要等到明天。旅社的房间里弥漫着一股腐臭味，四人间就我一人睡。半夜有人敲门，一个女人隔着门问要不要按摩。我打开门让她进来，她坦然告诉我她根本不会按摩。我掐亮灯看看她的脸又捏捏她碟型的胸，然后告诉她我没有钱。她长得还不错，以往出门在外碰到这种机会，同时手头还有点钱，我一般不会放过。但这一天，我想想梁有富偷的那女人，就对眼前送上门的货失去了兴趣。我突然想起了看过的《动物世界》节目，拿那作比，梁有富就是食肉动物，自在行走于茫茫草原；而我是食草动物，还陷在了沼泽地区，只能靠食腐草为生，放的屁都是沼气。

能这么比喻么？我自责地说，小妍，我真是对不起你。

次日我十点多才起床。中午有趟车回佴城。当我走到窗前，忽然看见梁有富和那女人从前面的马路走过。他俩换了装束，很运动很休闲，像是去郊游。我改变了计划，决定继续跟踪。我不晓得会跟踪到什么情况，既然打定了主意，我就不再犹豫。他们朝南郊水库走去。两人先是划了一阵船，然后弃船上岸，沿着水库旁的小路往树深的地方钻去。水库旁有一脉山丘，不高，但林木栽种得密不透风。我猜到他们将要做什么事，心里暗自一喜。——我弄不清楚人们内心那些隐秘的想法。很多男女在卧室高枕无忧地做爱，久而久之会倦怠。他们需要去树林深处，去荒郊野外，或者藏在一丛茂盛的芭茅草里享受欢悦，从彼此陈旧的身体上找到全新的体验。我有时候也想和小妍试一试，她听到这种建议就大骂我是一条公狗。

我的衣服正好是绿的，当过兵以后习惯穿这种颜色，进入树林以后就有了优势，便于藏匿。他俩在矮树林里找一块稍微平整的地，摊开塑料布坐在上面。女人从大挎包里掏出食物和酒。那种酒颜色浑浊，不晓得是不是可以让男人进一步亢奋起来的药酒。我找好拍摄的角度，蹲下来，像猎人守候猎物。女人兴致很高，梁有富照样心不在焉，我真想走过去一脚踹开他。我痛苦地想，如果这女人是我的情人，我肯定能配合得好一点，更热情一点。但怎么说呢，也许这女人就喜欢梁有富散慢的，不予配合的样子。那瓶药酒女人喝了一多半，梁有富喝了一小半。女人来状态了，两颊酡红，而梁有富酒量根本还没露出端倪。女人已经拼命往梁有富身上蹭了，没得到回应，女人有点生气，把梁有富的脸拧过来，摆好一个角度，然后把自己猩红色的嘴唇凑过去。好一阵过后，女人把自己身体稍微撑了起来，脱着衣服。她的乳罩里垫了太多海绵，解下以后胸就小了两圈。但没关系，我发现我喜欢小胸的女人，那昭示着她大脑发达，懂得情趣。小妍完全是相反的一个例子。电视里太多的丰胸广告，让我怀疑是男人们合谋要让聪明女人都自卑起来，然后再把她们变蠢。

在树林中呈现出来的两具裸体，和在席梦思上完全不一样。场面远没有我想象的激烈。女人十分地投入，用眼神，用声音，用身体调动着对方的情绪。我拍了不少照片。女人一开始是占着上位，这姿势通常被叫作观音坐莲或者别的什么。如此一来，我拍的很多照片几乎就是她一个人的裸照。这不排除与我私人的口味也有关系。我像一只蜥蜴在泥腥味十足，长满衰草盘着匍匐藤蔓的地面上爬行。我找了好些角度拍摄，突然体会到《动物世界》里的节目无非就是这么拍成的。梁有富到底还是被调动了起来，慢慢地他的身体挪到上位。风声、虫鸣还有女人的声音掩盖了我不小心弄出的响动。突然一阵疾风，树木摇曳一阵之后，那地方有数秒钟的死寂，虫子也同时停止嘶鸣。我还在摁动快门，那会产生“嘶嘶”的响声。梁有富突然变得警觉，他坐了起来，两只耳朵像鬣狗那样竖直，抬头环视周围。我只好赶紧贴在地面上，屏住呼吸。

很快，我听见女人愤怒地说，嗳，你能不能专心一点？我再抬起头，梁有富已经被女人摁了下去。女人张开两只藤蔓一样的手臂，将梁有富的脖颈、脑袋绕了两圈还有多余。梁有富那只大脑袋陷进女人并不幽深的怀里。

回到佴城，我把每张照片都洗七寸大，如此一来，那女人发骚的表情都纤毫毕现。洗印店的老梁当时就啧啧地称赞说，这女人真是漂亮。他问我到哪偷拍来的。我告诉他，那地方已经拍不到了，说出来也没用。我要离开的时候，老梁说好像在佴城见过这女人。他问我，是不是佴城的？我说，应该不是，你记错了吧？

我去找王常。他约我去城北一家茶社。我把挑出来的照片分成两包，一包是穿衣服的照片，另一包是裸照，分别塞进左右衣袋里面。搭七路车晃到城北，下了车，我老远看见那家茶社的招牌在灰蒙蒙的空气中晃荡，心里一阵充实。等一下从那里出来，我衣袋里的照片就会变成沉甸甸的纸钞。我已经很长时间没有一次性赚回几千块钱了。

裸照可以卖多少钱？五千块钱，是不包括这一部分的。我心里清楚得很。王常坐在那里吃炒饭，旁边还拧开着一听啤酒。他一边嚼着饭粒一边问我把“货”带来了没有。我说，那当然，未必我带一张嘴巴来喝茶？我把右衣袋那一沓照片取出来给他看。他眼光刚落到头一张照片上，就连声地说，蛮好蛮好，尖细鳖，你的照相技术看样子又长进了。一些饭粒自他嘴角喷溅出来。他再把脑袋杵得近点，看清楚了，忽然就说，不对啊……

我最怕听到王常质疑的声音，但仍然听见了。我晓得，王常最会挑毛病，从而把价格压低。我问，肥肠，哪里不对咯？王常把很失望的表情做得十二分到位，说，尖细鳖，这活你白干了，你拍的照片一点用处都没有。我一时愣得说不出话，盯着他看，看他讲出什么样的理由。他却说，你还要继续跟那个男的，看他和别的女人在一起搞事，再拍。如果还是照片上这个女人，你就不要拍。我问，为什么？他撇撇嘴说，还没听明白？照片上这个女人就是款婆本人！

看样子他不是骗我，桌面上的照片被他推了过来，一张都没拿。王常要走，我拽住他说，肥肠你带钱了吗？再给我一千块，我继续跟踪他。他妈的，我怎么知道这女人是梁有富的老婆？她脑门上又没盖梁有富的戳，屁股上又没贴结婚证。王常拍开我的手说，没有别的办法，你只有拿照片来换钱。兄弟，我手头也紧。你这次的照片拍砸了，我也要断两天炊。我手刚一松开，王常就甩开步子下楼梯，生怕我再拽住他。

回去时搭七路车。到租住的房子，拧开房门就看见小妍满怀期待的脸。早上我告诉小妍今天会去取钱，并自以为保守地说，能拿五千块钱。现在我告诉她没钱，生意砸了，王常一分钱也没有给我。这女人根本不相信，她把我衣裤兜都摸上一遍，甚至里裤都搜遍了，还是不相信。她在我一个衣袋里找出一张银行卡，扬一扬，说，尖细鳖，你把钱存银行了吧？这张卡里只有几块钱了。为了让小妍相信并彻底死心，我把卡夺过来撇断，然后跟小妍说，现在你该信了吧？她脸上顿时失了颜色，骂我是骗子，然后拽一个包出门去。

第二天晚上小妍回来以后变本加厉，神情激动地把我数落个没完，还伤心地哭了。因为昨天她推算出一组组合号，可以博到一注一等奖，奖金会有好几万。她昨天等我的钱买这组号码。我觉得没有什么遗憾，买彩就是有这种规律，推算出来却没有花钱买的号码，往往是会中奖。如果当真把这组号买下来了，那么摇号时某个彩球往往会哆嗦一下，不肯滚出来，整组中奖号码就会为之改变。我准备拿这些道理去劝说小妍，但她不肯听，她觉得自己掉了几万块钱。晚十二点她再次摔门而去，房间里只剩下我一个人。我没有追出去，相信她很快就会回来。对女人我并不拿手，但小妍这样的女人我还是拿捏得准。

第二天我睁眼时小妍果然已经回来，还给我带来热腾腾的灌汤包子和一塑料袋豆浆。

你醒了？没事你就再睡一会。她冲我说些知冷知暖的话。我喜欢吃灌汤包子，就像她喜欢买彩票。吃包子的时候她先是用力憋着想让我先说话，但我吃得很香，懒得说话。

那天小妍不用上班，我看看时间不早，也不想出去找事做。在床上赖着，我心情忽然坏了起来，越想越觉得自己不划算。我花耗太多时间，还产生了一些费用，工钱和费用都应该算入成本。如果我在朗山的小招待所搞了那个女人，这笔钱也应该打入成本，我就亏得更大了。这成本怎么算也有两三千，王常却只给我一千。再说，王常事先没有很好地履行告知义务，我弄出的误会和他有直接关系呵。既然这样，这次失误不应该由我承担所有责任……

我不是经常发呆，一旦发呆，小妍就看得出来。她问我脑壳里在想什么事了。我告诉小妍，王常没理由不给我钱，我打算去跟王常讨要这笔钱。让他把五千块钱全数付给我不太现实，但至少他还得再给我两千，这对双方来讲都很公道。小妍担心地说，要是他不打算给你怎么办呢？王常是混社会的，躲债的办法总是比要债的办法来得多。我说我会打他一顿。要是他以我打了他一顿为借口赖账，我就再打他一顿。小妍说，那你要考虑好了，打得赢再打呀！我笑她瞎操心，提醒她别忘记我是个当过兵的人，她脸上担心的表情这才淡下去。

接下来的几天里，我把王常手机拨了无数次，总是不在服务区。这使我心情日益烦躁起来，打算去他的事务所找他。那天我去到王常的事务所，抬头看见门梁上的招牌已经换了，换成“苹果英语俱乐部”。我以为王常又换了新招对付工商局的盘查，走进去只看见一些年轻的女人，张口就跟我摆外语。我问她们，以前租这门面的王老板哪去了。妹子这才把舌头转过来，用中国话告诉我说，他老早就不在这里了，公安局也来找过他。

这时我才确信，王常已经隐身了。据我所知他十三四岁就开始过借债躲债的生活，日后敢麻着胆子开侦探社，是因为他寻找那些试图躲藏的人很有一套，别人藏身的方法他大都体验过。王常存心躲藏的话，大概只有给福尔摩斯镶上西德狼狗的鼻子才能找着。

接下来一段时间没事可干，出去又没钱可玩，只好窝在屋子里睡。小妍并不愿看见我睡懒觉。雨季已经开始了，空气潮而霉，小妍很担心我在床上睡出病来，死活把我拽起来，陪她一块上班。她让我陪着她在环线上一匝一匝周而复始地行进。坐在七路车上，我时不时会想起梁有富。当大量座位失去臀部摩擦的时候，我就会想起那个男人，觉得他应该坐在某个位置上。陪着小妍卖票的那些白天，我试图碰见他，哪怕一次。某天下午我似不经意地问小妍，那个梁有富，就是被我拍过照的那家伙，好像一直没有看到啊。

小妍警惕地看着我说，怎么想起那个人来，你是不是想拿那些照片……我赶紧说，你怎么突然变得敏感了？我只是随便问问。小妍表情仍然怀疑，嘴里却在夸我，那就好！

是啊，我暗自地想，难道仅仅是想见他一面吗？我有这点不好，亏本的事不愿意做。如果想看裸照，上网找找，要多少有多少，要多裸有多裸，像猪肉案子一样，找哪一块就拎得出哪一块。手头那堆裸照，拿来欣赏的话我实在看腻了。我相信这些照片能够产生一些经济效益。照片上的女人如果看见这些裸照，难道不担心自己那么多白肉晾在外面受风凉吗？

那天早上天空晴朗，万里无云，我估计会有什么好事。到中午时一个陌生电话打来，一接，却是王常。我想这就对了，得揪住他要钱。转念一想，揪住他了，他未必就肯给。再说，他随身能带多少钱？……王常，我还是要跟你旧事重提。我性子急了一些，他刚说他是王常，我就抢着讲话了。我说，上次那堆照片，我自认为干得非常尽心尽力，你是人的话就应该把那笔工钱全付给我。你穷穷一两顿饭，我穷就会断掉半个月的炊烟……王常打断我说，那堆照片还不还在？我继续摆明自己的态度：退一万步说，四千你不掏，三千块钱是少不了的。王常说，一码事是一码事。我问你，上次照的照片还在吗？我说，还在。他爽朗地说，你拿照片过来。我身上带的现钱不够，马上找别的人凑一下，三千块钱今晚给你……你知道别人欠我多少钱吗？你这点钱跟别人欠我的钱比，算个啥啊。

我不想把问题搞得那么复杂，对他说，王常，我就知道你不是那种人，你说个时间地点。他就说了一家茶馆的名字，晚上九点钟见面，挂断前还时髦地说声不见不散。挂了电话我反而惴惴不安起来，和王常打交道可从没这么顺畅过。

晚上依然显得很顺。我到茶馆时王常已经在等我。我拿照片给他，他很不经意地翻看一遍，并点点数量。他根本就不知道这里面有好多张，所以点了几张就放桌上了。他问，全在这里吗？我说，你放心，全在。王常把钱拿出来了，并作势要递过来，我这才……他突然手腕子一翻，问我，你是不是存得有电子档？我说，我为什么要存电子档？讲出来不怕你笑话，我连电脑都没有，只洗了这一套，别的文件全洗掉了。王常点了点头，把钱递过来。我一数，真是三十张，毛主席的红色表情和我心情一样好。

回到胡麻地租住的房间，小妍打开门时笑脸迎面。我心里一热，把钱悉数交给她。她问三千块钱怎么得来的。我也不隐瞒。她听了以后蹙起眉头，说，王常从来都不是爽快的人，付钱想方设法总要扣一点。今天突然变了个人，不是有问题吗？她这时候做出很聪明的样子。其实我早就想到了，事先没想到，因为最近手头太紧。白天，王常的电话打来时我正昏昏沉沉。拿到钱时还高兴，离开茶馆坐上七路车，我就想到这个问题。王常能付我三千块，他又能靠这堆照片赚下多少？

他是把握十足买下这堆照片的。

依我看他肯定是要……小妍进一步装得聪明起来，摆出恍然大悟的样子。

不要说了，你想到的事我都想得到。王常打的什么鬼主意，路人皆知。但照片上的女人在哪里，我找不着，王常却知道。这笔钱活该王常这杂种赚到手。小妍不无安慰地说，这种钱不赚也好，赚到手也不安心的。

小妍说话时，我忽然想起来，洗相片时老梁建议我刻一张碟，再把相机存储器清空。我就刻了一张碟。那张碟肯定摆在屋内某个地方。

那辆铲车越修越坏。有一次探监时我就跟三光打商量，说把铲车卖掉算了，再拖一阵，可能也就是卖废铁的价钱。三光说那好，我的那份钱你下次看我时带过来，存到我们监狱的小卖部。这里面没有女人可搞，尖细鳖，我度日如年。看样子我应该抽几包好烟。

卖了铲车，我闲着没事打了半个月的牌，手里的钱看着看着就少了。我还得出去做事。我的手指缝很宽，人家都说这种手相留不住财。环线公路要改造，两侧的排污管要增粗，路面也要用新标号的混凝土进行硬化处理。我会开车，找个活不难。那一阵我在环线上帮别人开大卡，把水泥细砂拖进去，把工地废料一车车拖出来。因为施工，环线经常堵。

那天太阳暴戾，堵车的时间长，往前面望去，上百辆车奄奄一息堆满公路。卡在我这辆车后面的是一辆白色进口跑车，车标像把三股的鱼叉。我认不出来这是什么牌子的车。车主闷在车里，前挡风玻璃正好折射着阳光。阳光太强，车主甚至让雨刮器摆动起来，去刮车玻璃上的阳光。阳光同时又很顽固，像牛皮癣一样贴死了车玻璃，雨刮器显然无能为力。一刻钟过去了，车主被阳光搞得头昏脑热，只好拧开门走出来透透空气。是个女的，右手捏着一块硕大的手机跟谁打电话，一派业务繁忙的样子。她戴着墨镜，镜面泛着绿光。那只手机硕大，打完了就挂脖子上，像晨跑的老太太挂着的收音机。

我认出来就是那个女人，被我拍过裸照的款婆，墨镜掩不去她风骚的眼角纹路。我不动声色地看着她，她游目四望眼光没有焦点，电光石火之间也曾和我的眼光撞一下，又迅速弹开。她哪认得我是谁？款婆打电话叫来一个比她年轻但比她丑的女人。款婆管她叫小王。那小王打车往这边赶，赶到最近的路口再一路小跑跑到款婆面前听吩咐。然后，款婆撇开进口跑车，自顾离开堵车路段。小王留在公路上替款婆守那辆动弹不了的跑车。

前面的车缓缓地动起来，但是一直不畅，时不时地停下来。我把卡车开到工地后，找个事由跟车主请假，离开工地，顺着刚才的方向继续往前走。走不多远又看见那辆白色跑车。路时而通畅时而堵上，我走得甚至比那辆跑车快，经常停下来等车。那天我跟这车来到一幢暗红色的大楼前面，是一家公司，森诚地产。我听说过的，佴城屁大一点的地方，没几家能叫上名字的公司，森诚地产是排在前面的，业务从佴城做到了省城，总部仍搁在佴城。小王把车从一侧的通道开往地下室。我往这幢楼前面横过去，又折回来。一楼的玻璃幕墙像是单反镜，里面影影绰绰什么都看不清。

雇我的车主有一天随便找理由把我换了，安插了他的一个亲戚。他说我请假太多，但我拍着脑袋回忆，只记起来请过一次假。我又变得无所事事，找回了睡懒觉的习惯。好久没出去找事了，小妍从不说什么，甚至她笑的时候越来越多。我反而隐隐地担心起来，当她越来越具有好女人的品质，我便愈发的相形见绌。每天，我去楼下买一份《佴城晚报》，专找招工广告栏看，在中缝里面。看了几则都有学历要求。也有要退伍兵的，那是保安公司。我觉得保安是很窝囊的职业，给根棍却不敢拿去打人，挂在裤裆上像鸟一样成天晃着。我的眼睛总是滑向招聘栏的右侧，一连好多天，那个版面都画着微微发蓝的别墅，尖顶，像锥子，锥子上面的天空也被画得很好看。别墅是森诚地产搞的，叫森诚世纪花园。为了让人觉得物有所值，广告画的旁边罗列了大把大把陈词滥调：精品名楼身价象征、意大利进口的纯种设计师、欧陆风情原汁原味、立体多功能社区、折扣价享受贵族服务……

我学电影里那些失了业的倒霉蛋的样子，拿一支笔在中缝招工广告里画圈。几天下来，我也没画几个圈，但我画的圈实在是越来越圆了。有一天我看见一则广告，森诚地产要招一名司机，还说工资面议。我毫不犹豫又画了一个圈，当即把电话拨了过去。电话里冒出个女人要死不活的声音，问我基本的情况，然后说要我等，到时她会打电话通知我去面试。差不多一星期，没任何电话打来。我又在报纸的招聘栏里画圈了，电话还是在十天后打来，要我去面谈一下。打电话的妹子跟我说，这次招的司机是给他们公司的总经理开私车，要去总经理那里讨一讨眼缘。她示意我穿着上讲究一点。我只好把久未收拾的脸刮了一番，衣服也用力抻平了。我轻车熟路去到森诚地产，是那天被我跟踪的小王先行安排。我并没有立刻见到总经理。小王给我一个号子，17。我变成一个号子，等着被传唤。在走廊里还有几个人冲这份工作来的，我前面的16号是个女的，不算太老，长得还可以，领口开得超低，小半个乳房晾在外头。我设想自己是总经理的话，当然是先考虑她啦。有个应聘的秃顶男人把女人的领口看过两巡，就挺有自知之明地走了。我之所以不走，是忽然想起了那个款婆。我怀疑她就是这里的经理。如果这样，16号的低领口就毫无意义了。

叫到我的号了，走进去，那张办公桌大得像是赌桌，可以供五十个人围着押大押小。办公桌后面坐着的果然是款婆。她并不看我，而是看电脑屏上的股票走势图。我走近了，她把鼠标揉来揉去，仍没有看我的意思。我低头看看桌面，最显眼的位置有一枚竖格式的信封，上面写有“束女士心蓉　台启”的字样；旁边有一沓名片。她的名字现在我知道了，叫束心蓉。上面没有手机号，只有座机。还有她的电子邮箱。拼音这东西我还是懂的，前面的字母串是她姓名全拼，后面跟三个数字168，再后面是@ yahoo. com. cn。

她坐的椅子奇大，转起来却很灵活，没一点声音。她把身子扭正了看我，我也得以近距离看到她的模样，看得出她一些不算年轻的微小细节。我恍然想起那天在朗山，趴在矮树丛中看见的她激情涌动的样子，心底顿生一种亲近的感觉。相对于门外的18号、19号和前面离开的一把号，我觉得自己似乎离这份工作更近。我盯着她的眼睛，想在眼神相会时让她心里“咯噔”响一下，唤起一股似曾相识的感觉。她用不平不仄的声音问了我几个问题，又轻轻地看看我的长相，就说你可以走了。她甚至没有说回头等她电话通知。

我走了，心存希望，但又是一大段时间白挨了。她并没有把电话打来。

到了探监的日子，我去监狱里看三光。早上先去他姐那里取了探视证，然后买了两条烟几包槟榔一块拎去，卖铲车后他应得的那份钱也别在腰上。这笔钱三光本来打算让他姐拿着，但突然改变了主意，要我帮他把钱存起来，谁也不给。——所以今天我不让她来，叫你单独来。三光这么跟我说。我不知道他们家发生了什么事，也管不着，只是问，这钱往哪里存啊？三光说他一个提包的夹层里摆得有存折以及银行卡。我记起来，他被抓走后，那黑提包一直是我帮他拿着。问他密码，他要我摊开手心，并用手指写了一组数字：591168。我默念一遍，我就要一路发。探监完毕就把手上的字迹洗掉了。

从监狱里回来，我并没有把钱存入三光的账号，而是存在我自己的存折里面。我想，反正他出来以后我会分文不少地交给他。

我终于把刻有裸照的光碟找了出来——那东西夹在一本旧杂志里面，差点被小妍叫个收破烂的收走了。房里酒瓶积得蛮多，书和破杂志只有几本，但小妍看着仍觉得不顺眼。

我头脑里已经形成一个想法，这事情拿到网吧里做显然不合适，那里众目睽睽。我只得去电脑市场淘下一台二手的笔记本电脑；接下来，装网线花了差不多一千块。两样下来就是三四千块钱，我感到一阵肉疼。钱这东西，要是赚不上来就会亏掉不少——常说偷鸡不成蚀把米，其实是废话，偷鸡不成肯定蚀把米。小妍见我又是买电脑又是装网线，便骂我吃屎长大，没赚钱却想玩电脑游戏。我不知道怎么向她解释心里的意图，只好忍辱负重由她去误会。

我把一张裸照作为附件发到束心蓉的电子信箱。那张照片里几乎看不见平躺的梁有富，只有她赤裸的上身，和激情四溢的脸孔。用鼠标一点，一封电子信件转瞬飞向虚无缥缈中。我以前没在网上发过邮件，对这事有些怀疑。如果不是顾及自身安全，我更愿意把照片洗出来邮寄。在该邮件对话框里头，我告诉她我手头有这样一套照片，很清晰，不知她感不感兴趣，想不想把这些照片买下来。本来想开一个价钱，但马上想到这样不太好，我应该稳住自己，不能让她看出来我是猴急的人。

接下来那几天，我起床第一件事就是上网查邮件，看有没有回复的信件，看束心蓉对我所讲的事感不感兴趣。结果很糟糕，她没回复，垃圾邮件却一来一大把，逃税咨询、代理报关、创业培训、水货轿车、月薪两万诚招男女公关、夜用望远镜跳楼价（据说在日光暴戾的夏日午后，开启夜视功能可以洞穿大姑娘小媳妇们身上薄如……）……也有的信件很直接地询问我晚上是否寂寞难耐，要不要找个价格很合适的女人来陪。

一周后，我发了另一封邮件给束心蓉，附三张照片：前戏、初始、渐入佳境。我得说我那套照片拍得很好，整个过程都记录在案，梁有富实在是个配角，这套照片讲述的只是一个女人的发情过程。掐着手指又过去五天，依然没有回信。我不得不发过去第三封电子邮件，附第四张照片，最后一张必然是高潮了，那张和高潮有关的照片乍一看会令人心潮翻涌。

小妍最近对我有些疏远，也许还在生笔记本电脑的气，但我想她已经看出来了，我不是在玩游戏。有一次她正洗着脚，兀地开口说话了，告诉我说，今天又看见那个人了，他好久不来，今天一来又兜了好几个圈才下车。我问，你说谁？小妍回答说，是梁有富啊，还能是谁？刚才我问话甫一出口，就已经猜到了是这个男人。我哦了一声，眼睛还粘在电脑屏上，看一篇用星座占卜的帖子。小妍见我没心情聊那男人，就把嘴巴闭上。

那天下午小妍打来电话，说了一个吃饭的地方要我赶去，说是介绍一个朋友给我认识。去的时候，我又一次猜测是梁有富。这一阵他大概闲坏了，蹭七路车上瘾了，而且专门上小妍卖票的那辆车。虽是环线车，但还是被预设了一个起点，同时也是终点，车开到那里就会清空一次。他还想再坐一圈，就得再买一张票。他一次次掏一块钱的钢镚买票，是否也使小妍产生他出手阔绰的错觉？我正想着诸如此类的问题，小妍和梁有富两颗脑袋已经在眼前冒了出来。小妍脸上的兴奋和痤疮在大厅的灯下都特别明显，蹿过来几步抓着我的胳膊，向他介绍起来。梁有富这个晚上穿着淡蓝色的短衬衣，像是超市员工服；军裤；一双质地不错的鞋照样被他踩踏了鞋帮。他是那种确定下来了就不会变的人，包括身上每个细节。他把我看了看，说，我们好像在哪里见过？我们见过，这是事实，但他说得很客套。

小妍又给我介绍梁有富，煞有介事，说他是个老板。梁有富说你不要这样说，我不是，但可以帮帮忙。小妍是想让梁有富给我介绍一份工作。对上了烟，他就问我，你能干些什么？我说我会开车。他又问，哦，开车还找不到事情做？你开车的技术怎么样？我说，我是当兵的时候学会开车的，自我感觉技术过硬基本功扎实，这么多年从没出过事故。我这段时间无事可做是因为前几年买了铲车，现在铲车彻底坏了当铁砣子卖掉，一时闲下来。

你是运输兵吗？说到当兵梁有富似乎来了情绪，又说，我也当过运输兵，在青海。那是很多年前的事了，我开军车技术也是很棒。你是运输兵吗？我告诉他我以前在42军当侦察兵。我不愿说我是运输兵，因为他也是。

哟，是42军啊，在42军里面当侦察兵可是了不起的事情。梁有富夸了一句。对这些军内常识他记忆牢靠。接下来他主动说有份工作，不知道我愿不愿意做。是开小车，无级变速。车技好的人开无级变速会觉得有些不爽，技术水平得不到发挥，犹如专业摄影师玩傻瓜机。我诚实地说，我车技远没到蔑视无级变速的程度。他点点头，算是把一件事谈完了。接下来我们有心谈一谈当兵的事。当过兵的人都有这样的嗜好，当他们碰在一起，别的喜乐哀愁就淡掉了。但当天我们没有谈进去，他善于把有趣的事情说得很沉闷，而我又不善于佯装听得蛮有滋味。小妍在一旁边瞎着急。

第二天一早是梁有富的电话把我催醒，他告诉我那份工作已经搞定，后天就去森诚干活。他还跟我交代说，要是别人问起，就说你是我一个战友的老乡，我们俩并不认识。

起床后，我坐在电脑前，习惯性地开了信箱，忽然发现東心蓉回信了，夹在几封垃圾邮件中间。我把她的回信点开，内容很简单：你想怎么样？

我一直都在等她的回信，等着她问我想怎么样，偏偏这一晚她将信回了过来。过两天，我应该是去替她开车，做她的私人司机。我一直想告诉她我想怎么样，但现在突然改变了计划。我的回信也非常简单：我想想再告诉你。发送出去以后，我突然意识到是她言简意赅的风格影响了我。能用一个字说明白，绝不用两个字，这是多么牛X的品质啊。

束心蓉竟然躲在某台电脑后面等我，很快就飙了一封信过来：你到底想怎么样？无非钱嘛，多少？王常，你这么做是有失厚道的啊。她以为我是王常。这让我开心起来。我再发一封邮件过去告诉她，我不是王常。她马上回复：好，你不是王常。王常，我从来没有这么宽厚地对待过谁。我再给你一笔钱。前面那十万给你买房，再给你十万买车怎么样？OK，不管怎么样，约个时间地点，我们先见上一面。我们也好久没见面了，不是吗？

这时我才知道被王常当大头娃娃耍了一把。他三千块钱买下那一堆照片，拿到束心蓉那里转手卖了十万。如果看见王常，我想我会扑上去一顿乱咬。赚了九万七，狗日的打什么疫苗都够了。我给束心蓉回信：今天身体欠安，还是改日见面地好。之后我就把邮箱关掉了。

我心里有气，摁开手机找了找，上次王常打来的电话还在。我拨过去，却是关机。

王常的手机从来都很难打通。那以后我又拨了多次，总是关机，也没见说停机。终于，他在一个傍晚把电话拨了过来，问我找他有什么事。我问他现在在哪里，他一笑，说现在在湖区找到一桩好买卖，收老鼠。湖区正闹鼠患，他找辆车在湖区收购老鼠，要活的，装在铁丝笼里拉到广东沿海，翻几倍地赚。

怎么干这些小贩勾当了？我说，肥肠，你这是在浪费聪明才智。你天生是干侦探的料。王常大气地一笑，说，手下有你们这帮人才，干侦探社确实是很来劲。但是犯了政策，没有个正式身份，搞私人侦探倒有点像是当老鼠，成天钻阴沟找活路。喏，现在多好，我成了捉老鼠的。尖细鳖，有没有兴趣？过来跟我一块干吧。你的能力我倒是信得过的，三光那苕货想跟我干我都不要。我阴阴地一笑说，肥肠，你倒是逍遥自在，现在束心蓉正到处找你。他愣了一会，问我，她找我什么事？你哪里听来的？

现在我在给森诚地产开车。我抬高了声音质问他，你说，从我手里买的那堆照片你他妈转手赚了多少？他顿了顿，说，也就，也就万把块钱……

还骗我，你真是黑得可以。我佯怒，其实心里憋着的气不知哪时消掉了。王常这浑人场面见多了，嘻嘻哈哈地搪塞过去。他说，尖细鳖，就当是救我一条狗命好了，你晓得我欠别人多少钱吗？那些钱在手里还没捂热，转眼又不是自己的了。……尖细鳖，你不会卖友求荣，把我供出来吧？我大气地一笑，说，肥肠，你不仁我不能不义。我嘴巴铁紧，但以后你也少跟佴城的熟人打电话，别人说不说我可保不住。王常说，王尖我就知道你是够意思的人，我在这边给你跷起一颗大拇指！

挂了电话，他还发来一条短信：等我赚上几笔，再找个高档的地方请你狂开心！

我第一次给束总开车是在那天下午，她去“芙蓉阁”赶一个饭局。我把车停在正门前面等她，见她来就去把车门拧开。坐进驾驶副座，她乜斜我一眼说，好像在哪见过你。我正要回应这句话，她已经把手机架上耳朵眼了，另一只手示意我不要说话。到了“芙蓉阁”，束总下车，同时告诉我待在车里等她。过一会她叫一个服务员拿一份盒饭过来，菜倒是不错，我吃出口味，自己跑进去加了一份饭。饭局过后这一帮人照例还得K一顿歌，去了佴城最豪华的“大地飞歌”，那地方价格奇高，其经营理念是虽然佴城属穷敝落后的地区，但佴城的消费一定不能穷，要勇于赶上海超深圳。佴城人通常管那里叫“大地飞刀”。我不能进到包房，只在大厅里找个位子坐下，喝茶，听里面隐隐约约传来的鬼哭狼嚎。好几个细脚伶仃的妹子进到她所在的那个包间。K完歌以后我把她送回森诚世纪花园，半路上她叫我停车。她走出去，像是要散会儿步，实际上不是。她不紧不慢地走到路边绿化带，突然把脚一掰开，跨过女贞矮栏，跑到后面一棵樟树下剧烈地呕吐起来。我眼光一直跟随她，觉得她非常沉得住气，也非常有表演天赋。在她呕吐前的半秒钟我丝毫也看不出她将会干什么。

但我不喜欢这样的女人！这么一想我自己就笑了，她是用来让我喜欢或不喜欢的么？

到了森诚世纪花园的门口，她就叫我下车打个的回去。她把车开进里面。

当晚回到家中，我就给她发了一封信。我告诉她三光的账号，叫她先往账上打两万块钱给我玩一玩。我向她保证这笔钱到账以后，两个月内绝不提别的什么要求。在信的末尾，我当然会提醒她不要报警。干完这事，我回到床上转瞬就睡，死沉死沉，而且还梦见了钱。三十岁以后，我梦见钱的时候比梦见女人多得多。

第二天我带着一种很悠闲的心情坐七路车，去到森诚地产。我想看看束心蓉会是怎么样的表情。森诚地产今天有个活动，请了一帮乐队还有数支夕阳红的腰鼓队或者花伞队，要沿着环线走上一圈，为一个即将开盘的商住小区做宣传。束总很忙，也是精力充足的样子，我看不出丝毫的异样。我想，她在我发邮件以后还没打开邮箱。公司的大厅忽然堆满了人。在我站的那个位置并不适合观察，她时而浮现出来，时而淹没在人堆里，像一条鱼。

中午和整个下午她都在酒局上，有四趟。我掐指帮她算的。她坐在车上的时候还推掉了两趟，要不然她得喝六趟。其中的两趟酒看似与她生意无关，一趟是地产局老总老远来了一帮亲戚，一个电话要她也去作陪。另一趟是公安局的人，她推了一阵没有推开，最终还是去了。喝最后那趟酒还是在“芙蓉阁”里面。又是这个破地方！来之前她已经支撑不住，几趟饭局下来谁都扛不住酒。这时她打个电话，叫梁有富过来。她喝多了就会想起梁有富，想起她和他是夫妻，适合做贴身的照顾。

梁有富拖沓一阵才来，上穿圆领白 T 恤，下着沙滩裤，皮鞋依旧是踩塌了帮的。白 T 恤前面印着切·格瓦拉毛茸茸的脑袋。格瓦拉精神气十足甚至有些亢奋，而梁有富睡眼惺忪，两者对比鲜明。他下了的士就跟我打招呼，要我带他进束总订的包厢。进去的时候束总正在主动出击，用灯罩般大的玻璃杯跟人碰红酒。见到梁有富她脸色就变了，因为喝了酒表情藏不住。她问他，你什么意思？你以为你返老还童了是不是？梁有富怔怔地站在进门的地方，扭头看看我，腼腆地笑起来。一个警察把他扯过去碰酒，场面这才轻松下来。他们喝开了，我走出去站在“芙蓉阁”外面的一个水池边抽着烟，不多久梁有富就出来，径直往外面走。我迎过去问是不是要坐车，我可以送他。他拍拍我说，没事，我喜欢搭公共汽车。

晚十点，我还站在水池边等，音乐喷泉乍然动了起来。过不多久，她一个电话敲来，要我进去。我估计她喝得不行了，走进去，她果然坐在椅子上发怔，别的人都走了，地上很多酒瓶。她叫我扶她站起来，我照办。她的身体散发着暗淡的香气。我扶她往外走，她见着人身体就强行支撑一会，没人的地方大半体重全附了过来。香水这东西我一直没有留意，这一阵闻了满鼻子香，觉得很受用。快上车前，我忽然问她，束总，你用的香水是什么牌子？

……高田贤三，一枝花。你什么意思？她回答以后突然莫名其妙了起来，睁圆眼睛看我。天很黑，我看不见她的眼，但感觉到她眼泡子忽闪着微光。我说，没什么，觉得很好闻，打算给女朋友也买一瓶。她说，回头我送你一瓶。你有女朋友？我点点头说，算是有一个吧。她忽然又闭紧了嘴巴什么也不想说。我继续开车，在橘坪十字路口，按道理左拐，她叫我一直往前面开。跨过十字路口，是佴城中心商业区，我以为她要买东西。她要我继续往前面开，路面就黑了下来。再过去是市公安局，门口有个报警点。她要我把车停在马路边。一切照办。我拧开窗玻璃抽起纸烟。

你也抽烟？抽的是什么烟？她朝我睨来一眼，问我话。我告诉她，两块钱的大前门，抽起来有点鸡粪臭，你要吗？她把两枚手指扬了过来，说，给我一支！我递去了烟，并给她燃上。火苗小心翼翼地燃起来，她轻轻把烟蒂一舔，烟头燃得异常均匀。之后她要我出去，她想在车内一个人坐上一阵。我问，束总，有什么心事可以跟我说吗？她鄙夷地喷一口猛烟，并说，小张，你以为你是谁？我纠正地说，我是小王。她说，好的小王，快给我滚出去！

我当然是走出去的，站在离车两丈远的地方抽起烟来。她在驾驶副座抽得很快，吧唧几口就把那支烟抽得快夹不住了。报警点里一个警察跑出来敲敲车窗，问她有什么事。她赶忙摇着手表示没事。警察看见了我，又跑来问我有什么事。佴城这种地方突然冒出来个办事认真的警察，我真想揭发检举点什么东西满足他的好奇心，但我只能说，我们老板有些醉，她停在这里醒醒酒。

柬总大声地叫我名字，王尖，王尖。这时她记起我的名字来了。我跑过去开车，她还在打电话。她要一个人过来，说她今晚心情不好，并指定那人十一点半以前必须赶到某地方。那人似乎睡了，或者别的原因不想听她的差遣，说了些推辞的话。柬总的态度一步一步强硬起来，直到那人答应马上动身立即赶到，她才罢休。她的手机是折叠式，合上了以后她冲手机说，早答应啊，我还以为你真敢不来哩。形容你也就一个字，贱。

开到柬总那幢别墅前面，我问我是不是可以走了。她嘟囔一句，都是没良心的。我想我还是在车里待一阵。过一会有个男人打的过来，停在离这辆车不远的地方，她才挥挥手示意我走，还说，你可以打的，的士票留着。我走出去时来人与我擦肩而过，又是梁有富。他换了穿着，似乎还冲着我做了个无奈的表情。天有些黑，事后我想，其实我当时没看清他的表情。走过去以后我不想打的，一个人走着回去。街上早就没有了环线车，一些民工躺在马路边，一些工地趁夜赶进度，贴着地面有树叶和破纸头飘飞。路过工商银行，ATM 机在那段漆黑的马路中放亮。我走过去，把三光那张卡插进去查查金额，账面上多出两万块钱。我要取这笔钱，屏显却告诉我里面没有钞票了。我左右看看，夜色诡谲，整条马路似乎只剩下我和这台把钱吐光了的 ATM 机。

我换个地方分几次提取出这两万块钱，一手握着，感觉这沓钱很丰满，就像我的小妍。我拿回去当然不会告诉小妍，而是藏在一个角落，暂且不用。

拿到头个月的工资后，我敲开邮箱里的垃圾邮件，找到卖夜用望远镜的摊，订了一件货，并提出送货上门，当面付讫。没想到真有这样的事，当天傍晚一个家伙敲开我的门送来那玩艺，趁着夜色可以当场检验质量。我把屋里的灯关了，拿夜用望远镜看，果然小妍的脸露在被单外面，呈灰白色，还有一层淡绿的光。

白天，去给束总开车，我把望远镜挂在脖子上，时不时拿起来看看街道尽头、路边行人或者是远一点的天空。佴城被很多山围了起来，密密匝匝，稍微下一点雨的时候，从望远镜里看去，最远的几个山头总是布满絮状轻云，一派自在的样子。那天束总几乎全天用车，奔了很多处地方，但没有注意我胸前多了个东西。到晚上赴酒局时，她忽然发现了，问我，小王，什么时候买了望远镜？你还有这样的爱好？我说，刚买的，发工资嘛，老早就想买一个望远镜。她揣测说，用来看女人吧？你这样的年纪，心思随时都放在女人身上。我说，不，女人有什么好看的？我白天可以拿来看路况，晚上可以拿来看天。她噗嗤一笑，伸手摸摸我的脑壳，说，你看你看，你还真可爱。我赶紧装出童心未泯的样子，以配合她的夸奖。

晚上，只要束总没喝醉，她就会找一个合适的路口叫我停车，让我下车回家，她自己把车开到森诚世纪花园。有了夜用望远镜以后我忽然不再急着回租住的房间，而是喜欢把束总当成观察对象，观察她夜里的活动，并希望像达尔文一样通过仔细缜密的观察而总结出她的活动规律。也许她自己觉得日常活动是随意的，我却偏偏要从里面找出规律来。她把玛莎拉蒂（现在我知道她那辆车是玛莎拉蒂，听着像是一个外国人的名字）开往森诚世纪花园，我打个的尾随其后，或者搭环线车慢一脚赶去。夜晚，我胸前挂一只硕大的望远镜出现在环线车上，总能招致一些人朝我看来。到了离森诚世纪花园最近的斜方角站我就下车，走着去。佴城不大，任何地方总与环线上的某个站点发生联系。

我喜欢爬到水塔上面居高临下地观察这个小区，那里视野宽广，束总的别墅两面墙八组窗户都可纳入观察范围。我期望她哪天疏忽，没把窗帘拉紧，那么我的目光便可乘虚而入。但这样的机会我从没有碰到过，即使碰到，难道是想看她的裸体吗？我对此表示怀疑。有一次，我爬上水塔的平台，有一对男女也坐在上面，谈够了，正接吻。我自顾干自己的事情，揿开夜视键往底下小区看去。旁边那男的和他女朋友叽咕了一阵，觉得没意思，凑过来问我借望远镜看看。我只好借给他，他就到处乱晃，不肯撒手。那女的不停埋怨了起来，他才将望远镜归还给我。

束心蓉这女人是怕黑的，我在水塔上观察的那一段时间，时常有男人十一点以后钻进她的那幢楼。我只能大概看清那些男人的体型，不难看出来，大多数都不是梁有富。梁有富只是偶尔被她叫过来。有一次我看见梁有富进到那幢楼里，刚要撤离水塔，忽然瞥见梁有富很快又出来了。想必两人发生了口角。梁有富是自己赌气离开的还是被束总赶出来的？我只得继续观察下去，梁有富没有再折返。一刻钟以后我看见两个男人打的到束总的楼前，下了车往楼里钻。是两个，他们的身材是那种二十啷当岁小伙子特有的单薄。

那天回去当然很晚，用钥匙扭开房门，里面的灯还是亮的。小妍坐在床头，坐得标直，神情严肃。我脑子里还在想着用气枪打别人屁股的事情，看着小妍这种罕见的表情，忍不住又笑了一通。她的脸像毛巾一样拧紧了起来，眉心挤出古怪的纹路。

你到哪里去了？她问。能去哪里？把老板送回去，就回来了。说着，我走到卫生间里去洗漱，弄了好一阵，出来，小妍仍然坐得一丝不苟，还把一堆钱扔在床沿。我走过去把两万块钱拢作一堆，垛齐，再用皮筋套住。她问我，这钱哪来的？我回答，赚来的。你以为是捡来的？她又问，你怎么赚来的？你什么时候能一下子赚到这么多钱？

小妍的问话引发了我的沉思，是这样的，我凭什么一下子就赚到两万块钱呢？还真是没法跟她交代。于是我什么也不说，打开了电脑自顾玩了起来。我现在在学作图，很有趣，可以给人像上装一个狗脑袋，如果装得好的话看上去确实像个新型物种。小妍很长时间没有声音，我就奇怪了，不说话也能蒙混过关？抬眼看看她，她今晚坐得特别直，手撑着床沿，满眼都是泪水。你怎么啦？我只好扔开电脑走过去坐在她身旁，摆出安慰的样子。我想她会撒娇，噘着嘴，把身子侧给我看。她果然就这样。我把她身子扳正，并问，你怎么啦，有什么意见说明白了，我认真听，并且有则改之无则加勉。她马上又把身子侧了回去，什么话也不说，然后倒头就睡。我听见她的鼾声，这才觉得累，躺在她身旁，用闻惯了束总身上香水味的鼻头，闻见小妍身体的气味，素淡，稀薄，却又实实在在。

半夜我被小妍推醒，她说，你老实交代，你和束总干了些什么？我睁开眼，灯是亮着的，于是用胳膊遮住眼睛。我说，我开车，她坐车，还能干别的什么？

别跟我装不知道，你哪来这么多钱？她给你的吧？

还是那两万块钱的事在闹腾，我真想认了。钱难道不是束总给的吗？但我咬咬牙没有承认，反问道，她为什么要给我钱？她喷着唾沫星朝我吼道，你是不是逼着我把你做的不要脸的事全都说出来？她眼睛喷火，还在我脸上拊了一巴掌，巴掌啪在我脸上的同时她气焰就消掉许多。我捂着脸，十分严肃地告诉小妍，我根本没和束总做过她以为的那些事。这些钱怎么赚来的，现在我不能告诉她，以后肯定会说个明白。我要她无论如何相信我。

嗯，好的。她见我似乎不疼了，表情有所舒展。

……束总是什么样的人，我比你清楚。我把身体坐直抽起一支烟，并说，她是有一些男……朋友，但跟我没关系。你们女人就是这种小心思，心里面喜欢哪个男人，就担心别的女人都喜欢这个男人。这其实是一种病态。她怎么会和她的司机搞上呢？她是个聪明人，不会干这样的傻事。她身边年轻漂亮的小白脸要一车有一车，要一船有一船。小妍将我贴得有些肉疼，时不时吃吃地笑。我松了一口气。这时候她告诉我，束总的事情，没准我知道的比你还多。我告诉她我不相信，束总的事情她比我知道的还多，这差不多就是讲鬼话。

小妍静了半刻，忽然问，你知道梁有富和她的关系吗？我本想回答，夫妻关系，不是吗？张开口以后却说，我看他俩的关系不怎么好。

这只是摆在表面的，背后的原因你就不知道了吧？小妍脸上此时掠过一丝得意。她又说，束总是个很要强的女人，以前她长得丑，有了钱以后做死地整容才是这个样子。你看不出来吧？以前是她主动去找梁有富。梁有富当时被很多女人喜欢，束……心蓉还是耍了很多心机才插队进去的（她说出插队这个词又噗嗤地笑出声来），但梁有富并没有拿她当回事，和她玩，同时也和别的女人玩。梁有富这种男人，年轻时候必然是有些花的。束心蓉很能赚钱，拿出去给梁有富用，梁有富一来二去有些离不开她。

……钱这狗东西……我想就此发表些感慨，却一时语塞。小妍又说，等他俩成了现在这个样子，束心蓉心里就不舒服。她老要记起以前的事。她觉得当时梁有富亏待了她。现在她有钱了，梁有富说白了还得靠着她过日子，所以她就有了为所欲为的心思，拿梁有富不当菜。两人分开了住，束心蓉几时想到梁有富，一个电话把他叫过来，觉得烦了又叫他滚。束心蓉是个报复心特别强的女人，这一点你未必知道。她找别的男人，同时又叫人看住梁有富，不让他到外面拈花惹草。这纯粹就是在报复了，这样的女人你千万不要招惹……小妍的语气突然转为关切，同时把脑袋从我身上移开，深深地看我几眼。我脑子里面像揿门铃一样响了一下，想到一件事情，遂问她，谁跟你说的这些？梁有富吧？她一下子哑巴了，怔怔地看着我。我不想看她发怔的样子，遂关了灯跟她说，睡吧亲爱的，明天还有明天的事做哟。

那天束总约一个男人吃饭。本来说好就他俩，但那男人来的时候已经在别的酒桌上喝过了，见面时就有几分醉意，两个年轻人搀扶着他。他跟束总碰面的时候，一派眼花缭乱的样子，把束总叫成“小秋”。束总恶狠狠地往地上吐了一泡唾沫，冲那人说，我怎么会是那个婊子呢？她支使年轻人把那家伙扶到七号包房。我也要走进去，她却把我拦住了，和颜悦色地说，小王，你还是在外面等好了。

这家酒店进进出出的年轻女子特别多，衣服都尽量地节省布，有两个还蹲在酒店门口长时间地打电话。一蹲下去大量的白肉就现出来，直往男人的眼睛里跳，只是我没有了心情。我觉得刚才扶醉鬼的那两个年轻人都是警察，如果我没猜错，那醉鬼应该是公安局里面一个小萝卜头。搞刑侦的？要不就是个副局长？束总行为处事的风格我多少看出些门道，她特别相信人与人之间的关系，如果要请人帮忙的话不会一口就把事情说明白，事先得把关系再拢紧一些，吃几顿饭，K 几顿歌，当然也要帮这些男人安排他们需要的东西。到她觉得时机成熟了，才会开口让对方帮忙。

这时我想，束总找这个男人夜谈，八成跟我做的那些事有关。距上次她掏两万块钱打进三光的账号，差不多过去一个半月了。我跟她说过，两万块钱只能保两个月平安无事。她的内心不像她表面那样镇静，她毕竟是个女人。虽然很多时候她完全把自己当成一个男人，疯狂地工作赚钱，但很多时候，她会突然意识到自己是女流之辈。我左眼皮有点跳，捂下去以后右眼皮又跳开了。

我的猜测很快得到证实。束总给我打来电话，要我把刚才扶人的一个年轻人送到新麦西娱乐城。电话打完那年轻人已经到了我的车前面，问我这是不是束总的车。我说，当然是啊，玛莎拉蒂，整个佴城只有这一辆。去新麦西见你马子吧？——是女朋友咧！他坐在副座上试了试沙发皮，咧嘴一笑说，蛮牛的嘛，我还以为这车叫鱼叉牌。我说，老弟，哪有你牛啊，屁股后面别一把小手枪，掏出来想敲谁就敲谁。这也是个爱笑的警察，听我夸他，就把腰上的小六四掏出来，作势吹吹枪口。他说，老兄，哪是你说的这么爽？把枪给你，你去敲个人给我看看。他妈的，这把枪自个也憋坏了。我哈哈一笑，哪敢把枪接过来。

我问他刚才扶着的那醉鬼是谁，他毫不隐讳，说是市局张副局长，专门抓刑侦这块。

回到住的地方，我用电脑把束总那叠裸照又浏览了一遍。同时我想，如果束总要报案，那么无论醉成什么状态的人都能轻易把案件破了——查银行卡的户主，然后去监狱把三光盘问一顿。三光的德性我还是知道的，虽然我们关系有够铁，但在这样的事情上他不会守口如瓶，为多挣减刑分说不定会迫不及待地把我供出来。江湖义气第一桩，这是阿庆嫂糊弄胡传魁的鬼话，三光当然不及戏文里的胡传魁忠厚。

我调出两帧束总的裸照，用刚学会的图片处理技术稍稍加工了一下，把她脑袋取掉，随便安上一只动物的脑袋。有一帧上面束总的肉身上长出一个狗头，另一个上面也好不到哪去，换上的是鼬鼠脑袋。我并不偏好这两种动物，在电脑上找的图片里面，这两个脑袋剪切下来正好搭得上束总的脖子。我技术不精，图片处理后的效果破绽百出，束总的肉身因失去了恰当的脑袋而变得像一堆死肉。我随便找了两个网站，把做过手脚的图片作为帖子发了上去。

之后我给束总发了一封邮件，坦白地告诉她，既然我要在她那里搞钱，肯定是随时都注意着她的举动。比如她和公安局老张的接触，我整个都是看在眼里。我提醒她不要忘记，我是搞私家侦探的，在破案这个领域完全可以当醉鬼老张的祖师爷。写这一堆字的时候我把自己想象成王常，这个敲了束总一笔钱就去广东贩老鼠的家伙，现在在哪里逍遥快活？我继续在键盘上敲字，平时敲得不快，这个晚上来了情绪，敲键盘的声音十分细密。那封信我写得很有文采，措辞恳切，直陈利弊，晓以利害，把该分析的状况都分析到了。我让束总知道，这不是破不破案的问题，而是光脚的不怕穿鞋的问题。最后附上两个网址，让她看看我处理图片的技术怎么样。信写好了，我也冷静了许多，并不急于发出去，而是存在稿件箱里面，打算过两天再发出去。接下来的一段时间，有个新楼盘开始发售，束总挤不出时间跟张副局这种闲人打交道。她对事业的热忱，我倒是由衷敬佩的。

第二天天忽然阴沉沉的，小王一早就打来电话，说凌晨时候束总发病了，现在已经在医院里面。小王陪护着。她叫我不用去，自己安排。

我起床以后吃了早点，去到一个站台等待着。过去好几辆车我都没上去。终于，我看见慢慢晃过的那辆七路车上站着小妍。她倚坐在车门旁的扶手边，却没有看见我。人不少，我夹在一堆人里头挤上车，她仍然没有认出我来。我故意穿一件平常不怎么穿的嫩黄色衣服。当她把手伸过来要我买票时，我才抬起头。她噗嗤笑了，去招呼下一个不买票的。旁边有个老大爷较真，他问，为什么这位同志不买票？我赶紧掏出一块钱递过去，小妍把那老头凶了几眼，这才扯一张票。

逛得两圈，我看见梁有富从一个冷僻的站点上车。那一站只他一个人。我把小妍手里的票夹拿过来，笑吟吟地走过去扯了一张票给他。他看见我有些吃惊，旋即微笑，把一块钱钢镚递过来的样子倒是想要同我握手。他问我今天怎么不去开车，我说，梁总，束总今天用不着我开车。她是不是病了？梁有富翻翻眼皮，他的瞳仁很亮，眼白很大。然后他说，人嘛少不了有几样病，你嘛以后别叫我梁总。我也搞不清自己算是良种还是劣种。我问，束总到底是什么病。他用手比画了几下，告诉我，嗯，女人的那些麻烦病。

人下得差不多了，我坐在他后面，同样靠着窗，同样懒散地看街景，看天空。佴城活该是一派阴沉的样子，市庆在即，很多老旧的建筑物正按着规划贴上统一颜色的瓷砖。在阴云之下，在一片人为的白色当中，街景仿佛昏聩欲睡，同时又焕发着勃勃生机，有什么东西在那些行人木然的表情下面潜滋暗长。随着七路车一匝一匝绕着环线行走，我心中的喜悦被缓缓释放了出来。我毫无理由地喜欢上这平淡如水的一天。往前面看，梁有富的后脑勺确实像把勺，小妍靠着椅背悄悄朝我看来的样子还一如既往的单纯、知足。有一阵车上就只我们几个人，还有哐当哐当的响声，摆荡的抓环。梁有富突然就递来一支烟，我们在空车上狂喷。小妍打着普通话的腔调说，车上不许抽烟，请各位乘客自重！话没说完她自己笑闪了腰。

我听见梁有富腰里面老有振动的声音，提醒他，是不是来电话了？他哦的一声，把手机掏出来，看一看，说是闹钟没调好。然后他大概是把手机关掉了，重新塞进兜里。

兜上几圈我已经把街景看疲了，先下车。那天我心情一直不错，想把钱花掉一些，于是去买一条金项链。以前我没给小研买过类似的破玩艺，现在我手头有两万块钱，而且被小妍知道了。晚上拿给小妍，她却没有心情。……那两万块钱，我想也不是你捡来的，还是省着用。她皱着眉头，又说起另外一件事。她说，你刚下车不久，你们束总竟然也上了我这辆车，贴着梁有富坐。我说，束总不是病了吗？小妍说，鬼才知道，反正是看见她了。她要找梁有富说什么，梁有富懒得搭理。她一圈没坐满就先下了。

次日小王通知我去干活，束总的病已经好了。下午我开车送小王去税务局办事，一路上她嘴也不闲着，跟我说起昨天的事。束总突发急性肠梗阻，本来打电话给我，我关了机，她就叫小王过去护理她。急性发作，要治也是很快，到上午束总的病基本上就治住了。她只是很虚弱，一遍遍地给梁有富打电话，梁有富死活不接。束总心里憋着气，反而来了精神，中午就霸蛮要出院，没人拦得住。她一车子开到公安局找人帮忙。张副局倒也肯帮忙，要人打开手机定位系统让束总用。几个人盯着定位系统的显屏看了半天，看出来，梁有富在环线上蹭公汽，一圈一圈地绕。

接下来小王骂梁有富真是脑子进水，娶到束总这么能干的女人不晓得珍惜。他在环线车上一圈一圈地绕个什么劲呢？我哼哼哈哈地应和着，心里忽然得来一丝侥幸，幸好昨日下车下得早，要不然也会被束总撞上。我努力地想象着，如果我们一齐坐在环线车里兜圈子，会是怎么样的情景？

我把存在草稿箱里的信件调出来发给了束总。同时我查了查前次发出去的帖子，倒是有网友留言说：老兄，贴图专业一点好不好，别把我们这个坛当成你卖肉的案子。接下来一条留言说，卖肉也挑些好肉卖呀，别专卖老猪娘的囊膪肉。

隔天一早打开信箱，她就把信回了过来：王常，我们都是老熟人了，痛快一点好不好，一口价。我找老张是有别的事，我们之间的事用不着别人解决。游戏规则这东西，我觉得我比你懂，在这一点上你得向我学习。我回复，呃，那就好。何必一口价？来日方长嘛，你我既然是老熟人了，我要的价钱肯定不会太过分，你就放心好了。回复之后我准备赶去森诚地产，听候这个女人的差遣，心底顿生一股滑稽的味道。刚要关机，忽然又把那两个帖子找出来看看。其中一帖，昨晚看到的两条网友留言的下面又新增了一帖：楼上两个狗东西，你们去吃屎吧！我估计这是束总留的言，喏，不骂发帖的，只骂留言的。

过后几天，依然是晚上，我打开邮箱看到束心蓉主动发来的邮件：两个月的时间差不多到了，下一步你打算怎么办？

看样子束总真是很有责任心的人，反过来给我提个醒。下一步打算怎么办？我晃着脑袋想了好一阵，也没想出让自己满意的计划。于是我老老实实地回信说，我还没有想好，想好了再告诉你。你也别急，我考虑成熟一点也是好事，如果良心发现，自此不再向你要钱也不是不可能啊。

隔一天她又回信说：王常，我不喜欢你的风格，别他妈猫弄老鼠弄软了再吃。你要不要钱都已经沦为人渣了，我劝你继续把钱拿下去。

我回复：亲爱的，心急吃不了热豆腐！

那以后几天她都没有回复，是不是被我一句“亲爱的”搞蒙了？

那以后，我给她开车也尽量体贴起来。她察觉得到，回应似的，对我的态度也一点点好起来，在酒桌上当着别人的面也不再肆意地作践我了。有几次长时间堵车，卡在马路上动不了，她也跟我吐吐心里话，告诉我她和梁有富的关系并不好，因为梁有富根本不晓得体贴人，而且在做生意方面基本上是块废物，一点也帮不上她的忙。如果车继续堵下去，束总就会把梁有富数落个没完，仿佛这人一无是处。一数落梁有富，束总的嘴皮就干燥得快，不停拧开口杯喝水。

张副局好几次把电话打来，说是要请束总吃饭，其实每一回都是束总签的单。张副局这种人有点像牛皮糖，咬一口就会黏着牙扯不脱。束总和他打交道总是提心吊胆，被张副局揩揩油吃吃豆腐还是小事，她还担心这会惹得王常不高兴。她给“王常”发了一封邮件说：张泽凯缠着我脱不了身，我并不想和他搅在一起，当然我也不会给他说任何事情。

我回复：嗯，我会明察秋毫的，你放心吧。和张泽凯这种人打交道，不管谁都会感觉到头皮疼，以后尽量不要和这种人搅在一起。这么说也是为了你好。

我以为束总会再发来一封邮件说声谢谢，但她没有再回信。我想她把我的话听进去了。她自此后把张泽凯拒绝了两次，很策略，也很坚决。有一天张泽凯直接开着辆写有“警察”字样的车跑到森诚门口截住束总。他笑吟吟地跟她说，束妹子，你真是阎王爷的二奶，死都难见上一面啊。今天有幸逮着了，你再不卖我面子我拿铐子铐你，你信不信？他把裤腰一拍，手铐两只环碰撞有声。束总只得赔着笑，她能怎么办？张泽凯这种人面粗里细阴得狠，大咧咧地说一些玩笑话，你要真当玩笑听，他没准真敢铐。吃过饭，照例去“大地飞刀”里面K歌。那是一个大包，只我们三个人在里面显得空空荡荡。那天见到的那两个年轻警察过一阵也慢慢地踅来了，各自拽一个妹子。束总冲着我说，小王，难得大家今天心情好，把你的女朋友也带来，一起KK歌，跳跳舞什么的。我告诉她，我那个柴火妞上不了这种场面，唱歌只会唱歌颂毛主席的，跳舞像是演皮影戏，每个关节都像窗户合页一样折来折去。

在包房里，酒还继续地喝。张泽凯拉着束总跳了很多支舞，跟他来的年轻警察及他俩的女友无论唱什么歌，张泽凯总能够伴舞。不管歌曲的节拍如何，他永远都像在打正步走。他的手在束总身体上越来越不依不饶，甚至拧了起来。我坐在离门最近的那张沙发上，替束总感到难受。我总觉得她完全可以更坚决、更果断一点。

张泽凯让一个警察把晃灯打开，把别的灯统统关上。屋子里布满碎乱的光斑，影影绰绰。我眼睛好使，看见张泽凯把手滑进了束总的衣服里。束总把他的手扔出来，没几秒钟他的手又伸进束总的裤腰里面。束总只好咬咬牙把他推开，急急地往我这边跑。

小王……我听见她叫我，像是母猫难产时候的呻吟，异常羸弱。我一把搂住了她，并在她后背膛心轻轻拍几下。张泽凯跟过来，伸手要把束总拽回去。我把他的手挡开。他蛮不高兴，冲我说，司机鳖，这里没有你什么事，你出去。我要架着束总一块出去，他不让，伸手来拽束总细滑的手臂。我只好手上推脚下绊，把这个笨重的人弄倒在地上。他个子蛮大，又是个警察，我本以为弄不倒他，结果轻轻一弄他就像门板一样跌了下去，腾起灰尘。他酒喝多了，本就站不稳。他叫嚷着要摸枪敲死我。那两个同来的年轻警察弯着腰去把他扶起来，同时打手势示意我赶快离开。我把束总拉出来以后，她还打算去总台买单。我一把拽住她说，束总，还买什么单咯，以后反正是不打算来往了。她怔怔地看着我，左右为难，最后顺从地被我拉到了外面。直到把车发动，跑出去一段距离，她才回过神来，竟然很开心。……张泽凯这个鳖，从来都是只进不出，今晚上他肺都会气肿。束总一边说，一边掐指头算起账来，看K这顿歌会花多少钱。现在她巴不得今晚的花销越大越好。

把她送到森诚世纪花园，正要走，她拉住了我。下车，她还拽着我的手示意我跟着她向屋子里走。我心口忽然很热，很快就开始对她有所幻想。抛开别的不说，我相信她和小妍有巨大的不同。这很吸引我。进到她的房间，闻到很女人的气味，不是香味，而是一种干爽洁净的气味。她换了睡衣，很直接地示意我坐到床沿上去，挨近她。她很主动，我和她开着灯做了一次，之后又熄灯做了一次。在黑暗中她态度恭顺，竟问我满不满意。我像一只瞎猫饱餐了一顿死耗子，张开手掌在她赤裸的背部还有臀部拍得叭叭地响，并说，嗯，我很满意。

我觉得我应该走了，她仍旧很虚弱地搂着我，让我抱着她睡，要我在她睡熟以后打着赤脚离开这里，不要吵醒她。我告诉她我会按摩，掐着她肩上和手臂上的麻筋让她身体迅速地放松下来，很快她就睡得死沉死沉。我这才得以抽身离开。

回到自己的住处，小妍已经睡了。躺在她的身边，棕绷的床忽然显得硬，硌背。小妍背对着我，她身体的气味和一种伤湿膏的气味差不多。我打了几个喷嚏，这才睡去，但老处于半睡半醒的状态。半夜我忽然觉得痒，不动声色地醒来，发现小妍盘坐在床上，勾下脑袋，鼻头贴着我的肚皮使劲地嗅来嗅去，就像一只警犬在搜寻蛛丝马迹。刚才，我是被她的鼻息弄得发痒。她弄得我很想笑，当然没笑出来。好一阵，她才把脑袋抬起来，长长地叹了一口气。她一直坐在床头，既不哭，也不从我的衣袋里拿烟抽。我装睡，结果再次地睡着了。

醒来，床边空空的，小妍不知什么时候已经走了。这时我心里有些难过，到卫生间里去洗漱了一番，拿冷水不停地淋着脑袋。当天晚上我很早就回到那里，小妍回来得更早，做了好几个菜摆在桌面上。她炒得不怎么样，但态度十二分认真，所以我赞不绝口。她似乎笑了，犹疑地说，是吗？是吗？

束总要去省城办事，让我开着玛莎拉蒂去。我给小妍打个电话，说要跑外边，有几天回不来。她淡淡地说，工作要紧，你去好了。

我和束总去了省城，她其实没什么事。她说她最近感到累，非常累，要找个安静的地方关了手机休息几天。我和她住进城郊一个叫响水峪的度假村，那里有温泉，富含矿物质，每天泡一泡会改善心情。我和她不停地泡，泡来情绪了就疯狂地做爱。停下来，我也感到累，无边无际，像是把啤酒喝了整夜，说醉也不算醉，但浑身的气力突然全被抽空了一样。有时候我也想拨个电话，和小妍聊聊，号都摁了，却没有拨出去。她问我在干吗，我怎么回答？我不想没完没了地跟她撒谎。

还没到泡温泉的时候，响水峪这个地方静得吓人，尤其是晚上，我怀疑只有我和束总两人。她变得唠叨，泡在热水里跟我讲她的事情，从小到大，事无巨细，还包括恋爱。她第一次见到梁有富的情景至今记忆犹新，重复多次地跟我提起。她说她是在一个下午稀里糊涂就喜欢上梁有富的。那天梁有富在打桌球，打得干脆利落，球台上的球就喜欢被他捅进洞里。赢一局就能赚一包白沙烟。她以前从不看桌球，那天看了一下午，梁有富和另几个人把硬壳白沙烟像筹码一样不停地递来递去，最后梁有富还是赢了九包。他用衣兜把九包捏皱了的白沙烟兜到她的烟摊上（她当时还在摆烟摊，说到这个细节她偶尔面露尴尬），问她能不能换成钱。这烟批价是四块二，他要价三块五。她按四块钱一包，给他换了三十六块钱。后来……

热水腾出来的雾气使我昏昏沉沉，束总表情生动，娓娓道来，但我昏昏欲睡。她说着说着，忽然踹我一脚，要我抱紧她，用手箍在她的胸口前，直到她感到有些气闷，才叫停。

在响水峪住了三天，束总心就慌了，把手机一打开，电话和短信就源源不断地流了进来。她叫我把车开回去。对她来说，休假和更年期症状都是奢侈的事，回到佴城，她还是要每天忙里忙外。

现在高速公路铺开了，回佴城只是七八个小时的事情。束总在副座上打瞌睡。我眼睛一直盯着前面不断延伸的公路。她忽然睁开眼，问我以前是不是当侦察兵。我告诉她，是的。她问，侦察兵主要是干些什么事，是不是和电影里的侦探差不多?

作为一个曾经的运输兵，我只能糊弄她说，不光是侦探干的那些破事。侦察兵对兵源的素质有着严格的要求，方方面面均要有不俗表现，就拿格斗对抗来说，也得像武打片里演的一样比一般的人强。……束总打断我，并不无赞叹地说，怪不得，张泽凯武高武大的一个人，你一家伙就把他搞翻在地上。

到高速路的一处服务区，東总叫我把车停下。服务区有餐厅。我俩进去，東总随意地点几个菜。待菜上了桌，她要服务员拿酒，拿白酒。她一个人喝，我不能陪她。看得出她有心事。在我们这张桌子上，我一个男的喝着橙色饮料，对面坐着的女人却抱着瓶往嘴里灌价格低廉的白酒。这引来很多人侧目。谁把眼光盯向東总，我就拿自己的眼光狠狠盯向谁，直到对方把眼睛收回去看自己碗里的菜。我此时的状态完全像一条忠实警醒的狗。東总冷哼几声，说，王尖，让他们看好了。

过一会，東总眼睛看着别处，轻轻地告诉我，他失踪了。我问，谁？梁有富吗？有多久了？是不是过一阵还会回来？東总惨然一笑，说，我又不是傻子，能看不出来？我登时明白了，東总的反常举动是梁有富闹的。听到这样的事我并不奇怪，老早就觉得有一天梁有富会突然离开佴城，离开一匝匝转个不停的环线车，去寻找一些说不清道不明的东西。東总现在告诉我他失踪的事，我只当是一种应验。

她继续灌自己酒喝，平时她不显酒量，这天她一点没有控制自己的意思。我以为她会就梁有富再说些什么，回忆旧情，或者拎些事把梁有富一顿痛骂。她却话锋一转，说起另一件事。

……梁有富要滚也就滚他妈的蛋，天要下雨娘要嫁人，由他去。我现在烦的是另一个人。这家伙不晓得躲在什么地方，一直搞得我很不舒服……東总觉得餐厅不是说话的地方，把我叫了出去，坐到车上。她继续说，这事是一个叫王常的人干的，这个人很变态，不但要敲诈，而且喜欢变着花样折磨人，绝不是敲一笔钱就走。他在慢慢地消遣我。

我摆出震惊和愤怒的样子问道，束总，这狗东西到底怎么消遣你了？束总脑瓜子甚是好用，不但说了大体的过程，还把我寄给她的邮件里的内容逐封地背出来，虽不像背毛主席语录那样一个字都不错，倒也没有太大的出入。我一边听一边不停地附和几句脏话，表现出义愤填膺的样子。她说话时酒劲慢慢上头了，吐字拖起了哭腔。她哭的样子很好看，我喜欢看她哭，这惹起了我的怜爱之情。当她快说完的时候我把她紧紧拥到怀里，气得直打哆嗦，说，你那么一身好肉怎么能，怎么能让那个狗东西随便拍随便看呢？这么说的时候，我仿佛忘了事情是我做下来的。她悔恨地说，王尖，我这叫作茧自缚。你知道是什么意思吗？我明明知道，偏说不知道。她被我一手抱着，脸紧紧贴着我胸膛和肚皮之间那个窝窝，显得虚弱和疲惫。她忽然咬紧牙关狠狠地对我说，不但敲诈，这狗东西竟然在信里叫我亲爱的，刚才我忘记说了。我也故作义愤填膺状，说，这狗东西，“亲爱的”是他叫的吗？

我问，能肯定是这个人吗？那个人就算自己承认说他就是王常，也可能是冒名的啊。

还能是别的人吗？我找银行的朋友查了查，他给我那个卡号，户主叫许三光，犯强奸罪还在笼子里面蹲着。这个王常和许三光都是朗山县林木冲乡堤溪村的人，老乡。我只能查这么多了，再往下查警察就会插手进来。束总旋即问我，你看这事怎么处理？

我想了一阵答不上来，就轻轻推开她找出两支烟，一并叼嘴里燃上，把其中一支插到她嘴里。我说，这个这个，束总，这要看你想怎么办。大主意你拿，我这号人只管跑腿。

我不知道，我很害怕。她说，他会不停地问我要钱，要是哪天不高兴了会把裸照都贴出来。至少，佴城所有的人都会知道这事。什么东西一旦放在网上，怎么堵都堵不住了。我安慰说，网上光屁股的女人多了，没有一千也有三万，谁想看让他看好了，撑死他的眼睛。

我和她们不一样。你以为我是谁？你以为所有的女人都不在乎？真贴出来，我不知道会有什么样的结果。她嚷嚷起来，情绪激动。她又说，我记得小时候，隔壁旅社抓出一个林广县的男人嫖娼——那时候婊子不像现在这样多，捅出这事一个县的人都很好奇。公安局抓两人游街，还想了个办法，找两根绳，交叉着绑住两人的腿，一根绳一头捆住男人的左腿，另一头就捆住女人的右腿；另一根绳反着来。游街的时候两个人挪不开步，一走路就脚碰脚，绊来绊去踉踉跄跄，满街的人都快笑瘫了……

怎么又扯上这件事呢？两件事不搭关系。

怎么不搭关系？都是扒光了让人看笑话。她脑袋稍抬，愠怒地盯我一眼。我拍着她背心让她稍稍放松，并问，那你想怎么样？束总说，尖细，你能不能帮帮我，把照片拿回来？你知道的，帮我办事，钱一般来说不是问题。我就猜她要说这样的话。我说，束总……她说，亲爱的，就叫我心蓉好了，心蓉！

心蓉。这两字我头次冲着她念，有些别扭。之后我表决心地说，我这种货只要你看得起，绝不会说一个不字。别的本事没有，帮朋友解决问题的能力多少有点。

她把我的话全听在耳朵里，没说话，只是点点头。

我又发现问题所在似的，跟她说，心蓉，这事情好像没有这么简单。如果他存心把照片，特别是电子文档复印多份藏起来，怎么问他要也要不彻底，他迟早还会拿出来找你麻烦。

我担心的就是这个。你逼他一下，他找出几个文件交给你，也不是难事。但你人一走，他照样能拿着照片到处贴。……真就没有办法了吗？

办法有，只有一个。我狠狠地说，你也知道，真正的办法只有一个。这只是钱多钱少的问题，钱到位了，这个办法一般来说非常有效。我认识不少这方面的朋友，他们都是硬骨头的人，敢赚这份钱，就能够把牙关咬得死紧，出了事绝对不会多说一个字。

她半晌没有说话，叫我开车。我开着车继续上路，封闭的高速路两侧是没完没了的标志、故障电话和暗藏的测速仪。她系上安全带睡了一阵，醒来问我，照你刚才说的做，大概要多少钱？我说，一条人命你觉得值多少钱？其实很不划算的，也许比他敲诈你一辈子的钱还要多。唉，这毕竟不是随便能做的事。

那你刚才是在放屁？你到底认不认得能办这种事的人？

以前认识几个的，但好久不联系了。以前成天在街上混，门门道道的人都得认识一点。实在找不到他们，也没关系。我这种人命贱，而且很见不得钱。依我看没什么事是不能做的，说白了只是钱多钱少的问题。心蓉，我只是觉得敲诈你的那个王……常，他就像一头猪，弄死不是难事，但犯不着花太多成本。

束总语气铿锵地说，我说过的，这不是钱不钱的问题。有时候只要我愿意，比黄金更贵的猪肉也要吃一吃。接下来，她要把她所知道的王常的情况告诉我。我马上制止。我说，既然我答应去办这事，你就要相信我有这能力。王常的情况我自己去查——就像看中医，你不必叽里呱啦把病情都说出来，那是看不起医生的医术，人家一切脉就全知道了。你什么都不必告诉我。

她点点头说，尖细，经你这么一说我心情好多了。我腾出手去拍拍她说，心蓉，佴城还远着的，你再睡上一阵，等酒劲过了，再仔细想想这事值不值得做。

回到佴城，回到租住的房子，拿钥匙打开门，喷鼻而来一股霉味。我心情倏地黯淡下来，等到晚上小妍果然没有回来，打了她的手机——您好，您拨打的用户已停机。回想束总说起梁有富失踪的事，我忽然怀疑在小妍的身上也发生同样的事情。只数十秒钟时间，怀疑马上变得很肯定。

我想伤心一把，却也没有。什么感觉都没有。坐在破沙发上抽一支烟，忽然有点好笑，梁有富这样的人，怎么会打起小妍的主意呢？一个把好菜好酒吃饱喝足的人，也经常想吃吃窝窝头的，梁有富难道也是这种假模假式的趣味？这又让我意外了起来，我有预感，仍然意外，人一时间被弄得矛盾重重。抽第二支烟的时候，我觉得他俩其实还蛮般配。

第二天我在房间里睡了一天，束总打电话来我也不接。晚上，小妍仍没有回来。我把电话拨给她在佴城仅有的几个熟人和在公汽公司的同事，他们都说没看见她。第三天快中午的时候，束总又把电话打来，我一摁键接了。她问我有没有去查王常的情况。

我问，束总，你想明白了，真要弄死这个人？

王尖，你以为我开玩笑？你以为我前天喝多了？她在电话那头爽朗地笑了起来。

我把知道的王常的情况一一说给她听。她听过以后很吃惊，夸我说，王尖，真有你的，一天工夫基本上全摸清了。我告诉她，我可不是吃闲饭的。她问，接下来怎么做？我告诉她，接下来就得去联系个人了，看他要多少钱。要是价钱要得太高，我会考虑我自己把这事做了，这样的话，对你而言也是更安全。看样子王常是个十足的社会渣滓，被很多人追债，即使死了，警察连嫌疑人都排除不完。我看，只要把尸体处理得好一点，问题真的不大。

真的吗？王尖，我舍不得你亲自去做这样的事。她声音这时候有点轻轻地颤，微微地嗲，这种老来嗲让我心头泛起鸡皮疙瘩。她问我这事要多少钱。我说，先联系一下，一开始送些定金就行，事后再把余款补上。这些人既然敢替你杀人，就不怕你事后赖账。

束总问我先给多少钱合适。我说，唔，先给我十万好了，我把事情说定下来。束总叫我明天等她电话，她会把十万现款给到我手上。

次日我起得很早，跑到公交公司，向别人打听小妍去哪里了。他的那些同事大都认识我，以前大家有说有笑，但这天都是躲躲闪闪，一问三不知。我确信她已经不在佴城了。之后我上了一辆七路车，又是绕着环线转来转去。这天天阴，路边冷冷清清，人们走在路上还是睡眼惺忪的模样。转了几圈，束总打电话来叫我去她办公室拿钱。我在路边买了一个帆布包，上面印有“为人民服务”的字样，我想这个包装十万块钱应该没有问题。

我再回到七路车上，书包已经是鼓鼓囊囊的，“为人民服务”几个字被钞票顶得煞是丰满。随着车又转了几圈，佴城逐渐充满了阳光，但在我眼皮底下仍然生动不起来。这车上，没了小妍，也没有了梁有富。我这才觉得能像那个下午一样，三个人都静静坐在车上，不说话，却又体会到彼此暗通的联系，是多么难得的事情。也许，这样的情况再也没有了。

到一个路口，我下车，站在站牌下面，脑袋一片空白。过一会我掏出手机拨了王常的电话，这家伙很快就接电话了，倒是一反常态。我问他是不是还在做老鼠生意。他说，广东人都是属猫的，闹鼠患也填不满他们的肚皮，湖区的老鼠快被吃绝了。现在我在朗山这边收老鼠，收到的货不是很多，但现在老鼠价格一个劲地蹿升，利润还是有。怎么，想跟我干了？我说，嗯，现在手头有点钱，想跑跑生意。你赚钱了吗？你他妈说过要请我去高档点的地方开开心的。他哈哈一笑，说，你这犟脑壳，随便说说你就当我欠了你一样。过来吧，高档够不上，能开心的地方还是到处都有。

挂了电话，我招手唤来一辆绿色的士。我告诉司机赶去火车站，赶最近一趟往朗山去的火车。但车一开，我又改变了主意。我要司机往飞机场去。

飞机可没有飞到朗山的，飞机一蹿起来就会走几千里哟。司机好心地提醒我。我说，我知道，现在我不去朗山了，要去别的地方，远一点的地方。司机心里发怵，不愿意往飞机场开。我火了，把印有"为人民服务"字样的包扯开让他看。我说，兄弟，别狗眼看人低，这里面是钱，不是枪，我犯不着抢你那几个小钱。他这才放下心来，把车往飞机场的方向开。

离佴城七十里有一个飞机场，是邻市修建的，航班不多。我从没坐过飞机，也不知道邻县那个机场几个航班各去向哪里。出了城，路面一下子宽阔了，车轮带出一串破冰的声音，或者像我母亲把一匹细布剪开一个豁口，顺豁口一扯，发出非常绵密、干脆利落的声音。

束总这时候把电话打来，我没接，而是回短信：亲爱的，正坐在车上，有些话不方便被别人听见，还是发短信吧。她回复：这不是小事，一定要小心，小心，再小心。我没有回复。过一会，咣啷一声，短信又来了。打开一看，她说，刚才把钱给你以后，我就想，不是钱的问题，你知道的，对于我来说不是钱的问题。这件事，我还没有想得太清楚。

我回复：你不是开玩笑吧？这不是到超市买卫生棉，不拆封的话十天之内都可以拿去退货。这他妈是……你不会突然觉得自己未具备完全民事能力吧？

束总的短信3：其实我当时没有想清楚。现在仔细想想，我没有把王常恨到那种程度。当时把恨梁有富的心思全都转嫁到王常头上去了。

我回复：我觉得此时此刻的你和平时不一样，虽然我更喜欢你此时此刻的理性，但是翻来覆去的性格会把所有人都吓跑的，不光是梁有富。

束总的短信4：不要再提那个死鬼，现在我不在乎他了，他根本不值得我恨。现在我担心的是你啊。你找到王常，想办法把照片弄到就行了，实在不行，就让他到网上去贴吧。贴了又能怎么样呢？只要你不在乎就行。

我鼻头喷出奇怪的笑声，很想问她，此时此刻我是不是应该作死地感动一番？我想打几个字回过去，却无法表达此时此刻瞬息万变的心思。

过一会又一条短信像鼻涕虫一样钻进了我的手机。这骚婆娘说，亲爱的，早点把事办完，早点回来。我此时此刻就想你了。你一定要安全回来，安全第一。我需要你!

我感到烦躁，回复说，要是我回不来，亲爱的，你就当不小心弄丢了一个自慰器吧。

之后我想把手机扔出窗外，一想这也不是好习惯，不能手头稍微有了一点钱就扔掉旧东西。于是我把手机后盖打开，把 SIM 卡取出来，轻轻地弹出窗外。

# 韩先让的村庄

鹭庄旅游的那些事情，还是从2005年的八月份那天早上说起。那天我在鹭庄，和韩先让呆在一起。韩先让绰号苕吊，我可以这么叫他，但别的人并不都可以。当时我们坐在一个观景台上，我叫他一声苕吊，他居高临下，凝神地看着眼底的鹭庄，就像是看守一片瓜园。他如此专注，没有听见我叫他。

我正要再叫他一声，但是与此同时，我听见从下面的路上飘来一个声音喊他：苕吊，苕吊！我往下看，原来是野猪，他找四毛用拖拉机拖来一车水泥空心砖，匡其的拖拉机跟在后面，车厢里满满当当地仍是水泥砖。我眼光再挑上来，看见韩先让脸就变了。并不是所有人都可以叫他这个绰号，大多数人要叫他韩老板。而野猪，他恰属于这个界线中间人士，叫韩老板或者苕吊，实在看他心情。

野猪……韩先让有点欲言又止。他就是喜欢跟人玩欲言又止，开了口偏不把一句话痛快地说完，仿佛是要留给对方自我反省的空间。他皱了皱眉头。我敏锐地觉察到，那两车砖，在韩先让看来，就是野猪拉到鹭庄的某种病菌。

怎么了？

你说怎么了？你怎么拖来两车水泥砖？

有什么不对劲么？

拖砖可以，为什么你要买水泥砖？

野猪朝楼子上扔烟，阴蓝色的烟屁股显示着价格不菲。野猪说，水泥砖和火砖又有什么区别咯？火砖能拖进来，水泥砖又有什么不行？

韩先让咂咂嘴说，水泥砖和火砖质地不同……

质地不同……你真是有闲心啊。昨天我婆娘裤门上面掉了一粒纽扣，你是不是也要搞清楚，到底是有机玻璃的，还是硬塑料轧的？野猪说着话，两台拖拉机照样在往前走，它们各有四粒轮子，都能滴溜溜地转，你不能把拖拉机不当车。野猪的话飘上台子，拖拉机已经跑到韩先让不必回话的地方。

这样搞是不行的。韩先让扭头看着我，不无严肃地说。

哦？怎么啦？

这么搞下去，鹭庄说不定要完蛋。韩先让满眼都是忧心忡忡……你想想，满眼看去都是水泥砖砌成的房子，你说，还会有人来吗？

是啊，我往四周看了一圈，鹭庄眼下还是一片土砖和石块砌成的房子，矮矮巴巴，歪歪斜斜，风一吹，所有的房屋仿佛都伴着稻浪一起晃动。

……没想到竟然会是野猪！韩先让发表着这样的感叹，表情依然严肃。那种严肃，仿佛预见到了飓风起于青萍之末。

是啊，没想到竟然是他。我回应着韩先让，抽着野猪的烟。我知道韩先让为什么如此为难，因为他一度将野猪视为左右手，他倚靠着野猪摆平其他的人。他现在能惬意地坐在观景台上审视着鹭庄的风景，想着这片地方是自己的，野猪功不可没。他没想到，有时候左右手也会失去控制，举起来抽自己的脸。

以前野猪是怎么帮他的，他也毫无顾忌地说给了我听，仿佛那是一个笑话。此事还要上溯两年，即2003年。那一年，鹭庄发生了一桩前所未有的大事，韩先让要把整个村子包下来，搞旅游。鹭庄的村民一时间搞不清旅游是怎么回事，聪明一点的就去查字典了解一番，蠢一点的以为韩先让要买下自己的土地干别的事情。但韩先让并非买下任何一块田地，他只是取得一种权力，由他把外面的人带进村做客而已。为此，他每年都要付给村委会一笔钱。大多数淳朴的村民听到这么一说，就放心了，但是还有少数人认为，韩先让脑子太精明，有好多话眼下肯定不明着说，一旦村子被他承包到手，他还会搞出许多名堂来。于是，这一拨人就联合起来坚决反对。他们放出话来，要是韩先让要搞旅游，那么他们也不种田了，要让韩先让带来的人在村子里寸步难行。别说是看风光了，那些游客就算是想看牛怎么拉屎，看完后，要掏出卫生纸给牛擦屁股才行。

这一拨人，以匡其、四毛、塘颂为主。他们个个都不怕韩先让，因为小时候，韩先让是被他们打着玩的。姓韩的是鹭庄的寒姓，只那么一两家。到一个村庄，你才知道一个人姓什么原来是很重要的，不光是源流问题，还是现实问题。在鹭庄，姓杨的姓陈的姓丁的想打人就动拳，姓韩的寒门蔽户，只能是等着挨打。

韩先让后来告诉我，既然他有心搞这门生意，心里面肯定是有道道的。那些人虽然纷纷放出狠话，但是都在他预料之中。那天他去榆树下找野猪，他喊了两声，野猪应了三声。

韩先让问他，你到底有没有把握？韩先让对野猪不是很放心，他说不把匡其那几个人放在眼里，也许是酒话。

韩老板，你太不相信人了。当时，野猪的脸上现出很委屈的样子，说，你别以为他们个个都夸自己是狠人，其实，鹭庄的狠人只能有一个。你觉得是谁？

难道是你？

野猪敛住眼色，点了点头，并说，这话并不是用嘴巴说的，你放心去请一桌客，把他们都叫起来。要是事情搞不定，饭钱算是我的。

韩先让和野猪彼此交换一下眼神，此事就这么定下来。过两天，韩先让就去请匡其四毛他们几个一起喝酒，酒桌设在晒谷坪。晒谷坪是多功能的，可以晒谷、开会、办喜事，也可以用来打架。受邀的人都来了，韩先让请酒，那确实不吃白不吃。坐下来，他们吃着酒，韩先让跟他们商量事情，他们权当是在放屁。尤其是匡其，韩先让说要搞旅游，他就说，好啊，搞旅游我会，我妈现在屋里没事干，你请她去当导游我看不错。工资不要多开哦，一个月两千就差不多了。他一说话，别的几个人就呵呵哈哈地笑，像是春晚的现场观众，个个都懂得捧臭脚。

韩先让微微一笑，说，匡其兄弟，我有一说一，你妈年纪有些大了，导游还是要请小妹子来搞。

我妈年纪大了，难道你妈年纪很轻吗？匡其笑了起来。

韩先让就不吭声了，他拿眼睛瞟了野猪一眼。野猪说，匡其，你妈我要喊婶娘，她年纪是有点大，普通话又讲得不好，我不同意她当导游。

我妈要干什么事，需要你同不同意？野猪，你是不是喝多了。

野猪闷声闷气地说，我就是不同意。

匡其有些不相信自己的耳朵，说，野猪，你要管我妈的事，那么，最好是在我脑门上先敲一瓶子。你要是敢敲，我就不吭声了。说着，匡其把自己的脑门露了出来，往前面杵。他的脑门又宽又圆，分明就是敲瓶子的好地方。

真的么？野猪拎着一瓶没开启的啤酒就走了过来。

真的，我就怕你敲不下来。匡其说完，便和他的几个同伴迸发出了胜利者的欢笑。这种情况，仿佛是让野猪陷入了被动。野猪仿佛有些受窘，匡其就笑得更欢了，他把脑门又往前杵了几寸，还挑逗似的扭了扭脖子。这时他看见野猪脸上突然泛起一丝狞笑，情知不妙，却来不及躲避了。

脖子这东西，总是不及手脚来得灵活。要不然，到井里打水也犯不着用手扯吊桶了，直接用脖子当作辘轳绞麻绳就行。

那一瓶子敲了个正着，发出迸裂的声音，墨绿色的碎片稀里哗啦地散开了，淡黄色的啤酒泼溅得纷纷扬扬，到处都是。匡其被抬到乡卫生院住了几天院，医药费和误工费都是韩先让掏。

回头，匡其的兄弟要找野猪的麻烦，也找不上。一起喝酒的人都亲眼看见的，他们证明说，是匡其自己要野猪打他，他脑门杵在野猪眼皮子底下，野猪正好又把酒瓶子举了起来。举起来后，匡其的脑门子反而抬得更高了。当时，野猪被匡其搞得有点下不来台。又说，都喝了酒，喝多了。

韩先让和野猪各自拎一袋东西去乡卫生院看匡其。匡其耷着脑袋坐在床铺上，韩先让就说，匡其，过几天我就带人来鹭庄了，你家位置比较好，把大门弄开，到院子里摆几张桌子开一家农家乐饭店，也能找钱啊。

匡其说，好的，苕吊，我就麻起胆子沾你光啦。

野猪说，现在村里人都叫他韩老板。

韩先让说，不要这么说，你喜欢怎么叫就怎么叫。你还是继续叫我苕吊吧，我听着会觉得很亲切。

我偏要叫你韩老板。韩老板！匡其说着就嘻嘻地笑了起来。

可以说，鹭庄的旅游事业在两年内得到一定的发展，是和野猪在匡其脑门上敲了那一瓶子密不可分的，从此以后，鹭庄就按韩先让的设想一步一步经营了起来。两年下来，算是有了不错的开端。野猪那一下也不是白干，他由此荣升傻鸟旅游事业发展公司的安保部主任。

公司名为“傻鸟”，是我取的。韩先让力排众议，最终采用了这个名字，原因有二。其一，众所周知，鹭鸶是鹭庄人见过的最傻的鸟。以前有个脑筋急转弯的题目，说树上七只鸟，打了一只还剩几只。回答六只的被认为是傻鸟，因为标准答案是零只。其实出题目的傻鸟没见过有种鸟比他还傻，要是树上停着七只鹭鸶，你打下一只，估计树上起码剩得下三四只。二，韩先让认为傻鸟听着亲切。在鹭庄，苕就是傻，傻这个字眼没人说；而鸟，其实是多音字，它在某些语境里也可以读作吊。

在傻鸟公司经营的最初两年里头，来鹭庄参观的游客量慢慢趋于稳定了。乡村旅游作为一个新事物在佴城遍地开花，游客们找哪家都是瞎打误撞。游客总量一多，每天多少就有一拨子撞到鹭庄里来。来了之后说好的也有，说不好的也大有人在，要退票是不可能的，因为进了寨门就算是参观了。佴城的乡村游景点都是这么因陋就简搞起来的，都被游客恶评过，但每个景点每天的游客量，总是一个相对稳定的数字。

但在这个当头，野猪要把自己的老屋掀掉，盖一幢水泥房子。

那天，韩先让在观景台上和我谈着远景规划，见到野猪拖水泥砖以后，他心思游离，怔怔地看着不知何处。我知道他是在想对策。他一直相信，自己比鹭庄别的人总是棋高一着。这个地方是他的。

我父亲是鹭庄人，爷爷如今还在鹭庄住着。我自小住在佴城，鹭庄的旅游搞起来以后我才过来多一点，帮韩先让照照风景照，顺便找他扯扯淡。回头，他将这些照片做成活动宣传板，摆在佴城古城区的大街小巷。虽然我以前来得不多，但鹭庄的老少爷们都认得我，只要见到我，就冲我说，你回来啦。

是的，回来啦。我回答着，心里不由得一暖。

再往前推个四五年，韩先让是我父亲专门为我指定的榜样人物。那时候，我毕了业，待在家里无所事事。父亲要为我找个临时性的工作，我还左右挑剔。父亲恨我不争气，遂提出了“向韩先让学习”的口号。韩先让的广告公司就开设在离我家四五条胡同远的马路上，父亲好几次请他来我家里做客，坐下来跟我讲他的事迹。我找不到理由不听，我一无工作，二无女友，彻头彻尾一个闲人。

聊了几次，我发现韩先让乍看上去其貌不扬，其实是个蛮有意思的人。他爱说起他的理想，说要把鹭庄搞成旅游景点，而且，他正在筹备，已经进入具体操作阶段。当时，佴城的旅游都刚起步，旅游局十几个人七八条枪，要说旅游搞得起来，县长都没得把握。韩先让却肯定地说，旅游马上就会搞起来，但古城只够游一天，要是游客打算在佴城待两天，剩下的一天必然要找新的景点。

此前，逢年过节我去鹭庄走亲戚，看着鹭庄山高水低鸟飞蛇爬的状况，也偶尔地想，这里要是搞旅游，说不定会对大城市那些人的古怪胃口。我偶尔闪过的想法，竟然被韩先让当成事业一味猛搞，我不得不对眼前这人肃然起敬。有理想的人，身上总有某种与众不同的东西，我觉得韩先让就和别的鹭庄人不一样。

虽然和韩先让接触后，他也给了我一些感悟，但是我父亲意欲将他树立为我的榜样，显然没有起到立竿见影的效果。榜样这事，即使是国家宣传部门不惜重金树立起来的那些闪闪发光的人物，也总是被人们竞相遗忘，何况只是开了一爿小广告公司的韩先让哩。后来，父亲就不再叫韩先让来家里做客，任由我在家无所事事。

父亲不再请韩先让做客，我却主动去找他了。此事与江顺生有关。有一天他打来电话，跟我说，闲人，愿不愿意找点事做？江顺生是我高中同学，当时我们把文学社搞得红红火火，到各年级以及周边的中专学校推销铅印文学刊物。

他大学毕业以后在省城里混，打电话的时候，已经成为一家时尚杂志的编辑部主任。他知道我一直闲在家里，就问我愿不愿意帮他做点事情。他说他想开设一个栏目，里面要忠实地记录普通人讲述自己的事迹。……不要有任何修饰，你最好是买个小录音机录下别人讲的话，再一个字一个字地抠，整理出来。我一听就觉得蛮有意思，于是买了小录音机从我父母搞起，要他们讲过去的事情。之后整理成文，他们咳嗽的声音我都不放过，仔细一听，咳嗽声也是千变万化，有时候是“嗯啃”，有时候是“啊考”，有时候却又变成了“咿啾”……我如此忠实地还原了录音机里别人的讲述，寄给江顺生，他却大感失望。他又打电话来，批评我做事情太走极端，并介绍我读一读一些杂志上“情感实录”之类的文字。

他要的文字，我始终没搞出来。但我得感谢江顺生，我会错他的意，自己却由此无意间闯入一片奇怪的境地。经过逐字逐句地整理，我发现原来人们大都是依赖言不及义、病句丛生、逻辑紊乱和阴差阳错的语言交流着的。不管江顺生是否采用我的稿子，我也染上了腰里别着录音机偷录朋友们说话的习惯，晚上回家躲在房间里整理成文字，立即就能进入那个奇异的世界。

我乐此不疲，头一次觉得生活变得有点意思了。那段时间，我找韩先让的次数多了起来。我发现，韩先让顺口讲的话，整理出来都是很有意思的，他语言逻辑和别人不同，讲出来的话古怪，而且说话时会无缘无故陷入激动。当年根据录音整理成的文字还在的，虽然没有发表价值，我自己却常常拿来看看。整理韩先让说的话，就有一厚本。

这里只摘录两段，弄多了你保准晕头。当然，为了有阅读价值，我还是得做些改动，要不然他嗯嗯啊啊的声音，就会像黄色小说里的省略号一样多。

我问他是怎么想到要在鹭庄搞旅游的，他说：

……小丁，你晓得啵，要是我是宋祖英我一定会放声歌颂鹭庄的大好河山。鹭庄真是漂亮，风吹草动，有时候还会下一场雨。要是下雨并且起雾，鹭庄保不准也有朦胧美。鹭庄真是漂亮，难能可贵，有些鹭鸶飞来飞去，你要是不想用枪打它，就会看出来鸟也是一种风景。我有时候也喊别的人一起爬到山上看鹭庄，但他们总是不太认真，调皮，还问我眼睛往哪里看，才有漂亮。我告诉他们看到的一切都漂亮，他们就活蹦乱跳地笑起来，仿佛我在讲鬼话。后来我就不停思考并琢磨着这个问题，为什么他们看不出漂亮。终于有一天，问题被我一下子搞通了，原来他们竟然不是游客。我和他们不一样，本地生本地长，却有一双游客的眼睛。……我在城里开店，看见来佴城的游客像无头苍蝇一样到处乱窜。我发现他们并不知道要去哪里，要是我叫他们去鹭庄，这个人不肯，那个人说不定就肯。游客简直就像羊群，要往哪里走，主要取决于王二小的鞭子往哪边抽……

鹭庄的旅游生意要开张了，那一段时间韩先让找我帮忙照相，除了相机，我还是随身携带着小录音机。我问他鹭庄的人对他的生意有什么样的看法，他当时正在泡沫块上割字，停下来想了想，这么说的：

我是鹭庄第一个吃旅游这只螃蟹的，鹭庄人都等着当笑话看。要我看，农村的愚蠢和落后就表现在这里，把新事物当把戏，等发现自己落后时就恨不得咬人家一口。我心里比较有把握才把自己这几年赚的钱搞旅游，反正我不会拿钱在城里买房子，尽管它会升值，但是买股票其实更好。过几天我就会开张了，我对鹭庄有信心，不管村里人说好说歹，在我看来，鹭庄的风景是独一无二的。我喜欢什么事都走在别人前头，走到后头就意味着吃屁。我计划用两至三年不等的时间，把每天的客流量稳定在四五十人甚至更多。……凭什么？现在我只能说这是保守数字，如果有一天你看见来了几百号人，也不要奇怪。即使风景不够好，也不怕。有人说有多不好，肯定就会有人说有多好，说好说差，只要你开着店门就总有人进来买东西。

鹭庄的旅游生意是在2003年秋高气爽的一天正式宣告开张的。那天，两辆小中巴车拖着游客进了鹭庄，数一数不下四五十人。这个数量还是令人欣慰，但他们下了车，一旦鹭庄的村民围了过去，游客就仿佛被淹没了。鹭庄的老老少少悉数被韩先让放鞭炮的声音吸引到村口，黑压压的一大片，好奇地打量起这帮游客。游客一走，大多数人还跟在后面。

韩先让从村小里借了几个桌子搭台，没有请任何领导，他准备把开幕仪式搞成独角戏。他爬上了桌子，正要用言不及义的话表达他此时的心情，几挂鞭炮突然爆响，转移了人们的注意力。游客们也没有开会的准备，几挂鞭炮转移了游客的注意力，他们捂着耳朵躲开，悄然往村子纵深走去。我那天也应邀参加，走过去，给韩先让拍一张“讲话”的照片。他无奈地看了看我，翻翻白眼。

有的游客拿出相机拍天空中的鹭鸶，有的游客偏要拍地上的牛粪。那个中年妇女问明白是牛粪以后，就很是感慨。她从没想到牛粪竟然有脸盆那么大一堆。韩先让脸就有点发窘，他忘了叫一个人把地上的粪打扫打扫。再原汁原味的乡村游，也不至于让游客在粪堆里行走。不过还好，游客对此满不在乎，不管是猪粪牛粪羊粪，都有探究一番的兴趣。正探究着，忽然一泡鸟粪砸下来，几乎砸着了一个游客的脑门，那人不恼，反倒嘻嘻哈哈笑了起来。游客去到别的地方，鹭庄的人依然紧紧跟随。农忙已过，收获未始，大家都准备得有一份闲心。韩先让一下子叫来这么多人，搞得小小一个鹭庄像是又过了一回年。有几个小孩跟着游客，游客兴致不错，掏出五块十块钱要给他们。小孩吓了一跳，纷纷地跑开，不敢拿他们的钱。

鹭庄没多大，游客很快兜了两圈，该看的看了，能拍的都拍了下来，吃一顿农家饭，韩先让再用车子把他们送回城。开张这天不收门票，坐车都免费，这帮游客过来看看大体还是满意。韩先让掏出纸笔，他们也纷纷乐意留下墨宝，字大都写得不怎么样，但话尽量往好处说，诸如“青山绿水，梦里田园”、“养在深闺人未识，鹭庄是个好地方”、“千呼万唤始出来，犹抱琵琶半遮面”、“到此一游，有空再来”、“鹭庄鹭庄我爱你，就像老鼠爱大米”之类。韩先让好好地收藏，仿佛能派上用场。

后来，我就找到一个事做，跟朋友章二去做园林工程。章二以前一直想当画家，曾经夜以继日地创作旷世杰作，几年下来死了心：他一张八尺的花鸟工笔画好歹卖到两千块钱，还要被中间人抽取五百。之后，章二去搞园林工程，无心插柳柳成荫，生意一天一天铺开了。每个工程下来少不了有几个月时间。我不常待在家里，和韩先让也就没什么联系，不知道他生意搞得怎么样。韩先让还主动联系了我几次，说是生意渐渐上了路子，好几家电视台来鹭庄拍片子，还有中央一个台，都不收钱，他们自己找上门来的。他知道我跟那朋友做园林，要我们也帮他做一套旅游景点设计方案。我把韩先让的预算额度讲给章二听，章二皱皱眉头，嫌少，他已经不再是赚两千被人抽五百的水准了。他还说，又是你的老乡，这点钱还挤不出水分。他这点预算，根本谈不上什么设计，无非增加几架水车、几盘水磨、几段游廊、几个歇脚凉亭，喏，无非就是这些东西。

我也点点头，乡村游无非就是这样，多走几家，虽然都破破烂烂，骨子里却跟肯德基麦当劳差不多，连锁店似的，道具摆设日益地标准化了，破烂之处也是大同小异。我在电话里把章二的意思说给韩先让听，韩先让也认可，说钱不能投多，眼下我还没赚着几个钱。现在，来鹭庄的游客只有这么一点点，我只能见招拆招地搞一搞局部改造。至于凉亭水磨之类的东西，他在鹭庄找几个木匠石匠就能搞起来，将成本降至最低。

我偶尔回到佴城，隔一阵，就发现街面上关于乡村旅游的广告越来越多。无数不知名的村庄，被人翻找出来，象征性地投入一笔钱，村庄就摇身一变成为景点。韩先让开发的鹭庄，还算是走在前面的，鹭庄的广告，尺幅总是最大号的。他后面请了专业的摄影师，拍出高清的风景照片，再用电脑 PS 一番，看上去，鹭庄云蒸霞蔚，雾霭深锁，那些破烂歪斜的房子色块明晰，与碧绿的稻田形成鲜明反差。画面当中还有一行白色的，呈弧线排列的舒体字：到鹭庄去，与山水有约，彻底拥抱大自然！那行字漂浮在画面上，就像一行鹭鸶飞翔在鹭庄上空。

我在广告牌下稍微站得一会，就有几个中年妇女走过来往我手里塞彩页广告，每个景点都有，大都是 16 开的单张。而鹭庄的广告，我发现竟是折页，打开以后有三折，正面是一张全景照片，背面附有各个景点的介绍以及图片。介绍的文字较长，每一段都少不了好几百字。比如孤自兀立的一处陡崖，毫无新意地叫作望夫崖；而一根石柱则叫做吊马桩，杨令公在此吊过青花马，孙悟空路过解小手时（孙悟空就是爱解小手，而且从不上厕所）也曾经将白龙马拴在这上面。对面那个山豁子，就是白龙马啃的，白龙马吃山林吐雾瘴，吸江水喷长虹……民间故事，肯定是韩先让找人编出来的。

我拿着鹭庄的广告，看上面几百字一则的传说，时不时想喷。那些地方我当然都去过，年年挂坟，鹭庄周围都要走上一圈。我家丁姓祖宗死后没有墓园，他们零零散散地躺在鹭庄四周，守护着这片宁静的山水田园。我没想到，平时习焉不察的那些地方，忽然鸡犬升天全都成为景点，还拥有各自的传说。

发广告的妹子见我看得认真，就说，大哥，既然来我们佴城，不妨去我们鹭庄。都说，不到鹭庄，没有真正到过佴城。八十块钱，包来往车费。

八十？鹭庄很大吗？有这么多看头？我吓了一跳。参观故宫好像也就这个价码，咱们鹭庄的门票，竟然也敢卖八十。——小时候我吃动物饼干，非常疑惑，怎么老鼠大象一般大。此刻我忽然晓得了，只要是被人捏的，老鼠大象无大小，蜗牛水牛一个样。

妹子用背书的腔调说，不要小看我们鹭庄，它是山水风光与人文风景结合的乡村典范，这里山清水秀，人杰地灵，物产丰富，名人辈出……

哦，都有哪些名人？我很惭愧，用自己脑子搜了搜，一个都找不到。

……著名的爱国教育家丁建国，就是我们鹭庄人。他的故居至今还屹立在我们鹭庄，岿然不动。妹子仍在背书，我估计这台词是韩先让的手笔，岿字旁边定是要用拼音注音，否则就龟然不动了。

丁建国？

你认识？妹子眼光放亮，似乎觉得这单生意抬头在望了。

我唔了一声，当然认识。鹭庄没有第二个丁建国，他是我父亲，但我不知道他几时变成了爱国教育家。他教了一辈子书，但要说是教育家，我估计他本人打死都不肯认。因为我的存在，他一直认为他在教育方面很失败。……何况还爱国教育家呢？

好像丁老先生还活着的吧？那不叫故居，要叫旧居才对。我纠正她的说法，要不然心里隐隐有些不适。

旧居旧居。妹子虚心接受我的意见，再次问我去是不去。

爱国教育家又是怎么回事呢？

妹子仍是振振有词，她说，丁老先生在教育领域取得了非常令人瞩目的成绩，惊动了美国包括里根总统。美国教育局发函邀请丁老先生定居美国，为美国的教育事业锦上添朵花，他们说，教育无国界，你在美国将得到更好的发展。但丁老先生高瞻远瞩地断然拒绝了，他说，教育无国界，但教育家有国界，我离不开生我养我的地方……

我笑得几乎岔过气去，妹子还耐心地等我笑够喘平，看来她的提成不低。我忽然用地道的本地话告诉她，我就是……鹭庄的人，呵呵哈哈，我也姓丁。

你也姓丁，了不起，我多崇拜你咧。妹子撇撇嘴，转身去寻找下一个目标。

回家后我把这事情当笑话讲给父亲听，父亲的表情有点古怪，眉头皱起来，却又憋不住要笑。最后还是憋住了，他虽非教育家，总归是教了一辈子的书，为人师表，摆起严肃的表情总是有模有样。……呃，这可不好。韩先让这家伙，哪天碰到他我要批评批评他。父亲跟我说。虽然他这么说也并非空穴来风，但人嘛总是要实事求是才行。……不过，我估计，大概是他理解的问题。他们搞搞生意，或大或小一律都叫企业家，这样一来，他可能以为教书的都是教育家。

我点点头，又跟父亲提醒地说，我不知道他是不是在老屋前面插了块牌子，写着故居什么的。我觉得，这才是问题的关键。但父亲对此不是很在意。他说，可能是韩先让语文学得不太好，这个情有可原，即使写错了，回头要他改过来就行。我经常见着他面的。

我爷爷一直待在鹭庄，和三叔生活在一起，父亲按月给爷爷送零花钱，现在他自己年纪也不小了，老往鹭庄跑，车子颠簸有如抽风。每月的零花钱，要么是三叔进城时取，要么就是托韩先让把钱捎到鹭庄。韩先让现在为了生意两头跑，在城里的广告公司依然照常经营，鹭庄的旅游生意也需要他随时亲临现场，指导工作，解决问题。他有一辆皮卡车，几乎每天都要在佴城和鹭庄之间往返一趟。如果拖拉机和农用车不算的话，他是鹭庄头一个拥有私家车的。

以前，韩先让家里穷。用鹭庄人的说法，那时候他们韩家简直穷得“嬲狗”、“嬲鹭鸶”，因为“想嬲母猪都嬲不起”。现在，他一跃成为鹭庄最有钱的人。在一个村庄，谁家到底有多少钱，没有福布斯数据可资发布，但人心自有公论，他们都说韩先让是鹭庄首富，旗下有两家企业，有私家车共计六个轮子（皮卡车和一辆本田摩托）。既然别人都这么说，他就只能是。如果他予以否认，别人就更以为他是，不是也是。

有一次，韩先让跟我承认，在鹭庄搞旅游生意，另有一层目的，是想让他父亲韩光开一开心。韩光一听说儿子把村子承包了下来，气色和以前大有不同，此后见到村主任村支书，以及杨大民等一干退居二线的老领导，不再耷着脑袋走路，打起招呼来，偶尔也敢直呼人家名字。这老人，脑子有时一闪神，便会误以为鹭庄现在是儿子的。看见游客进村，老人韩光左右看他们都像是亲人，立在路边，微笑着用目光迎来送往一拨拨游客。有的游客走得近了，跟他打招呼说，老人家你好啊。他就回应道，嗯，韩先让是我的儿子。他讲乡话，游客根本听不懂，但都微笑地颔首回应。老人就很高兴，心想，这些外地人都认得我崽咧。

我不知父亲托韩先让捎钱时，还好不好意思批评人家。“教育家”三个字，大概令我父亲表面惶恐，内里受用。我父亲其实和他父亲一样，活到一定岁数，却被生活淘洗出一种道不出来的单纯。

我在家里待几天，又去工地，帮章二管工。我对手底下那几个工人吆三喝四的时候，忽然会怀疑，自己一辈子就是这样过下去，说不定哪天找来一个老婆，我也没能力保证她能安心地做饭洗衣并生下血统纯正的孩子。偶尔也会羡慕起韩先让来，他手里到底拥有一份产业，娶了个漂亮老婆。

那一阵我在朗山干活。有一天，三叔跟我打来电话，说是今年地里的活都搞完了，呆在鹭庄无所事事，要来投奔我，即使干体力工赚几个辛苦钱也行。他确实用“投奔”这个词，这让我觉得三叔还活在《水浒传》的那个年代。我说你要来就来吧，我这里用得着泥瓦匠。三叔是个爱说话的人，鹭庄人送他绰号叫“怪话客”。大家坐成一圈的时候，他死活要把每个人都逗笑了，才甘心。他来我这里，我想我的日子也就不会那么沉闷。

三叔来我这里之后，很短的时间又成了这帮工人关注的人物。每天的工夫结束以后，大家聚成一堆吃饭，菜很简单，通常一碗大肉两三个小菜，一盆骨头汤。大都是力气活，累了一天，晚饭时少不了有酒。干活的人都爱说，要用酒先暖暖肠胃，再装饭菜才妥帖。酒都是两三块钱一斤的散装苞谷烧，用白胶壶装着，有时候还用洗洁精的空壶。我起初不喝这么狠的酒，几个月下来，喝起来也很对胃口。这种场合，能有三叔给大家讲讲笑话，简单的酒菜吃起来便别有一番滋味。

三叔讲的故事都离不开鹭庄，离开鹭庄他什么也说不出来。他和那些说书的人不同，说书的讲故事，每个人物出场，都有一番介绍，一身什么样的行头，胯下一匹什么样的骏马，手上那枝梭镖又有什么样的来头……三叔不这样，鹭庄的人物出场全不用介绍，仿佛听故事的每个人都耳熟能详，仿佛鹭庄和北广上甚至纽约巴黎一样闻名遐迩。

野猪第一次从三叔嘴里跑出来，是这样：野猪你们记得吗？他打匡其，打了也就打了，却又要用计。在我看来，打人也许有道理，用计往往不对。但是匡其，要是你不用计打他，他就不好意思不还手。而扯到匡其，三叔说，匡其一直住在我家坎底下，韩先让家对面，我看着他长大，直到看他开拖拉机。你们认为他婆娘长得漂不漂亮？其实我也讲不清楚，也不好讲，人家的婆娘人家自己看着算数，讲得多了回头传到他耳朵里，也不好。我的话到这里讲就讲了，你们不要传出去啊。这话讲的，鹭庄仿佛非但是有名，而且是一切口耳相传的消息最终汇集之处。

说到韩先让，三叔跟那些工人说，苕吊现在不喜欢人家叫他苕吊，你们叫他韩老板，但我还是喜欢叫他苕吊。

这种口吻，一开始的那几天，会让那些工人坠入云里雾里，因为要不是三叔说起，他们根本不知道这世界有个地方姓鹭名庄。但是，只要挨过几天，就好了。三叔以他特有的口吻，让别的人误以为自己很多年前就知道鹭庄，恍惚间，甚至觉得自己以前肯定去过。

多待一阵，三叔多年来积攒的故事慢慢讲完了，好在鹭庄搞起旅游以后，新的段子成批地生长出来。经他嘴巴一说，游客们都像是从外星飞来的，对一切事情都表现出浓厚兴趣，拿着相机发了疯似的拍，就仿佛数码机里没有装底片。他们拍牛粪堆，拍马蜂窝，拍土地祠，拍榆树上的节疤瘤，拍鹭鸶在天空翱翔，拍水牛在泥凼里滚澡，拍公狗追着母狗嬲屁股，拍塘颂的小孩穿长袖的衣却不穿裤……

因他的讲述，鹭庄随时在脑袋里闪现，有如亲眼见到。

游客们前仆后继（三叔原话如此）地赶赴鹭庄旅游，来人多了，村子里缺什么少什么就慢慢体现了出来。比如说，游客上厕所成了一件麻烦事。鹭庄当然也有厕所，厕所往往也是养猪的地方，蹲坑在前猪圈在后。说是蹲坑，也显得抬举或者拔高，一个几米见方的粪窖上面横两根杉木，便是蹲坑了，要是踩不稳，那杉木还轻微地滚。塘颂家的厕所对外开放，明码标价，每位一块钱，免费供应手纸。头两个月，塘颂家依靠厕所还小赚了一笔，但是有个游客一脚不稳掉进了粪窖，捞上来以后，塘颂家光道歉还不行，游客索要精神损失费，开口要几万，最后赔了四千。

塘颂很恼火，他逢人便说，真是奇哉怪也，大不了喝了几口粪嘛，怎么就搞出精神损失了？

塘颂是这样一个人，他在哪桩生意上亏了，偏要在那桩生意上找回来。既然在厕所里栽了跟头，塘颂就跟厕所较上劲了。赔了四千，他便研究厕所，研究出一个结论，城里人的高级厕所，往往都用抽水马桶。抽水马桶不像表面看去那么简单，下面要连着化粪池。但塘颂仍是有办法，他从城里拖回两只抽水马桶，在老厕所一旁修建了一个新厕所，两只抽水马桶次日就安装使用了，每位两块五。游客知道这是鹭庄唯一的新式厕所，趋之若鹜。一见价格，便问怎么高得如此离谱。塘颂说不离谱，上了以后就知道了。抽水马桶每用了一次，就要封闭一会，塘颂去井里吊一桶水，倒进马桶的水槽里，才让下一个顾客接着用。

现在晓得了吗？塘颂跟游客说，冲厕所的都是矿泉水，纯天然无污染，经检测营养成分略高于娃哈哈，喝起来确实有点甜，两块五不多收你的。

三叔说起小冲的生意，也颇多感慨。小冲是他大儿子，小我五六岁，初中没毕业就死活要辍学出去打工。出去了几年，没赚到钱回到家里，要他下地干活他一百个不愿意。在三叔眼里，小冲简直是个废物，但搭帮韩先让的旅游生意搞起来，小冲这废物竟然回收利用了。他邀来两三个同伴，把街边一个废弃的烤烟棚改造了一番，成为农家乐餐馆。鹭庄已有七八家农家乐餐馆，说来也怪，小冲的破店一开张，生意竟然是最好的，游客像被鬼扯了脚，只想往他那个店子里去。他的招数说来简单，和朋友先到山上溶洞里捕来一条六七斤重的大鲵镇店，游客要吃饭可以免费跟大鲵合影留念，要是不吃，合影一张收费五元。一拨广东游客想吃了那条大鲵，愿意以五百块钱一斤的价格买下来，小冲的两位合伙人心动不已（大鲵是他们一起抓来的），但小冲不为所动。他说，我将这条娃娃鱼看作是自己的崽，听见它哭，我就恨不得要我婆娘给它喂奶，但是，我现在还没有婆娘。所以说，谁要想吃它，最好先杀了我！

回头，再有新的游客进到小冲的店里观赏这条大鲵，小冲就将“我和我儿子的故事”一遍一遍说给他们听，听得那些游客啧啧称奇，感慨不已。大鲵的身价也一路飙涨，涨至一千七一斤的时候，就被一拨浙江游客吃掉了。

只那一天，小冲店上的营业额就高达万元。晚上，他同两位合伙人闩上门分钱，钱都摆在桌子上，厚厚一沓。另两人担心小冲会难过，但他说，没关系，舍不得孩子套不到狼。三个人懒得将钱数清楚，像摸牌一样，你一张我一张地分了起来，分完大钞分小票，分完小票再分钢镚，分钱的过程前后持续了二十分钟，那感觉，高潮迭起都不足以形容。

小冲生意做活了以后，就有些挑客。有些大学生情侣进来，他看一眼提不起精神，要是港澳的客人，他就精神抖擞不已。他总结说，港澳客就像日本鬼子，个个都喜欢吃鸡。当然，仅仅是吃鸡，也不至于让他这么来劲。港澳的游客最喜欢用土鸡煲汤，端上桌以后，这些客人不下筷子，而是一味地喝汤。汤喝掉了，一大锅肉剩在那里，有几次，鸡肉看上去一块都不缺，要是拼起来，完全还是一只整鸡。一开始，小冲心有不忍，说你们怎么不吃肉啊？游客们却心满意足地说，精华部分都煲在汤里，喝掉了，肉就不吃了。鸡肉剩在那里，晚上店子关门以后，小冲便将鸡块剁细，加了生姜花椒叶和大料一通爆炒，摆上桌和两个合伙人吃起来，啜着酒，算一算当天的收入。

鹭庄寨子在山腰，下了山，是一条深深的河谷。韩先让一开始没把河谷算在风景区内，但游客们就像蚂蟥听不得水响，听了水响自行下到河谷，流连不已。山路太陡，很多游客下去时来劲，游了一通再返回鹭庄，觉着太累。滑竿的生意就应运而生了，鹭庄闲汉们用两根竹杠绑上一张懒人椅，搞成担架的模样，就能赚游客的钱，上山一趟能赚一百多块。韩先让看到滑竿生意做起来了，当然不甘心袖手旁观，要对挑夫进行登记管理。要是不服从他的管理，硬是单干，韩先让就让导游妹子反复交代游客，坐滑竿一定要听旅游公司安排，否则人身安全无法保障。这样一来，单干的几乎没有生意，没奈何，只有加入韩先让的旅游公司，让韩先让抽份。羊毛出在羊身上，韩先让将价格定为一百二，两个挑夫每一趟照赚一百，剩下的二十就成了韩先让的管理费和保险金。

游客们有的很瘦，有的很胖，有胖就有瘦，这是没办法的事。要是单干，挑夫们没有任何怨言，但现在统一纳入傻鸟旅游公司的管理，都成了雇员，大伙怨气就重了。韩先让有本事抽份，挑夫们就找着问题要他解决。比如挑人，他们都抢瘦子，胖子的活不愿接。瘦子被哄抢着抬上山，行动吃力的胖游客却被扔在河谷，要是自己不肯爬，只好在河谷里过夜。韩先让感到头疼，但他脑子好用，不到两天就想出了对策。

韩先让买来一台电子磅秤。游客想坐滑竿，问多少钱，导游妹子就冲他（她）说，上去称一称。游客称了体重，价格就出来了。以一百斤为基数，一百斤以内的游客收费一百二，每超过一斤，加收一块钱。这样一来，挑夫们就专拣个大的挑，遇到身材苗条的妹子就皱眉头，或者打商量，要瘦的游客两个人拼一架滑竿。有的游客表示抗议，说你们把我当猪搞了。导游妹子也不强求。韩先让把塘颂的父亲老麻子请来，老麻子把游客上下打量一番，马上报出一个价格，游客愿坐愿走，悉听尊便。老麻子以前是干屠夫的，有眼估活猪的本事，一眼瞟去就能估得八九不离十。别的人笑着说，搞来搞去，还是把游客当猪搞嘛。老麻子想了想，把头一摇说，才不是哩，完全不一样。以前估活猪，都尽量压分量，现在我可是尽量添分量啊。

鹭庄的故事无穷无尽，三叔眼看着说得差不多了，只要给他放假，让他回鹭庄呆几天，回来以后他又能唧唧呱呱地说起来。三叔回了鹭庄，再回到工地，晚上吃饭时，别的工人很自然就围在三叔身边，要听他讲些新玩艺。三叔只消离开几天，他们的耳朵就会一个劲地发痒。

尽管三叔长着一张漏勺嘴，但有一件事，他还是很策略，在工友面前能一直憋着不说。有时候缺段子了，他仍然没把这事说出去。那天逢中秋，我跟三叔一起回了佴城。在我家里，父亲问起我爷爷的情况，三叔这才说，爹现在很精神，胡须蓄起来老长，坐在榆树底下，装百岁老人。

哦？他今年才八十七啊。

没得事，匡其的老子六十几岁，就敢说自己九十岁，四世同堂。爹本来就是鹭庄年岁最大的一个，要是他不充百岁老人，别的老头不好意思压着他。他这也是顺应民心啊。

为什么要这样搞？

这还不明白？游客对百岁老人很感兴趣，合合影，五块；要他讲一讲养生，十块二十块。爹也能扯，问他怎么养生，他就说天天吃红苕，吃茶籽油，喝老营山山腰的井水，每天绕鹭庄走三圈……

这可不行。我父亲脸色陡地变了，他说，老三，你回去，叫爹不要再去装什么百岁老人了。

三叔有些不解，他说，这怎么啦，反正旅游嘛，就是骗人。

你就是这么理解旅游的？

嗯！三叔理直气壮地引用韩先让语录，他说，苕吊说过的，旅游嘛，就是骗人，游客嘛，反正是要被人骗。谁骗得高超，游客就往哪边走。

父亲无奈地摇了摇头，又冲我说，你明天跟你三叔回鹭庄，劝住你爷爷。你告诉他：零花钱可以给他加，骗人的事，我们丁家绝对不干。

第二天过了中午，我跟三叔回鹭庄，还没进村，看见三叔的小儿子小昭正跟几个游客走在一起，唧唧呱呱，小嘴不停。

小昭。三叔喊了自己儿子一声。

嗯，光叔，你回来啦！

三叔叫丁有光，他的儿子忽然这么叫他，我俩都是一愣。正发着愣，小昭和几个游客已经从我们身旁走过去了。我俩怔怔地站在路边，听见一个游客侧身问小昭，小朋友，刚才那个人和你长得这么像啊？

嗯，你们看我们鹭庄人都很像，就像我们看你们也搞不清谁是谁。现在，回答这种问题，小昭简直有些轻车熟路。

到你们鹭庄，我仿佛是来到了外国。你们山地人，看着还真有那么几分像。那游客笑笑，又说，刚才老远看见，我还以为是你爸爸呢。

我爸爸已经死了，我刚生下来不久，他就身患绝症，一命呜呼。小昭这么回答。他们已经走到离我们十几米远的地方，小昭分明想压低了声音，但风是从那边往这边吹，把小昭吐出的每个字音都清晰地传了过来。

我和三叔面面相觑，不知说些什么。到了榆树底下，我看见爷爷和另几个老头都坐在树底下，个个蓄着长须，在游客面前，年纪都上了九十，颇有几个过百。我和三叔走到这帮老头面前，正要打打招呼，匡其的父亲却先皱起了眉头。他说，老丁，我看不好。

我爷爷问，有什么不好？

……你都快一百一了，你的儿子才这么大，你的孙子才二十多，说不过去。从今往后，但凡碰到游客，有光就是你的孙子，丁小宋是你的重孙辈。这样才说得过去。匡其父亲这么一说，别的几个老头一阵哄笑。我爷爷说，那我儿子是谁？光有孙子没有儿子岂不怪哉？不行，我要从你们里头挑一个。

既然我与三叔一同回来了，当天鹭庄游客来得又少，爷爷便听了我的，跟我们走。走的时候我还跟那帮老头发烟，祝他们个个发财。去到三叔家中，我跟爷爷讲起道理，要他不要再出去骗人。三叔风向不定，一开始还帮着我劝爷爷在家享清福，但听我爷爷说起最近的收成，三叔又迅速变了口径，觉得爷爷这么做也不是坏事。……能赚钱咧，你给的是你给的，再出去赚游客的，多有一份不好？三叔笑嘻嘻地和我唱起反调。

爷爷起初去装百岁老人，心里还有些隐隐不适，现在已经完全适应过来了，每天赚几张钞票，他觉得很是过瘾。三叔坚持认为人不应该和钱结仇，为了配合爷爷虚报的年龄，他认为自己当当孙子也是无妨的。我一张嘴说不过他们两张嘴。正好这时小昭进来了。

爸，你回来了？堂哥，你也来了？小昭热情地打着招呼，眼睛看着水壶，走过去咬着壶嘴喝起来。

三叔不声不响地走过去，忽然抽了小昭一耳光。他说，刚才你说什么来着？你爸死了，你是孤儿？

不这么说，游客怎么肯给钱？小昭捂着脸，很委屈，他说鹭庄很多小孩都纷纷地说死了爸爸，甚至父母双亡。虽然游客也奇怪这个村子怎么这么多孤儿，但是他们还是纷纷把钱拿给孤儿们，五块十块地给。

以后不准再这么说了，我还没死，养活你的钱我掏得起！三叔很愤怒，突然把话说得铿锵有力。

小昭脸上疼，眼睛滴溜溜地转，看着爷爷，又说，爷爷都说他有108 岁了，他都能一下子长出 20 岁……

三叔作势又要抽耳光，小昭赶紧闭了嘴。这时候，三叔盯着我爷爷，不容置疑地说，爹，你是老人家，跟小昭表个态，你们都不要出去讲骗人的话了。

好，我表态，不去了不去了。爷爷脸上有些懊恼，但这个时候，他知道自己只能这么说。我在一旁看得一头雾水，根本不晓得，在三叔身上，风向几时又转了过来。

韩先让知道我回了鹭庄，硬是要留我吃晚饭。我们已经有好一阵没见面了，他有话跟我说。因为以前的采访，他发现我是个不错的听众。能像我这样耐着性子听他滔滔不绝，同时又不至于坠入云里雾里的听众，实在不好找。吃饭时天色已晚，韩先让气色和上次见到时大不一样，脖子上也挂了链子。

他聊起了下一步的打算，说是想把村东头的那片林场全部包下来，圈起来，蓄养一些野物，供游客打猎。他又说准备组织一次攀岩大会，山下面的河谷，多的是几十米高的石壁山崖。他还知道，只要请几个洋面孔凑凑热闹，这个大会的级别就高了，甚至是国际级的。谈到此处，韩先让忽然沉吟一会，不无担心地跟我说，要是这个大会搞起来，级别一高，请我们市长来主持，都未必镇得住场子。

我认为这份担心未免太过了，要是一台大会能被你搞得出这么高的级别，市里的领导当然也是蛮喜欢。你不必开口，自是有人帮你去上面拽个镇住场子的大领导。领导这东西，干实事虽不在行，但是要套级别，个个都来劲呀。

他点点头，认为是这道理。这次见面，我发现他说话流利了，语病大大减少。很明显，旅游搞起来以后，他必须不停地跟人说话。那天酒喝得不少，话说到很晚，且他还意犹未尽，要我第二天别急着走。他刚修建了一个观景台，可以俯瞰整个鹭庄。

……呃，鹭庄全景，我看过的。

不，你到我那里再看看，保证全新的感受！

他眼神亢奋，直勾勾地盯着我，不容推托。我鬼使神差地把头点了点，表示明天早上一定和他去观景台看风景。

第二天上午，我和韩先让在那个碉堡似的观景台上看鹭庄，他指着下面的整个村庄，好几次问我，你看你看，到这上面看到的，是和以前不一样吧？我仔细地看了几遍，觉得鹭庄还是以前看到的那副模样，但碍于面子，就顺着他的意思说，是啊是啊。他似乎很高兴，说只要待在鹭庄，他每天都要到这台子上看一看，像是检阅……

检阅？

是啊，只要站在这上面，我就强烈地感觉到，鹭庄是我的！

当他这么说的时候，我忽然明白了什么，退一步再看一看他的侧影。他个头不高，但此时神情肃穆，长时间看着下面的鹭庄，脸面上不经意涌起了一层慈祥的微笑。我忽然明白，在这个观景台能看到全新的风景，是他独有的体认，他用一种检阅的眼光，仔仔细细打量着属于他一个人的东西。但他没理解这一点，以为每个人都能和他一样，感受一新。我想下去，叫了他一声苕吊，他没应，我只好改口叫他韩老板。

但就在这时，野猪买了两车水泥砖，往村里拖。韩先让正在检阅他的村庄，这两车水泥砖将他搅乱了，神情立时大变，像是正吃着肉，却忽然嚼着一枚屎蛆。他似乎有很多话要跟野猪说，但野猪此时不想聊天，他指挥着匡其和四毛，将两辆拖拉机大步流星地驶向他家屋基。

我在鹭庄还待了好几天，因为我爷爷实在让人放不下心。他装百岁老人，其实已有点上瘾，不光为赚那几张钞票，而且也是喜欢沐浴在游客们好奇的眼神中。跟游客们摆一摆养生经，看着他们一个个侧耳倾听，甚至在抄写簿上记几笔，我爷爷会觉着大过嘴瘾。游客竞相和他合影留念，他认为这是大领导才能享受的荣誉，现在差不多每天都有人将他当大领导搞，此乐何极?！任何事情一旦成瘾，要想戒断，总是需要一定的时间。三叔看不住爷爷，他讲任何事情都严肃不起来，道理被他一摆都成了笑话；我在爷爷面前，敢于谏言犯上，能够保持不苟言笑的神情，摆出一套套道理。爷爷活了这一把年纪，听人讲笑话已经反应不过来，但道理还是听得进去。

我跟章二请了假，在鹭庄待的那几天，知道野猪家的房子没有很快盖起来。韩先让去做野猪的工作，不知道用了什么办法，好歹是劝下来了。野猪拖来的那几车水泥砖最终没用去盖房，韩先让用火砖跟他调换。野猪家的房子后来是用火砖盖成的，盖了两层，外面没有按原计划贴上瓷砖，而是刷上一层灰浆，砖缝处用大白勾了线条。

次年的春节我照例去鹭庄挂坟，进了村，看见观景台伫立在眼前。这个台子眼下依然是鹭庄最高的一幢建筑物。野猪那幢新房，站在观景台上看过去，并不是很显眼。

因为我家祖坟稀稀拉拉地埋在各个山头，那天我又将鹭庄转了一大圈。当天的游客不多，只那么四五拨，一二十人。我没碰见韩先让。

那天，我还看见很多块屋基上都堆着水泥砖，堆得老高，足够建楼房。甚至，我还看见一家水泥砖厂，就在东边的一处山坳里，那里采得到足够硬度的青石，粉碎了和上水泥搅拌，用推车推进送料斗，砖机的那一头就“匡其匡其”地吐出水泥砖来。我走过去看看，匡其就冲我打招呼，给我递来一支好烟。他脖子上也挂着链子，所以，我据此判断砖厂是他开的。果然没错。他告诉我，既然大家都想建新房，他就想到了要为人民服务，把砖厂开设在村子里，可以帮乡里乡亲节约不少运输费。

……你三叔也在我这里买了砖哩。匡其告诉我说，他手头的钱不够，好多砖我都赊销给他，和他搞按揭，他按月付，呵呵。你要帮他涨涨工资啊，你们反正是一家人，而且他还是你叔叔啊。

这事，我竟然一点都不知道。我说，我又不是老板，自己都等人家开工资。小冲不是有钱嘛，我不信小冲赚到的钱还不够盖房子。

两单生意哩，小冲要盖自己的房子，你三叔盖的这幢房子，是留给小昭的。小昭眼看着已经是半大小孩了，人又那么聪明，我敢打包票，过不了几年小昭就能骗个女孩结婚生崽哟。

我问他看没看见韩先让。

……苕吊啊，上个月还老是看到，他爬上他的那个烽火台，看有人拖砖就劝人家，要大家都不盖新房，继续住旧房子里。为什么？因为旧房子漂亮，新房丑。但是，除了他，所有人都觉得新房子漂亮，谁还愿意住快要垮了的旧房子？他劝不好别人，自己就哭。一个男人，见天哭几回，他自己都不好意思呆在鹭庄。这个月，好像还没见着他人。

挂了坟，在三叔家吃饭，说起鹭庄盖房子的事。三叔认为，这还是韩先让自己惹出来的。数月前，野猪打算盖新房，韩先让去野猪家里好说歹说泡了几天，起了作用，把野猪劝下来了，不用水泥砖。野猪家的火砖房很快盖了起来。过得两三个月，鹭庄里到处在传一个消息：为了让野猪把水泥砖换成火砖，韩先让当时给了野猪一笔钱。韩先让当然是极力否认，野猪也帮着澄清，说根本没这件事，除了等额换砖，他若是多拿韩先让一块钱，全家都不得好死。但是，鹭庄的人越来越坚信，野猪拿了韩先让的钱。这笔钱是多少，一直没个准头，一开始传出来是几千，慢慢地，数字像活物一样在长，变成了两万三万。

于是，鹭庄的人盖新房的热情前所未有地高涨起来。他们先是和韩先让打招呼，说自己准备把旧房扒了，盖一幢水泥砖房。当然，他们同时也表示，要是韩先让肯掏钱，这事也有得商量，可以在旧房子里勉强住下去。

韩先让一分钱都不掏，只是苦苦哀求大家不要盖新房，不要破坏鹭庄美丽的风景。他甚至还说，谁要是盖新房，谁就是鹭庄的罪人。本来，盖新房这事有些人只是跟着风，顺着嘴说一说，手头的钱还没有挣够。但韩先让说出这种屁话，大家就不好意思光说不练了，咬一咬牙，借上钱也要把新房子盖起来。

他们纷纷说，老子就要当罪人，看苕吊他娘的能判我几年刑！

现在，各家的砖都已经备好，一幢幢新房拔地而起，指日可待。

而且，现在也流行给外墙上贴瓷砖。在鹭庄，瓷砖不叫瓷砖，叫霹雳砖。霹雳砖一贴，所有的房屋都将闪闪发光，等太阳一出来，鹭庄这些新房的墙面，将把一团团阳光映射成一道道晴空霹雳。其实，鹭庄的人更能接受这样的风景。

三叔说他本来也不是很想建房，但看人家都备好了砖，心里莫名其妙就慌了起来。再说，匡其还答应给他搞按揭。只有每月能固定拿到一笔工资的人，才能享受这种待遇。本来是掏钱的事，被匡其嘴皮子一吧唧，就变成了享受待遇，三叔当然更是按捺不住了。

我听三叔说起这堆事，忽然想起八月份那天，韩先让看见野猪拖来两车水泥砖时，脸上那巨大的反应。他是敏锐的，在第一时间就预感到，天要下雨娘要嫁人，一切都避不可免。掏钱摆平不是办法，即使他有这么多钱掏出去，说不定，别人的房子会盖得更快，立起来更高，一幢幢都足以俯瞰观景台。

因为要盖新房子，三叔年后没有再来工地干活。匡其当初给他赊销砖头，并搞按揭，是看他能按月拿一笔工资。但现在这笔工资没有了，不知三叔是怎么跟匡其说起的。对待变化，农民总是能用最快的时间想到解决的办法。既然是靠天吃饭，无数个年头，他们都是这么活过来的。

三叔不再来了，我也没机会再听到鹭庄的消息。二〇〇六年的上半年，我跟着章二越跑越远，把生意做到贵州和重庆。那年入了夏，我父亲的风湿病反季节地发作了，也带出其他的病症。我只好回家看护父亲，每天陪他去中医院搞推拿、针灸，每天弄上几个小时，再扶他回家。

那天我照常扶着父亲往回走，走到牛摆尾胡同口，一辆皮卡车嘎地一下在眼前停住。这是一辆被涂抹得花花绿绿的皮卡车，上面画着很多图案，乍一下我来不及细看。车上的人摇下窗玻璃跟我打招呼，他戴着墨镜。因为脸窄，墨镜遮了他大半张脸。声音很是熟悉。

我其实知道他是谁，但故意发蒙。我父亲根本认不出他来，所以我也不好意思抢在父亲前面叫他名字。他果然就跳下车，摘掉墨镜堆出满脸的微笑。我父亲果然戏剧性地不敢相信眼睛，说，先让，你怎么把自己搞成这个样子？

我看清楚了，车门上有个图标，图标下面喷着一行工艺体字：傻鸟户外/登山/攀岩俱乐部。看到这一行字，韩先让一身的打扮就不奇怪了。他头上反戴着长舌帽，脖子上扎着一块方巾，就像是把当年的红领巾反着扎。他的衣裤都是专业的户外产品，鞋起码有他两个脚掌大。如果是野猪和匡其穿这么一身，无疑是既精神又气派，但韩先让背有些驼，这身衣服，没有很好地被撑开。

就是你以前那辆车？我看看车型，好歹看出些道道。他就一笑，说瓤子一样，外面的油漆重新喷过了。他看出我父亲身体有病，执意让我们上车，把我们送回家。既然到了家里，父亲当然是拽着他不让走，要他一同吃饭。

吃饭的时候，我父亲问他，好好的一个人，为什么要搞成这个样子。

迫不得已，迫不得已啊。韩先让笑着说，都是为赚两个钱闹的，既然要搞户外俱乐部，就要有这样的行头。打个不恰当的比喻，就像去当鸡，去站街，衣服就要穿少，肉就要尽量地露出来，让那些男人……

呃，这个比喻确实不好。我理解你的。父亲示意他把比喻收住。

说到鹭庄的旅游生意，韩先让只好摇摇脑壳。新房一幢接一幢地建起来，村里人又问他要钱，要是给钱，墙面上还可以按他的意思搞，比如门前栽种爬山虎，让绿叶把每幢房子都遮掩住。韩先让不愿付钱，村里人就贴瓷砖了。这么一搞，如果再带游客来观光看风景，那么，这行为不仅是诈骗，甚至可能是抢劫。于是，他只有把心思打到下面的河谷。属于鹭庄的河谷，长好几里，河岸还有大片滩地，长满狗尾巴草芭茅。村子里的风景丢失以后，韩先让就把心思放在了河谷里，想在这里做做文章。想来想去，就把“攀岩”这个噱头用上了。河两侧全是石壁，要搞攀岩，可谓资源丰富。把这条河谷推销出去，鹭庄还是可以继续卖门票的。

我说，攀岩可不能乱搞，需要资质的吧？

他说，天高皇帝远，哪个部门有闲工夫，管事管到鹭庄的河谷里去？再说，攀岩设备我不敢随便买，全是进口货，价格不低。再说，我选定的那几处崖壁，下面都是水潭。人从崖上掉下去了也没事，我找几个水性好的后生捞人。价格都讲好了，除了保底工资，他们每捞一人发五十块钱奖金……

不按重量来，大人小孩子胖的瘦的一律五十？

那当然，人家掉到潭里喝了几口水，被救上来，难道还要让他去磅秤上称一称？这有点不人道啊。

呵呵，那帮愣头青在崖壁下面站着，肯定都巴不得多有几个游客往水里掉……我忽然想到别的，又说，要是拿攀岩当招牌，是不是有点偏了？几个游客敢攀岩呢？年纪大了小了都不行，年轻的，十个里面未必找得出两三个。

自己不敢攀的，可以在下面看，我请的那几个人，除了下水救人，也可以表演攀岩。他们都乐意。

我问，还可以经营别的吧？

那是当然。河谷这么宽，滩地又多，可开发的项目不少。我下一步还打算买几十顶帐篷，供人晚上在河谷露营。年轻人来得多，谈恋爱的大学生来得多，他们肯定都喜欢露营，况且又不贵。晚上我让人搞篝火晚会，成本低，但光靠着卖啤酒，卖小吃，也能赚下不少。

看样子，如何经营河谷，韩先让已经想得蛮多。我说，呃，是个好想法。要把游客留下来过夜，就好比是捂住了他们的钱包。天一黑他们哪也去不了，就只好打开钱包任你慢慢往外掏。

不要说得那么直接嘛。韩先让说是这么说，脸上毫无窘意。

临走，他还叫我多去鹭庄走走，看看。我噢了一声，倒是真心的。我想着以前鸟不拉屎的地方现在要搞成野宿的营地，帐篷像蘑菇一样散落，篝火烧起来，夜夜笙歌……倒真还有几分向往。

过不久，我专门往鹭庄跑了一趟，说是给爷爷捎钱，同时也是按捺不住好奇心，想去看看韩先让将河谷搞成什么样了。政府门口有辆车，专门往鹭庄跑，每天有两三趟，我就搭那辆车去。村里的模样大变，贴了瓷砖的新房在太阳底下闪闪发光。白色的房子和山水固然是不谐调，但是，我知道有一天它们会谐调起来。凭什么土墙瓦顶的房子就和村庄谐调？那也不过是年头久了，大家都看顺眼的缘故。

三叔告诉我说，爷爷前一阵还是忍不住去榆树底下装百岁老人。当时，他没把这事告诉我们，怕我父亲又担心起来。担心归担心，老人家你又不好成天把他看管起来。现在好了，游客们不在村子里盘桓，来了之后，都是笔直地下到河谷里去。这样一来，爷爷的那点小生意就没法做了。

吃了饭，我往河谷去。走最近的那条山道，河谷离鹭庄有四五里的样子。这条山道是韩先让雇了人在山脊上开出来的，说是九曲十八盘毫不为过，有些险要的地方装了护栏。

顺着新开的这条山道走一阵，就到了河谷上头，再往下十来分钟，全是下坡的路段，都凿了梯级，但是拐来拐去，像是下楼。往下走的时候，我得以窥见这条河谷，狭长，这季节里芭茅最是茂盛，一人多高，在滩地里一片一片地长着。芭茅草中间有些地方，被人为地辟出空地来，方方正正，看样子是韩先让提供给游人露营扎帐篷的地方。我去时已经到了晚饭点，但下面人还不少，大都不是游客。河谷里完全是一派大生产的图景，很多人在河边圈定一块滩地，整理着地基，看那架势是要盖房子做生意。那些人，我大都认识，不断地跟他们打招呼，互相敬烟，聊几句。村子里已经冷火秋烟了，这河谷却是热火朝天，我感觉鹭庄的旅游生意，仿佛是从阵地战转入了游击战的状态。

河谷拐了一个急弯的地方，河水聚成一个深潭，叫黑潭。我在那里找到韩先让的大本营。他建起了一座木结构的两层楼，楼头有一块大尺幅的横牌：鹭庄大峡谷散客服务中心。走近了，墙上还挂着一溜小竖牌，“傻鸟户外用品销售部”、“傻鸟攀岩俱乐部”、“篝火晚会接待中心”、“黑潭别墅”……说实话，这幢楼装修的气派程度还是令我意外。我是带着寻找游击队的心情下到河谷的，没想到，竟在鸟都不拉屎的地方找出一幢别墅。

我走近了，一个妹子迎出来，把我当游客搞。她操着普通话请我进去，问我要不要用餐。我跟她说，我是来找韩老板的。妹子听我讲乡话，就带我去见韩先让的老婆杨花花。花花说，韩先让暂时不在，他等一会儿才来。

他干什么去了？我品咂着花花说的话，发现不但有夫妻相这一说，两人待得久了，还会有夫妻腔。

哎，别说了。晚上唱歌的那个妹子，来我这里半个月，嫌钱少，今天中午偷偷地跑掉了。先让只好临时再去请一个。再说，啤酒也不够，起码还要搞三四十件才应付得了今晚。

偷偷地跑了？那她拿到工资了没有？

才半个月，怎么拿工资？我这里包吃包住。花花说起这事，脸上还有些气愤。

天黑的时候，还下来了整整两车人。加上白天先到的，我估计有百把人。佴城旅游搞起来以后，每天至少有一万多游客。韩先让只要拉到这个数字的一两个百分点，就足以把河谷搞得热热闹闹。当天的游客以年轻人为主（我意识到，此时正值暑假），下到河谷，心情似乎都还不错。河谷里茅草疯长，杂花生树，同时又正大兴土木，看上去，简陋寒碜之中藏不住一份生机勃勃。这应该适合年轻人的胃口。

天全黑了，河弯一侧的那块滩地就搞起了篝火晚会。滩地很大，桌椅有的摆在滩石上，有的摆在草丛中，还有的摆在河上的漂浮台上。我挑了一个僻静的位子坐下来，马上就有妹子问我要不要啤酒。我说三瓶，妹子笑着说，一瓶一瓶地来，我随时把酒送到你的手里。拿着酒，我才意识到，这一片区域只有椅子没有桌子，酒瓶必须拿在手上或摆在身前。如果多买几瓶，彼此真还分不清楚。

我不由得慨叹，咱们中国就是人多，只要说是景点，总有人来；只要说是晚会，永远都会遭到严重的捧场。

韩先让请的那两个主持人，倒有几分专业，普通话操得圆溜，还善于搞气氛。晚会上，韩先让并不提供多少节目，主持人总在煽动观众上台搞互动游戏，抢板凳、肚皮夹爆气球、双人拔河、猜手语、土匪抢亲……都不是新点子，周末去各省台看看综艺类节目，随便找也能找出一大堆。

即使简陋，观众们的情绪依然不错，谁想要唱歌，跟主持人沟通一下，乐队也能给伴奏。我喝着酒，心想，这台晚会倒真不需要多大成本。好在这些年轻人一下到这河谷，就得来一种肆无忌惮的情绪，大热的天，围着篝火喝啤酒，随便哪个人都少不了好几瓶。酒喝多了，谁还理会晚会上的节目专不专业呢？

晚会进行了一个多小时，男主持人拉起了手风琴，女主持人唱起苏联歌曲，整个场面迅速安静下来。女主持人唱得很好，白桦林，共青团之歌，或者是山楂树，都唱出浓浓的怀旧情绪。而下面的年轻观众晃着被酒精泡大的脑袋，听着怀旧的歌声，都纷纷晃动身子扭摆起来。一时间，群魔乱舞。

我忽然意识到，韩先让这一招真是高。几首苏联老歌一搞出来，便把整台晚会的寒酸气都盖下去了。我估计了一下，按人均三瓶计算，啤酒少说卖出去五十件。其实这个数字严重低估了，啤酒都是小支的，我这一小时下来，不小心就喝了半打。

韩先让不知几时来到我后头，拍拍我。我扭头看看，他戴了一顶牛仔帽。我说你几时来的。他说刚才我在伴舞，你看到没有？我不好意思地摇摇头，看样子酒喝多了，有点障眼。再说，打死我都不会想到，他会驼着背去给人伴舞。这个老板当的，事必躬亲，把自己搞得跟周总理一样忙。

生意不错。我说，今晚上你光卖酒，就少不了几千块钱。

我卖得便宜，不是酒吧那种翻十倍的搞法。再说，啤酒都是找人从坡上挑下来的，我这运费成本就比别处高很多。村里人帮我挑酒，一路上，撕开纸箱抽出啤酒，一路走一路喝，我也拿他们没办法。

有那么多游客，羊毛都出在羊身上嘛。

晚会散场后，他叫我去他的中心睡，但是铺位严重不够，他只好叫我爬上坡去村子里睡。游客不熟悉地形，又喝了酒，这么晚了只好在河谷里找地方。一顶价值两百块钱的帐篷，韩先让租一晚就收三十。他还说，便宜他们了，要租六十，他们还不是照样掏？

我说，要是你租贵了，村里别的人也买了帐篷，租给游客。你怎么办？

韩先让叹了一口气，并拍拍我的肩，说，你别说了，这正是让我头疼的地方。你也看见了，是我出点子把河谷搞起来的，但村里人只要圈一块地，马上就能抢我生意。别的不说，就算是晚会上卖啤酒，也被村里人浑水摸鱼。

一条河谷，你又不能用盖子将它捂起来。

是啊，反正，只要是扯到赚钱的事，匡其这种猪脑壳，脑子也能转得飞快。他在那边圈了一块地，起码有十来亩。他要是开个店，也就算了，听人说，他也打算搞一搞篝火晚会。这岂不是，明着抢嘛。

他就算要搞一台春节晚会，你也拿他没办法。

是啊，现在野猪也离开我单干了，找不到人再砸他娘的一瓶子。

此后鹭庄的事情，还是由三叔进城来说给我听。谷子收完，他很闲，在城里找点小活，其实就是拉游客去鹭庄。提成很可观，门票涨到 88 元，他拉一个客可以提 50 元，韩先让为了拉人来，还是肯下血本的，分成已经倒开。三叔只要把游客带到指定的那辆中巴车上，钱基本就到手了。我父亲叫三叔别在外面吃盒饭。因为旅游，佴城的物价比周边任何一个县份都贵，若不在旅游生意中赚钱，就无端增加了生活成本。

据三叔讲，前一段时间，在篝火晚会的生意上，韩先让还是彻底搞赢了匡其以及野猪。匡其野猪现在是合伙人了。匡其他们辟出的晚会场地，离韩先让的场地不过两百来米，要不是河道轻微地拐了拐弯，那简直就是面碰面。从那条专门开辟的旅游山道下到河谷，游客们首先要经过匡其的地盘。这样一来，匡其似乎占着地利的优势，扼守咽喉之处，掐了韩先让的脖子。因为他的砖厂产多少卖多少，这半年多时间下来，手头也小有积蓄，在信用社又认了一个妹夫，所以掏得出钱，还到佴城阳戏剧团挖来几个专业舞蹈演员排节目。他那台晚会，本钱投的大，从服装、道具到演员，明显比韩先让这边高出一个档次。而韩先让，他虽然已不再戴着牛仔帽充人数了，但是手底下的舞蹈演员，大都是鹭庄本地雇来的，白天下田，晚上充当演员，很有游击队的风范。但游击队员们跳出的舞步，一不小心就蹿出了摸河螺踩秧泥的习惯性动作。

但是，几乎所有的游客还是聚到韩先让的晚会上。匡其本来也拽住了一些人，两台晚会差不多都是晚上七点半样子点火，火一升起来，匡其的客人经常一呼啦哗变了，转眼间就拢至黑潭边，汇入韩先让的晚会。

这是毫无办法的事，在我们佴城，类似的情况可谓屡见不鲜了。一处巷口，一处街拐角，但凡有一家生意好的餐馆，马上，周边的门面都会做同样的招牌菜抢生意。但做来做去，照样是原来那家好，抢生意的只能抢得一嘴燎泡半撮毛。

村里人想趁着天黑给晚会上的观众卖啤酒，也被韩先让规范下来了。他也不好叫人去捉那些打秋风的乡亲，只是让自己的雇员都穿上了制服，胸前还配有机刻的徽章，徽章主图是一只头大身子小的鹭鸶，鸟脚上蹬一双解放鞋。晚会前，主持人告诫观众，买啤酒请认准傻鸟俱乐部的销售员，本公司每瓶酒上面都贴有“傻鸟专卖”标签；否则，私买啤酒发生食物中毒事件，本公司概不负责。

说是这么说，也有观众买啤酒时不看制服。他们相信，啤酒总归是喝不死人。两边的啤酒，每瓶差价都是几块钱哩。即便这样，卖酒这生意的大头还是牢牢掌控在韩先让的手里。所以，韩先让对于零星的损失总是不以为意，他大度地说，钱赚得顺了，难免要舍点肉喂狗。喂了狗，还防了狼哩。

匡其他们硬着头皮，把晚会撑了不到一个月，就偃旗息鼓了。一个月前，他自以为办砖厂赚来的钱还不少，但他的晚会场场倒贴，他那点钱真的拿来打消耗战，犹如掰玉米粒堵水井。匡其退出演艺业，这一下伤了元气，还有一点钱赶紧在搞晚会的地方弄出几间简陋的门面，准备进军餐饮业。那几间门面，用杉木打了大骨架，再用杉木皮钉成墙，屋顶子上毡上油毛毡。匡其嫌油毛毡不好看，又叫人就地取材用稻草再毡上一层。

韩先让在这一着上虽然把匡其压了下去，但是，晚会生意并不稳定。前一阵由于是暑期，学生游客占主流，他们喜欢在这里过夜。暑期过后，大多数游客不愿在河谷里宿夜，只是白天来转一圈，看看风景，登山攀岩，或者租下烧烤盘三五成群地搞一搞野餐。到了下午四五点钟，游客们就没了玩性，顺山路返回鹭庄，再搭车返回佴城。黑潭边的篝火晚会，观众越来越少，从几十个人降至一二十人，烧起篝火，韩先让都越来越舍不得添柴。

谷子收了以后，几阵秋雨一淋，天气降温，晚会就停掉了。韩先让只得改变经营策略，不能老指望借助天黑捂住游客的钱包，只能趁着白日里游客逛河谷的时候，尽量赚一点。佴城搞旅游的乡村越来越多，到这个时候已经不下二十处了，韩先让给拉客者的提成也越来越高。仅靠门票收入，是不足以支撑傻鸟公司的营运了。

于是，还是要搞餐饮。游客们在河谷一呆，通常都是好几个钟头，一顿饭少不了要吃的。但是，当韩先让回过神来时，鹭庄人已经在河谷里搞起了二十几家餐馆，还有几家小卖店，照相、租相机的铺子。一开始，韩先让对那些店子是不放在眼里的。村里人做事就图俭省，店面往往搭得连牛栏都不如。整个河谷里，唯一看着有模样的建筑，只能是他的黑潭别墅。别墅里有大餐厅，上百人的餐位，桌椅板凳一水玻璃钢轧制的。再看匡其那餐馆的桌椅，就在河谷里找青石板码成，土匪窝的架势。韩先让当然不把那些餐馆放在眼里。他相信，比起晚会生意，餐饮生意更牢靠地攥在自己手里。

……但这一手，苕吊又搞错了。游客们下到河谷，转上一圈，吃饭的时候，喜欢往那些破馆子里去，不喜欢在苕吊那里吃食堂饭。三叔说到这里，就笑了。他告诉我，小冲已经把餐馆搬到河谷底下，就五六张桌子，但经常是爆满。韩先让的餐厅里，经常一桌客都找不到。

三叔又说，喏，小冲就摸得准游客的心思。比如说吃鸡，在苕吊那里，你往菜单子上一点，马上就给你端来一盆。这么搞，游客觉得没有意思。鸡哪里都吃得到，你怎么做都做不出特色。小冲就把活鸡放在芭茅草里，游客来了，给他们几只弹弓枪，让他们去打鸡，打死哪只吃哪只。这么一搞，他的鸡卖得最快。游客一来是玩得开心，第二，这么一搞，他们就死心塌地地以为，茅草里的鸡肯定是地道土鸡。

本来就是嘛。父亲说。

哪是啊，整个鹭庄有几只土鸡？小冲一旦放鸡给游客打，不到一个月，村里面的土鸡就被他买完了。现在都是良种肉鸡，赶集时从界田垅集场买来，一买好几十只，一集的时间（五天）就被游客打光了。有时候，游客一兴奋，一打就是六七只鸡，捉过来称着重量他们算钱，他们不在乎。吃不完的，要么带走，要么就十来块钱一只转卖给店子。现在，我吃鸡都吃怕了。三叔呵呵地笑起来。他又说，现在去帮小冲说亲了，找个妹子嫁到家里来，等她怀孕坐月子，每天保准有一只鸡吃。

我说，现在，多的是妹子想嫁给小冲吧？

他妈的，他歪着眼睛挑人家。钱没挣几个，搞出有钱人的胃口，迟早要栽。三叔说是这么说，脸上映起一片喜色。

我说，小冲能想到这个办法，旁边的餐馆子不晓得学？

哪有不学的？这个办法好，转天家家都用上了。鸡都放了敞在芭茅草里乱窜，分不清哪只是哪家的。还是我想了一个办法，用油漆给鸡染发，红的一家，黄的一家，绿的又是一家。这生意就看天了，游客打死哪一色，就往对应的哪家店子里去。

呵呵，还是看天吃饭。

乡下人，能有什么办法？找不到正式工作，永远看天吃饭。

十一月的一天，韩先让跑到我家里找我，问我有没有会画地图的朋友。

小孩都会画地图。我说。

不是，正儿八经的地图。他脸上蛮严肃，丝毫没有开玩笑的心思。

我留他吃饭，吃饭时要他把具体的情况说说，再根据情况，看找不找得到合适的熟人。他脸上很急，不太愿意坐下来吃饭。我就劝他，韩老板，财喜不催忙人哟。他哈哈地一笑，硬是要出去买瓶酒，再回来坐着谈事情。

……你知道的，你建个池子要往里蓄水，水嘴只有一个，但漏水的眼洞总是越来越多。他喝了一口酒，这么比喻他的境遇。接下来他说到的情况，和我从三叔嘴里听来的也差不多，但我装不知道，仿佛是头一次从他嘴里听来。听着他讲，我还时不时插一句，怎么会这样？他脑袋一甩，说，嗯，就是这样咧。他说着说着，脸上免不了激愤之情。不过，激愤过后，他总是大度地说一句，都是乡里乡亲，肉烂了总是在锅里，我不计较。

餐饮这一块，他始终做不上去。每家店都投放了很多鸡放进芭茅丛，为了保证质量，他还专门去买本地土鸡，不像匡其他们，图便宜买肉鸡。一开始那阵，别家店里的鸡死光了几拨，他买的土鸡依然鲜蹦乱跳。那时候，他估计是肉鸡不善于跑动，容易挨枪，像国民党的兵。而土鸡们个个飞檐走壁，像平原游击队李向阳的兵。游客们只能像鬼子进村（也确实，进村的鬼子除了喜欢咪嘻花姑娘，就是喜欢偷鸡），打不着土八路，只好拿国军大开杀戒了。明白了这一点，他转天就把土鸡换成肉鸡。但再往后一阵，仍是他家的鸡命长。有时候，游客打死他的鸡，来他的别墅称一称重量付了肉钱，头一扭，把死鸡丢到别的破店子里弄。

也不知怎么搞的……说至此，韩先让感叹道，这年头，这世道，大老婆总是被野婆娘欺负。

我说，主要是这年头，家婆娘野婆娘也分不清楚了。

那我能怎么办呢？

别老把自己当成大老婆，面对着狼，你自己也要变成狼。和野婆娘斗，你就要把自己搞得比野婆娘还野。

呵呵哈哈，你的想法和我一样。他酌着酒，又告诉我，这一段时间，他敲疼了脑壳，终于想到一条解决办法。他考虑到，相对于河谷别的店子，自己最大的优势是手里有导游，那些游客按哪条线路走，他说了算。如此一来，他雇了人工，把那条旅游山道进行修改，在一个坡头改了向，直接拉到黑潭上方，再挖了阶梯，装上护栏，让游客一走到河谷，第一眼看到的就是自己的黑潭别墅。导游们把游客先带进黑潭别墅里交代注意事项，然后让他们订餐。五十块钱一位，买好了餐票，再让他们四处活动。订餐不是强行的，但这么一搞，游客往往以为河谷里就这一家店子，于是不少人买了餐票。

即使投了大成本这么搞，韩先让也只能让一半左右的游客在自己店里用餐。硬是不肯买餐票的，他也毫无办法。等游客们在河谷里逛起来，买了餐票的连呼上当，没买餐票的大赞自己英明。

对于流失的那50%的游客，韩先让当然不肯善罢甘休。于是，他想到要做一张地图。

……想来想去，只有在这张地图上做文章了。等游客们买好了餐票，我再一人发一份鹭庄旅游地图。地图上标有整条河谷的地形，哪些景点一目了然。不光是这个好处，对于那些餐馆，如果他们肯给我抽回扣，就把他的店子印在地图上。我会让导游交代游客，外面的店子，印在地图上的，安全才有保障。

他们肯听吗？

反正，导游要怎么宣传，我说了算。编几个食物中毒的例子，不怕他们不听话。

我说，只要到旅游区，哪家店子不给导游抽回扣啊？你不印地图，他们也会讨好你啊。

河谷的情况，没有你说的那么简单。我给鹭庄带来那么多好处，他们却是恨我，总有一些店，死活不会回扣一分钱的。他们那么自信，我把地图一印，他们就知道厉害了。要是我不印图，仅仅说是带生意，那他们会以为我不带的话也会有生意，或者会以为我给每一家都带生意。既然给每一家都带，回不回扣也就无所谓了。鹭庄人什么脑壳，怎么想事，我最清楚。但是地图不一样，它白纸黑字，把哪家印在上面，又不印哪一家，很有权威性的哟……再说，哪家乡村有详细的地图呢？我要是率先搞出来，这也是一个特色哟。

借着酒劲，他眉飞色舞地说了起来。又说，他以后还想利用地图，做新的旅游产品。比如说，在地图上特意标几个点，游客带图走到那几个点，就有工作人员在图上相应的位置盖一个章，或者发一枚小纪念品。当游客把特意标出来的景点走完了，他就返还一定的门票费。

……不能全部返还，要不然我要倒贴哟。韩先让说，只要游客把我指定的点走完，天一黑，他们就出不了谷了，只好在河谷里睡一晚上。我越来越发现，旅游生意的诀窍，是要拖住客人的脚，把他们留下过夜。……我甚至都想去找一帮年轻漂亮的妹子了，但是，唉，皮条客或者龟奴，总是不好听的哟。

那天，我从他脸上看到了踌躇满志。看得出来，他似乎蛮有把握，通过一系列举措，鹭庄旅游将重归他的控制。他就是这样一个人，老觉得鹭庄是他的，所以他要掌控这个地方，最是理直气壮，因此也就屡屡得逞。再说，对于鹭庄的了解，他也比村子里别的人来得深。比如，他从野猪拖来的两车砖看到了颓势；同样，我也宁愿相信，他能从一张未曾印出的地图中看到未来的大好图景。

那天，我答应帮他联系，找一找能做地图的朋友。有这本事的朋友，我一直没能找出来。韩先让自那次喝酒后，也没再来找我。

韩先让按自己的计划一步一步行事，而河谷中别的经营户，则信马由缰地赚几个小钱。这状况，就好比正规军打游击队，有计划的人，总会抢占许多先机。据三叔以后捎来的消息，在鹭庄韩先让逐渐显露出狠人的面目。大部分事情都被他预先算准了。旅游山道改道以后，韩先让把攀岩设备也用上了，年轻的，胆大一点的游客，上到黑潭边的崖顶，可免费借用攀岩绳具速降至崖底。这一招着实刺激，年轻游客沿着绳索一路降下去，内心已经 High 至 G 点。老弱的则沿梯级下去，下到潭边，导游不由分说，先把所有人带进黑潭别墅，介绍情况，交代纪律，推销餐票，然后再发放鹭庄旅游地图。

地图是用浅黄的牛皮纸印刷，对开大小，小小一个鹭庄以及一线河谷，巨细靡遗地反映在了图上。每一个愿交提成和回扣的小餐馆，都能在地图上占据指甲盖大小的一块地方。

大部分游客都在黑潭别墅吃五十块一份的盒饭。那些不吃盒饭，自己出去找餐馆的人，果然也按地图的引导，对照着餐馆的牌匾，看是不是被地图记录在案。如地图上找得着该店的名字，那么，游客心里就多了一份信任。

没登上地图的餐馆，生意明显下滑。当初拒绝了韩先让的那些店家，现在才知道厉害。这里面就包括匡其野猪等人，也包括小冲。匡其等人，素来不把韩先让放在眼里。当初听到花花讲起有关上旅游地图的新政策，他们咧着嘴笑，很是开心。

他们说，你们家苕吊，是不是参加还乡团打回来了？难道，鹭庄又落在国民党的手里了？

花花好就好在脑袋有点不济事，由她去跟那些人宣布政策，再合适不过。那些人热嘲冷讽，花花毫不动气，她公事公办地说，反正话我已经带到了，还有什么不清楚的地方，你们去叫苕吊说好了。

她把她男人也叫苕吊，叫起来和别人口气不一样，充满柔情蜜意。

匡其等人说，找他说？我们过去找他，是不是管一顿饭呢？

花花说，你们来了，盒饭随便吃。对外面可是五十块钱一份呐。

匡其等人只得无奈地喷笑了，花花这妹子，你说她傻不啦唧，真要开她玩笑，她总是一本正经地回应着，也就不知道是谁在涮谁。

而小冲，他倒不至于不把韩先让放在眼里，而是因为没文化。他既没文化，又聪明得要命，天生会赚钱，所以把钱送给别人的事，他都过于谨慎小心。直到发现生意大幅下降了，他才搞明白中间的窍门。

当初，这帮人管饭都不过去，过得几个月发现生意形势每况愈下，就主动找到韩先让，让他在地图上也给自家的餐馆添个名。

……这是地图，不是村委会的小黑板，想添个名就添。韩先让跟他们说，最起码，要等这一版的地图都用完了，做第二版地图时，才能把你们的店名添上去。

三叔来我家时，说起韩先让，时不时咬了咬牙。他说，也怪韩先让把事情做得太绝，所以我们也就顾不得太多了。他要这么搞，得罪了一大帮人，大家稍微动动脑筋，就有办法对付他的。小冲的店名没有上地图，所以，韩先让这种做法，也就曲里拐弯地得罪了三叔。

三叔说话的时候，还在城里活动，继续拉游客生意，但现在的他已经和以前不一样了，是为小冲的店子找生意，是为自己家干活，所以精神十足。据他说，现在鹭庄很多人都像魂一样游荡在佴城的街子上，见到游客便拿韩先让印好的宣传资料，跟着游客少则走出一二十米，多则跟上半里路，苦口婆心，劝游客对这个地方多关注几眼。明白底里的人，知道这是推介景点，不明白的，当他们在讨钱。

但我还是相信韩先让，他会把河谷一步步收拢到自己手里。三叔他们这种搞法，太没有技术含量。

我没想到，在咱们脚下这块神奇的土地上，游击队总是搞得垮正规军的。何况，韩先让的“正规”也只是相对而言，如果没有三叔、小冲他们的纯野路搞法，韩先让的“正规”就无从谈起。

我好久没有跟韩先让联系，父亲身体好转以后，我继续跟着章二东游西荡，直到章二跟重庆涪陵一个女医生结了婚，之后章二摇身一变，也成为一个十代单传的苗医神人，在他老婆的诊所里坐诊。章二对兄弟还是有感情，如果我跟着他干，他会把祖传秘方透露给我，然后我们在诊所里三班倒地接治病人。

但我还是回到佴城。我很多亲友熟人，一旦离开佴城就再也见不着了，我在外面怎么兜转，终是会回到佴城过日子。

父亲作为优秀的教育工作者赴京开了一次会，据说规格很高，会是在京西宾馆搞的，照了一张相宽只一尺，长却是四尺有余，上面密密麻麻好几百个人头。那种地方每天都在搞规格很高的会，但对于我父亲而言，今生只此一次，所以特别看重这张大照片。有一天，他跟我说，照片必须裱起来。我说好。他就叫我拿到韩先让的广告公司，让他帮着搞，比在专业的装裱店省一半钱。

他现在还有空搞这个？

有的，你去好了。我那天碰见他，已经打好招呼的。

我去韩先让的广告公司，在马路对面就看见他了。他就在店门口，穿一件老头衫，用电弦割着泡沫字。那架势，完全没有了老板的模样，干活的神情似乎特别安分。我走近了叫他一声，他抬起头看我，笑了一笑，眼里夹杂着说不出的无奈。我把照片先给他，他量量尺寸，说是会用PT板压了边再框，这么裱出来尤其好看，照片保存的时间也长。他叫我过三天来拿。

三天后我再去到他店子上，去之前，特意绕了点路，去到政府门口。以前，鹭庄旅游的专线车一直是停在那个地方，但我再去，那个位置已经被另一处乡村旅游的专车占了。

照片已经裱好，他正在用九夹板帮人做招牌，用喷漆筒往板面喷一层清漆。我正要走，他叫我等一等，似乎有话说。空气中弥漫着难闻的漆臭，他喷好漆，扯我到隔了几个门面的快餐店里坐一坐。那是他熟人开的，不点饭菜，搭坐一会也是无妨。他还要了一壶免费的大麦茶。

既然摆开这副架势，我也无须问什么，知道他会把这一段时间的变故说给我听。果然，他告诉我，鹭庄的旅游已经搞不下去了。他没料到，最关键的一着，在于河谷里没上地图的那些餐馆，为了把生意做下去，就私自到城里拉游客。拉了游客，他们不走指定线路，而是另找小路把游客直接带进河谷地带。只要游客保证在他们餐馆里吃一顿饭，他们就帮游客免票。免票的事，对游客很有吸引力，有的游客来之前就上网查过的，知道鹭庄的门票是88元，到佴城碰到这些野马导游，一说这笔门票钱可以省掉，他们浑身就来劲。河谷有那么长，曲里拐弯，条条小道都可以钻进来，韩先让根本是防不住的。即使防住了，那些小道一不是他修，二没被他买下来，别的人要走，他无权干涉。

韩先让这才意识到，鹭庄旅游之所以能卖出门票，还是因为有群众基础。鹭庄的人不管对他有什么样的看法，一直以来，还是兄弟阋墙，对外保持一致。村民达成一个共识，虽然进鹭庄的路有很多条，但是，每个人有义务帮着韩先让瞒住游客。否则，鹭庄人会觉得自己在吃里爬外。正因为这样，鹭庄这个千疮百孔的气球，一直还鼓胀着，或者没有彻底瘪掉。现在，村里人要拔气孔，他怎么堵也堵不住了。

……这以后，我的门票都卖不成了。他们再怎么挖墙角，大部分游客还是被我拉来的，搭专线车，买门票进鹭庄。河谷里风景本来就不错，可以登山攀岩，打猎野餐，夏天还可以到划定的河段游泳，游客觉得买张门票也值。但是，匡其他们偏要跟我的游客说，其实不买票也可以进来。这一来，买了票的就不干了，找我退票。要是把票都退了，我又算是什么，投了这么多钱来学雷锋？我被游客打了好几次，没办法。韩先让说到这里，笑一笑，让我看看他背上的瘀伤。

他又说，我以为自己了解一个村子，其实也根本不了解。

我就笑他说，你别发这么大的感叹了。

他想想也是，看看时间快到午饭点了，忽然想到要请我吃饭。我正要推辞，他就把店上几个伙计都叫到这个餐馆里，说是一块儿搞。他们经常在这里吃工作餐，我来了只是加一双筷子。

他的伙计大都是鹭庄老乡，吃着饭，大家聊的仍是鹭庄的旅游生意。韩先让卖不出门票以后，他就没法在佴城再投宣传费用，专线车也停掉了。鹭庄的生意，全靠游客找上门来。靠这点游客，韩先让的黑潭别墅最先支撑不住。而别的餐馆，成本纵是小，慢慢地也撑不下去。有时候，经常几天抢不到一桌客，卖不出一只土鸡，开一个店到河谷里，请人看门的钱都赚不回来。

鹭庄的旅游生意，甚至没有一个衰败的过程，差不多算是猝死。韩先让经营鹭庄，前后不过五年的时间，挣扎了几个回合，终于是没戏了。

后来我去鹭庄，偶尔也碰到零星游客，也有小孩给他们带路。

据说，河谷底下所有的餐馆子，已经无人蹲守。以前搭建起来的店面，没有人气养着，日晒雨淋，还有放牛的小孩搞搞破坏，很快就一片一片地塌掉了。只几家餐馆，店主还有心把店面保持着，时不时去修补一番。人不在那里，做生意的一应物件也不敢存放在店里面。后来，他们运用了地雷战的搞法，“不见鬼子不挂弦”，他们也是不见游客不开张。那几家餐馆约好了，每家轮上一天时间，像是值日。见着有游客经过鹭庄下到河谷，当值的店主赶紧背了锅碗瓢盆、白酒啤酒和荤肉素菜，一路丁铃哐啷地响着，抢在游客下到河谷之前，将店门打开做生意。

有时候，他们专为一桌游客去开了店门，却没想到，游客自带着食物和酒，铺一块地毯怡然自得搞起了野餐。有人压不住火揍了游客，他们认为自己被游客调戏了。游客可不是让人打着玩的，他们被抓到城里公安局拘了几天，交足罚款才放回来。

这事，网上马上就有帖子，搜一搜“佴城鹭庄：虎狼之地，游人慎入”便可看到。

每去一次鹭庄，我就觉得荒凉之气又厚重了一层。韩先让搞旅游时留下的亭台楼榭还在，无人看管，很快都被当成了牛栏或者柴房。不仅如此，鹭庄曾经有的人气也散了，年轻人要不看不到，要不就聚在一起打牌，一个个死眉烂眼。这个村子，像是被短暂的旅游抽走了魂。

韩先让虽然已不做旅游生意，但旅游的事情还和他没完。二〇〇八年的夏天，有几个河南来的大学生钻进鹭庄，是四毛的儿子小星带他们下到河谷。神龛岩上，韩先让留下的攀岩路线还清晰可见，大学生一时兴起，要去攀岩。小星就坐在崖畔等待，那些学生答应他，带这一天路，给他三十块钱，外加一包好烟。小星才十二岁，抽烟已经有点瘾头。

去攀岩的大学生有三个，前两个都稳当下来了，最后一个，在离地面还有十来米高的地方，突然就掉进了崖下的水潭。事后，掉下崖那人的同学说，他水性很好，那一下，肯定不是失足掉下去。他看看下面水潭，一汪茵绿，可能脔心一动跳了下去。但小星不知道，当是游客落水。当时他可能想到，三十块钱一包烟非但没有赚到，还会惹不小的麻烦，这笔生意亏大了。小星毫不犹豫跳进水里，想救起那个大学生。两个人都会水，但那天，两人在水潭里都失去了章法，拍水的样子显得慌乱。两人好不容易挨近了，还抱成一团，忽然没了命地扑腾起来，让身边泼溅起大块的水花，仿佛都忘了怎么游水。

两人被捞上来的时候，都不行了，有点蹊跷。这事马上就传遍了鹭庄，鹭庄的人百思不得其解，便找出理由说，下面那条河谷有煞气。

韩先让起初还不觉得这事跟自己有关系，待在广告店里继续干活。四毛磨好了一把柴刀进城找韩先让，他得到消息，立马就消失了。游客死在鹭庄，这事闹得很大，佴城相关领导都去到鹭庄查看现场，看看崖壁上人工凿成的凸台、凹窝、裂缝，还有铁制的快挂搭扣，一问都是韩先让雇人专门搞起的。领导们很容易得出个结论，这件事情，韩先让负有主要责任。大学生的家属索赔一百万。而四毛，他一开始想要十万，但得知大学生值一百万，就知道十万是远远不够的。如果小星值半个大学生，那他娘的也是五十万呵！他暗骂自己真苕，然后把价码猛地加了上去。

韩先让再也不敢露面了，他的广告店马上也关门。自那以后，直到现在，我再也没见到过他。

去年年初，我又去鹭庄挂坟祭祖。鹭庄很平静，我去的时候，整个村庄湿乎乎的，前几年修的新房，贴墙面的瓷砖已经变得黯哑，发黄，甚至爬着绿藓。在鹭庄这个地方，一切东西都旧得很快，但旧了以后，反而有一种协调。

我往山头上走，碰见韩先让的父亲韩光正拎着两大坨东西往河谷里走。我跟他打个招呼，问他韩先让有消息吗？老人气色惨淡，摇摇头说，我真是不知道，知道的话一定揪他出来。我问他这时候下河谷干什么，下面又没有坟。他就叹了一口气，说造孽啊，好好的一个大学生，却死在我们这个穷地方。我去神龛岩，帮他烧两坨纸，让他在那边也多有点钱花销。我就奇怪，我们这里的钱纸都是用黄草纸敲上铜钱窟窿做成，他手头拎的钱纸怎么花花绿绿？

喏，你看看。他把他的钱纸杵到我眼前。我一看知道了，韩先让印的首版的鹭庄旅游地图还没用完，老人手中的钱纸，都是用地图敲成的。

# 论田耳

汪政　晓华

## 1

我们至今仍然记得2005年读到田耳的短篇小说《衣钵》时的感觉，就是这个短篇给作家带来了极大的声誉，甚至有人这样说过，那一年度的短篇，哪怕就只有这一个，也足以给人丰收的喜悦。现在看来这一断语好像并无多少夸张，它确实是那几年少有的有趣而别致的小说。作品对本土宗教生活进行了世俗而又诗意的描写。主人公李可大学毕业，想找一个实习的地方，在城市尝试联系未果的情况下，他听从了父亲出人意料的建议，回到村里做一名实习道士。他的父亲就是村主任，当然，更重要而又戏剧性的是父亲又是一名最受村里人敬重的道士。正是他的父亲的宗教精神与乡村土地般的质朴情怀感染了他。然而令他意想不到的是，当他经过隆重而庄严的仪式成了一名道士后，主持的第一个道场竟然是为突然去世的老道士父亲送行。这个道场他本可以不做，他是孝子，不可能身兼二任。但李可坚持要做，而且做得投入，漂亮。李可实际上是在完成一种转化，从小的耳濡目染，长大后渐通世事的李可经常徘徊在文字构成的理性世界与父亲对世界的认识之间，庆幸的是他终于明白了自己曾有过的偏执与轻率："这么多年来，父亲就是被这些充满了神秘气息的东西规范着言行。那些从来不具体在眼前展现过哪怕一次的东西，竟然使父亲这一生都从容而善良地活着。"这篇小说不仅关乎人的精神世界，它通过以大学教育和文字构成的大传统与乡村宗教这样的小传统的对比揭示了中国乡村生活的秘密，表面上大传统具有不可抗拒的力量，但实际生活中人们遵循的却是小传统所传承下来的秩序，而且，李可的父亲居然兼村长与道士于一身，相当形象地说明了大小传统在中国乡村相融的奇特现象，并且揭示了大传统通过小传统发挥作用的路径依赖。这么沉重而颇具学术意义的话题在田耳轻逸、从容、雅致的轶事传奇式的叙述中绝无一丝穿凿附会地表达出来了。田耳的叙事典型地体现了短篇小说家们在经验处理上的方式，回旋、腾挪，轻轻地一瞥，然后专注于尖细与深处，其实这尖细与深处更多的是我们的内心。

田耳是湖南凤凰人，沈从文是他的文学前辈，他也曾多次表达过对这位大师的敬意。当田耳凭这个过度出彩的短篇为文学界注目的时候，人们对他的期待就不是没有道理的，人们判断田耳与沈从文之间是有传承关系的，并且相信，这位年轻人能重续这位京派小说与乡土小说大师的文学传奇。因为这个短篇体现了作者在文字上的修饰，对乡间纯朴民风与诗意的把握，虽然现在的小说家很少将笔墨再花在自然风景的描绘上，但从田耳对人物性格的刻画，对世道人心的表现，利用有限的风景对人物进行渲染上依然可以见出一种古朴与温情："去哪里呢，干点什么呢？月亮照在当头，李可进一步看清了月亮，它的光在地上像结了一层白茧，给了他一种从未有过的宁静，就像在他体内某个最为柔和的地方抚摸他。""一出声就会扰乱这柔和的月光的。不去想以后的事情了，他又一次跟自己说。眼下，他明白，只要在这里留一天，自己就是个很不错的道士，像父亲那样。"时间在此定格，真让人有恍如隔世之感。

但是田耳随后的写作并没有沿着人们的想象发展，甚至，他的乡土题材作品就写得不多。田耳好像忘了他曾经写过《衣钵》，忘了他在这个短篇中对乡村的纯朴与温情，那种近乎世外桃源式的描写。对乡村，他展示出另一种态度，即反讽与批判。这种态度在沈从文那里也并非没有，但沈从文的立场是站在传统文明那一边的，他批判的是现代文明对古老乡村的破坏，是随着现代文明的世风日下，人性与道德的沦丧。而田耳则将眼光落在乡村的现代化，放在农村的发展，他批判的是农村与现代化不相适应的地方。如果说，在《衣钵》里，他展现了小传统在乡村的力量，在凝聚人心、规范行为上的作用的话，那么，现在，他则看到了这种传统的负面，它对乡村的破坏性。我们指的是他的中篇近作《韩先让的村庄》。这个村庄叫鹭庄，主人公就是韩先让，他是鹭庄人，本来已经到县城做广告生意，但是他从渐渐兴起的乡村旅游中看到了新的商机，“韩先让要把整个村子包下来，搞旅游”。为此，韩先让可以说绞尽了脑汁，他先是在村子里开展农家游，接着将村边的河谷开发出来，搞攀岩、篝火晚会、露营，做方案、搞策划、抓宣传、发广告、印导游图、拉客源、造景观、上项目……事业一度可以称得上轰轰烈烈。但是，“鹭庄的旅游生意，甚至没有一个衰败的过程，差不多算是猝死。韩先让经营鹭庄，前后不过五年时间，挣扎了几个回合，终于没戏了”。从表面上看，好像是被同村的竞争和利益分配不均搞垮的。韩先让要村子保持田园风貌，但村民偏要推掉草房子盖楼房，还要在外立面贴瓷砖，不给盖就索要补偿；你搞旅游快餐，别人就搞农家菜；你搞篝火晚会，他就扯着嗓子跟你唱对台戏；你规定旅游线路，他就中途截客……而实际上，鹭庄乡村旅游的失败可能源于韩先让的农民意识与占山为王的传统心理，“他就是这样一个人，老觉得鹭庄是他的，所以他要掌控这个地方”。小说中有一个细节，韩先让在村里修了一个形似碉堡的所谓观景台，站在上面，整个村庄尽收眼底。但韩先让站在上面看到的就不仅仅是一个村庄。因为他只要往上面一站，就觉得像是在检阅。小说写道：“当他这么说的时候，我忽然明白了什么，退一步再看一看他的侧影。他个头不高，但此时神情肃穆，长时间看着下面的鹭庄，脸面上不经意涌起了一层慈祥的微笑。我忽然明白，在这个观景台能看到全新的风景，是他独有的体认。他用一种检阅的眼光，仔仔细细打量着属于他一个人的东西……”小说一方面在叙述韩先让如何开展一个个新的旅游项目，一方面则在叙述他与村民的矛盾冲突，乍一看，韩先让是强势的，但实际上他是软弱的，那一个个旅游项目的开发与其说是韩先让在寻找新的旅游产品，不如说是在旧地盘被占后不得不寻找的新出路。鹭庄的旅游就是这样，你不能不佩服韩先让的开拓精神和奇思妙想，但是，那些产品总是热热闹闹地出来，然后再被其他人模仿、改装，直到做死。为什么会这样，韩先让也搞不懂，他说："我以为自己了解一个村子，其实根本不了解。"他不懂得旅游不同于传统的生产方式，也不同于农村私营个体经济，他不懂得旅游的资源是整体性的，它打破了农村原有的财产格局与财产观念，同时又将公共的甚至原先是闲置的资源变成了成本，所有这些，农村与农民都没有准备好，当然会引发混乱与冲突。他曾天真地认为一个村子总是一家，不管有什么样的看法，总归"还是兄弟阋墙，对外保持一致"，其实，只要默契不存在了，资源分配不合理，任何群体都有可能解体，不仅是关系的解体，同时也是心理、文化与道德的解体。这时候是不能指望什么个人魅力与威望的。田耳抓住了这一个乡村经济转型中的典型案例，解说了现代乡村面临的诸多困惑。意味深长的是，在小说中，乡村的基层政权是缺位的，韩先让包下村子搞旅游，"每年都要付给村委会一笔钱"。只一句，基层组织就此隐退。这也许是田耳忧虑的地方之一。乡村不仅是一个地理概念，也不仅仅是自然形成的聚居区，它还是一个文化与社会单位，当这个单位的群体利益产生冲突的时候，必须有一个被信任的机构进行平衡，而在当今转型期的中国乡村，基层政权承担的不仅仅是调停与平衡，更有组织与乡村建设。田耳在当前乡村重建乃至新农村建设的讨论中给出的切入口是经济而非文化，这多少有些出人意料。

## 2

鹭庄的乡村旅游故事在长篇小说《夏天糖》里也出现过，不过已经不是作品的主体。这个长篇也涉及乡村，但总体上是一部有关乡村城市关系的叙事。据作者介绍，《夏天糖》是他与东莞文学院的签约作品，所以故事发生在作者经常使用的佴城和莞城之间，莞城显然暗指东莞。所以小说费了些笔墨在莞城的发展上，跟随故事，对它如何由农村变成一个现代化的庞大的卫星城市进行了背景式的介绍，但作品的叙事主体并不在城市的外在性的发展上，人物也不是许多类似题材宏大叙事的设置，他们，以及他们的故事与城市的发展并没有直接的联系。从某个方面来说，田耳关心的不是乡村如何变为城市，不是城市如何现代化，而是城市中生活与工作的人们，他们心理、身份与角色的转变。中国是一个农业大国，农业文明是主导型文化类型，它生产与之匹配的生活方式、人际关系、文化心理、价值观念与情感体验。所以，从外在形态上看，《夏天糖》中的城市元素几乎一样不缺，这里有现代化的城市景观，生产方式，时尚潮流，甚至，以涤青为线索，还叙述了一群地下电影的生产群体，他们无疑是城市最为先锋的部落。但是，在田耳的笔下，更多的人群表现出一种时间、空间的错位，他们或者找不到自己在城市的位置，或者游走在乡村与城市之间，或者以乡村的经验处理在城市面临的各种问题。作品的主要人物之一兼叙事人顾崖的父亲在文化上就更近于一个胡同知识分子，而母亲的发迹史也就是一部乡村人际关系史，她的经济生活是寄生在市场的缝隙中的，所以总也经受不住大的风浪。作品中的一系列矛盾冲突的方式也无不是传统社会式的，即“熟人模式”。

田耳比较偏爱第一人称叙事，“我”，在许多作品里是“小丁”，在《夏天糖》里是顾崖，这一人物有性格上的通约性，比如懵懂、游手好闲、边缘性等等，这些性格到了《夏天糖》里就有了新的意义，他几乎无法融入城市，不管是主动还是被动。学校毕业，“我”就在家荡着，给人家做做下手，和朋友、同学贩过碟片，最后还是妈妈托熟人替他在文化馆谋了一份闲职。再后来，因女朋友涤青的逼迫到莞城去“发展”，开始了他所谓的“新生活”，这是怎样的一种新生活呢？在老街上租一处十几平方米的房子，再到熟人的公司找一份似是而非的工作，不用上班，隔三岔五地接一趟单子。“莞城是我熟悉的异乡”，“我”或者“窝在新租下的房间里不停地发呆”，或者沉湎在网上打游戏；或者，与旧日朋友泡茶馆、上酒吧；在租住屋内，他“闲极无聊”，一天到晚喝着廉价的白酒，这样，就“成天不想干正事”了；最后，完成了一桩婚外情。与他相近的还有作品里的另外一个主要人物铃兰，她从小镇来到莞城，这个现代化的城市令这个农村姑娘一开始兴奋异常，城市的规模与繁荣是她无法想象的，应该说，她是想进入城市的，“我要努力，有趣的都学一学，有没有用是另一回事”，甚至憧憬“有很大一套复式楼，还有车，赚钱很多”。但是事实证明她各方面都准备不足，无法适应现代化城市的节奏与工作，超市售货员，保姆，被人包养……最后连这样的城市体外生存式的寄生生活也无法维系，只能重返乡镇。她与城市是相互排斥的，只有乡镇的气息与她相通，“来这里有两个多月，我仍然不熟悉这个地方，也许这辈子我只适合待在乡下。我适应能力很差，但是不喜欢这里。我是泥巴命，就只好和水泥划清界限。”“外面不好混，比来比去还是觉得待在砂桥好。”其实，从顾崖，特别是铃兰对城市生活主动或被动的选择上，作品有一个潜在的反思，任何一个进入当下城市的人都必须被塑造，与原先的身份、积累等等“旧我”告别，获得在城市生存的“素质”，其实这是一种歧视，也是一个艰难和几乎不可能完成的事情，所以，一方面要看到城市的人口急剧膨胀，另一方面，则是人与城市的貌合神离或貌神俱离，他们或在当下，或在将来，终会叶落归根，而最可怕的是他们失去了过去又无法进入当下，那就只能寄生和流浪。

在小说中，铃兰既是一个实体的人物，又是一种文明的象征。其实，作品就是由铃兰与江标的故事生长出来的。江标原来是一个农家子弟，开着一辆农用车搞运输，客货都跑，后来父亲找关系打擦边球让他进城找了一份工作，但是他好像不习惯那种机关中拘束的工作，经常找他原来跑运输时的徒弟，开着那辆农用车跑生意。他不是为赚钱，而是喜欢这份自由、洒脱，走在乡间公路上，看青山绿水，与陌生人吹牛，仿佛这才是他自己。在砂桥歌厅，他遇到了铃兰，没来由地觉得这个女子就是他早年碰到的躺在公路上的小女孩。蜿蜒的公路，密匝的行道树，路边如茵的草场，身穿绿裙子的小女孩，嚷着要吃“夏天糖”的童声……这是江标记忆和对记忆加工后的意象，是他对过去、乡村、纯净与诗意永远的缅怀，也是他在这个喧嚣的世界上生活下去的支撑。他的生活是分裂的，一边为生计浑浑噩噩地活着，一边吃着“夏天糖”（薄荷糖）冥想着顽皮地躺在公路上的小女孩。所以，他不能容许铃兰的“堕落”。他把铃兰看成是理想、纯洁的化身，无论如何不能容忍她陷在风月场中。在江标的眼中，不但是城市，连砂桥这样的小镇也在腐烂。可惜铃兰回不去了，不但自己回不去，对江标这样的执拗也感到滑稽可笑。这样，江标生命的精神支撑倒塌了，悲剧也就不可避免。小说的结尾对江标来说是仪式性的，他来到了当年遇到小铃兰的地方，他让铃兰身着绿裙子再次躺到路中央，对铃兰来说这是滑稽的，她希望这样的游戏能让江标得到解脱，而江标在这场戏的最后改变了早年的结尾，他没有下车抱她，而是驾着车从她身上碾了过去。他以这样激烈的方式与现实决绝，他谋杀了铃兰，也了断了自己。用小说中“我”的话说，虽然故事那么多，人物那么杂，其实江标才是故事的主角。作品以江标的悲剧来结尾，无疑表明了田耳对当下城市与乡村复杂关系的某种判断。对前面的问题如果继续讨论，能否进入城市并不是很重要，生活在乡村还是城市也不重要，甚至，也不必过分夸大这两个空间的对立，关键是这些空间是否能让生活于其中的人们安身立命，它们还能否生产价值，给人们活下去的理由和精神上的慰藉。从艺术上讲，《衣钵》可能更为成熟圆润，但显然那是理想化的，因为写作年代的久远也并不能反映田耳现在的文化立场，这也是为什么这篇小说在田耳的创作中显得那么孤单的原因。反倒是《韩先让的村庄》《夏天糖》等作品表明了田耳对城乡问题的坚定的看法。城市固然不用说，田耳喜欢说一个词，“造城运动”，他觉得这个词在当下中国语境里最能表达这些年新兴城市的拔地而起，“莞城无非是大一点的农村。但十几年下来，他们发现这里的农田不再长出稻子，而是长出了一望无际的城市，目之所及之处，总有能人在见缝插楼”。物质外壳在飞速发展，但却不见生产精神与价值，“既然有发展，就会有阶段，眼下这个阶段即使热火朝天，还是掩不住那份急促与粗砺”。为这个城市生产价值的大概就是涤青那批从事地下电影创作的草台班子，但除了想到国外拿奖、拼命向主流意识形态和流行时尚双重示好以出人头地外他们一事无成。田耳与他的同乡前辈的不同之处是他对城市与乡村的双重否定，城市如此，乡村同样不堪。鹭庄还是不是一个完整的乡村是令人怀疑的。这里没有了与自然的亲近，流动的人口也从根本上改变了乡村的人口结构与人际关系，而工业化以及所谓的旅游业则摧毁了原有的生产与生活方式，新的生产方式并没有真正产生，这在乡村形成了基础性的真空，而由城市化与工业化所带来的消费文化等更将传统的文化样式、道德规范冲击得七零八落。“我觉得乡村就应该有乡村的传统，但现在乡村人的思想观念、价值取向已经和城市人没有区别了。乡村失去自在自为的一套精神体系，把多少年形成的生活模式扔掉，只能日渐凋敝。”① 在田耳的笔下，我们真正见识了社会学家所谓“乡村的破败”与“乡村的终结”。田耳不再去描绘当年沈从文作品中招牌式的湘西风光、民风民俗，他宁愿将这片土地让给黎照里这样的投机者、八砣这样的黑道人物、廖金悦这样的色情业经营者去糟蹋。《衣钵》中的人们被田耳毫不犹豫地赶了出去，他们已经无法在这样的乡村立足，更谈不上生产价值了。本来，中国乡村是为整个社会生产与输送价值的，城市从来不去承担这一功能。因为有庞大、自足与完整的乡村，所以中国社会能够在一次次破

---

① 田耳、叙灵：《文学是一种仪式》，《文学界》2007年第5期。

碎中得以重生，几乎每一次都是乡村重建了社会，所谓“礼失而求诸野”就是这个道理。而现在，一切都颠倒了，城市成了文化与价值的输出者，但这样的文化价值不过是无根的舶来品，并不能从根本上让人安身立命。城市不可居，乡村已破碎，人们无家可归，这是江标悲剧的实质所在，从这个意义上说，《夏天糖》是田耳吟出的当代中国的“乡愁”。

## 3

其实，《韩先让的村庄》《夏天糖》在田耳的创作中并不是“主流”性的作品，写作与现实如此近距离的作品，甚至有些宏大叙事的味道对田耳来说不是经常性的文学举动。当《衣钵》渐渐远去的时候，田耳让人们记住的是《一个人张灯结彩》《重叠影像》《环线车》等作品。

《一个人张灯结彩》披的是一件侦探小说的外衣，实际上讲了一个有关孤独、温情与内心冲突的故事。作品中的人物是三个方阵，一是警察，以老黄为代表，一个是生活在下层或边缘地带的人们，以理发匠哑巴女小于为代表，一个则是“犯罪”人群，以钢渣为代表。故事从老黄说起，他是个老民警，而且是个小有名气的痕检专家，但干到五十多岁，还是个从这个分局调到那个分局的普通刑警。因为经常刮胡子的习惯，他认识了小于，又因搭档偶然地认识了小于的哥哥于心亮，一个出租车司机。通过小于这条线索，钢渣和皮绊这两个罪犯的生活得以呈现。故事的发展是钢渣和哑巴小于产生了恋情，而钢渣和皮绊在抢劫中居然阴差阳错地杀害了于心亮。小说的结局是老黄破了这个案子，小说的尾声是老黄受钢渣之托大年三十去看小于。这个情节框架除了让人看到构思中的偶然与戏剧性外不能说明什么，有意味的恰恰是不能原文照搬的那些细节。老黄的半生辉煌却又一事无成；于心亮那破败的板棚屋后，为了生计居然在城里养猪，生活的艰难心中的苦楚让他逮住一个人就要倾诉；而小于连倾诉也不可能，遇到一点同情就如同抓到了救命的稻草，何况钢渣对她疼爱有加；而钢渣则是生活在黑暗中的，他自小被遗忘，从不明白生活的意义，只知道要干一件大事，自制炸弹，抢银行，但这以后是什么却是茫然，他在抢劫中杀了于心亮，而动机却是为了帮助小于，能给她一笔钱……他们都是孤独的，老黄的孤独来自于他不能融于那个体制，不被承认；于心亮的孤独来自于贫穷求诉无门；小于的孤独来自于命运多舛，被蹂躏、被抛弃，来自于生命最原始幽暗的深处的吁求；而钢渣的孤独则是来自于对生存的恐惧和焦虑，来自于与社会的疏离和放逐。所以，这一群在社会身份上本来不相干的人们可能因为这种孤独而气息相通，包括警察与罪犯。读者会在小于与钢渣的情爱中流连，他们在幽暗的小屋里游戏，用灵与肉进行无声的对话；会借助老黄饱览沧桑的眼睛去观察世相，在黑暗、贫穷、算计与杀戮的背后看到无奈、挣扎、爱与希望。这种孤独与温情、绝望中的相濡以沫我们在田耳的其他作品中也可以看到，比如《飞翔》《蝉翼》《你痒吗》《环线车》等等。《飞翔》中的老苏腿有残疾，原先凭关系在县政府看大门，后来也因为要回避这层关系到了氮肥厂看门。他是个被人看不起的人，因为残疾行动不便，常常遭到他人的呵斥，但是到了氮肥厂不久，他竟一天到晚脸上都挂着笑容，“彻底变成了一个快活的人”。同样发生变化的有另一个人，女工洪照玉，她是作为丈夫因公死亡的职工家属招进厂的，睡觉时不小心又压死了遗腹子，在别人眼里，她长得丑，有些傻，而且“很衰，给别的人招来灾殃”，“很不是个东西”，“总是很阴郁，想找个人说话，别人总是拿她当祥林嫂看，勉强听一听，一脸厌弃”。当这样的两个人都一改往日的愁容变得欢天喜地时人们就不得不将他们联系起来了。事实正是这样，小说并没有正面去叙述他们如何走到一起的，却只写了他们非同寻常的性爱，人们无法想象一个瘦小残疾的人与一个胖子竟然借助工厂里气柜的机械运动克服了性爱上的障碍。这是个有些极端的细节，但它如同露出海平面的一角冰山，使人不难想象两人隐于水面之下的相遇，孤独者之间的同气相求、倾诉与相互慰藉。小说的最后，正当两人又一次相约在气柜时，气柜爆炸了，两人被抛到了空中，人们仿佛看到，“当时半空中的老苏脸上堆满了微笑，像是在吹枕头风，亲昵得都有些淫秽了。他无疑在安慰那个女人”。在别人眼里，这是个奇观，对他们两人来说是一个悲剧，但在小说的话语中，这是两个孤独者的解脱、飞升，他们因孤独走到一起，他们结束于快乐之中。作者以小说的叙述者带有民间神话的想象来作结：“天上是一团团的云。不需细看，小丁就知道，在所有的云里头，肯定有一团云像洪照玉，在离那团云不远的地方肯定还有另一团云，活脱脱就是老苏。”《你痒吗》里的老谭谭小军早年进了监狱，在那个非人的环境里性格受到了极大的扭曲，没有人可以交流，长期的压抑使他形成了话语强迫症，他不能没有人，不能没有交流，不能不被人注意。为了保持别人对自己的关注，他在监狱里练健美，出了监狱就找人吹牛，说他的经历与传奇。吹完了真的就编假的，小说中老谭拿来吊人胃口的就是他与监狱里王会计的故事。在老谭的嘴里，王会计是天下最美的女人，他与她的爱情是天下最奇特、最浪漫也是最纯洁的爱情，他的下半辈子就是找到她，与她结婚。但是这次老谭的牛吹大了，对自己的故事太美化了，它激起了工友们的好奇心，暗地里竟然找到了已经退休的王会计，并设计让老谭与她见了面。谜底终于揭开了，王会计当然不是什么大美人，至于两人之间的故事也是子虚乌有，见面的那一刻，“老谭突然间像丧失了语言功能，支支吾吾”。这样的打击是巨大的，它与一个人的品行无关，但它与一个人活下去的方法有关，它戳穿了一个人的生存伎俩，老谭再也无法通过自己的话语建立起与他人的关系，他有可能再次陷入孤独。对孤独，老谭是有切身的体会的，他说人不怕有病有难，怕的是没人关心，没人理睬。老谭举例说在监狱时同室的犯人曾下流地问他痒不痒，他开导自己说：“痒是一件舒服的事，别人骂你屁眼痒不痒，其实是在关心你啊——他其实在问你，身体上那个部位舒服不舒服？这么一想，气也消了……”但是，“只有痒起来你又抓得着，这才舒服得起来。最要命的，就是你背心窝子忽然发痒，一时又找不到树干或者墙棱角蹭一蹭”。所以，老谭的谎言破碎之后，麻烦的不是老谭背心窝子会发痒，而是再也找不到属于他的树干和墙棱角了。

老谭的状况已经涉及了心理层面，在一定意义上，田耳可以称得上是精神状况的勘探者与开采者，许多作品都可以从精神分析的角度进行讲解。比如《坐摇椅的男人》就是一篇较为典型的精神分析的文本。弗洛伊德详细地研究了儿童性本能的表现，其中最重要的发现便是“恋母本能”和与之相关的“仇父心理”，也即著名的“俄狄浦斯情结”。弗洛伊德对儿童生活进行观察后作了如下的描述，儿子一开始生存于母腹之中，母亲是他第一个依附、亲近和爱恋的对象。出生，即分离，是儿子人生的第一次痛苦，但随后的哺乳等一系列养育动作依然维持着母子的亲近关系，并且因为一系列的亲昵与护幼动作使幼儿获得不同的性体验，“因此，从机体来说，婴儿有一种倒错（乱伦）本能。所以各种倒错愿望、感情和意象的产生是不可避免的”。[①] 于是，顺理成章地，如果儿子将母亲作为他的爱恋的对象，那么他的父亲便自然地成为他憎恨的“情敌”。父亲总是破坏、干涉孩子与母亲的关系。这种恋母憎父本能被弗洛伊德用古希腊悲剧《俄狄浦斯王》来命名为俄狄浦斯情结，因为这部悲剧的重要情节便是“杀父娶母”。在弗洛伊德学说中，这一情结非常重要，此后人的一生许多事件以及与他人的关系都是这一情结的“转移”。这种“转移”或“置换”的最常见的现象之一便是孩子对父亲的认同、想象，直至替代，使自己“父亲化”，这样，仇恨的力量便得以消耗。以这种转移、置换为中介，弗洛伊德将这一情结转而用以解释个体人格的成长与社会文明的进程。人总是从憎父开始，进而被父亲训诫，进而服从、认同、取代，开始新一轮的循环，代际之间也是这样。因而，这一冲突也用于解释人的成长、人从自然向社会的转化。这一猜想中的角色经过拉康等结

① 巴赫金·沃洛希诺夫：《弗洛伊德主义》，上海文艺出版社 1988 年版第 45 页。

构主义者的修正，都可以在隐喻上被同位的角色所置换，比如母亲不一定是自己的母亲，也可以是别人的或具有母性的角色。《坐摇椅的男人》中的小丁几乎就是这一学说的小说版。小丁在孩童时期就对巷子对面院子的一家产生了兴趣，一对夫妻和一个与自己年龄相仿的小女孩儿晓雯，男人被人称为老梁，胖胖的，下了班就坐在摇椅上，看看报，喝喝茶，或者用一本杂志盖着脸睡觉。他衣来伸手，饭来张口，对妻子和孩子要么厉声呵斥，要么拳脚相加。童年的小丁对这个男人充满了厌恶，而对那母女俩则是同情的、亲近的。用弗洛伊德的话说，小丁对她们是依恋的，按拉康的理论，这是孩童的第一次认同，是男童对母性的认同。这样的依恋与认同一直持续到小丁长大，他不顾家人的反对，大学毕业回到家乡入赘到晓雯家。婚后的变化是小丁不自觉的，人胖了起来，与岳母和妻子的关系也发生了改变，打骂妻子似乎成了家常便饭，人们像当年招呼老梁一样招呼他。老梁已经死去，他从尘封的阁楼把摇椅搬下来，躺到上面，居然很惬意。“小丁忽然想，小时候看着老梁在这个院子作威作福的样子，感到愤恨，但与此同时，是不是夹杂着一丝羡慕?”这是孩童成长的认同，是第二次认同，对父亲的认同，这标志着人物完成了社会化。与《坐摇椅的男人》等作品一样，田耳的“小丁”系列都可以看作是成长小说，也都有着大致相同的结构，比如《在少女们身边》。据田耳自己说，《在少女们身边》有些自传的影子，小说中的女孩子们游戏着自己的青春，被一个个所谓成功男士（她们称他们为“钱包”）消费着情感与肉体，而小丁却总也找不到属于自己的爱情，一直等到自己也成功了成了“钱包”后，爱情才姗姗迟来。田耳这样分析小丁：“抚今追昔，他真实地感觉到了自己已经活了过来。这样的生活固然没有光泽，但我知道，小丁熟知了社会中真正有效的内在法则时，便已别无选择。”田耳还引申道：“我们也一样，往往是在苦涩与得意的滋味同时泛起后，我们发现自己原来就是这样长大。”① 只不过，对这样的成长，田耳在无奈的同时是抱有警惕的，在《坐摇椅的男人》的结尾，不但小雯母女俩从小丁身上恐惧地看到了命运的轮回，而且小丁也渴望回到童年，他甚至担心自己会如老梁一样不知不觉地在摇椅上死去。

如果离开小丁，田耳的心理分析会更广阔。比如《弯刀》《黑信》《环线车》《拍砖手老柴》等等。他会从当下的许多社会现象或不同性格的人物入手，然后进入人的内心，并且，以这些内心的冲动作为情节的推动，或者反过来，以外在的故事去寻绎人物的内心世界。在田耳的小说天地里，好像有这样一种世界观，我们是按我们内在的心理定律去行动而不是外在的事理逻辑，如果是后者，那也是一种巧合。

## 4

我们承认，以上的讨论只是对田耳的一些描述，这样的描述还可以继续下去，城乡、生存、精神与心理远不是他的全部。田耳的创作时间并不长，但却给人广阔的感觉，他确实是一个兴趣广泛的作家，对许多看上去并不相关联的对象都充满了好奇，都想去尝试。在写作本文前，我们细心地查阅了有关田耳的小说研究，发现大都是单个作

---

① 田耳：《〈在少女们身边〉作者自白》，《小说选刊》2010 年第 9 期。

品的评论或对其某个侧面的论述。可能大家都遇到同样的难题，即对田耳无法用一个概念或命题去概括。其实这样的作家并不止田耳一个，比如最近我们在讨论广西作家凡一平的时候也遇到这样的困难。很多年来，创作与评论似乎保持着一种默契，即一个作家总会在题材、主题或风格上走向一个明确的目标，仿佛只有这样才是自己成熟的标志，如果东一榔头西一棒就好像没有找到创作上的自我。现在我们不这样看了，因为许多作家并没有想象中的统一或集中。田耳曾经以著名导演库布里克为例说过风格多样性与艺术可能性的问题，他说如果不是事先知道，是很难让人相信那么多毫无关系、风格各异的作品是出于同一人之手。我们愿意从专业化与职业化的角度来继续讨论这个问题。应该注意到，这是现代文学艺术发展的一个趋势，也是新一代文艺家对自己的一个职业定位。田耳，包括我们此前讨论过的凡一平等应该说已经完成了向技术的、职业的或纯粹的小说家的转变。写好每一篇小说是他们最基本的也是最高的和唯一的目标。他们像一个来料加工的艺人，可能有些材料加工起来顺手，可能有的材料显得困难，或者还有更深的背景，比如成品的用途等等，但对一个纯粹的艺人来说，应该来者不拒，都应该认真地对待每一件作品，使它臻于完美。或者还有另一种情形，即不是“来料加工”，而是灵感与兴会，一些作品、一些细节、场景、意象、情绪来到了，不管它们来自哪一路，会被人们作何归类，是不是自己此前作品的类型，都应该将它制作出来呈现出来，只要它能成为一个好作品。千万不能因为迁就自己的风格塑造而放弃它，放弃它就是放弃艺术，就是在这个世界上放弃一个可能的好作品，对一个职业作家来说，这是有违职业道德的。

当然，并不因为作家本身具有这样的差异性就无法讨论。虽然从理论上说一个写作者在风格上具有无限的可能性，但在创作实践上却又是有限的，他受制于自身的许多方面，特别是话语方式。如果撇开田耳小说的语义层面，我们发现，那么多不同的故事实际上也就是通过那么几个方式讲出来的，换句话说，田耳有自己的小说套路，也习惯于使用那几样小说器械。

让人一眼就看得见的是警察的故事，或侦探小说的叙述模式。《一个人张灯结彩》《重叠影像》《黑信》《环线车》《风的琴》《在场》等等都是这样的作品或者具有此类叙事元素。《重叠影像》无疑是这套叙事模式的代表，与所有侦探叙事一样，田耳也试图在这个中篇中表达尽可能多的内涵，比如人物行动的动因就有些荒谬，只有命案率和破案率双高，所在地的公安局才可能在系统中排名靠前；又比如复仇、变态心理；再比如人与人关系的错位，螳螂捕蝉黄雀在后的情感误会等等，所有这些田耳要用一个好看的故事讲出来。他借助侦探小说的模式设计出了故事中套故事的复杂情节，看上去如同乱麻却又丝丝入扣，几条不相干的线索交织在一起，郎塔乡的市容案，城里的猥亵案，强奸杀人案，多年前挂在那里的失踪案，一条还没理出个头绪，另一条又上来了，而到最后，它们竟然有如神助地汇集到了一起，那么令人眩晕的无头案子都迎刃而解。这是需要逻辑推理作为支撑的。田耳对这种能力很看重，他认为这是想象力的组成部分："我个人觉得想象力即是作家感性思维和逻辑能力的结合点，即感性思维得到逻辑能力强有力的支持。……我相信一个写作者逻辑能力有多强，他的凌空高蹈就有多远；无论他怎么信马由缰地下笔，内里总有强大的逻辑结构承载着他的任性妄为。”① 对于纯文学作家来说，这样的叙事方式是带有风险的，那就是文学性的降低或者被误读为通俗小说。

其实，在这个方面，田耳还有走得更远的，比如带有传统演义风格的经典文本重写《一朵花开的时间》，这是一篇对《水浒传》的改写以及从原著的简略与缝隙处进行再创作的作品，它对原著中的人物如鲁智深、武松、林冲、宋江、史进、李忠、时迁、燕青等都进行了重新塑造，确实加进了许多现代的通俗与娱乐元素，比如设计了鲁智深的爱情戏，加重了林冲娘子的戏，把人物都从英雄榜上请了下来，将一部英雄传奇演绎成了一部小人物的闹剧。再如土匪题材小说《人记》，在情节的推演上确实是下了功夫了。故事的一开始是以叔侄相称的汉子、小狗、许琴僮三个挑脚盐贩走在贩盐的路上，不幸遭遇了年轻的关羊客的抢劫。汉子断定关羊客是个新手，在他的眼皮底下成功逃脱。这其实只是个引子，故事的主体是由关羊客冒充大土匪瘤子老韩这一名号开始的，这引发了四人对于瘤子老韩的身世及其死因传闻的种种猜想，并且不可避免地牵出了与其交情甚好和人生巅峰时期的搭档十一哥的故事。在汉子对十一哥的叙述和许琴僮对细节的观察中，人物的身份发生了变化，汉子就是十一哥。真实身份暴露后，汉子只得违背自己的誓言，再开杀戒以灭口。故事如层层剥笋，在真相大白之时由一场血腥的屠杀推向高潮。田耳本意上并不想走通俗的路子，所以他对小说中的通俗元素有自己的理解：“当下的小说总体上在取消

---

① 田耳、张昭兵：《语言是人最难以掩饰的个性》，《青春》2009 年第 7 期。

写作难度，有通俗化的倾向。有人说是文学的堕落，我觉得是个必然，因为现在生活节奏日渐快了，而对有难度的小说的阅读是一种慢，越有难度就越得放慢阅读速度。所以通俗化是对当下读者的适应——大家满脑子都放在生计上了，阅读小说，不能太费脑。这样的写作，摸清路数，很多作家都能大批生产了。……如果我们生活进一步加快，那么小说整体上的通俗化就更必不可免。"① 当然，在这种通俗中表达什么就看各人的追求了，在田耳，他并不怕误读，反而可以借力，"我觉得破案这层壳可以涵盖太多的社会内容，而且警察的身份也可以相对合理地进入各种私密的空间。再者，醉翁之意不在酒，或者顾左右而言他，在我看来就是小说本质的东西，它必须有突破故事的成分。而破案模式恰恰有利于这种伎俩的实施"②。

如果从传统美学的角度对田耳的小说戏剧冲突与人物性格进行分析，那他的大多数作品应该归入悲剧。但这些悲剧却经常是用喜剧的方式讲述出来的，这是田耳作品典型的"腔调"。这种美学上的反转首先是由人物行动的落差来实现的。悲剧人物按传统美学来理解，应该具有行动的正当性与命运的不可抗性，他们通过知其不可为而为之的努力将人的有限性表现出来，并因种种失败引发观赏者对自身的联想，从而产生怜悯与同情。这样的悲剧意义在田耳小说的人物形象中是普遍的，谭小军（《你痒吗》）的孤独，老柴（《拍砖手老柴》）的人

① 田耳：《〈一个人张灯结彩〉创作谈》，《北京文学·中篇小说月报》2007 年第 1 期。

② 田耳、张昭兵：《语言是人最难以掩饰的个性》，《青春》2009 年第 7 期。

生失败，本来都是一种普遍性的悲剧境遇，但是，面对这样的普遍性的悲剧境遇，人物不但没有崇高，却反而显出了偏执、怯懦与委琐。老谭对抗孤独的方式就是吹牛，蹲了七八年的监狱，一身的腱子肉，这样的经历与形象本可以赢得他人的敬畏，可是，《你痒吗》的开场戏就将他的怯懦暴露无遗。《拍砖手老柴》中老柴本名并不叫老柴，“柴”在他们那儿的方言中就是软弱无用的意思，生意做不了，老婆被人睡了也毫无办法，就是这样的一个人，居然也想做拍砖手（抢劫），结果只能上演一幕幕滑稽戏。由悲剧到喜剧的反转还因为田耳将这些悲剧人物无限地渺小化，并且将他们置于被动的被看的位置。他们本来应该处在悲剧主体的位置，但是，由于他们抵抗的力量太强大了并且无处不在，这种力量的悬殊只能使他们的形象与动作都变得可笑。关于这一点，作家本人曾这样说过，“我觉得小说故事里既然有冲突，那么‘抗争’是最重要的推动因素。习焉不察的生活中，大多数人太容易认命，其实能有抗争意识的，敢于抗争的，应该都不算是弱者。何况我笔下的人物往往抗争到底，死不认命，他们比普通的人更强悍有力。我觉得我小说里的情景，大都不是鲜明的强弱对抗，甚至也不是人与人之间的直接对抗，而是一帮个性鲜明、思维怪异、行事果决、血性十足的人在对抗死气沉沉铁板一块的日常生活。这种单枪匹马与世界为敌的对抗，难免是悲剧性的，但我乐于在悲剧基调中不断抹上喜剧色彩，就像那个谁说的，人在最想哭的时候，也就笑了起来。"[①] 但是，喜剧色彩并不能改变对象的悲剧性质，反而因为这样的修辞产生了更强的张力。

当然，悲剧的喜剧化也与田耳的语言策略有关。田耳不但偏爱第一人称叙事，他的对话体也不少，总之他的作品是用书面的方式来进行口语化的叙事。像《在场》《风的琴》《人记》《你痒吗》《郑子善供单》等都是口语叙事的作品。在这一点上，田耳显然是反小说的现代叙事体式的。不管是欧洲还是中国，小说都起于口头叙事，而小说现代化的标志之一就是叙事的书面化，这不仅仅是为了适应印刷的传播，也使语言文字本身具有了审美的价值，帮助营造故事在口语中无法表达的韵味，同时也使得这一文体更加文人化。这一进程的后果之一是使小说越来越脱离故事而在叙事层面进行形式的创造。当然，小说的口语化叙事并没有绝迹，所以，就有了两种叙事体式的小说，一是书面的，是为看而写的，一是口语的，依然保留着小说的听觉可能。就中国当代小说特别是新时期以来的小说创作来看，书面无疑占有主流，因此田耳的趣味就显得有些特别，它提醒我们在这个问题上还有讨论的空间，如同乒乓球一样，横拍占据主流，但直板也还有生存的余地。仔细分析田耳的口语化叙事体式可以看到以下几个特点，一是凸显出叙述的现场感和仿真性。《郑子善供单》本身就提供了书面叙述与口语叙述的比较，小说分为两个部分，一是审问郑子善的现场实录，基本上由对话组成，当然主要是郑子善的现场供说，他说起来无

---

① 田耳、张昭兵:《语言是人最难以掩饰的个性》,《青春》2009 年第 7 期。

所顾忌，按他的要求，“大人能不能在最后几日留小的一个快活，任小的有什么话也一吐为快了，在阳世也他娘的最后过一过口瘾”。所以内容旁逸斜出，语气也随着内容不断变化，而一个闯荡江湖的小人物的形象也在这话语中逼真地显现出来。第二部分是审判官根据这些对话整理出来的“供单”，是完全书面的，它删繁就简，提纲挈领，当然再无现场感可言。第二是保持着语言的地方性。书面的写作更多的是官话或普通话的写作，语言的地方性衰减很多。使用普通话还是方言可能要看作家的写作内容。田耳表面上看写作内容非常庞杂，但他似乎习惯于将所有的故事都放到他的“佴城”，而在这个虚构的文学地理中，人们的语言、习俗都是湘西化的，所以也可以将田耳的写作看成是一种地方性的写作。如果这样，方言就显得非常重要了，而口语是方言生存的最佳环境。当然，田耳是不是还有更深的意图，比如文化的诉求，因为方言毕竟是地方文化的最后的承载物，方言的消失也就意味着文化多样性的丧失，起码，我们在田耳的方言叙事中，是能够感受到地方文化对人物心理与性格的影响的，所以，方言又成为人物性格成长的文化背景。另外，不能不考虑到口语对小说叙述结构的影响，不能不考虑到作家在口语叙事中的个体体验。书面叙事或阅读的叙事既是时间的也给空间的变化提供了可能，这一点在现代主义小说那里已经得到了证明，叙事可以是结构的组合与单元的拼贴，极端者甚至取消页码以便彻底将叙事从时间中解放出来。但口语的叙事则必须是连续的，保持时间的一维性。所以，口语叙事最能维持故事的连续性，降低听者的理解难度，减少语言的阻隔，使叙述内容尽可能完整而迅速地为接受者所接受。这也是田耳小说基本的叙事结构，他的作品在情节设置上是智慧的，甚至不乏悬疑的味道，但故事本身的难度是一回事，叙述的难度又是另一回事，田耳常常以低难度的方式讲述高难度的故事，这是他的狡黠之处，他从这种陷阱式的写作中肯定获得过快感。书面的叙述大都是减法，而口语的叙事则大都是加法。因为口语这种日常的话语方式不可能就事论事，过度讲解与枝蔓是它先天的特性。这在作品中经常造成语言的“失控”，话语的泛滥。在田耳的作品中，我们看到不只是郑子善一个人在那儿“过口瘾”，也经常有人物提醒叙事人不要瞎扯，赶紧说“正事”。其实，口语表达就具有这种语言生产的机制。口语的语言思维往往是即兴的，它的继续既是预设的逻辑的，又是兴会的、联想的，讲述者在口语中既存在失语的紧张，又享受话语生成与饶舌的愉悦。因此，我们不能分辨，在田耳的作品中，哪些是事先的安排，哪些是即兴的涌入，但是我们可以断言，田耳的每一部作品都可能是不断遗忘、不断推翻、不断修改、不断生成的复合性文本，可惜，田耳给我们的只是他无可奈何拿出来的最后一个文本，因此，听田耳讲述那些不得不放弃的文本以及文本在口语式思维中生成的过程一定是有趣的。

2011—06—30 龙凤花园

# 创作要目

**长篇：**

《风蚀地带》　　《江南》2008 年第 2 期；广西师范大学出版社 2008 年 7 月出版单行本

《夏天糖》　　《钟山》2011 年第 1 期；湖南文艺出版社 2011 年 1 月出版单行本

《天体悬浮》　　《收获》2013 年第 4、5 期；作家出版社 2014 年 8 月出版单行本；入选 2014 中国小说学会小说排行榜；入选凤凰网 2014 年度十佳图书；获第十二届华语文学传媒大奖年度小说家奖；获广西文艺创作铜鼓奖

**中篇：**

《姓田的树们》　　《芙蓉》2005 年第 4 期；《中篇小说选刊》2005 年第 5 期选载；小说集《飞翔》杭州出版社 2002 年 4 月选载

《重叠影像》　　《人民文学》2005 年第 12 期；《小说选刊》2006 年第 1 期选载；《北京文学 · 中篇小说月报》2006 年第 1 期选载

《人记》　　《钟山》2006 年第 6 期

《一个人张灯结彩》　《人民文学》2006 年第 12 期；《小说选刊》2007 年第 1 期选载；《北京文学 · 中篇小说月报》2007 年第 1 期、第 12 期选载；《2007 中国年度中篇小说》漓江版选载；《2007 文学中国》花城版选载；同名中篇小说集入选“二十一世纪文学之星丛书”2007 年卷；《新中国 60 年文学中篇小说典藏》人民文学版 2009 年收入；德文《空的窗——新时期中国中篇小说选》2009 年 10 月收入；《新时期获奖小说精品大系》时代文艺版 2009 年选载；《新实力华语作家作品十年选》2010 年选载；《新中国文学精品文库中篇小说卷》海天版 2010 年选载

《界镇》　《中国作家》2007 年第 1 期

《你痒吗》　《钟山》2007 年第 2 期

《蝉翼》　《青年文学》2007 年第 7 期

《风的琴》　《飞天》2007 年第 7 期

《一朵花开的时间》　《钟山》2007 年第 5 期

《环线车》　《人民文学》2007 年第 11 期,《中篇小说选刊》2008 年第 1 期选载,《小说月报 · 未用稿》第 3 辑选载

《拍砖手老柴》　《北京文学》2008 年第 4 期；《小说月报》2008 年增刊第 3 期选载

《掰月亮砸人》　《西部华语文学》2008 年第 4 期；《2008 中国最佳中篇小说》辽宁人民版 2009 年 1 月选载

《湿生活》　《钟山》2009 年第 4 期；《中篇小说选刊》2009 年第 5 期选载；《2008 中篇小说年选》花城版 2010 年 1 月选载

《戒灵》　《民族文学》2009 年第 12 期；《中国少数民族文学年度选 2011 小说卷》选载

《友情客串》　《人民文学》2010 年第 5 期；《2010 中国最佳中篇小说》辽宁人民版 2011 年 2 月选载

《在少女们身边》　《红豆》2010 年第 8 期；《小说选刊》2010 年第 9 期选载

《韩先让的村庄》　《民族文学》2011 年第 3 期；《小说选刊》2011 年第 5 期选载；《中国少数民族文学年度选 2011》选载

《我女朋友的男朋友》　《大家》2013 年第 6 期

《被猜死的人》　《芙蓉》2013 年第 6 期

《长寿碑》　《人民文学》2014 年第 3 期；《小说月报》2014 年第 5 期选载；《中篇小说选刊》2014 年第 3 期选载；《北京文学 · 中篇小说月报》2014 年第 4 期选载；《21 世纪年度小说选 2014 中篇小说》人民文学出版社 2015 年 8 月选载

《范老板的枪》　《广西文学》2015 年第 1 期；《小说选刊》2015 年第 2 期选载；《中篇小说选刊》2015 年第 2 期选载；《2015 中国年度中篇小说》现代出版社 2016 年 1 月选载

《附体》　《北京文学》2016 年第 12 期；《小说月报》2017 年第 1 期选载

**短篇：**

《胡子》　《花溪》2000 年第 2 期

《那年我家失火》　《小说林》2003 年第 2 期

《郑子善供单》　台湾《联合文学》2004 年第 11 期；《江南》2006 年

第4期；《2006短篇小说年选》花城版2006年1月选载

《独舞的男孩》　《芙蓉》2005年第2期

《衣钵》　《收获》2005年第3期；《2005短篇小说年选》花城版2006年1月；《2005中国最佳短篇小说》辽宁人民版2006年1月；《2005收获短篇小说选》中国福利会版2006年4月；《第四届鲁迅文学奖短篇小说集》作家版2009年6月收入；《回应经典——70后作家小说选》江苏文艺版2011年11月收入

《黑信》　《文学港》2005年第3期

《狗日的狗》　《人民文学》2005年第8期；《短篇小说选刊版》2005年第10期；《21世纪年度小说选2005短篇小说》人民文学版2006年1月

《杀鹅》　《佛山文艺》2005年第11期

《氮肥厂》　《文学界》2006年第4期；李敬泽主编《中国记忆》小说卷百花文艺版2009年收入；德文《在路上——新时期中国短篇小说选》2009年10月收入

《坐摇椅的男人》　《人民文学》2006年第4期；《21世纪中国文学大系2006短篇小说》春风文艺版2007年1月选载；《走失的风景——70后作家短篇小说选》江苏文艺版2012年8月收入

《铁西瓜》　《青年文学》2006年第4期

《围猎》　《芙蓉》2006年第4期

《最简单的道理》　《天涯》2006年第4期

《夏天糖》　台湾《联合文学》2006年第11期；北美《世界日报》中文版副刊2006年11月连载

《烟火》　《文学界》2007年第5期

《牛人》　《收获》2007年第4期；《2007中国文学年鉴》2008年2月选载

《弯刀》　《大家》2007年第5期

《父亲的来信》　《上海文学》2008年第1期

《事情很多的夜晚》　《当代小说》2008年第1期

《揭不开锅》　《芙蓉》2008年第4期

《在场》　《西部》2008年第8期

《朱易》　《西部》2008年第12期

《到峡谷去》　《朔方》2009年第8期

《寻找采芹》　《红豆》2009年第9期；《中华文学选刊》第11期选载；《21世纪年度小说选2009短篇小说》人民文学版2010年1月选载；《新世纪小说大系·乡土卷》上海文艺出版社2014年1月

《漂亮老头》　《满族文学》2010年第5期；《中华文学选刊》2010年第7期选载

《田耳短篇五题》　《文学界》2011年第1期

《放在树梢上》　《作品》2011年第3期

《身边的江湖》(包括《老大你好》《一统江湖》短篇两题)　《人民文学》2011年第5期；其中《老大你好》，被《2011短篇小说年选》花城版2012年1月、《21世纪年度小说选2011短篇小说》人民文学版2012年4月选载

《我和弟弟捕盗记》　《民族文学》2011年第10期；《中华文学选刊》2011年第12期选载

《打分器》　《小说月报原创版》2012年第2期；《2012短篇小说年

选》花城版选载

《唐衣的颜色》　《秀 SHOW 杂志》2013 创刊号

《聊聊》　《鸭绿江》2013 年第 2 期

《头条好汉》　《湖南文学》2013 年第 4 期

《割礼》　《花城》2013 年第 5 期；《路灯》杂志法文版 2015 年号转载

《合槽》　《山花》2013 年第 9 期；《2013 短篇小说年选》花城版 2013 年 1 月选载

《鸽子血》　《文学港》2014 年第 2 期；《小说月报》2014 年第 4 期选载

《金刚四拿》　《回族文学》2015 年第 3 期；《小说月报》2015 年第 5 期选载；《新华文摘》2015 年第 18 期选载；入选中国小说学会 2015 年度小说排行榜；入选 2015 年中国当代文学最新作品排行榜；《2015 短篇小说年选》花城版 2016 年 1 月；《2015 中国最佳短篇小说》辽宁人民版 2016 年 1 月；《小说月报 2015 年活力作家精品集》百花文艺版 2016 年 1 月；2016 年 12 月获第四届郁达夫短篇小说奖提名奖

《藠头》　《小说界》2015 年第 3 期

《给灵魂穿白衣》　《江南》2016 年第 1 期

《婴儿肥》　《作家》2016 年第 5 期；《长江文艺·好小说》2016 年第 7 期选载

《解决》　《广西文学》2017 年第 1 期